Nº 124

ce livres apartien
a eustache mamus

Pagination
276-294

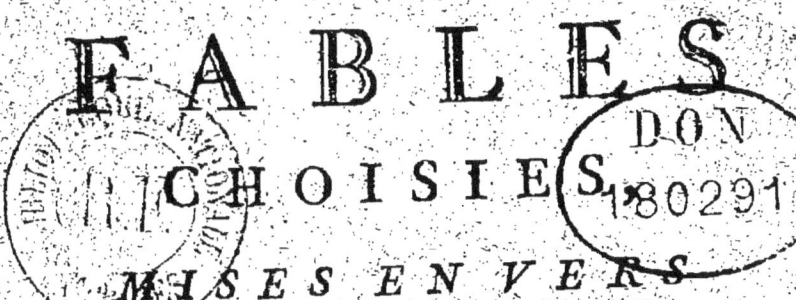

FABLES

CHOISIES

MISES EN VERS

Par M. DE LA FONTAINE.

Nouvelle Édition revue avec soin, & augmentée
de Notes essentielles à l'intelligence
du Texte.

PREMIERE PARTIE.

A ANGERS,

Chez P A V I E, Imprimeur - Libraire,
rue Saint-Laud.

M. DCC. LXXXVI.

Avec Approbation & Permission.

VIE
DE
LA FONTAINE.

LE rang & les dignités ont souvent jetté de l'éclat sur de petits hommes qui possédoient de grands emplois. Les conseils qu'ils reçoivent, les secours étrangers qui leur viennent, le bonheur même d'une infinité de hasards, & la flatterie, s'empressent de déguiser leur juste valeur, & de lier leurs actions aux événements de l'Histoire les plus remarquables. C'est ainsi que leur nom, soutenu des mains de la fortune & décoré d'une gloire qui leur fut absolument étrangere, parvint à s'échapper de l'oubli. Placés ailleurs, dépouillés de leurs titres & réduits à leurs propres forces, ils n'eussent peut-être rien laissé de singulier après eux que la mémoire de leur parfaite inutilité. Car ni l'importance des emplois, ni l'amas des circonstances les plus bruyantes, ne nous distinguent point parmi ceux qui pensent & qui savent juger. Pour bien connoître les hommes, c'est dans leur vie privée, dans leurs actions les plus simples & les plus naturelles, qu'il faut les prendre : c'est-là qu'ils n'ont d'autres titres pour être titrés de la foule, que leurs vertus, leurs talents & leur esprit. C'est-là, c'est dans leur ame que résident les

Partie I. A 2

droits légitimes & personnels qu'ils ont à notre estime :
tout le reste n'est point eux ; & dans ce sens, il n'est
point de légers détails qui ne soient intéressants, & qui
ne caractérisent une partie essentielle de ce qu'ils sont.
C'est ce qu'a reconnu La Fontaine en nous donnant la
vie d'Esope. Je ne saurois mieux faire, en écrivant la
sienne, que de suivre son exemple. En effet, soustraire
les petites circonstances de la vie d'un homme illustre,
c'est à mon avis dérober un plaisir véritable aux lecteurs curieux, & les priver des moyens les plus sûrs
de démêler ce qu'il vaut.

C'est pourquoi j'ai tâché, en rejettant toutes puéri-
lités, toutes anecdotes vulgaires, de recueillir la plupart des choses que j'ai trouvées éparses en différentes
sources, & qui m'ont paru les plus propres à peindre
l'esprit & le caractere de ce grand homme, dont la vie
se rencontre par-tout sans être nulle part (1).

JEAN DE LA FONTAINE, naquit le 8 Juillet 1621,
à Château-Thierry, Ville de la Brie, située sur la Marne.
Son pere, issu d'une ancienne famille bourgeoise, y
exerçoit la charge de Maître particulier des Eaux &
Forêts ; & sa mere, Françoise Pidoux, étoit fille du
Bailli de Coulommiers, petite Ville à treize lieues de
Paris.

Son éducation ne fut ni brillante ni secondée des
soins & de l'habileté qui font naître les talents. Mais
la nature préserva la force des siens de l'affoiblisse-
ment, & peut-être de l'extinction, où ils auroient
pû tomber par l'incapacité des maîtres de campagne,
qui ne lui apprirent qu'un peu de latin. C'est tout

---

(1) J'emploie ici l'expression dont se servit M. l'Abbé
d'Olivet, de l'Académie Françoise, lorsque je le con-
sultai sur le projet de donner une vie de La Fontaine, & je m'en sers avec d'autant plus de reconnoissance, qu'en ayant lui-même composé une, très-suc-
cinte à la vérité, dont je me suis aidé, son jugement
justifie la hardiesse & la nécessité de mon entreprise.

ce qu'il dut aux premieres inftructions de fa jeuneffe.

A l'âge de dix-neuf ans, il voulut entrer dans l'Oratoire, l'on ne fait trop par quelle infpiration. Mais il n'avoit point confulté fon caractere, qui commençoit à fe décider, & qui l'éloignoit de tout affujettiffement. Les regles & les exercices, en ufage dans cette Congrégation, lui devinrent bientôt un pefant fardeau : fon humeur indépendante ne put s'y plier : il en fortit dix-huit mois après.

Rentré dans le monde, fans choix d'occupations, & fans aucune vue particuliere, fes parens fongerent à le produire. Son pere le revêtit de fa charge ; on le maria avec Marie Hericart, fille d'un Lieutenant au Bailliage Royal de la Ferté-Milon, qui joignoit à la beauté beaucoup d'efprit. Il n'eut, pour ainfi dire, point de part à ces deux engagemens, on les exigea de lui, & il s'y foumit plutôt par indolence que par goût. Auffi n'exerça-t-il fa charge, pendant plus de vingt ans, qu'avec indifférence : & quant à fa femme, qui étoit d'une humeur impérieufe & fâcheufe, il s'en écarta le plus qu'il put, quoiqu'il fît cas d'ailleurs de fon efprit, & qu'il la confultât fur tous les ouvrages qui lui donnerent d'abord quelque réputation. C'eft elle qu'il a voulu dépeindre, dans fa Nouvelle de Belphégor, fous le nom de *Madame Honefta* :

> Belle & bien faite, ...
> . . . . . Mais d'un orgueil extrême ;
> Et d'autant plus que de quelque vertu
> Un tel orgueil paroiffoit revêtu.

Souvent les talens fe développent par les infpirations que l'on reçoit dans la jeuneffe. Le pere de La Fontaine aimoit paffionnément les vers, quoiqu'il fût d'ailleurs incapable d'en juger, & plus encore d'en faire. Cette inclination lui étoit chere : il vouloit la voir renaître dans fon fils, qu'il ne ceffoit d'exciter à l'étude de la poéfie. Mais fes inftances redoublées n'avoient encore rien eu de féduifant pour le jeune La Fontaine. Infenfible aux attraits qu'on lui vantoit ;

il avoit atteint sa vingt-deuxieme année, sans donner
le moindre signe d'un penchant qui devoit bientôt le
captiver entiérement. Une rencontre imprévue vint
tout-à-coup le décider, & fit germer dans son ame
l'amour de la poésie, que toutes les leçons & le goût
particulier de son pere n'avoient pû faire éclore. Un
Officier, alors en garnison à Château-Thierry, lût un
jour devant lui l'Ode de Malherbe, qui commence
par ces vers :

> Que direz-vous, races futures,
> Si quelquefois un vrai discours
> Vous récite les aventures
> De nos abominables jours?

Cette Ode lue & déclamée avec emphase, transporta
La Fontaine, & fit en même temps développer en
lui le goût & l'enthousiasme des vers (1). Malherbe,
dès cet instant, fut l'unique objet de ses délices : il le
lisoit, il l'étudioit sans cesse ; non content de l'apprendre par cœur, il alloit jusques dans les bois en déclamer les vers. Il fit plus, il voulut l'imiter; & comme
il nous l'apprend lui-même dans une épître à M. Huet,
les premiers accents de sa lyre furent montés sur le
ton & l'harmonie des vers de ce poëte.

> Je pris certain auteur autrefois pour mon maître ;
> Il pensa me gâter : à la fin, grace aux Dieux,
> Horace par bonheur me défilla les yeux.
> L'auteur avoit du bon, du meilleur, & la France

---

(1) C'est alors qu'il eût pu s'appliquer la surprise
de Perse :

> Nec fonte labra prolui caballino ;
> Nec in bicipiti somniasse Parnasso
> Memini, ut repente sic Poëta prodirem.
>
> Perf. prolog. vers 1, 2, 3.

Eſtimoit dans ſes vers le tours & la cadence.
Qui ne les eût priſes ? J'en demeurai ravi ….
Mais ces traits ont perdu quiconque l'a ſuivi.

C'eſt ainſi que débuta La Fontaine ; & c'eſt ici, à
proprement parler, la naiſſance du talent ſupérieur
qu'on ne peut ſe laſſer d'admirer dans ſes ouvrages,
& qui les fera paſſer à la poſtérité la plus reculée.
Heureuſement, comme il le dit, le charme ceſſa ; il
ne s'en tint point à Malherbe. Glorieux de ſes premieres productions, il voulut en avoir des témoins
pour en jouir davantage. Son pere fut le premier qui
les vit, & le bon-homme en pleura de joie. Flatté
de ce premier ſuccès, il fut chercher encore l'approbation d'un de ſes parents nommé Pintrel, Procureur
du Roi au Préſidial de Château-Thierry, homme de
bon ſens, qui n'étoit point ſans goût, & qui cultivoit
même les lettres (1). Mais celui-ci examinant les
choſes de plus près, loua d'abord ſes eſſais ; l'inter-
rogea ſur les routes qu'il ſuivoit ; joignit les conſeils aux
louanges, & voulut, en lui inſpirant des principes
plus ſolides, le guider dans la carriere où il alloit
ſe livrer. Il lui mit entre les mains, Horace, Virgile,
Térence, Quintilien, comme les vraies ſources du bon
goût & de l'art d'écrire. La Fontaine ſuivit ces avis
avec d'autant plus de docilité, qu'il ne tarda pas à
ſentir ces beaux traits d'une élégance ſimple & noble
dont Malherbe s'éloignoit, autant par une ardeur in-
conſidérée de génie, que par une étude trop recherchée
d'harmonie, d'expreſſions ampoulées, & d'ornements
ſuperflus.

A ces livres il joignit la lecture de Rabelais, de
Marot, & de l'Aſtrée de d'Urfé, ſeuls auteurs François
qu'il affectionnât. Ils étoient, en effet, chacun dans

(1) On a de lui une traduction des Epîtres de Sé-
neque, imprimée à Paris en 1681, que La Fontaine
eut ſoin de donner au public après ſa mort.

leur espece, très-propres à nourrir & à fortifier la
trempe d'esprit de La Fontaine, ainsi que le genre de
composition auquel son goût & son penchant le dé-
terminoient plus particuliérement. Rabelais lui inspiroit
l'enjouement ingénieux, qui devoit animer ses compositions. Marot, qui lui servit de modele, en préparoit
le style, & l'Astrée de d'Urfé broyoit, pour ainsi
dire, dans son imagination, les couleurs riantes &
variées de ces images champêtres, qu'il a si bien ren-
dues, & qui lui sont si familieres. Quant aux autres
auteurs François, il en lisoit peu, *se divertissant mieux,*
disoit-il, *avec les Italiens*. Aussi lut-il & relut-il
l'Arioste & Bocace qu'il aima singuliérement, & qu'il
fut si bien s'approprier, qu'en les imitant, il a sur-
passé ses modeles. Enfin, il fit ses délices de Platon
& de Plutarque. L'assortiment de ces deux auteurs,
à ceux qu'avoit choisi La Fontaine, & qui nous indique le caractere singulier de son génie, paroît d'abord
avoir quelque chose de bizarre. Mais l'on doit en être
d'autant moins surpris, qu'un homme d'un esprit original fait tout mettre à profit ; & que du sein de la
gravité même, sortent souvent ce sel & ces pensées
vraies & ingénieuses, qui sont l'ame de la badinerie
& de l'enjouement, & sans lesquelles toute composition languit. Aussi La Fontaine avoit-il étudié sérieusement ces deux auteurs ; dont il avoit noté par-tout
les maximes de morale ou de politique qu'il a semées
dans ses Fables. C'est ce qu'a remarqué l'un de ses
successeurs à l'Académie (1), sur les exemplaires de
Platon & de Plutarque, qui avoient appartenus à La
Fontaine.

Dès-lors, livré aux lettres, & d'un caractere aussi
libre qu'indépendant, il s'abandonnoit tout entier à
son goût & à son penchant, sans ressentir des distractions de son état & de ses engagemens, lorsqu'une

_____

(1) M. l'Abbé d'Olivet, Voyez l'Histoire de l'Académie, Tome 2, Edit. 1734, pag. 314, &c.

petite aventure parut troubler cette profonde indifférence. Un Capitaine de Dragons, nommé *Poignan*,
retiré à Château-Thierry, vieux militaire, par conséquent homme d'habitude, avoit pris en affection la
maison de La Fontaine, & consommoit auprès de sa
femme le loisir & l'ennui qu'il ne savoit où porter. Cet
Officier n'étoit rien moins que galant, & son âge autant
que son humeur, pouvoit mettre à l'abri des ombrages,
un mari même soupçonneux & jaloux. Cependant,
soit par malignité, soit pour s'en divertir, on en fit
de mauvais rapports à La Fontaine. Son caractere simple
& crédule ne lui permit point de rien examiner, de
rien approfondir : il écouta tous les discours, & crut
même que son honneur exigeoit qu'il se battît avec
Poignan. Saisi de cette idée, il part de grand matin,
arrive chez son homme, l'éveille, le presse de s'habiller & de sortir avec lui. Poignan surpris de cette
saillie, & n'en prévoyant pas le but, le suit. Ils arri-
vent dans un endroit écarté, hors les portes de la ville :
je veux me battre avec toi, lui dit La Fontaine, *on
me l'a conseillé* ; & après lui en avoir expliqué les raisons, La Fontaine, sans attendre la réponse de Poignan,
met l'épée à la main, & le force d'en faire de même.
Le combat ne fut pas long. Poignan, sans abuser des
avantages que l'exercice des armes pouvoit lui avoir
donné sur son adversaire, lui fit sauter d'un coup
l'épée de la main, & en même temps sentir le ridicule
de son cartel. Cette satisfaction parut suffisante à La
Fontaine : Poignan le ramena chez lui, où ils ache-
verent, en déjeunant, de s'entendre mieux & de se
réconcilier (1).

(1) M. Racine le fils, dans les Mémoires qu'il a
donnés sur la vie de son pere, imprimés à *Lausanne
& à Geneve* en 1747, page 258, 259, 260, raconte
ce fait à peu-près de la même maniere ; mais il ajoute
qu'après ce combat, comme Poignan protestoit de ne
plus remettre les pieds chez lui, puisque cela avoit pu
lui donner quelque inquiétude, La Fontaine lui repartit

Les ouvrages de La Fontaine acquéroient déjà de la célébrité, lorsque la fameuse Duchesse de Bouillon, niece du Cardinal Mazarin, fut exilée à Château-Thierry. Elle joignoit à l'assemblage heureux des graces de son sexe, un esprit badin, délicat, enjoué & cultivé. Curieuse des talens, sur-tout éprise de goût pour le génre d'écrire qu'avoit embrassé La Fontaine, elle s'empressa de le connoître & de l'accueillir. Le Poëte ne fut pas insensible à ses avances : il lui fit assiduement sa cour, & le desir de lui plaire, échauffé par les charmes de la Duchesse, lui inspira cette gaîté libre & badine à laquelle on prétend que nous devons les plus aimables de ses Contes.

Lorsque Madame la Duchesse de Bouillon fut rappellée de son exil, elle emmena La Fontaine à Paris. Cette ville fameuse qui rassemble tant de beaux esprits; où les talens se développent, & se communiquent une chaleur réciproque ; où le vrai mérite peut briller de tout son éclat; cette Capitale, dis-je, avoit de puissants attraits pour La Fontaine. Aussi ne laissoit-il échapper aucune des occasions qui pouvoient l'y conduire. C'étoit ordinairement lorsqu'il étoit excédé des humeurs de sa femme. Alors sans aigreur, sans reproches, il partoit, & restoit à Paris, autant que ses facultés pouvoient le lui permettre. Mais son peu d'arrangement dans ses affaires domestiques, & la mauvaise économie de sa femme, ne lui permettoient pas souvent d'y faire un long séjour. L'un & l'autre sembloient être d'accord pour dissiper un patrimonie honnête & suffisant pour leur condition ; & c'est peut-être le seul cas où ces époux ayent marqué le plus d'intelligence.

A son arrivée à Paris, La Fontaine y fit rencontre d'un de ses parens, nommé *Jannart*, favori de M.

---

en lui serrant la main : *au contraire, j'ai fait ce que le public vouloit ; maintenant je veux que tu viennes chez moi tous les jours, sans quoi je me battrai encore avec toi.*

Fouquet, Sur-Intendant des Finances, & pour lors dans la plus grande faveur. La Fontaine profita de cette rencontre, & de l'accès que sa réputation, déja répandue, pouvoit lui donner auprès de ce Ministre. Il lui fut présenté, il lui plût; & pour rendre sa situation plus aisée, M. Fouquet lui fit une pension (1). La reconnoissance que La Fontaine conserva de ce bienfait, est consacrée par différentes pièces de vers insérées dans l'édition de ses œuvres posthumes, imprimées à Paris in-8. 1729, où l'on voit, qu'indépendamment de l'attention qu'il eut de faire sa cour à Monsieur & à Madame Fouquet, il eut la généreuse hardiesse de faire éclater ses plaintes & ses regrets sur la disgrace de ce Ministre, arrivée en 1661, dans un temps où la colère du Roi & de la prévention du public ne permettoient guere une franchise si courageuse. Quant à Jannart, qui fut enveloppé dans la disgrace de son maître, La Fontaine incapable d'abandonner son ami, le suivit dans son exil à Limoges.

A son retour de Limoges, d'où Jannart fut bientôt rappellé, La Fontaine fut gratifié d'une charge de Gentilhomme chez la célèbre Henriette d'Angleterre, premiere femme de *Monsieur*. Mais il ne jouit pas long-temps de cette position brillante, ni des espérances de fortune qu'elle pouvoit lui promettre. La mort précipitée de cette Princesse les fit presque aussi-tôt évanouir.

---

(1) La Fontaine en tenoit compte à M. Fouquet, par une autre pension de vers qu'il lui payoit exactement par quartier. C'est en se préparant à cette sorte de payement, qu'il dit dans une Epitre à un de ses amis :

> Pâques, jour saint, veut autre poésie;
> J'envoirai lors, si Dieu me prête vie,
> Pour achever toute la pension,
> Quelque Sonnet plein de dévotion.
> Ce terme-là, pourroit être le pire,
> On me voit peu sur tels sujets écrire.

Cependant ses poésies lui avoient acquis de puissants & généreux protecteurs, à la tête desquels étoient Monsieur, M. le Prince de Conti, M. de Vendôme, Mesdames de Bouillon & de Mazarin. Madame de la Sablière (1) sur-tout, femme d'esprit & d'un mérite rare, le rechercha plus particuliérement encore. Elle connoissoit l'indifférence de La Fontaine, non-seulement sur ce qui pouvoit concerner en gros sa fortune, mais encore sur tous les menus détails de son entretien personnel. Elle eut la générosité de l'attirer chez elle, & de le dispenser des soins qu'il étoit incapable de prendre.

La Fontaine jusques-là ne s'étoit soutenu à Paris que par les bienfaits des protecteurs dont je viens de parler. Mais ces secours, comme on le sent, venoit de loin en loin, & n'avoient rien de réglé. Il n'étoit pas homme à calculer ses besoins; aussi se trouvoit-il souvent dans l'embarras. Il n'en étoit pas plus ému; & lorsque les ressources lui manquoient, il s'en alloit à Château-Thierry (2) vendre quelque portion d'héritage qu'il revenoit aussi-tôt dissiper à Paris sans prévoir la nécessité future, ni s'inquiéter de la diminution visible de son patrimoine.

Chez Madame de la Sablière, il profita de la compagnie & des entretiens de Bernier, dont il prit de bonnes leçons de Physique. Son dévouement aux lettres, le rendoit jaloux de l'amitié de tous les grands hommes de son siecle. Il les connoissoit, il les recherchoit avec empressement, & saisissoit toutes les occasions de s'instruire, soit par leurs conversations, soit en participant à leur étude & à leurs connoissances. Il visitoit

_____

(1) Elle aimoit la Poésie & la Philosophie, mais sans ostentation. C'est pour elle que Bernier, qui demeuroit chez elle, fit l'abrégé de Gassendi.

(2) Il faisoit ordinairement ce voyage tous les ans vers le mois de Septembre, accompagné de Boileau, Racine, Chapelle, ou de quelques autres amis:

souvent

fouvent Racine, ils faifoient enfemble de fréquentes
lectures d'Homère & des autres poètes Grecs dans la
verfion latine, car La Fontaine n'entendoit point leur
langue. Tous les deux à portée de fentir & de reconnoître les beaux morceaux qu'ils rencontroient, ils
les examinoient, fe communiquoient leurs remarques
& leurs réflexions. La Fontaine, fur-tout, s'affection-
noit finguliérement des beaux traits qui l'avoient une
fois frappé. Son ame alors fe rempliffoit d'une efpèce
d'enthoufiafme qui, pendant plufieurs jours, s'emparoit
de fon efprit, au point de lui ôter la liberté de s'occuper de tout autre objet : il y rêvoit fans ceffe, il en
parloit de même. C'eft ainfi, rappote-t-on, que s'étant
un jour laiffé conduire à Ténèbres par Racine, & que
s'ennuyant de la longueur de l'Office, il fe mit à lire
dans un volume de la Bible, qui contenoit les petits
Prophètes. Il étoit tombé par hafard fur la prière des
Juifs dans Baruch, lorfque fe retournant tout-à-coup
vers Racine : *qui étoit ce Baruch ?* lui dit-il, *favez-vous
que c'étoit un beau génie ?* Pendant plufieurs jours il fut
continuellement occupé de Baruch, & ne fe laffoit point
de demander à tous ceux qu'il rencontroit : *avez-vous
lu Baruch, c'étoit un grand génie.* Ce trait qui, dans tout
autre, indiqueroit une fotte furprife, caractérife la
préoccupation naturelle, dont l'efprit de La Fontaine
étoit fufceptible, & la forte impreffion qu'il recevoit
des objets fur lefquels il avoit une fois fixé fon efprit.

Mais ce qu'il y a de furprenant, c'eft que ce même
homme, fi négligent dans fes affaires & dans fes de-
hors, fi incapable de tous foins de fortune, de toutes
vues politiques, étoit d'un confeil excellent & fûr
pour tous ceux qui, dans quelque fituation difficile,
venoient lui confier leurs peines. Infenfible pour tout
ce qui le regardoit, il s'attendriffoit à la vue des malheureux; il adoptoit, pour ainfi dire, l'état & l'embarras de ceux qui étoient dans l'infortune, ou dans
l'incertitude inquiette de la conduite qu'ils devoient
tenir en certains cas, qui pouvoient décider de leur
fort il trouvoit des expédiens heureux, & leur don-

Partie I. B

noit les meilleurs conseils. C'étoient les seules occasions où l'on peut dire qu'il sortoit de lui-même.

Toujours plongé dans quelque méditation, où il étoit comme absorbé, on le voyoit dans une distraction prodigieuse, ne sachant souvent, ni ce qu'on disoit dans une conversation, ni ce qu'il y disoit lui-même; à moins qu'il ne se trouvât familiérement à table avec des personnes de sa connoissance, & qu'on y traitât quelque sujet agréable & de son goût. Alors sa contenance & les traits de sa physionomie qui, dans toute autre occasion, n'annonçoient rien moins qu'un homme d'esprit, se paroient des graces de son génie; ses yeux s'animoient, parloient le langage de ses idées; il disoit tout ce qu'il vouloit, & le disoit si bien, qu'il enchantoit les oreilles les plus délicates. C'est à ces instants agréables, dont il ne s'est jamais apperçu lui-même, qu'il devoit l'empressement qu'ont eu les personnes les plus distinguées de la cour & de la ville, de jouir de sa conversation & de l'admettre à leur table. Mais l'on doit bien s'appercevoir par ce que j'ai tracé de son caractere, qu'il ne donnoit pas indifféremment par-tout la même satisfaction ni le même plaisir. Témoin l'avanture rapportée par Vigneul Marville (1).

» Trois de complot, dit-il, par le moyen d'un qua-
» trieme qui avoit quelque habitude auprès de cet
» homme rare, nous l'attirâmes dans un petit coin de
» la ville, à une maison consacrée aux Muses, où
» nous lui donnâmes un repas, pour avoir le plaisir de
» jouir de son agréable entretien. Il ne se fit point
» prier; il vint à point nommé sur le midi. La com-
» pagnie étoit bonne, la table propre & délicate, &
» le buffet bien garni. Point de complimens d'entrée,
» point de façons, nulle grimace, nulle contrainte. La
» Fontaine garda un profond silence; on ne s'en étonna
» point, parce qu'il avoit autre chose à faire qu'à
» parler. Il mangea comme quatre, & but de même.

_____

(1) Dans ses Mélanges de Littérature, T. 2. p. 354.

» Le repas fini, on commença à fouhaiter qu'il parlât ;
» mais il s'endormit. Après trois quarts d'heure de
» sommeil il revint à lui. Il vouloit s'excufer fur ce
» qu'il avoit fatigué. On lui dit que cela ne demandoit
» point d'excufe, que tout ce qu'il faifoit étoit bien
» fait. On s'approcha de lui, on voulut le mettre en
» humeur & l'obliger à laiffer voir fon efprit ; mais
» fon efprit ne parut point, il étoit allé je ne fais où,
» peut-être alors animoit-il ou une grenouille dans
» les marais, ou une cigale dans les prés, ou un renard
» dans fa tanière ; car durant tout le temps que La
» Fontaine demeura avec nous, il ne nous fembla être
» qu'une machine fans ame. On le jetta dans un caroffe,
» où nous lui dîmes adieu pour toujours. Jamais gens
» ne furent plus furpris, & nous nous difions les uns
» aux autres : comment fe peut-il faire qu'un homme
» qui a fu rendre fpirituelle les plus groffieres bêtes du
» monde, & les faire parler le plus joli langage qu'on
» ait jamais oui, ait une converfation fi feche, & ne
» puiffe pas pour un quart d'heure faire venir fon efprit
» fur fes levres, & nous avertir qu'il eft là ».

Une autre fois, étant invité à dîner dans un de ces
endroits où le maître de la maifon préfente un homme
d'efprit aux convives, comme un des mets de fa table,
il mangea beaucoup, & ne dit mot. Comme il fe reti-
roit de table de fort bonne heure, fous prétexte de fe
rendre à l'Académie, on lui repréfenta qu'il avoit très-
peu de chemin à faire : *je prendrai le plus long*, répondit
La Fontaine, & le voilà parti (1).

Il s'avifoit rarement d'entamer la converfation ; &
comme il étoit prefque toujours préoccupé, il y plaçoit

---

(1) C'étoit chez M. Laugeois d'Imbercourt, Fer-
mier-Général, où M. Freron prétend qu'il *fit fi bonne
chere avec fi peu de dépenfe d'efprit*. M. Racine le fit,
dans les Mémoires qu'il a donnés fur la vie de fon
pere, dit que c'étoit chez M. le Verrier. Voyez le
Tome premier de ce Livre.

souvent des idées ou des réflexions bizarres & singu-
lieres, auxquelles on ne s'attendoit guere. Il étoit un
jour chez M. Despréaux avec plusieurs personnes d'une
érudition distinguée ; Racine, entr'autres, & Boileau le
Docteur. On y parloit depuis long-temps de S. Augustin
& des ses ouvrages ; mais La Fontaine, tranquille &
silencieux, n'avoit point encore pris part à cette conversation, lorsque s'éveillant tout-à-coup au nom de
S. Augustin ? *croyez-vous*, s'écria-t-il, en s'adressant à
l'Abbé Boileau, *que S. Augustin eut plus d'esprit que
Rabelais ?* Le Docteur interdit de la question ; & le
parcourant des yeux avec surprise : *prenez-garde*,
répondit-il, *Monsieur de La Fontaine ; vous avez un
de vos bas à l'envers ;* ce qui étoit vrai.

Le bruit de nos discours ne pouvoient troubler la
léthargie apparente de ses méditations. Il étoit aussi
difficile de l'en tirer, que d'interrompre dans sa conversation le fil des idées dont il étoit une fois animé.
Dans un repas qu'il fit avec Moliere & Despréaux, où
l'on disputoit sur le genre dramatique, il se mit à condamner les *à parte. Rien*, disoit-il, *n'est plus contraire au bon sens. Quoi! le parterre entendra ce qu'un
acteur n'entend pas, quoi qu'il soit à côté de celui qui parle !*
Comme il s'échauffoit en soutenant son sentiment de
façon qu'il n'étoit pas possible de l'interrompre & lui
faire entendre un mot : *il faut*, disoit Despréaux à
haute voix, tandis qu'il parloit : *il faut que la Fontaine
soit un grand coquin ; un grand maraut ;* & répétoit continuellement les mêmes paroles, sans que La Fontaine
cessât de disserter. Enfin l'on éclata de rire ; sur quoi
revenant à lui comme d'un rêve interrompu ; *de quoi
riez-vous donc ?* demanda-t-il : *comment*, lui répondit
Despréaux, *je m'épuise à vous injurier fort haut, &
vous ne m'entendez point, quoique je sois si près de vous,
que je vous touche ; & vous être surpris qu'un acteur sur
le théâtre n'entende point un à parte, qu'un autre acteur
dit à côté de lui ?*

C'étoit ainsi que Racine & Despréaux, avec lesquels
il étoit extrêmement lié, s'amusoient quelquefois à ses

dépens. Aussi l'appelloient-ils le *Bon-homme* ; quoi-qu'ils connussent bien d'ailleurs tout ce qu'il valoit. Une fois, entr'autres, qu'ils étoient à souper chez Moliere, avec Descoteaux, célebre joueur de flûte, La Fontaine y parut plus rêveur & plus concentré en lui-même qu'à l'ordinaire. Pour le tirer de la distraction, Despréaux, & Racine qui étoit naturellement porté à la raillerie (1), se mirent à l'agacer par différents traits plus vifs & plus piquants les uns que les autres. Mais La Fontaine ne s'en déconcerta point. Ils avoient cependant poussé si loin la raillerie, que Moliere touché de la patience & de la douceur de La Fontaine, ne put s'empêcher d'en être piqué pour lui, & de dire à Des-coteaux, en le tirant à part au sortir de table : *nos beaux esprits ont beau se trémousser, ils n'effaceront pas le Bon-homme.*

La plupart de ses actions n'étoient ni préméditées, ni suivies : le hazard en produisoit une partie, & l'autre étoit l'ouvrage des inspirations d'autrui. Lorsque Madame de La Fontaine se fut retirée à Château-Thierry, Racine & Despréaux représenterent à notre Poëte que cette séparation n'étoit pas décente & ne lui faisoit point honneur. Ils lui conseillerent un raccommode-ment. La Fontaine, sans délibérer, partit. Il se rendit en droiture chez sa femme : mais le domestique de la maison qui ne le connoissoit point, lui dit, que Madame de La Fontaine étoit au salut. Ennuyé d'attendre, il fut voir un de ses amis qu'il le retint à souper. La Fontaine bien régalé, oublia sa mission ; & sans songer à sa femme, se remit le lendemain dans la voiture publique, & revint à Paris. Ses amis, en le voyant, s'empresserent de lui demander le succès de son voyage : *j'ai été pour voir ma femme*, leur dit-il, *mais je ne l'ai point trouvée ; elle étoit au salut.*

---

(1) M. de Valincourt remarque qu'il avoit l'esprit porté à la raillerie, & même à une raillerie amere. Voyez les Mémoires sur la vie de Jean Racine, pages 192, 193, 194, &c. T. I.

L'amour des lettres est souvent un vainqueur impérieux qui domine sur les sentiments les plus naturels. Lorsque l'esprit est une fois livré à cet amour, les autres facultés de l'ame languissante, semblent être arrêtées à ce charme puissant, & devenir indifférentes pour les objets extérieurs. La Fontaine, saisi par cet enchantement, étoit non-seulement incapable des conversations ordinaires, ainsi que le grand Corneille, La Bruyère, Rousseau, Mallebranche, &c. mais son indifférence alloit jusqu'à l'oubli de lui-même & des objets qui le regardoit de plus près. Il eut un fils en 1660 (1), qu'il garda fort peu de temps auprès de lui. M. De Harlay, depuis Premier Président, l'avoit adopté, & s'étoit chargé de son éducation & de sa fortune. Il y avoit déja plusieurs années que La Fontaine l'avoit perdu de vue, lorsqu'on les fit rencontrer dans une maison où l'on vouloit jouir du plaisir de la surprise du pere. La Fontaine, en effet, ne se douta point que ce fut son fils. Il l'entendit parler ; & témoigna à la compagnie qu'il lui trouvoit de l'esprit & de très-bonnes dispositions. L'on saisit ce moment pour lui dire que c'étoit son fils ; mais sans être plus ému : *ah ! répondit-il, j'en suis bien aise.*

Cette indifférence alloit en lui jusqu'à l'insensibilité. Un jour Madame de Bouillon, allant à Versailles, le rencontra le matin qui rêvoit seul sous un arbre du cours. Le soir en revenant, elle le retrouva dans le même endroit & dans la même attitude, quoiqu'il fît très-froid, & qu'il n'eût cessé de pleuvoir toute la journée. (2)

---

(1) Mort en 1722. De ce fils sont issus un garçon & trois filles.

(2) Ce n'est pas dans une position semblable qu'Horace eût dit :

. . . . Hæc ego mecum
Compressis agito labris. Ubi quid datur oti,
Illudo chartis. . . . .

        Horat. Sat. IV, v. 137, &c.

C'eſt ainſi que travailloit ſouvent, La Fontaine : tous les endroits lui étoient bons & indifférents. Il n'eut jamais de cabinet particulier, ni de bibliotheque. La vaine recherche des commodités, la manie de certains arrangements, la ſymmétrie étudiée des ornements, la compoſition & le choix d'un appartement ; toutes ces choſes, devenues ſouvent l'inquiétude & le tourment de quelques perſonnes d'eſprit, ne vinrent jamais piquer ſon goût, ni troubler ſa tête. La ſeule décoration qui lui vint en fantaiſie, fut celle d'environner l'intérieur d'un cabinet de toutes les figures, en plâtre & en terre cuite, des anciens Philoſophes qu'il put raſſembler ou faire jetter en moule. Cet aſſemblage le divertiſſoit, il appelloit ce réduit : *la chambre des Philoſophes* (1).

Le célebre Lully, natif de Florence, ſe mit un jour en tête d'avoir un Opéra de lui. Il fut le trouver, le cajola, & le berça ſi bien des promeſſes les plus flatteuſes, qu'il parvint à ſon but. Lully étoit ardent, impatient ; & ſon activité ne permit point à La Fontaine de s'endormir. Il l'obſédoit ſans ceſſe, ſoit pour des diſpoſitions toujours nouvelles de quelques ſcenes, ſoit pour des alongemens ou racourciſſemens de certains vers, ſoit enfin pour des changements qui varioient chaque jour au gré de ſes caprices. Cet ouvrage étoit enfin fini, lorſqu'au bout de quatre mois de perſécution, Lully, ſans mot dire, abandonna La Fontaine & ſon Opéra, pour adopter celui d'Alceſte de Quinault, qu'il mit en muſique, & qui fut joué à Saint-Germain devant la Cour. La Fontaine, auſſi ſenſible à la perte de ſon temps & de ſon loiſir, qu'au mépris du muſicien, ne put ſe refuſer à l'indignation qu'inſpira ce procédé à tous ſes amis. C'eſt à leur ſollicitation qu'il compoſa le morceau plein de ſel, intitulé : *le*

---

(1) Voyez une Lettre de lui à M. de Bonrepaux, du 31 Août 1687, inſérée parmi les Œuvres de Saint-Evremont.

Florentin, qu'on trouve dans ſes œuvres poſthumes, & dans lequel, en parlant du mauvais tour de Lully, il peint ainſi ſon caractère:

> . . . . Il me fit travailler.
> Le paillard s'en vint réveiller
> Un enfant des neuf ſœurs, enfant à barbe griſe,
> Qui ne devoit en nulle guiſe
> Etre dupe; il le fut, & le ſera toujours:
> Vienne encore un trompeur, je ne tarderai guères, &c.

Incapable de haine, ou de conſerver long-temps le reſſentiment des injures, il ne tarda pas à être fâché d'avoir écrit contre Lully. C'eſt ce qu'on voit dans une de ſes épîtres à Madame Thiange, où, parmi les excuſes qu'il emploie, & en parlant des conſeils qui lui avoient été donnés, il dit:

> Les conſeils. Et de qui? du public; c'eſt la ville,
> C'eſt la cour, & ce ſont toutes ſortes de gens,
> Les amis, les indifférents,
> Qui m'ont fait employer le peu que j'ai de bile.
> Ils ne pouvoient ſouffrir cette atteinte à mon nom.
> La méritois-je? on dit que non.

C'eſt le ſeul reſſentiment qu'il eut dans ſa vie. Son humeur tranquille & débonnaire le rendoit inſenſible à toutes les petites délicateſſes qui heurtent la vanité, & qui bleſſent l'amour-propre de la plupart des hommes. On eût dit qu'il étoit incapable de ſentir même la raillerie piquante: on en a déjà vu quelques exemples. Auſſi ſes amis avoient-ils le droit de lui faire, ou de lui dire tout ce qu'ils vouloient: jamais il ne s'en fâchoit. Il ſouffroit aiſément leur mauvaiſe humeur, & ne leur tenoit que des propos obligeants, même dans les occaſions où la patience peut échapper aux plus modérés. Le peu d'eſtime qu'il avoit de lui-même, ſon humilité naturelle, capable de faire honneur à la dévotion & à la piété même qu'il n'avoit pas, lui déroboient la connoiſſance de ſon mérite, & de la ſublimité de ses talents. Ses productions étoient les fruits d'un génie aisé ; elles couloient tellement de source, & lui coûtoient si peu d'effort, qu'il ne faisoit pas plus d'attention à ce qu'elles valoient, qu'il en faisoit à ce qui le regardoit lui-même. Personne n'ignora plus que lui l'estime dont il étoit digne : aussi étoit-il de tous les hommes le moins propre à faire remarquer qu'il la méritoit. Il regardoit l'industrie qu'il eût fallu pour cela, comme une peine, ou comme un soin qui ne le concernoit pas , & qui n'étoit que l'affaire des autres. C'étoit en vain qu'à table, ou dans un cercle, on auroit attendu de lui quelque propos ou quelque récit qui répondît à la licence répandue dans une bonne partie de ses ouvrages. Personne n'étoit, ni plus retenu devant les femmes qu'il aimoit , & qu'il respectoit beaucoup, ni plus réservé & plus circonspect dans les conversations ; même les plus familieres & les plus libres. Lorsqu'il étoit obligé d'aller dans quelques compagnies où l'on exigeoit le récit de quelques Fables , ou de quelques Contes, il s'en excusoit modestement sur son incapacité à les bien rendre , & sur son défaut de mémoire. S'il étoit davantage pressé, il présentoit à sa place , dit-on , un nommé *Gaches* qu'il menoit souvent avec lui , & qui , prenant aussi-tôt la parole , s'acquittoit très-bien de ces sortes de commissions.

Personne ne fut si simple & si naïf dans son air , dans ses manieres, & dans toutes ses actions. A le voir agir , à observer la singularité de ses surprises , on l'eût pris pour l'homme du monde le plus neuf ou le plus incapable de sentiment. Ce caractere , d'une ingénuité qui tenoit de l'enfance, ayant passé de sa plus tendre jeunesse dans son âge le plus mûr, pouvoit le faire regarder, par ceux qui ne le connoissoient pas, comme une espece d'automate. C'est en badinant sur l'impression naturelle qui résultoit de son extérieur & de ses mœurs, que Madame de la Sabliere dit un jour, après avoir congédié tous ses domestiques à la fois : *je n'ai gardé avec moi que mes trois animaux , mon chien, mon chat, & mon La Fontaine.*

Lorsqu'il publia son Livre des *Amours de Pfiché & de Cupidon*, la malignité de quelques courtifans voulut infinuer à plufieurs perfonnes, qu'il avoit eu en vue certains amours de Louis XIV. L'on crut y découvrir des traits de plaifanterie & de fatyre, qui, fans être même voilés par la fiction, s'appliquoient exactement à ce Monarque. Le goût de ces commentaires, & la fauffe clef de cette prétendue énigme, commençoient à s'accréditer, lorfque La Fontaine, qui ne s'appercevoit de rien, & qui n'avoit eu aucune mauvaife intention, fut tout-à-coup effrayé par les avertiffements de fes amis, & par la conféquence de ces bruits. Il courut faire part de ces craintes au Duc de Saint-Aignan, l'un des favoris de Louis XIV, qui, fans adopter entièrement fes excufes, en eut cependant compaffion, & promit de le tirer d'affaire. *Faites relier*, lui dit ce Seigneur, *un exemplaire de cet ouvrage. Je vous introduirai chez le Roi, dans le moment qu'il fera le plus environné de courtifans; vous lui préfenterez vous-même votre livre; & foyez perfuadé qu'après cette démarche, il n'y aura plus d'interprétations.* Ce projet eut le fuccès qu'on en attendoit; chacun fe tut, & La Fontaine reprit fa tranquillité ordinaire.

La mort de M. Colbert, arrivée en 1683, laiffa une place vacante à l'Académie Françoife, pour laquelle La Fontaine (1) & Defpréaux furent en concurrence. Ces deux grands poëtes avoient également le droit de fe mettre fur les rangs. Mais la licence répandue dans les ouvrages de notre Auteur (2), réveilloit dans cette Compagnie une délicateffe qui fembloit ne devoir pas

---

(1) Il avoit alors foixante-trois ans.

(2) Lorfque La Fontaine témoigna fouhaiter d'être admis à l'Académie Françoife, *il écrivit*, dit M. Perrault, *une lettre à un Prélat de la Compagnie, où il marquoit, & le déplaifir de s'être laiffé aller à une telle licence, & la réfolution où il étoit de ne plus compofer rien de femblable.*

lui être favorable. Cependant la Fontaine, que la plupart des Académiciens défiroient pour confrere, à caufe de fon rare génie & de fa grande réputation, eut feize voix contre fept. Mais Defpréaux étoit plus connu à la Cour. Louis XIV même l'honoroit d'une bienveillance particuliere (1). Son parti fe hâta d'intéreffer la religion du Roi ; & les ordres qu'on en attendoit pour la réception de La Fontaine, demeurerent fufpendus. Dans cet intervalle, il parut fentir l'aiguillon de la gloire qu'il avoit jufqu'alors regardée avec trop d'indifférence. Ses amis vinrent l'exciter, & le tirerent de fon inaction naturelle. Il fe donna des mouvents, & préfenta au Roi une Ballade, dont l'envoi étoit ajufté aux circonftances dans lefquelles fe trouvoit La Fontaine. Il y follicite en fa faveur, & tire parti du refrain, qui fert en même temps à célébrer la gloire du Monarque.

> Quelques efprits ont blamé certains jeux,
> Certains récits qui ne font que fornettes ;
> Si je défére aux leçons qu'ils m'ont faites,
> Que veut-on plus ? foyez moins rigoureux,
> Plus indulgent, plus favorable qu'eux ;
> Prince, en un mot, foyez ce que vous êtes,
> *L'événement ne peut que m'être heureux.*

Il prit fort à cœur le fuccès de cette affaire, & c'eft le feul trait d'ambition qu'on puiffe remarquer dans le cours de fa vie. Cependant fix mois s'étoient écoulés fans décifion de la part du Roi, lorfqu'une autre place vint à vaquer à l'Académie par la mort de M. Bezons :

---

(1) Il étoit chargé, dès ce temps-là par Louis XIV, d'écrire fon hiftoire, conjointement avec Racine ; & Defpréaux étoit alors à la fuite de ce Prince, pour être témoin oculaire de fes expéditions. M. de Valincourt fuccéda à Racine, & fut affocié à Defpréaux, après la mort duquel il refta feul chargé de cet ouvrage.

Despréaux y fut élu. Ce fut alors que Louis XIV, mieux disposé en faveur de Despréaux, mais qui s'étoit fait une loi de ne jamais prévenir les suffrages de l'Académie, s'expliqua ainsi au Député qui venoit lui rendre compte de cette seconde élection : *Le choix qu'on a fait de M. Despréaux, m'est agréable, & sera généralement approuvé. Vous pouvez*, ajoûta-t-il, *recevoir incessamment La Fontaine ; il a promis d'être sage.*

L'Académie reçut avec joie cette approbation ; & sans attendre la réception de Despréaux, qui se trouvoit en Flandres avec le Roi, & qui eût été faite le même jour, elle se hâta de procéder à celle de La Fontaine, qui se fit le 2 Mai 1684. Cet empressement & la haute opinion qu'on avoit de ses talents, furent manifestés publiquement dans cette assemblée, par M. l'Abbé de la Chambre, qui étoit alors Directeur. Il prit la parole, & s'adressant à La Fontaine : *L'Académie*, dit-il, *reconnoît en vous, Monsieur, un de ces excellents ouvriers, un de ces fameux artisans de la belle gloire, qui la va soulager dans les travaux qu'elle a entrepris pour l'ornement de la France, & pour perpétuer la mémoire d'un regne si fécond en merveilles.*

Elle reconnoît en vous, un génie aisé & facile, plein de délicatesse & de naïveté, quelque chose d'original, & qui, dans sa simplicité apparente, & sous un air négligé, renferme de grands trésors & de grandes beautés.

Il fut estimé & chéri de ses confreres, parmi lesquels il parut toujours avec cette candeur & cette bonté de caractere qu'on ne peut se donner, ni même imiter quand on ne l'a pas. Simple, doux, ingénu, plein de droiture, il n'eut jamais la moindre mésintelligence avec aucun d'eux. Lors même que Furetiere se fut rendu indigne de la place qu'il occupoit à l'Académie, & qu'il fut question de l'en exclure (1),

_____

(1) Voyez l'Histoire de l'Académie par M. Pellisson, où les particularités & les causes de cette exclusion sont détaillées.

La Fontaine ne put se résoudre à concourir à cette flétrissure. Il voulut donc étayer Furetiere de son suffrage ; mais malheureusement, l'une de ses distraction ordinaires (1) le surprit au moment qu'on alloit au scrutin pour cette exclusion. Au lieu de placer ses boules comme il le falloit, il mit la noire où devoit être la blanche, & ajouta une voix à celles qui étoient déja contre Furetiere, ce que celui-ci ne lui pardonna pas.

La Fontaine ne connoissoit, ni les intrigues, ni l'art de briguer les faveurs ; il fuyoit la Cour, pour laquelle il n'avoit pas moins d'éloignement que pour tous ceux auprès desquels il falloit s'assujettir, se contraindre, ou se déguiser. Mais il n'est pas moins surprenant qu'il ait échappé seul, parmi tous les grands hommes de son tems, aux libéralités & aux bienfaits de Louis XIV, auxquels, comme l'observe M. de Voltaire, il avoit droit de prétendre, & par son mérite, & par sa pauvreté. Après la mort de Madame de la Sabliere, il se trouva réduit dans la situation la plus difficile à supporter. En perdant cette illustre amie, La Fontaine

(1) Parmi plusieurs distractions, on rapporte qu'il portoit depuis deux jours un habit neuf, sans s'en être apperçu ; lorsqu'un de ses amis, qu'il rencontra dans la rue, vint lui causer une grande surprise, en lui en faisant son compliment. C'étoit Madame d'Hervard, dont j'aurai occasion de parler dans la suite, qui, à l'insu de La Fontaine, avoit fait mettre cet habit dans sa chambre, à la place de celui qu'il portoit ordinairement.

Une autre fois, & ce fait est confirmé par une tradition bien constante il oublia d'avoir été à l'enterrement d'une personne, chez laquelle il arriva pour dîner avec quelques amis qui s'étoient embarqués sous sa conduite. Mais le portier lui ayant dit que son maître étoit mort depuis huit jours : *ah !* répondit La Fontaine avec étonnement, *je ne croyois pas qu'il y eût si long-temps.*

perdit auſſi les douceurs de la vie qui lui étoient les plus cheres & les plus précieuſes. Son répos & ſa tranquilité en fureut troublés. Il ſe vit iſolé, & contraint de pourvoir à ſes beſoins, devenus plus ſenſibles par l'âge, & que l'attention & la générofité de ſa bien-faictrice lui avoient laiſſé ignorer pendant une bonne partie de ſa vie. La néceſſité, s'il faut le dire, penſa pour lors l'exiler de ſa patrie, & dérober honteuſe-ment à la France l'un des génies qui lui ait fait le plus d'honneur. Il étoit auſſi connu par ſes ouvrages en Angleterre, qu'eſtimé par les qualités de ſon ame. Madame de Bouillon (1) s'y trouvoit alors avec Madame de Mazarin, ſa ſœur. Elles apprirent que La Fontaine ne vivoit pas commodément à Paris : elles voulurent l'attirer à Londres, & ſe joignirent pour cet effet à Madame Harvey (2), au Duc de Devonshire, à Milord Montaigu, à Milord Godolphin, qui, tous enſemble, s'engagerent à lui aſſurer une ſubſiſtance honorable. Saint-Evremont ne fut pas le dernier à vouloir le ſéduire. Il lui écrivit pluſieurs lettres, & La Fontaine étoit ébranlé, lorſqu'il fut détourné de ce voyage par les dernieres circonſtances de ſa vie, dont je vais rendre compte (3).

(1) Elle étoit arrivée en Angleterre dès l'année 1687 pour voir ſa ſœur.

(2) Eliſabeth Montaigu, veuve de M. le Chevalier d'Harvey, mort à Conſtantinople, où il avoit été en-voyé en Ambaſſade par Charles II. Cette Dame avoit beaucoup d'eſprit & de mérite. C'eſt elle qui contribua le plus à faire venir en Angleterre Madame de Mazarin, avec qui elle lia enſuite une amitié très-étroite. Etant allée à Paris en 1683, La Fontaine eut ſouvent occaſion de la voir chez Milord Montaigu ſon frere, Ambaſſa-deur d'Angleterre. Elle lui donna alors le ſujet de la Fable du *Rénard Anglois*, où La Fontaine a fait en-trer ſon éloge, & qu'il lui adreſſa.

(3) L'on prétend qu'alors La Fontaine ſe mit à ap-

Vers la fin de 1692, il tomba dangereusement malade. Jusqu'alors il n'avoit guere porté sa vue sur le culte ni sur les objets de la Religion ; & les affaires de son salut avoient été enveloppées dans l'oubli & dans la profonde indifférence qui regnoient sur sa vie. La loi naturelle dirigeoit son cœur, & guidoit l'innocence de ses mœurs. Son esprit, ennemi du travail, incapable d'effort ou de contention, de quelque nature qu'elle pût être, ne se donna jamais la peine de suivre long-temps le même objet, & moins encore de se porter à la contemplation des choses qui sont hors de la sphere naturelle de l'homme. Le Curé de St. Roch, informé de la maladie sérieuse de La Fontaine, lui envoya le P. Poujet (1), homme d'esprit, & qui pour lors étoit Vicaire de cette paroisse. Ce prêtre, pour donner à sa visite un air moins sérieux & moins suspect, se fit annoncer de la part de son pere, chez qui La Fontaine alloit quelquefois, pour s'informer de l'état de sa santé. Pour lui ôter toute méfiance, il se fit accompagner d'un ami commun, qui l'étoit encore plus particuliérement du malade. Après les politesses d'usage, le P. Poujet fit tomber insensiblement la conversation sur la Religion, & sur les preuves qu'on en tire, tant de la raison que des livres saints. Sans

---

prendre la langue Angloise, & que la sécheresse & l'ennui de cette étude, le détournerent d'aller en Anglette. Mais notre langue y étoit, dès ce temps, aussi connue qu'aujourd'hui. Saint-Evremont, à portée de l'instruire de ce qui s'y passoit, n'apprit jamais l'Anglois ; & La Fontaine étoit moins capable qu'un autre, d'être arrêté par une précaution aussi superflue.

(1) *Amable Poujet.* Il venoit de quitter récemment les bancs de Sorbonne, où il avoit pris tous ses grades & le bonnet de Docteur. Il entra depuis dans l'Oratoire. Il composa le Catéchisme de Montpellier, & mourut à Paris en 1723.

Je douter du but de ses discours : je me suis mis, lui dit La Fontaine avec sa naïveté ordinaire, *depuis quelque temps, à lire le Nouveau Testament : je vous assure*, ajouta-t-il, *que c'est un fort bon livre ; oui, par ma foi, c'est un bon livre. Mais il y a un article sur lequel je ne me suis pas rendu ; c'est l'éternité des peines : je ne comprends pas*, dit-il, *comment cette éternité peut s'accorder avec la bonté de Dieu*. Le P. Poujet satisfit à cette objection, par les meilleures raisons qu'il put trouver dans ce moment ; & La Fontaine, après plusieurs répliques, fut si content de l'entendre, qu'il le pria de revenir. Le P. Poujet ne demandoit pas mieux ; il partit, & lui laissa l'ami qu'il avoit amené. Le but de cette séparation préméditée, étoit d'amener La Fontaine à la confidence de ses sentiments & de ses dispositions présentes. En effet, satisfait de cette visite, il dit à son ami, que s'il avoit à se confesser, il ne prendroit point d'autre Directeur que cet ecclésiastique.

Le P. Poujet, instruit du succès de sa visite, fut exact depuis ce temps, à lui en rendre deux par jour, dans lesquelles il ne cessoit, en le familiarisant avec ses discours, d'éclaircir ses doutes, & de répondre à ses questions, avec l'adresse & la sagesse d'un habile homme. Ce n'étoit, au fond, ni l'impiété, ni l'incrédulité qu'il avoit à combattre. La Fontaine, toujours vrai, toujours sincère, & rempli de bonne foi, ne cherchoit qu'à s'instruire, & à se convaincre. Il ne vouloit point faire tenir à sa bouche un langage que son cœur ou son esprit démentissent. Je ne rapporterai point les différentes objections qu'il fit, ni la manière dont le P. Poujet sut y satisfaire. Mais je ne saurois passer sous silence deux points intéressants, sur lesquels La Fontaine eut peine à se rendre. Le premier fut une satisfaction publique sur ses Contes, que ce Directeur exigea de lui : l'autre, la promesse de ne jamais donner aux Comédiens une pièce de théâtre qu'il avoit composée depuis peu, & dont il avoit reçu les applaudissements des connoisseurs, & des amis auxquels il l'avoit lue.

Quoique La Fontaine ne regardât pas ses Contes
comme un ouvrage irrépréhensible, il ne pouvoit cependant imaginer qu'il fussent capables de produire
des effets aussi pernicieux qu'on le prétendoit. Il protestoit qu'en les écrivant, ils n'avoient jamais fait de
mauvaises impressions sur lui : & comme sa maniere
ordinaire étoit de juger des autres par lui-même, il
attribuoit ce qu'on lui disoit là-dessus, à une trop grande
délicatesse. C'est ainsi qu'il se défendoit contre l'espece
d'amende-honorable qu'on exigeoit de lui ; mais l'éloquence du P. Poujet l'emporta sur ses répugnances.
La Fontaine convaincu, se résigna, & consentit à ce
que ce directeur jugeroit nécessaire & convenable dans
cette occasion. Quant à la piece de-théâtre, il ne se
rendit point avec la même docilité. Les discussions &
la controverse, entre son ami Racine & M. Nicole,
sur ce point, étoient encore présentes à son esprit. La
décision du P. Poujet lui parut trop sévere ; il en appella à une consultation en forme de plusieurs Docteurs
de Sorbonne. Elle ne lui fut point favorable ; & sans
balancer, jetta sa piece au feu, sans en retenir de
copie. Cet ouvrage est resté perdu ; on n'en sait pas
même le titre.

Parmi tous ces débats & toutes ces exhortations, où
se trouvoint employées, tantôt une douce persuasion,
& tantôt la crainte des peines de l'autre vie, je ne
dois pas oublier les réflexions de la Garde de La Fontaine,
qui désignent d'une maniere aussi naturelle qu'originale,
les sentiments & l'opinion qu'il inspiroit de lui. *Eh !
ne le tourmentez pas tant*, dit-elle un jour avec impatience au P. Poujet, *il est plus bête que méchant*. Une
autre fois, avec un air de compassion : *Dieu n'aura jamais*, disoit-elle, *le courage de le damner*.

Enfin, après plus de six semaines de conférences
assidues & redoublées, La Fontaine fit une confession
générale, & reçut le Saint Viatique le 12 Février 1693,
avec des sentiments dignes de la candeur de son âme,
& des vertus du meilleur Chrétien. C'est dans ce moment, avec une présence d'esprit admirable, & dans

C 3

les meilleurs termes, il détesta ses Contes (1) en présence de Messieurs de l'Académie. Il les avoit fait prier
de se rendre chez lui par Députés, pour être les témoins publics de son repentir, de ses dispositions, &
de la protestation authentique qu'il fit, de n'employer
ses talents à l'avenir, s'il recouvroit la santé, qu'à
des sujets de piété (2).

Il tint exactement parole (3). Il revint de cette maladie, & la première fois qu'il put assister à l'Académie,
il y renouvella la protestation qu'il avoit faite devant
les Députés, & fit lecture, dans l'assemblée, d'une
paraphrase en vers François, de la prose des morts

---

(1) Il renonça en même-temps au profit qui devoit
lui revenir d'une nouvelle édition de ses Contes qu'il
avoit retouchée, & qui s'imprimoit alors en Hollande.

(2) Quelques-uns crurent alors que La Fontaine
étoit mort, ou qu'il ne releveroit point de cette maladie, & ce fut dans ce temps que le poëte Limiere
répandit dans Paris l'épigramme suivante :

> Je ne jugerai de ma vie
> D'un homme avant qu'il soit éteint :
> Pelisson est mort en impie,
> Et La Fontaine comme un saint.

Cependant aucuns de ces faits n'étoient vrais. Car
La Fontaine ne mourut pas ; & de ce que la violence
de la maladie avoit surpris Pelisson, sans lui donner le
temps de recevoir les derniers Sacrements qu'il avoit
différés au lendemain, l'on ne pouvoit en inférer qu'il
fût mort en impie.

(3) C'est par une erreur peu réfléchie & mal hasardée,
que Lokman, dans son livre des amours de Psiché &
de Cupidon, en Anglois, in-8°. 1744, imprimé à
Londres, suppose dans une vie qu'il a voulu donner
de La Fontaine, qu'après cette maladie, il composa
encore quelques pièces trop libres, & dans le goût de
ses Contes. Il en cite pour preuve l'édition d'un Livre

Dies iræ. Il l'avoit composée pour s'entretenir de la pensée de la mort, & pour se pénétrer des vérités les plus terribles de la Religion.

Le jour qu'il reçut le Saint-Viatique, Monsieur le Duc de Bourgogne, qui n'avoit encore atteint que sa onzieme année, fit une action digne du sang des Bourbons. De son pur mouvement, & sans y être porté par aucun conseil, il envoya un Gentilhomme à La Fontaine, pour s'informer de l'état de sa santé, & pour lui présenter, de sa part, une bourse de cinquante louis d'or. Il lui fit dire en même-temps, qu'il auroit souhaité d'en avoir davantage; mais que c'étoit tout ce qui lui restoit du mois courant, & de ce que le Roi lui avoit fait donner pour ses menus plaisirs. Ce Prince, dans qui l'Europe voyoit de si bonne heure germer les vertus & les sentiments dignes de la grandeur de son rang, se mit dès ce temps à la tête des bienfaiteurs de La Fontaine; & par ses largesses, écarta la nécessité qui, comme nous l'avons vu plus haut, alloit bientôt livrer La Fontaine à l'ambitieuse rivalité d'une Nation qui nous dispute la gloire de soutenir le mérite, & de récompenser les talents.

Après sa maladie, La Fontaine fut invité par Madame d'Hervard (1), qui l'aimoit beaucoup, à venir loger chez elle. Il accepta cette offre; & retrouva dans cet asyle les douceurs & les attentions que Madame de la Sabliere avoit eues autrefois pour lui. Il se mit alors

---

intitulé : *Ouvrages de Prose & de Poésie, des sieurs Maucroy & de La Fontaine*, qui parut en 1685; époque bien antérieure à la conversion de La Fontaine, & qu'il pouvoit aisément consulter.

(1) Femme de M. d'Hervard, conseiller au Parlement, qui conserva la mémoire de La Fontaine avec tant de vénération, qu'il se faisoit un plaisir de montrer dans sa maison, depuis lors l'hôtel d'Armenonville, la chambre où La Fontaine étoit mort, comme on fait remarquer à Rome la maison de Ciceron.

à traduire en vers les hymnes de l'Eglise. Mais il n'a vança pas beaucoup dans ce nouveau genre de travail : il l'avoit entrepris trop tard, pour être secondé de ce feu poétique qui l'avoit autrefois animé, & qui se trouvoit alors éteint & dissipé par l'âge, la maladie, le régime, & par les austérités qu'il pratiquoit dans sa pénitence.

Il vécut encore deux ans dans cette langueur, & plus il sentoit diminuer ses forces, plus il redoubloit de ferveur (1). Il mourut le 13 Mars 1695, âgé de soixante treize ans, huit mois cinq jours, & fut enterré dans le cimetiere de St. Joseph, au même endroit où l'on avoit placé le corps de son ami Moliere, vingt-deux ans auparavant. Lorsqu'on le deshabilla pour

_____

(1) C'est ici l'occasion de rapporter une lettre qui fait bien connoître ses dispositions. Il l'écrivit à son ami M. de Maucroy, un mois avant la mort.

» Tu te trompes assurément, mon cher ami, s'il est
» bien vrais comme M. de Soissons me l'a dit, que
» tu ne me croyes plus malade d'esprit que de corps. Il
» me l'a dit pour tâcher de m'inspirer du courage,
» mais ce n'est pas de quoi je manque. Je t'assure que
» le meilleur de tes amis n'a plus à compter sur quinze
» jours de vie. Voilà deux mois que je ne sors point,
» si ce n'est pour aller un peu à l'Académie, afin que
» cela m'amuse. Hier, comme j'en revenois, il me prit,
» au milieu de la rue...... une si grande foiblesse,
» que je crus véritablement mourir. O ! mon cher,
» mourir n'est rien ; mais songes-tu que je vais comparoître devant Dieu ! Tu fais comme j'ai vécu.
» Avant que tu reçoives ce billet, les portes de l'éternité seront peut-être ouvertes pour moi ». *Œuvres diverses de La Fontaine*, Tom. 3 page 175, édit. de la Haye, 1729.

le mettre au lit de la mort, il se trouva couvert d'un cilice (1). Ce que M. Racine le fils n'a point laissé échapper, lorsqu'il le dépeint ainsi :

Vrai dans tous ses écrits, vrai dans tous ses discours,
Vrai dans sa pénitence, à la fin de ses jours ;
Du Maître qu'il approche, il prévient la justice,
Et l'Auteur de Joconde est armé d'un cilice.

Il me reste un mot à dire de ses compositions, à caractériser plus particuliérement son génie. Il ne connut jamais d'efforts ni de contrainte dans ses ouvrages. L'indépendance de son esprit fut égale à celle de sa vie ; & l'amour de la liberté fut le guide de sa plume & de ses productions, comme il l'étoit de son goût & de ses inclinations. C'est cette aisance & cette facilité d'écrire, qui le faisoit ingénieusement appeller par Madame de Bouillon, *un Fablier*, pour dire que ses Fables étoient une production naturelle des idées qui se trou-voient toutes arrangées dans sa tête. Le soin de les en retirer, fut tout son travail, ou, pour mieux dire, fut l'ouvrage de la plus douce & tranquille rêverie dont il s'occupoit. Aussi ne fit-il pas plus de cas de ces mêmes ouvrages, que de la peine qu'ils lui coûterent. C'est ainsi qu'il apprécie modestement l'un & l'autre dans l'épitaphe qu'il s'est composée lui-même.

Jean s'en alla comme il étoit venu,
Mangeant son fonds après son revenu,
Et crut les biens chose peu nécessaire.
Quant à son temps, bien sut le dispenser ;
Deux parts en fit, dont il souloit passer,
L'une à dormir, & l'autre à ne rien faire.

_____

(1.) M. l'Abbé d'Olivet a vu ce cilice entre les mains de M. de Maucroy, qui le gardoit comme un monu-ment précieux de la mémoire de cet illustre ami.

Ses expreſſions délicates, enjouées, & naïves, furent des copies fideles de la belle nature, dont le goût, de concert avec l'eſprit, lui firent ſaiſir par-tout les nuances & les traits. C'eſt ainſi qu'en remaniant les ouvrages des Anciens, il ſe les eſt rendu propres, & leur a prêté une tournure & des graces qu'ils n'avoient point. Auſſi ſage, auſſi ſenſé qu'Eſope, il l'a ſurpaſſé autant par la juſteſſe des applications, que par l'élégance & la préciſion. Plus vif, plus rempli d'intérêt & de chaleur que Phedre, il l'a laiſſé derriere lui, & s'eſt ouvert dans ſes Fables une carriere toute neuve, toute parſemée de fleurs & d'agremens piquants (1). Auſſi peut-on dire qu'il eſt parvenu au plus haut point de perfection où l'on puiſſe atteindre dans ce genre.

Ses Contes, quoique d'une moindre perfection, ſont des chefs-d'œuvres d'une autre eſpece, qui, dans le genre naïf, ſerviront toujours de modele pour la narration. L'intérêt & la ſaillie, toujours à côté du ſimple & du naturel, y charment l'eſprit, & ſurprennent l'imagination d'une maniere agréable & ſéduiſante. Lorſqu' la Fontaine raconte, l'on oublie qu'on lit une fiction, on s'oublie ſoi-même ; & livré à une eſpece d'enchantement, l'on croit entendre & voir tout ce qu'on lit. S'il change de ſtyle, & qu'il adreſſe quelquefois la parole aux Dames dans ſes vers, quelle élégance ! quelle fineſſe dans ſes complimens ! quelle tournure délicate & galante dans ſes loüanges !

A travers tous ces avantages, cet excellent Auteur n'a pas mis la derniere main à toutes ſes pieces. Libre

_____

(1) C'eſt ce qu'il ne connoiſſoit pas, ſe mettant fort au-deſſous de Phedre. Mais, comme a dit M. de Fontenelle, _cela ne tiroit point à conſéquence, & La Fontaine ne le cédoit ainſi à Phedre, que par bêtiſe._ Mot plaiſant, expreſſion ſinguliere, mais qui caractériſe d'une maniere auſſi fine que juſte, l'indifférence d'un génie ſupérieure, qui néglige de rechercher ſon mérite.

en écrivant, comme en toute autre chose, son indolence & sa paresse se manifestent quelquefois par des constructions vicieuses, ou par des défauts de langage. Mais par-tout où l'on puisse s'arrêter à critiquer ces petites fautes, on apperçoit toujours l'homme de génie & le grand écrivain. S'il pouvoit être soupçonné de malice ou de quelqu'adresse recherchée, l'on diroit même que ces négligences, dans la place qu'elles occupent, sont souvent l'effet de l'art; tant qu'elles sont imperceptibles & réparées par les choses qui les précedent ou qui les accompagnent. Mais il ne pouvoit se gêner, comme nous l'avons observé plus haut; il suivoit son humeur & sa fantaisie, & parcourant tantôt un sujet, & tantôt un autre, il se livroit à différents genres, ce qui lui a fait quelquefois négliger la correction dans ses Poésies. Cette légéreté d'humeur dont il se divertissoit lui-même, mettoit fort en colere Madame de Sévigné, qui, dans une de ses lettres, dit, d'un air piqué : *je voudrois faire une fable qui lui fît entendre combien cela est misérable, de forcer son esprit à sortir de son genre, & combien la folie de vouloir chanter sur tous les tons, fait une mauvaise musique.* En ceci, cependant La Fontaine, loin de forcer son esprit, ne suivoit que son caprice & son inconstance; c'est ainsi qu'il s'en explique dans un discours à Madame de la Sabliere.

Papillon du Parnasse & semblable aux abeilles,
A qui le bon Platon compare nos merveilles;
Je suis chose légere, & vole à tous sujets,
Je vais de fleur en fleur, & d'objets en objets;
A beaucoup de plaisir, je mêle un peu de gloire.
J'irois plus haut peut-être au temple de Mémoire,
Si dans un genre seul j'avois usé mes jours.
Mais quoi! je suis volage en vers comme en amour.

LA VIE
D'ÉSOPE
LE PHRYGIEN.

Nous n'avons rien d'assuré touchant la naissance d'Homère & d'Ésope. A peine même sait-on ce qui leur est arrivé de plus remarquable. C'est dont il y a lieu de s'étonner, vu que l'Histoire ne rejette pas des choses moins agréables & moins nécessaires que celles-là. Tant de destructeurs de nations, tant de Princes sans mérite, ont trouvé des gens qui nous ont appris jusqu'aux moindres particularités de leur vie ; & nous ignorons les plus importantes de celles d'Ésope & d'Homère ; c'est-à-dire, des deux personnages qui ont le mieux mérité des siècles suivants. Car, Homère n'est pas seulement le père des Dieux, c'est aussi celui des bons poëtes. Quant à Ésope, il me semble qu'on le devoit mettre au nombre des Sages, dont la Grece s'est tant vantée ; lui qui enseignoit la véritable sagesse, & qui l'enseignoit avec bien plus d'art que ceux qui en donnent des définitions & des regles. On a véritablement recueilli les vies de ces deux grands hommes ; mais la plupart des savants les tiennent toutes deux fabuleuses ; particuliérement celle que Planude a écrite. Pour moi, je n'ai pas voulu m'engager dans cette critique. Comme Planude vivoit dans un siecle où la mémoire des choses arrivées à Ésope ne devoit pas être encore éteinte, j'ai cru qu'il savoit par tradition ce qu'il a laissé. Dans cette croyance, je l'ai suivi, sans retrancher de ce qu'il a dit d'Ésope, que ce qui m'a semblé trop puerille, ou qui s'écartoit en quelque façon de la bienséance.

Ésope

Ésope étoit Phrygien, d'un bourg appellé *Amorium*. Il naquit vers la cinquante septieme Olympiade, environ deux cent ans après la fondation de Rome. On ne sauroit dire s'il eut sujet de remercier la nature, ou bien de se plaindre d'elle : car en le douant d'un très-bel esprit, elle le fit naître difforme & laid de visage, ayant à peine figure d'homme ; jusqu'à lui refuser entiérement la parole. Avec ces defauts, quand il n'auroit pas été de condition à être esclave, il ne pouvoit manquer de le deviner. Au reste, son ame se maintient toujours libre & indépendante de la fortune.

Le premier maître qu'il eut, l'envoya aux champs labourer la terre ; soit qu'il le jugeât incapable de toute autre chose ; soit pour s'ôter de devant les yeux un objet si désagréable. Or, il arriva que ce maître étant allé voir sa maison des champs, un paysan lui donna des figues : il les trouva belles, & les fit serrer fort soigneusement, donnant ordre à son Sommelier, appellé Agathopus, de les lui apporter au sortir du bain. Le hazard voulut qu'Ésope eût affaire dans le logis. Aussi-tôt qu'il y fut entré, Agathopus se servit de l'occasion, & mangea les figues avec quelques-uns de ses camarades : puis ils rejetterent cette friponnerie sur Ésope, ne croyant pas qu'il se pût jamais justifier, tant il étoit begue, & paroissoit idiot. Les châtimens dont les anciens usoient envers leurs esclaves, étoient fort cruels, & cette faute très-punissable. Le pauvre Ésope se jetta aux pieds de son maître, & se faisant entendre du mieux qu'il put, il témoigna qu'il demandoit, pour toute grace, qu'on sursit de quelques moments sa punition. Cette grace lui ayant été accordée, il alla quérir de l'eau tiede, la but en présence de son Seigneur, se mit les doigts dans la bouche, & ce qui s'ensuit, sans rendre autre chose que cette eau seule. Après s'être justifié, il fit signe qu'on obligeât les autres d'en faire autant. Chacun demeura surpris : on n'auroit pas cru qu'une telle invention pût partir d'Ésope. Agathopus & ses camarades ne parurent point étonnés. Ils burent de l'eau comme le Phrygien

Partie 1.   C

avoit fait, & se mirent les doigts dans la bouche, mais ils se garderent bien de les enfoncer trop avant. L'eau ne laissa pas d'agir, & de mettre en évidence les figues, toutes crues encore & toutes vermeilles. Par ce moyen Esope se garantit : ses accusateurs furent punis doublement, pour leur gourmandise & pour leur méchanceté.

Le lendemain, après que leur maître fut parti, & le Phrygien étant à son travail ordinaire, quelques voyageurs égarés (aucuns disent que c'étoit des Prêtres de Diane) le prierent au nom de Jupiter Hospitalier, qu'il leur enseignât le chemin qui conduisoit à la ville. Esope les obligea premiérement de se reposer à l'ombre ; puis leur ayant présenté une légere collation, il voulut être leur guide, & ne les quitta qu'après qu'il les eut remis dans leur chemin. Les bonnes gens leverent les mains au ciel, & prierent Jupiter de ne pas laisser cette action charitable sans récompense. A peine Esope les eut quittés, que le chaud & la lassitude le contraignirent de s'endormir. Pendant son sommeil il s'imagina que la fortune étoit debout devant lui, qui lui délioit la langue, & par même moyen, lui faisoit présent de cet art dont on peut dire qu'il est l'Auteur. Réjoui de cette aventure, il s'éveilla en sursaut ; & en s'éveillant : Qu'est ceci ? dit-il, ma voix est devenue libre ; je prononce bien un rateau une charue, tout ce que je veux. Cette merveille fut cause qu'il changea de maître. Car, comme un certain Zénas qui étoit-là en qualité d'économe, & qui avoit l'œil outrageusement sur les esclaves, en eût battu un pour une faute, qui ne le méritoit pas, Esope ne put s'empêcher de le reprendre, & le menaça que ses mauvais traitements seroient sûs. Zénas, pour le prévenir, & pour se venger de lui, alla dire au maître, qu'il étoit arrivé un prodige dans sa maison ; que le Phrygien avoit recouvré la parole, mais que le méchant ne s'en servoit qu'à blasphêmer & à médire de leur Seigneur. Le maître le crut, & passa bien

plus avant ; car il lui donna Esope, avec liberté d'en
faire ce qu'il voudroit. Zénas de retour aux champs,
un marchand l'alla trouver, & lui demanda si, pour
de l'argent, il vouloit s'accommoder de quelque bête
de somme. Non pas cela, dit Zénas, je n'en ai pas
le pouvoir ; mais je te vendrai, si tu le veux, un de
nos esclaves. Là-dessus, ayant fait venir Esope, le
Marchand dit : est-ce afin de te moquer que tu me
proposes l'achat de ce personnage ? On le prendroit
pour une outre. Dès que le marchand eut ainsi parlé, il prit congé d'eux, partie murmurant, partie
riant de ce bel objet. Esope le rappella, & lui dit :
achetes-moi hardiment, je ne te serai pas inutile. Si
tu as des enfants qui crient & qui soient méchants,
ma mine les fera taire : on les menacera de moi
comme de la bête. Cette raillerie plut au marchand.
Il acheta notre Phrygien trois oboles, & dit en
riant : les Dieux soient loués ; je n'ai pas fait grande
acquisition, à la vérité ; aussi n'ai-je pas déboursé
grand argent.

Entr'autres denrées, ce marchand trafiquoit d'esclaves : si bien qu'allant à Ephese pour se défaire de
ceux qu'il avoit ; ce que chacun d'eux devoit porter
pour la commodité du voyage, fût départi selon leur
emploi & selon leurs forces. Esope pria que l'on eût
égard à sa taille ; qu'il étoit nouveau venu, & devoit
être traité doucement. Tu ne porteras rien, si tu veux,
lui repartirent ses camarades. Esope se piqua d'honneur, & voulut avoir sa charge comme les autres.
On le laissa donc choisir. Il prit le panier au pain ;
c'étoit le fardeau le plus pesant. Chacun crut qu'il
l'avoit fait par bêtise : mais dès la dinée le panier
fut entamé, & le Phrygien déchargé d'autant : ainsi
le soir, & de même le lendemain ; de façon qu'au
bout de deux jours il marchoit à vuide. Le bon sens
& le raisonnement du personnage furent admirés.

Quant au marchand, il se défit de tous ses esclaves, à la réserve d'un Grammairien, d'un Chantre,
& d'Esope, lesquels il alla exposer en vente à Samos.

Avant que de les mener sur la place, il fit habiller les deux premiers le plus proprement qu'il put, comme chacun farde sa marchandise : Ésope, au contraire, ne fut vêtu que d'un sac, & placé entre ses deux compagnons, afin de leur donner du lustre. Quelques acheteurs se présenterent, entr'autres un Philosophe appellé Xantus. Il demanda au Grammairien & au Chantre ce qu'ils savoient faire : tout, reprirent-ils. Cela fit rire le Phrygien, on peut s'imaginer de quel air. Planude rapporte qu'il s'en fallut peu qu'on ne prît la fuite, tant il fit une effroyable grimace. Le marchand fit son Chantre mille oboles, son Grammairien trois mille ; & en cas que l'on achetât l'un des deux, il devoit donner Ésope par-dessus le marché. La cherté du Grammairien & du Chantre dégoûta Xantus. Mais pour ne pas retourner chez soi sans avoir fait quelque emplette, ses disciples lui conseillerent d'acheter ce petit bout d'homme qui avoit ri de si bonne grace ; on en feroit un épouvantail, il divertiroit les gens par sa mine. Xantus se laissa persuader, & fit prix d'Ésope à soixante oboles. Il lui demanda, devant que de l'acheter, à quoi il lui seroit propre, comme il l'avoit demandé à ses camarades. Ésope répondit, à rien, puisque les deux autres avoient tout retenu pour eux. Les commis de la douanne remirent généreusement à Xantus le sol pour livre, & lui en donnerent quittance sans rien payer.

Xantus avoit une femme d'un goût assez délicat, & à qui toutes sortes de gens ne plaisoient pas ; si bien que de lui aller présenter sérieusement son nouvel esclave, il n'y avoit pas d'apparence, à moins qu'il ne la voulût mettre en colere, & se faire moquer de lui. Il jugea plus à propos d'en faire un sujet de plaisanterie, & alla dire au logis, qu'il venoit d'acheter un jeune esclave, le plus beau du monde, & le mieux fait. Sur cette nouvelle, les filles qui servoient sa femme, se penserent battre à qui l'auroit pour son serviteur ; mais elles furent bien étonnées quand le personnage parut. L'une se mit la main devant les yeux, l'autre s'enfuit, l'autre fit un cri. La maîtresse du logis dit que c'étoit pour la chasser qu'on lui amenoit un tel monstre; qu'il y avoit long-temps que le Philosophe se lassoit d'elle. De parole en parole, le différend s'échauffa jusqu'à tel point, que la femme demanda son bien; & voulut se retirer chez ses parents. Xantus fit tant par sa patience, & Esope par son esprit, que les choses s'eccommoderent. On ne parla plus de s'en aller, & peut-être que l'accoutumance effaça à la fin une partie de la laideur du nouvel esclave.

Je laisserai beaucoup de petites choses où il fit paroître la vivacité de son esprit : car, quoiqu'on puisse juger par-là de son caractere, elles sont de trop peu de conséquence pour en informer la postérité. Voici seulement une échantillon de son bon sens, & de l'ignorance de son maître. Celui-ci alla chez un jardinier se choisir lui-même une salade. Les herbes cueillies, le jardinier le pria de lui satisfaire l'esprit sur une difficulté qui regardoit la philosophie, aussi bien que le jardinage : c'est que les herbes qu'il plantoit & qu'il cultivoit avec un grand soin, ne profitoient point, tout au contraire de celles que la terre produisoit d'elle-même, sans culture ni amendement. Xantus rapporta le tout à la providence, comme on a coûtume de faire quand on est court. Esope se mit à rire; & ayant tiré son maître à part, il lui conseilla de dire à ce jardinier, qu'il lui avoit fait une réponse ainsi générale, parce que la question n'étoit pas digne de lui; il le laissoit donc avec son garçon, qui assurément le satisferoit. Xantus s'étant allé promener d'un autre côté du jardin, Esope compara la terre à une femme, qui, ayant des enfants d'un premier mari, en épouseroit un second, qui auroit aussi des enfants d'une autre femme : sa nouvelle épouse ne manqueroit pas de concevoir de l'aversion pour ceux-ci, & leur ôteroit la nourriture, afin que les siens en profitassent. Il en

D 3

étoit ainsi de la terre, qui n'adoptoit qu'avec peine
les productions du travail & de la culture, & qui
réfervoit toute fa tendreffe & tous fes bienfaits pour
les fiennes feules : elle étoit marâtre des unes, &
mere paffionnée des autres. Le jardinier parut fi content de cette raifon, qu'il offrit à Efope tout ce qui
étoit dans fon jardin.

Il arriva quelque temps après un grand différend
entre le Philofophe & fa femme. Le Philofophe étant
de feftin, mit à part quelques friandifes, & dit à
Efope : va porter ceci à ma bonne amie. Efope
l'alla donner à une petite chienne qui étoit les délices
de fon maître. Xantus, de retour, ne manqua pas de
demander des nouvelles de fon préfent ; & fi on
l'avoit trouvé bon. Sa femme ne comprenoit rien à ce
langage : on fit venir Efope pour l'éclaircir. Xantus,
qui ne cherchoit qu'un prétexte pour le faire battre,
lui demanda s'il ne lui avoit pas dit expreffément,
va-t'en porter de ma part ces friandifes à ma bonne
amie ? Efope répondit là-deffus que la bonne amie n'é-
toit pas la femme, qui, pour la moindre parole, menaçoit de faire un divorce ; c'étoit la chienne qui endu-
roit tout, & revenoit faire des careffes après qu'on
l'avoit battue. Le Philofophe demeura court ; mais
fa femme entra dans une-telle colere, qu'elle fe retira d'avec lui. Il n'y eut parent ni ami par qui Xantus
ne lui fit parler, fans que les raifons, ni les prieres
y gagnaffent rien. Efope s'avifa d'un ftratagême. Il
acheta force gibier, comme pour une nôce confidé-
rable, & fit tant, qu'il fût rencontré par un des
domeftiques de fa maîtreffe. Celui-ci lui demanda
pourquoi tant d'aprêts. Efope lui dit : que fon maître
ne pouvant obliger fa femme de revenir, en alloit
époufer une autre. Auffitôt que la dame fut cette nouvelle, elle retourna chez fon mari, par efprit de
contradiction, ou par jaloufie. Ce ne fut pas fans la
garder bonne à Efope, qui tous les jours faifoit de
nouvelles pieces à fon maître, & tous les jours fe
fauvoit du châtiment par quelque trait de fubtilité. Il

n'étoit pas possible au Philosophe de le confondre.

Un certain jour de marché, Xantus qui avoit dessein de régaler quelques-uns de ses amis, lui commanda d'acheter ce qu'il y avoit de meilleur, & rien autre chose. Je t'apprendrai, dit en soi-même le Phrygien, à spécifier ce que tu souhaites, sans t'en remettre à la discrétion d'un esclave. Il n'acheta donc que des langues, lesquelles il fit accommoder à toutes les sausses : l'entrée, le second, l'entremets, tout ne fut que langues. Les conviés louerent d'abord ce mets, à la fin ils s'en dégoûterent. Ne t'ai-je pas commandé, dit Xantus, d'acheter ce qu'il y auroit de meilleur ? Eh qu'y a-t-il de meilleur que la langue ? reprit Ésope. C'est le lien de la vie civile, la clef des sciences, l'organe de la vérité & de la raison. Par elle on bâtit les villes & on les police, on instruit, on persuade, on regne dans les assemblées, on s'acquitte du premier de tous les devoirs, qui est de louer les Dieux. Eh bien dit Xantus (qui prétendoit l'attraper), achetez-moi demain ce qui est de pire : ces mêmes personnes viendront chez moi ; & je veux diversifier.

Le lendemain Ésope ne fit servir que le même mets, disant que la langue est la pire chose qui soit au monde. C'est la mere de tous débats, la nourrice des procès, la source des divisions & des guerres. Si on dit qu'elle est l'organe de la vérité, c'est aussi celui de l'erreur, & qui pis est, de la calomnie. Par elles on détruit les villes, on persuade de méchantes choses : si d'un côté, elle loue les Dieux, de l'autre elle profere des blasphêmes contre leur puissance. Quelqu'un de la compagnie dit à Xantus, que véritablement ce valet lui étoit fort nécessaire ; car il savoit le mieux du monde exercer la patience d'un Philosophe. De quoi vous mettrez-vous en peine ? reprit Ésope. Et trouvez-moi, dit Xantus, un homme qui ne se mette en peine de rien.

Ésope alla le lendemain sur la place ; & voyant un paysan qui regardoit toute chose avec froideur &

l'indifférence d'une statue, il amena ce paysan au logis. Voilà, dit-il à Xantus, l'homme sans souci que vous demandez. Xantus commanda à sa femme de faire chauffer de l'eau, de la mettre dans un bassin, puis de laver elle-même les pieds de son nouvel hôte. Le paysan la laissa faire, quoiqu'il sût fort bien qu'il ne méritoit pas cet honneur; mais il disoit en lui-même : c'est peut-être la coutume d'en user ainsi. On le fit asseoir au haut bout, il prit sa place sans cérémonie. Pendant le repas, Xantus ne fit que blâmer son cuisinier : rien ne lui plaisoit; ce qui étoit salé, il le trouvoit trop doux. L'homme sans souci le laissoit dire, & mangeoit de toutes ses dents. Au dessert, on mit sur la table un gâteau que la femme du Philosophe avoit fait : Xantus le trouva mauvais, quoiqu'il fût très-bon. Voilà, dit-il, la pâtisserie la plus méchante que j'aie jamais mangée : il faut brûler l'ouvrière, car elle ne me fera de sa vie rien qui vaille : qu'on apporte des fagots. Attendez, dit le paysan, je m'en vais quérir ma femme, on ne fera qu'un bûcher pour toutes les deux. Ce dernier trait désarçonna le Philosophe, & lui ôta l'espérance de jamais attraper le Phrygien.

Or, ce n'étoit pas seulement avec son maître qu'Ésope trouvoit occasion de rire, & de dire des bons mots. Xantus l'avoit envoyé en certain endroit : il rencontra en chemin le Magistrat, qui lui demanda où il alloit. Soit qu'Ésope fût distrait, ou pour une autre raison, il répondit qu'il n'en savoit rien. Le Magistrat tenant à mépris & irrévérence cette réponse, le fit mener en prison. Comme les huissiers le conduisoient : ne voyez-vous pas, dit-il, que j'ai très-bien répondu ? savois-je que l'on me feroit aller où je vais ? Le Magistrat le fit relâcher, & trouva Xantus heureux d'avoir un esclave si rempli d'esprit.

Xantus, de sa part, voyoit par-là de quelle importance il lui étoit de ne point affranchir Ésope : & combien la possession d'un tel esclave lui faisoit d'honneur. Même un jour, faisant la débauche avec fes difciples, Efope qui les fervoit, vit que les fumées leur échauffoient déjà la cervelle, auffi-bien au maître qu'aux écoliers. La débauche de vin, leur dit-il, a trois degrés ; le premier, de volupté ; le fecond, d'ivrognerie ; le troifieme de fureur. On fe moqua de fon obfervation, & on continua de vuider les pots. Xantus s'en donna jufqu'a perdre la raifon, & à fe vanter qu'il boiroit la mer. Cela fit rire la compagnie. Xantus foutint ce qu'il avoit dit, gagea fa maifon qu'il boiroit la mer toute entiere ; & pour affurance de la gageure, il dépofa l'anneau qu'il avoit au doigt.

Le jour fuivant, que les vapeurs de Bacchus furent diffipées, Xantus fut extrêmement furpris de ne plus trouver fon anneau, lequel il tenoit fort cher. Efope lui dit qu'il étoit perdu, & que fa maifon l'étoit auffi, par la gageure qu'il avoit faite. Voilà le Philafophe bien alarmé. Il pria Efope de lui enfeigner une défaite. Efope s'avifa de celle-ci.

Quand le jour qu'on avoit pris pour l'exécution de la gageure fut arrivé, tout le peuple de Samos accourut au rivage de la mer, pour être témoin de la honte du Philofophe. Celui de fes difciples qui avoit gagé contre lui, triomphoit déjà. Xantus dit à l'affemblée : Meffieurs, j'ai gagé véritablement que je boirois toute la mer, mais non les fleuves qui entrene dedans : c'eft pourquoi celui qui a gagé contre moi, détourne leur cours, & puis je ferai ce que je me fuis vanté de faire. Chacun admira l'expédient que Xantus avoit trouvé, pour fortir à fon honneur d'un fi mauvais pas. Le difciple confeffa qu'il étoit vaincu, & demanda pardon à fon maître. Xantus fur reconduit jufqu'en fon logis avec acclamation.

Pour récompenfe, Efope lui demanda la liberté. Xantus la lui refufa, & dit que le temps de l'affranchir n'étoit pas encore venu : fi toutefois les les Dieux l'ordonnoient ainfi, il y confentiroit : partant qu'il prît garde au premier préfage qu'il auroit étant forti du logis : s'il étoit heureux, & que par exemple deux Corneilles fe préfentaffent à fa vue,

la liberté lui feroit donnée : s'il n'en voyoit qu'une,
qu'il ne fe lafsàt point d'être efclave. Efope fortit
auffi-tôt. Son maître étoit logé à l'écart, & apparemment vers un lieu couvert de grands arbres. A
peine notre Phrygien fut hors, qu'il apperçut deux
corneilles qui s'abattirent fur le plus haut. Il en alla
avertir fon maître, qui voulut voir lui-même s'il difoit vrai. Tandis que Xantus venoit, une des corneilles s'envola. Me tromperas-tu toujours ? dit-il
à Efope : qu'on lui donne les étrivieres. L'ordre fut
exécuté. Pendant le fupplice du pauvre Efope, on
vint inviter Xantus à un repas : il promit qu'il s'y
trouveroit. Hélas ! s'écria Efope, les préfages font
bien menteurs ! moi qui ai vu deux corneilles, je fuis
battu ; mon maître n'en a vu qu'une eft prié de nôces. Ce mot plut tellement à Xantus, qu'il commanda
qu'on cefsàt de fouetter Efope ; mais quant à la liberté, il ne fe pouvoit réfoudre à la lui donner,
encore qu'il la promît en diverfes occafions.

Un jour ils fe promenoient tous deux parmi de vieux
monuments, confidérant avec beaucoup de plaifir les
infcriptions qu'on y avoit mifes. Xantus en apperçut
une qu'il ne put entendre, quoiqu'il demeurât long-
temps à en chercher l'explication. Le Philofophe avoua
ingénument que cela paffoit fon efprit. Si je vous fais
trouver un tréfor par le moyen de ces lettres, lui dit
Efope, quelle récompenfe aurai-je ? Xantus lui promit
la liberté & la moitié du tréfor. Elles fignifient, pourfuivit Efope, qu'à quatre pas de cette colonne nous en
trouverons un. En effet, ils le trouverent, après avoir
creufé quelque peu dans la terre. Le Philofophe fut
fommé de tenir parole, mais il reculoit toujours.
Les Dieux me gardent de t'affranchir, dit-il à Efope,
que tu ne m'ayes donné avant cela l'intelligence de
ces lettres : ce me fera un autre tréfor plus précieux
que celui que nous avons trouvé. On les a ici gravées,
pourfuivit Efope, comme étant les premieres lettres
de ces mots : *Si vous reculez quatre pas, & que vous*

reusiez, *vous trouverez un trésor*. Puisque tu es si
subtil, repartit Xantus, j'aurois tort de me défaire de
toi : n'espere donc pas que je t'affranchisse. Et moi,
repliqua Esope, je vous dénoncerai au Roi Denys ;
c'est à lui que le trésor appartient ; & ces mêmes lettres
commencent d'autres mots qui le signifient. Le Philosophe intimidé, dit au Phrygien qu'il prît sa part de
l'argent, & qu'il n'en dît mot, de quoi Esope déclara
ne lui avoir aucune obligation, ces lettres ayant été
choisies de telle maniere qu'elles renfermoient un triple
sens, & signifioient encore : *en vous en allant, vous*
partagerez le trésor que vous aurez rencontré. Dès qu'il
fut de retour, Xantus commanda que l'on enfermât le
Phrygien, & que l'on lui mît les fers aux pieds, de
crainte qu'il n'allât publier cette aventure. Hélas !
s'écria Esope, est-ce ainsi que les Philosophes s'ac-
quittent de leurs promesses ? mais faites ce que vous
voudrez, il faudra que vous m'affranchissiez malgré
vous.

Sa prédiction se trouva vraie. Il arriva un prodige
qui mit fort en peine les Samiens. Un aigle enleva l'anneau public (c'est apparemment quelque sceau que
l'on opposoit aux délibérations du Conseil) & le fit
tomber au sein d'un esclave. Le Philosophe fut con-
sulté là-dessus, & comme étant philosophe, & comme
étant un des premiers de la République. Il demanda
du temps, & eut recours à son oracle ordinaire : c'étoit
Esope. Celui-ci conseilla de le produire en public,
parce que s'il rencontroit bien, l'honneur en seroit
toujours à son maître ; sinon, il n'y auroit que l'esclave
de blâmé. Xantus approuva la chose, & le fit monter
à la tribune aux harangues. Dès qu'on le vit, chacun
éclata de rire ; personne ne s'imagina qu'il pût rien
partir de raisonnable d'un homme fait de cette maniere.
Esope leur dit, qu'il ne falloit pas considérer le vase,
mais la liqueur qui y étoit enfermée. Les Samiens lui
crierent : qu'il dît donc sans crainte ce qu'il jugeoit
de ce prodige. Esope s'en excusa sur ce qu'il n'osoit
le faire. La fortune, disoit-il, avoit mis un débat de

gloire entre le maître & l'esclave : si l'esclave disoit
mal, il seroit battu : s'il disoit mieux que le maître,
il seroit battu encore. Aussi-tôt on pressa Xantus de
l'affranchir. Le Philosophe résista long-tems. A la fin,
le Prévôt de Ville le menaça de le faire de son office,
& en vertu du pouvoir qu'il avoit, comme Magistrat;
de façon que le Philosophe fut obligé d'y donner les
mains. Cela fait, Esope dit que les Samiens étoient
menacés de servitude par ce prodige ; & que l'aigle
enlevant leur sceau, ne signifioit autre chose qu'un Roi
puissant qui vouloit les assujettir.

Peu de temps après, Crésus, Roi des Lydiens, fit
dénoncer à ceux de Samos, qu'ils eussent à se rendre ses
tributaires ; sinon, qu'il les y forceroit par les armes.
La plupart étoient d'avis qu'on lui obéît. Esope leur
dit que la fortune présentoit deux chemins aux hommes; l'un de liberté, rude & épineux au commencement, mais dans la suite très-agréable ; l'autre d'esclavage, dont les commencements étoient plus aisés,
mais le suite laborieuse. C'étoit conseiller assez intel-
ligiblement aux Samiens, de défendre leur liberté. Ils
renvoyerent l'Ambassadeur de Crésus avec peu de satisfaction.

Crésus se mit en état de les attaquer. L'Ambassadeur
lui dit que tant qu'ils auroient Esope avec eux, il
auroit peine à les réduire à ses volontés , vu la confiance qu'ils avoient au bon sens du personnage. Crésus
le leur envoya demander, avec promesse de leur laisser
la liberté , s'ils le lui livroient. Des principaux de la
ville trouverent ces conditions avantageuses , & ne
crurent pas que leur repos leur coûtât trop cher, quand
ils l'acheteroient aux dépens d'Esope. Le Phrygien leur
fit changer de sentiment, en leur contant que les loups
& les brebis ayant fait un traité de paix, celles-ci
donnerent leurs chiens pour otages. Quand elles n'eurent plus de défenseurs, les loups les étranglerent
avec moins de peine qu'ils ne faisoient. Cet apologue
fit son effet : les Samiens prirent une délibération
toute contraire à celle qu'ils avoient prise. Esope
voulut

voulut toutefois aller vers Créfus, & dit qu'il les ferviroit plus utilement étant près du Roi, que s'il demeuroit à Samos.

Quand Créfus le vit, il s'étonna qu'une fi chétive créature lui eût été un fi grand obftacle. Quoi ! voilà celui qui fait qu'on s'oppofe à mes volontés ! s'écriat-il. Efope fe profterna à fes pieds. Un homme prenoit des fauterelles, dit-il : une cigale lui tomba auffi fous la main. Il s'en alloit la tuer comme il avoit fait les fauterelles. Que vous ai-je fait ? dit-elle à cet homme : je ne ronge point vos bleds ; je ne vous procure aucun dommage ; vous ne trouverez en moi que la voix, dont je me fers fort innocemment. Grand Roi, je reffemble à cette cigale, je n'ai que la voix, & ne m'en fuis point fervi pour vous offenfer. Créfus, touché d'admiration & de pitié, nonfeulement lui pardonna, mais il laiffa en repos les Samiens à fa confidération.

En ce temps-là, le Phyrgien compofa fes Fables, lefquelles il laiffa au Roi de Lydie, & fut envoyé par lui vers les Samiens, qui décernerent à Efope de grands honneurs. Il lui prit auffi envie de voyager, & d'aller par le monde, s'entretenant de diverfes chofes avec ceux que l'on appelloit Philofophes. Enfin il fe mit en grand crédit près de Lycérus, Roi de Babylone. Les Rois d'alors s'envoyoient les uns aux autres des problêmes à réfoudre fur toutes fortes de matieres, à condition de payer une efpece de tribut ou d'amende, felon qu'ils répondront bien ou mal aux queftions propofées : en quoi Lycérus, affifté d'Efope, avoit toujours l'avantage, & fe rendoit illuftre parmi les autres, foit à réfoudre, foit à propofer.

Cependant notre Phyrgien fe maria, & ne pouvant avoir d'enfants, il adopta un jeune homme d'extraction noble, appellé Ennus. Celui-ci le paya d'ingratitude, & fut fi méchant que d'ofer fouiller le lit de fon bienfaiteur. Cela étant venu à la connoiffance d'Efope, il le chaffa. L'autre, afin de s'en venger,

contrefit des lettres , par lesquelles il sembloit
qu'Esope eût intelligence avec les Rois qui étoient
émules de Lycérus: Lycérus , persuadé par le cachet
& par la signature de ces lettres, commanda à un de
ses officiers , nommé Hermippus, que sans autre
enquête, il fît mourir promptement le traître Esope.
Cet Hermippus étant ami du Phrygien , lui sauva la
vie, & à l'insu de tout le monde , le nourrit long-
temps dans un sépulcre , jusqu'à ce que Nectenabo,
Roi d'Egypte , sur le bruit de la mort d'Esope, crut
à l'avenir rendre Lycérus son tributaire. Il osa le
provoquer , & le défia de lui envoyer des architectes
qui fussent bâtir une tour en l'air , & par même
moyen , un homme prêt à répondre à toutes sortes
de questions. Lycérus ayant lu les lettres , & les
ayant communiquées aux plus habiles de son Etat ,
chacun d'eux demeura court ; ce qui fit que le Roi
regretta Esope : quand Hermippus lui dit, qu'il n'étoit
pas mort, il le fit venir. Le Phrygien fut très-bien
reçu, se justifia, & pardonna à Ennus. Quant à la
lettre du Roi d'Egypte , il n'en fit que rire , &
manda qu'il enverroit au printems les architectes &
le répondant à toutes sortes de questions. Lycérus
remit Esope en possession de tous ses biens , & lui fit
livrer Ennus pour en faire ce qu'il voudroit. Esope le
reçut comme son enfant ; & , pour toute punition ,
lui recommanda d'honorer les Dieux & son Prince ,
se rendre terrible à ses ennemis, facile & commode
aux autres ; bien traiter sa femme, sans pourtant lui
confier son secret; parler peu , & chasser de chez soi
les babillards , ne se point laisser abattre aux malheurs; avoir soin du lendemain , car il vaut mieux
enrichir ses ennemis par sa mort, que d'être importun
à ses amis pendant son vivant; sur-tout, n'être point
envieux du bonheur ni de la vertu d'autrui , d'autant
que c'est se faire du mal à soi-même. Ennus touché
de ces avertissements & de la bonté d'Esope, comme
un trait qui lui auroit pénétré le cœur, mourut peu
de temps après.

Pour revenir au défi de Necténabo., Esope choisit
des aiglons, & les fit instruire (chose difficile à
croire); il les fit, dis-je, instruire à porter en l'air
chacun un panier dans lequel étoit un jeune enfant.
Le printems venu, il s'en alla en Egypte avec tout
cet équipage ; non sans tenir en grande admiration
& en attente de son dessein les peuples chez qui il
passoit. Necténabo, qui, sur le bruit de sa mort,
avoit envoyé l'énigme, fut extrêmement surpris de
son arrivée. Il ne s'y attendoit pas ; & ne se fut jamais
engagé dans un tel défi contre Lycérus, s'il eût cru
Esope vivant. Il lui demanda s'il avoit amené les architectes & le répondant. Esope dit que le répondant
étoit lui-même, & qu'il feroit voir les architectes
quand il feroit sur le lieu. On sortit en pleine campagne, où les aigles enlevent les paniers avec les
petits enfans, qui crioient qu'on leur donnât du
mortier, des pierres & du bois. vous voyez, dit
dit Esope à Necténabo, que je vous ai trouvé les ouvriers, fournissez-leur des matériaux. Necténabo avoua
que Lycérus étoit le vainqueur. Il proposa toutefois
ceci à Esope. J'ai des cavales en Egypte qui conçoivent
au hennissement des chevaux qui sont devers Babylone :
qu'avez-vous à répondre là-dessus ? Le Phrygien remit
sa réponse au lendemain ; & retourné qu'il fut au
logis, il commanda à des enfants de prendre un
chat, & de le mener fouettant par les rues. Les
Egyptiens qui adorent cet animal, se trouverent
extrêmement scandalisés du traitement que l'on lui
faisoit. Ils l'arracherent des mains des enfants, &
allerent se plaindre au Roi. On fit venir en sa présence le Phrygien. Ne savez-vous pas, lui dit le Roi,
que cet animal est un de nos Dieux ? pourquoi donc
le faites-vous traiter de la sorte ? C'est pour l'offense
qu'il a commise envers Lycérus, reprit Esope : car la
nuit derniere il lui a étranglé un coq extrêmement
courageux, & qui chantoit à toutes les heures.
Vous êtes un menteur, repartit le Roi : comment
feroit-il possible que ce chat eût fait en si peu de

temps un si long voyage ? Et comment est-il possible,
reprit Esope, que vos juments entendent de si loin
nos chevaux hennir, & conçoivent pour les entendre?

Ensuite de cela, le Roi fit venir d'Héliopolis certains personnages d'esprit subtil & savants en questions énigmatiques. Il leur fit un régal, où le Phrygien
fut invité. Pendant le repas, ils proposerent à Esope
diverses choses : celui-ci entr'autres : il y a un grand
temple qui est appuyé sur une colonne entourée de
douze villes, chacune desquelles a trente arc-boutants,
& autour de ces arc-boutants se promenent, l'une
après l'autre, deux femmes, l'une blanche & l'autre
noire. Il faut renvoyer, dit Esope, cette question
aux petits enfants de notre pays. Le temple est le
monde ; la colonne, l'an ; les villes, ce sont les
mois ; & les arc-boutans, les jours, autour desquels se promenent alternativement le jour & la
nuit.

Le lendemain Necténabo assembla tous ses amis.
Souffrirez-vous, leur dit-il, qu'une moitié d'homme,
qu'un avorton soit la cause que Lycérus remporte le
prix, & que j'aie la confusion pour mon partage ?
Un d'eux s'avisa de demander à Esope qu'il leur fît
des questions des choses dont ils n'eussent jamais entendu parler. Esope écrivit une cédule, par laquelle
Necténabo confessoit de devoir deux mille talents à
Lycérus. La cédule fut mise entre les mains de
Necténabo, toute cachetée. Avant qu'on l'ouvrît, les
amis du Prince soutinrent que la chose contenue dans
cet écrit étoit de leur connoissance. Quand on l'eut
ouverte, Necténabo s'écria : voilà la plus grande
fausseté du monde : je vous en prends à témoins
tous tant que vous êtes. Il est vrai, repartirent-ils,
que nous n'en avons jamais entendu parler. J'ai
donc satisfait à votre demande, reprit Esope. Necténabo le renvoya comblé de présents, tant pour lui
que pour son maître.

Le séjour qu'il fit en Egypte est peut-être cause que
quelques-uns ont écrit qu'il fut esclave avec Rhodope,

celle-là qui, des libéralités de ses amants, fit élever une des trois pyramides qui subsistent encore, & qu'on voit avec admiration : c'est la plus petite, mais celle qui est bâtie avec plus d'art.

Esope, à son retour dans Babylone, fut reçu de Lycérus avec de grandes démonstrations de joie & de bienveillance : ce Roi lui fit ériger une statue. L'envie de voir & d'apprendre le fit renoncer à tous ces honneurs. Il quitta la cour de Lycérus, où il avoit tous les avantages qu'on peut souhaiter, & prit congé de ce Prince pour voir la Grece encore une fois. Lycérus ne le laissa pas partir sans embrassements & sans le faire promettre sur les autels, qu'il reviendroit achever ses jours auprès de lui.

Entre les Villes où il s'arrêta, Delphes fut une des principales. Les Delphiens l'écouterent fort volontiers, mais ils ne lui rendirent point d'honneurs. Esope, piqué de ce mépris, les compara aux bâtons qui flotent sur l'onde : on s'imagine de loin que c'est quelque chose de considérable : de près on trouve que ce n'est rien. La comparaison lui coûta cher. Les Delphiens en conçurent une telle haine, & un si violent desir de vengeance (outre qu'ils craignoient d'être décriés par lui) qu'ils résolurent de l'ôter du monde. Pour y parvenir, ils cacherent parmi ses hardes un de leurs vases sacrés, prétendant que par ce moyen ils convaincroient Esope de vol & de sacrilége, & qu'ils le condamneroient à la mort.

Comme il fut sorti de Delphes, & qu'il eut pris le chemin de la Phocide, les Delphiens accoururent comme des gens qui étoient en peine. Ils l'accuserent d'avoir dérobé leur vase. Esope le nia avec des serments : on chercha dans son équipage, & il fut trouvé. Tout ce qu'Esope put dire, n'empêcha point qu'on le traitât comme un criminel infame. Il fut ramené à Delphes, chargé de fers, mis dans des cachots, puis condamné à être précipité. Rien ne lui servit de se défendre avec ses armes ordinaires, & de raconter des apologues : les Delphiens s'en moquerent.

La grenouille, leur dit-il, avoit invité le rat à la venir voir. Afin de lui faire traverser l'onde, elle l'attacha à son pied. Dès qu'il fut sur l'eau, elle voulut le tirer au fond, dans le dessein de le noyer, & d'en faire ensuite un repas. Le malheureux rat résista quelque peu de temps. Pendant qu'il se débattoit sur l'eau, un oiseau de proie l'apperçut, fondit sur lui, & l'ayant enlevé avec la grenouille qui ne se put détacher, il se reput de l'un & de l'autre. C'est ainsi, Delphiens abominables, qu'un plus puissant que nous me vengera : je périrai, mais vous périrez aussi.

Comme on le conduisoit au supplice, il trouva moyen de s'échapper, & entra dans une petite chapelle dédiée à Apollon. Les Delphiens l'en arrachèrent. Vous violez cet asyle, parce que ce n'est qu'une petite chapelle : mais un jour viendra, que votre méchanceté ne trouvera point de retraite sûre, non pas même dedans les temples. Il vous arrivera la même chose qu'à l'aigle, laquelle, nonobstant les prieres de l'escarbot, enleva un lievre qui s'étoit réfugié chez lui. La génération de l'aigle en fut punie jusques dans le giron de Jupiter. Les Delphiens, peu touchés de tous ces exemples, le précipiterent.

Peu de temps après sa mort, une peste très-violente exerça sur eux ses ravages. Ils demanderent à l'Oracle par quels moyens ils pouroient appaiser le courroux des Dieux. L'Oracle leur répondit qu'il n'y en avoit point d'autres que d'expier leur forfait, & satisfaire aux mânes d'Esope. Aussitôt une pyramide fut élevée. les Dieux ne témoignerent pas seuls combien ce crime leur déplaisoit : les hommes vengerent aussi la mort de leur Sage. La Grece envoya des Commissaires pour en informer, & en fit une punition rigoureuse.

LIVRE PREMIER.

FABLE PREMIERE.

La Cigale & la Fourmi.

LA Cigale ayant chanté
  Tout l'été,
Se trouva fort d'épourvue
Quand la bife fut venue.
Pas un feul petit morceau
De mouffe ou de vermiffeau.
Elle alla crier famine
Chez la Fourmi fa voifine,
La priant de lui prêter
Quelque grain pour fubfifter
Jufqu'à la faifon nouvelle.
Je vous pairai, lui dit-elle,
Avant l'Oût (1), foi d'animal,
Intérêt & principal.

---

(1) *Oût*; pour Août. Il n'eft peut-être pas inutile de remarquer que c'eft à caufe de la mefure du vers que ce mot eft écrit ici de cette maniere.

La Formi n'est pas prêteuse :
C'est-là son moindre défaut.
Que faisiez-vous au temps chaud ?
Dit-elle à cette emprunteuse.
Nuit & jour, à tout venant
Je chantois, ne vous déplaise.
Vous chantiez ? j'en suis fort aise ;
Hé bien, dansez maintenant.

FABLE II.

Le Corbeau & le Renard.

Maître Corbeau sur un arbre perché,
Tenoit en son bec un fromage :
Maître Renard, par l'odeur alléché (1),
Lui tint à peu près ce langage.
Hé bon jour, Monsieur du Corbeau !
Que vous êtes joli ! que vous me semblez beau !
Sans mentir, si votre ramage
Se rapporte à votre plumage,
Vous êtes le Phénix des hôtes de ces bois.
A ces mots, le Corbeau ne se sent pas de joie :
Et, pour montrer sa belle voix,
Il ouvre un large bec, laisse tomber sa proie.
Le Renard s'en saisit, & dit : mon bon Monsieur,
Apprenez que tout flatteur
Vit aux dépens de celui qui l'écoute :
Cette leçon vaut bien un fromage sans doute.
Le Corbeau honteux & confus
Jura, mais un peu tard, qu'on ne l'y prendroit plus.

---

(1) Alléché : attiré.

FABLE III.

La Grenouille qui se veut faire aussi grosse que le Bœuf.

UNE Grenouille vit un Bœuf
    Qui lui sembla de belle taille.
Elle qui n'étoit pas grosse en tout comme un œuf,
Envieuse s'étend, & s'enfle, & se travaille,
    Pour égaler l'animal en grosseur,
    Disant : regardez bien, ma sœur;
Est-ce assez? dites-moi, n'y suis-je point encore?
Nenni. M'y voici donc? Point du tout. M'y voilà?
Vous n'en approchez point. La chétive pécore.
    S'enfla si bien, qu'elle creva.

Le monde est plein de gens qui ne sont pas plus sages :
Tout Bourgeois veut bâtir comme les grands Seigneurs :
    Tout petit Prince a des Ambassadeurs :
    Tout Marquis veut avoir des Pages.

FABLE IV.

Les deux Mulets.

DEUX Mulets cheminoient, l'un d'avoine chargé,
    L'autre portant l'argent de la gabelle.
Celui-ci, glorieux d'une charge si belle,
N'eut voulu pour beaucoup en être soulagé.
    Il marchoit d'un pas relevé,
    Et faisoit sonner sa sonnette :
    Quand l'ennemi se présentant,

Comme il en vouloit à l'argent,
Sur le Mulet du fisc une troupe se jette,
  Le saisit au frein & l'arrête.
  Le Mulet, en se défendant,
Se sent percer de coups ; il gémit, il soupire.
Est-ce donc là, dit-il, ce qu'on m'avoit promis ?
Ce Mulet qui me suit, du danger se retire,
  Et moi j'y tombe & j'y péris.
  Ami, lui dit son camarade,
Il n'est pas toujours bon d'avoir un haut emploi :
Si tu n'avois servi qu'un meûnier, comme moi,
  Tu ne serois pas si malade.

FABLE V.
Le Loup & le Chien.

Un Loup n'avoit que les os & la peau,
  Tant les Chiens faisoient bonne garde :
Ce Loup rencontre un Dogue aussi puissant que beau,
Gras, poli, qui s'étoit fourvoyé par mégarde.
  L'attaquer, le mettre en quartiers,
  Sire Loup l'eût fait volontiers ;
  Mais il falloit livrer bataille ;
  Et le Mâtin étoit de taille
  A se défendre hardiment.
  Le Loup donc l'aborde humblement,
Entre en propos, & lui fait compliment
  Sur son embonpoint qu'il admire.
  Il ne tiendra qu'à vous, beau Sire,
D'être aussi gras que moi, lui répartit le Chien.
  Quittez les bois, vous ferez bien :
  Vos pareils y sont misérables,
  Cancres, heres (1) & pauvres diables,

---

(1) *Cancre, here.* Ces deux mots sont de peu d'usage, sur-tout le premier. Ils sont assez bien expliqués

Dont la condition est de mourir de faim.
Car, quoi ? rien d'assuré : point de franche lipée (1) :
    Tout à la pointe de l'épée.
Suivez-moi, vous aurez un bien meilleur destin.
    Le Loup reprit : que me faudra-t-il faire ?
Presque rien, dit le Chien ; donner la chasse aux gens
    Portant bâtons, & mendiants ;
Flatter ceux du logis, à son maître complaire :
    Moyennant quoi, votre salaire
Sera force reliefs (2) de toutes les façons,
    Os de poulets, os de pigeons,
    Sans parler de mainte caresse.
Le Loup déjà se forge une félicité,
    Qui le fait pleurer de tendresse.
Chemin faisant, il vit le col du Chien pelé :
Qu'est cela ? lui dit-il. Rien. Quoi ! rien ? Peu de chose.
Mais encor ? Le collier dont je suis attaché,
De ce que vous voyez est peut-être la cause.
Attaché ! dit le Loup : vous ne courez donc pas
Où vous voulez ? Pas toujours ; mais qu'importe ?
Il importe si bien, que de tous vos repas
    Je ne veux en aucune sorte ;
Et ne voudrois pas même à ce prix un trésor.
Cela dit, maître Loup s'enfuit, & court encor.

---

ce qui les précéde & les suit dans le texte. *Cancre* dit
encore : maigre, décharné.

  (1) *Lipée* : chere, repas.
  (2) *Reliefs* : restes de viandes d'un repas.

FABLE VI.

La Geniſſe, la Chevre & la Brebis, en ſociété avec le Lion.

Lʌ Geniſſe, la Chevre, & leur ſœur la Brebis,
Avec un fier Lion, Seigneur du voiſinage,
Firent ſociété, dit-on, au temps jadis,
Et mirent en commun le gain & le dommage.
Dans les lacs de la Chevre un cerf ſe trouva pris.
Vers ſes aſſociés auſſi-tôt elle envoie.
Eux venus, le Lion par ſes ongles compta,
Et dit : nous ſommes quatre à partager la proie ;
Puis, en autant de parts le cerf il dépeça,
Prit pour lui la premiere en qualité de Sire :
Elle doit être à moi, dit-il, & la raiſon,
    C'eſt que je m'appelle Lion :
    A cela l'on n'a rien à dire.
La ſeconde, par droit, me doit échoir encor :
Ce droit, vous le ſavez, c'eſt le droit du plus fort.
Comme le plus vaillant je prétends la troiſieme.
Si quelqu'une de vous touche à la quatrieme,
    Je l'étranglerai tout d'abord.

FABLE VII.

La Beſace.

Jupiter dit un jour : que tout ce qui reſpire
S'en vienne comparoître aux pieds de ma grandeur ;
Si dans ſon compoſé quelqu'un trouve à redire,
    Il peut le déclarer ſans peur ;

Je

Je mettrai remede à la chofe.
Venez, Singe, parlez le premier, & pour caufe ;
Voyez ces animaux : faites comparaifon
  De leurs beautés avec les vôtres.
Etes-vous fatisfait ? Moi, dit-il, pourquoi non ?
N'ai-je pas quatre pieds auffi bien que les autres ?
Mon portrait, jufqu'ici ne m'a rien reproché ;
Mais pour mon frere l'Ours, on ne l'a qu'ébauché :
Jamais, s'il me veut croire, il ne fe fera peindre.
L'Ours venant là-deffus, on crut qu'il s'alloit plaindre.
Tant s'en faut, de fa forme il fe loua très-fort,
Glofa fur l'Eléphant, dit qu'on pourroit encor
Ajouter à fa queue, ôter à fes oreilles ;
Que c'étoit une maffe informe & fans beauté.
  L'Eléphant étant écouté,
Tout fage qu'il étoit, dit des chofes pareilles.
  Il jugea qu'à fon appétit,
  Dame Baleine étoit trop groffe.
Dame Fourmi trouva le Ciron trop petit,
  Se croyant pour elle une coloffe.
Jupin les renvoya, s'étant cenfurés tous :
Du refte contents d'eux. Mais parmi les plus fous,
Notre efpece excella ; car tout ce que nous fommes,
Lynx envers nos pareils, & Taupes envers nous,
Nous nous pardonnons tout, & rien aux autres
  hommes.
On fe voit d'un autre œil qu'on ne voit fon prochain.
  Le fabricateur fouverain
Nous créa befaciers tous de même maniere,
Tant ceux du temps paffé que du temps d'aujourd'hui.
Il fit pour nos défauts la poche de derriere,
Et celle de devant pour les défauts d'autrui.

FABLE VIII.

L'Hirondelle & les petits Oiseaux.

Une Hirondelle en ses voyages
Avoit beaucoup appris. Quiconque a beaucoup vu ,
    peut avoir beaucoup retenu.
Celle-ci prévoyoit jusqu'aux moindres orages ,
    Et devant qu'ils fussent éclos ,
    Les annonçoit aux matelots.
Il arriva qu'au temps que la chanvre (1) se seme ,
Elle vit un manant (2) en couvrir maints sillons.
Ceci ne me plaît pas , dit-elle aux Oisillons ;
Je vous plains : car pour moi, dans ce péril extrême,
Je saurai m'éloigner , ou vivre en quelque coin.
Voyez-vous cette main qui par ses airs chemine ?
    Un jour viendra , qui n'est pas loin ,
Que ce qu'elle répand sera votre ruine.
Delà naîtront engins (3) à vous envelopper ,
    Et lacets pour vous attraper ;
    Enfin mainte & mainte machine ,
    Qui causera dans la saison
    Votre mort ou votre prison :
    Gare la cage ou le chaudron.

---

(1) *La chanvre.* L'usage le plus général est de faire chanvre masculin.

(2) *Manant.* C'est presqu'en général, actuellement, un terme d'injure ; mais sa vraie signification, & celle dans laquelle il est employé ici, est paysan , villageois , &c.

(3) *Engin.* Ce vieux mot a plusieurs significations. Il est mis ici pour piege, filet, &c.

C'est pourquoi, leur dit l'Hirondelle,
Mangez ce grain, & croyez-moi:
Les Oiseaux se moquerent d'elle:
Ils trouvoient aux champs trop de quoi.
Quand la cheneviere fut verte,
L'Hirondelle leur dit: arrachez brin à brin
    Ce qu'a produit ce maudit grain,
    Ou soyez sûrs de votre perte.
Prophête de malheur, babillarde, dit-on,
    Le bel emploi que tu nous donnes!
    Il nous faudroit mille personnes
    Pour éplucher tout ce canton.
    La chanvre étant tout-à-fait crûe,
L'Hirondelle ajouta: ceci ne va pas bien:
    Mauvaise graine est tôt venue.
Mais puisque jusqu'ici l'on ne m'a crue en rien,
    Dès que vous verrez que la terre
    Sera couverte, & qu'à leurs bleds
    Les gens n'étant plus occupés,
    Feront aux Oisillons la guerre,
    Quand reginglettes (1) & réseaux
    Attraperont petits Oiseaux;
    Ne volez plus de place en place;
Demeurez au logis, ou changez de climat:
Imitez le canard, la grue & la bécasse.
    Mais vous n'êtes pas en état.
De passer, comme nous, les déserts & les ondes:
    Ni d'aller chercher d'autres mondes:
C'est pourquoi vous n'avez qu'un parti qui soit sûr,
C'est de vous renfermer aux trous de quelque mur.
    Les Oisillons, las de l'entendre,
Se mirent à jaser aussi confusément,
Que faisoient les Troyens, quand le pauvre Cassandre
    Ouvroit la bouche seulement.
    Il en prit aux uns comme aux autres.

---

(1) *Reginglette*. Les vers suivant indique assez que
c'est une machine pour prendre des Oiseaux.

Maint Oifillon fe vit efclave retenu.
Nous n'écoutons d'inftinéts que ceux qui font les
    nôtres,
Et ne croyons le mal que quand il eft venu.

FABLE IX.

Le Rat de ville & le Rat des champs.

AUTREFOIS le Rat de ville
Invita le Rat des champs,
D'une façon fort civile,
A des reliefs d'ortolans.

Sur un tapis de Turquie
Le couvert fe trouva mis.
Je laiffe à penfer la vie
Que firent ces deux amis.

Le régal fut fort honnête ;
Rien ne manquoit au feftin :
Mais quelqu'un troubla la fête
Pendant qu'ils étoient en train.

A la porte de la falle
Ils entendirent du bruit.
Le Rat de ville détale,
Son camarade le fuit.

Le bruit ceffe, on fe retire :
Rats en compagne auffi-tôt :
Et le citadin (1) de dire :
Achevons tout notre rôt.

(1) *Citadin.* Habitant d'une cité , d'une ville. Ce
terme eft peu en ufage.

C'eſt aſſez, dit le ruſtique :
Demain vous viendrez chez moi.
Ce n'eſt pas que je me pique
De tous vos feſtins de Roi ;

Mais rien ne vient m'interrómpre :
Je mange tout à loiſir.
Adieu donc, ſi du plaiſir
Que la crainte peut corrompre.

FABLE X.

Le Loup & l'Agneau.

LA raiſon du plus fort eſt toujours la meilleure ;
Nous l'allons montrer tout à l'heure.
Un Agneau ſe déſaltéroit
Dans le courant d'une onde pure.
Un Loup ſurvient à jeun, qui cherchoit aventure,
Et que la faim en ces lieux attiroit.
Qui te rend ſi hardi de troubler mon breuvage ?
Dit cet animal plein de rage :
Tu ſeras châtié de ta témérité.
Sire, répond l'Agneau, que votre Majeſté
Ne ſe mette pas en colere,
Mais plutôt qu'elle conſidere
Que je me vas déſaltérant
Dans le courant,
Plus de vingt pas au-deſſous d'elle ;
Et que, par conſéquent, en aucune façon,
Je ne puis troubler ſa boiſſon.
Tu la troubles, reprit cette bête cruelle :
Et je ſais que de moi tu médis l'an paſſé.
Comment l'aurois-je fait ſi je n'étois pas né ?
Reprit l'Agneau ; je tete encore ma mere.
Si ce n'eſt toi, c'eſt donc ton frere.

Je n'en ai point. C'eft donc quelqu'un des tiens ;
 Car vous ne m'épargnez guere,
 Vous, vos bergers & vos chiens.
On me l'a dit : il faut que je me venge.
 Là-deffus, au fond des forêts
 Le Loup l'emporte, & puis le mange,
 Sans autre forme de procès.

FABLE XI.

L'Homme & fon Image.

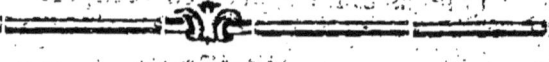

POUR M. LE DUC DE LA ROCHEFOUCAULT.

UN Homme, qui s'aimoit fans avoir de rivaux,
Paffoit dans fon efprit pour le plus beau du monde.
Il accufoit toujours les miroirs d'être faux,
Vivant plus que content dans fon erreur profonde.
Afin de le guérir, le fort officieux
 Préfentoit par-tout à fes yeux
Les confeilliers muets dont fe fervent nos Dames.
Miroirs dans les logis, miroirs chez les marchands,
 Miroirs aux poches des galants,
 Miroirs aux ceintures des femmes.
Que fait notre Narciffe ? il fe va confiner
Aux lieux les plus cachés qu'il peut s'imaginer,
N'ofant plus des miroirs éprouver l'aventure :
Mais un canal, formé par une fource pure,
 Se trouve en ces lieux écartés :
Il s'y voit, il fe fâche, & fes yeux irrités
Penfent appercevoir une chimere vaine.
Il fait tout ce qu'il peut pour éviter cette eau.
 Mais quoi ! le canal eft fi beau,
 Qu'il ne le quitte qu'avec peine.

On voit bien où je veux venir.
Je parle à tous ; & cette erreur extrême
Est un mal que chacun se plaît d'entretenir.
Notre ame, c'est cet homme amoureux de lui-même :
Tant de miroirs, se font les sottises d'autrui,
miroirs, de nos défauts les peintres légitimes.
Et quant au canal, c'est celui
Que chacun fait, le livre des *Maximes*.

FABLE XII.

Le Dragon à plusieurs têtes, & le Dragon à plusieurs queues.

UN Envoyé du Grand-Seigneur,
Préféroit, dit l'Histoire, un jour chez l'Empereur,
Les forces de son maître à celles de l'Empire.
Un Allemand se mit à dire :
Notre Prince a des dépendants
Qui, de leur chef, sont si puissants,
Que chacun d'eux pourroit soudoyer une armée.
Le Chiaoux, homme de sens,
Lui dit : je sais par renommée
Ce que chaque Electeur peut de monde fournir ;
Et cela me fait souvenir
D'une aventure étrange, & qui pourtant est vraie.
J'étois en un lieu sûr, lorsque je vis passer
Les cent têtes d'une hydre au travers d'une haie.
Mon sang commence à se glacer :
Et je crois qu'à moins on s'effraye.
Je n'en eus toutefois que la peur sans le mal.
Jamais le corps de l'animal
Ne put venir vers moi, ni trouver d'ouverture.
Je rêvois à cette aventure,
Quand un autre Dragon, qui n'avoit qu'un seul chef,
Et bien plus d'une queue, à passer se présente.

Me voilà faifi de rechef (1)
D'étonnement & d'épouvante.
Ce chef paffe , & le corps, & chaque queue auffi.
Rien ne les empêcha ; l'un fit chemin à l'autre.
Je foutiens qu'il en eft ainfi
De votre Empereur & du nôtre.

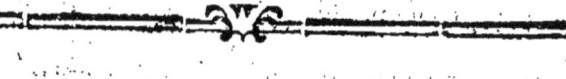

FABLE XIII.

Les Voleurs & l'Ane.

Pour un Ane enlevé , deux Voleurs fe battoient:
L'un vouloit le garder, l'autre le vouloit vendre.
Tandis que coups de poings trotoient,
Et que nos champions fongeoient à fe défendre ,
Arrive un troifieme larron ,
Qui faifit maître Aliboron (2).
L'Ane , c'eft quelquefois une pauvre province.
Les voleurs font tel & tel Prince,
Comme le Tranfilvain, le Turc & le Hongrois:
Au lieu de deux, j'en ai rencontré trois.
Il eft affez de cette marchandife.
De nul d'eux n'eft fouvent la province conquife.
Un quart voleur furvient, qui les accorde net,
En fe faififfant du baudet.

---

(1) *Derechef* : de nouveau, une fecond fois. Cet
adverbe vieillit.

(2) *Aliboron.* On donne quelquefois ce nom à l'Ane
dans le ftyle familier.

FABLE XIV.

Simonide préservé par les Dieux.

ON ne peut trop louer trois fortes de perfonnes,
   Les Dieux, fa Maîtreſſe & ſon Roi,
Malherbe le diſoit : j'ai ſouſcris quant à moi :
   Ce ſont maximes toujours bonnes.
La louange chatouille & gagne les efprits.
Les faveurs d'une belle en font ſouvent le prix.
Voyons comme les Dieux l'ont quelquefois payée.

   Simonide avoit entrepris
L'éloge d'un Athlete ; & , la chofe eſſayée,
Il trouva ſon ſujet plein de récits tout nus.
Les parents de l'Athlete étoient gens inconnus,
Son pere un bon bourgeois , lui ſans autre mérite :
   Matiere infertile & petite.
Le Poëte , d'abord , parla de ſon héros.
Après en avoir dit ce qu'il en pouvoit dire ,
Il ſe jette à côté , ſe met ſur le propos
De Caſtor & Pollux , ne manque pas d'écrire
Que leur exemple étoit aux luteurs glorieux ;
Eleve leurs combats , fpécifiant les lieux
Où ces freres s'étoient ſignalés davantage.
   Enfin , l'éloge de ces Dieux
   Faiſoit les deux tiers de l'ouvrage.
L'Athlete avoit promis d'en payer un talent ;
   Mais quand il le vit , le galant
N'en donna que le tiers ; & dit fort franchement
Que Caſtor & Pollux acquitaſſent le reſte.
Faites-vous contenter par ce couple céleſte.
   Je vous veux traiter cependant :
Venez ſouper chez moi : nous ferons bonne vie.
   Les conviés font gens choifis ,

Mes parents, mes meilleurs amis,
Soyez donc de la compagnie.
Simanide promit : peut-être qu'il eut peur
De perdre, outre son dû, le gré de sa louange.
Il vient, l'on festine, l'on mange.
Chacun étant en belle humeur,
Un domestique accourt, l'avertit qu'à la porte
Deux hommes demandoient à le voir promptement.
Il sort de table, & la cohorte
N'en perd pas un seul coup de dent.
Ces deux hommes étoient les gémeaux de l'éloge.
Tous deux lui rendent grâce : & pour prix de ses vers,
Ils l'avertissent qu'il déloge,
Et que cette maison va tomber à l'envers.
La prédiction en fut vraie.
Un pilier manque, & le plafond
Ne trouvant plus rien qui l'étaie,
Tombe sur le festin, brise plats & flacons,
N'en fait pas moins aux échansons.
Ce ne fut pas le pis : car pour rendre complette
La vangeance due au Poëte,
Une poutre cassa les jambes à l'Athlete,
Et renvoya les conviés.
Pour la plupart estropiés.
La Renommée eut soin de publier l'affaire.
Chacun cria miracle, on doubla le salaire,
Que méritoient les vers d'un homme aimé des Dieux.
Il n'étoit fils de bonne mere,
Qui, les payant à qui mieux mieux,
Pour ses ancêtres n'en fit faire.
Je reviens à mon texte, & dis premiérement,
Qu'on ne sauroit manquer de louer largement
Les Dieux & leurs pareils : de plus, que Melpomene
Souvent, sans déroger, trafique de sa peine :
Enfin, qu'on doit tenir notre art en quelque prix.
Les Grands se font honneur, dès-lors qu'ils nous font
grâce.
Jadis l'Olympe & le Parnasse
Etoient freres & bons amis.

FABLE XV.

La Mort & le Malheureux.

Un Malheureux appelloit tous les jours
   La Mort à son secours.
O Mort, lui disoit-il, que tu me sembles belle !
Viens vite, viens finir ma fortune cruelle.
La Mort crut, en venant, l'obliger en effet.
Elle frappe à sa porte, elle entre, elle se montre.
Que vois-je ! cria-t-il, ôtez-moi cet objet ;
  Qu'il est hideux ! que sa rencontre
  Me cause d'horreur & d'effroi !
N'approche pas, ô Mort ; ô Mort, retire-toi.

  Mécénas fut un galant homme :
Il a dit quelque part : qu'on me rende impotent,
Cul-de-jatte, goutteux, manchot, pourvu qu'en somme
Je vive, c'est assez, je suis plus que content.
Ne viens jamais, ô Mort, on t'en dit tout autant.

 Ce sujet a été traité d'une autre façon par Esope,
comme la Fable suivante le fera voir. Je composai celle-
ci pour une raison qui me contraignoit de rendre la chose
ainsi générale. Mais quelqu'un me fit connoître que j'eusse
beaucoup mieux fait de suivre mon original, & que je
laissois passer un des plus beaux traits qui fût dans
Esope. Cela m'obligea d'y avoir recours. Nous ne sau-
rions aller plus avant que les Anciens : ils ne nous ont
laissé pour notre part, que la gloire de les bien suivre.
Je joins toutefois ma Fable à celle d'Esope ; non que la
mienne la mérite, mais à cause du mot de Mécénas que
j'y fais entrer, & qui est si beau & si à propos, que je
n'ai pas cru le devoir omettre.

FABLE XVI.

La Mort & le Bucheron.

Un pauvre Bucheron tout couvert de ramée ,
Sous le faix du fagot , aussi-bien que des ans ,
Gémissant & courbé , marchant à pas pesants ,
Et tâchoit de gagner sa chaumiere enfumée.
Enfin , n'en pouvant plus d'effort & de douleur ,
Il met bas son fagot , il songe à son malheur.
Quel plaisir a-t-il eu depuis qu'il est au monde ?
En est-il un plus pauvre en la machine ronde ?
Point de pain quelquefois , & jamais de repos.
Sa femme , ses enfants , les soldats , les impôts ,
 Le créancier & la corvée ,
Lui font d'un malheureux la peinture achevée.
Il appelle la Mort , elle vient sans tarder :
 Lui demande ce qu'il faut faire.
 C'est , dit-il , afin de m'aider
A recharger ce bois , tu ne tarderas guere.

 Le trépas vient tout guérir ,
 Mais ne bougeons d'où nous sommes.
 Plutôt souffrir que mourir ,
 C'est la devise des hommes.

FABLE XVII.

L'Homme entre deux âges, & ses deux Maîtresses.

Un homme de moyen âge,
En tirant sur le grison,
Jugea qu'il étoit saison
De songer au mariage.
Il avoit du comptant,
Et partant
De quoi choisir. Toutes vouloient lui plaire :
En quoi notre amoureux ne se pressoit pas tant.
Bien adresser n'est pas une petite affaire.
Deux veuves sur son cœur eurent le plus de part :
L'une encor verte, & l'autre un peu bien mûre,
Mais qui réparoit par son art
Ce qu'avoit détruit la nature.
Ces deux veuves en badinant,
En riant, en lui faisant fête,
L'alloient quelquefois testonnant (1),
C'est-à-dire, ajustant sa tête.
La vieille à tous moments de sa part emportoit
Un peu de poil noir qui restoit,
Afin que son amant en fût plus à sa guise.
La jeune saccageoit les poils blancs à son tour.
Toutes deux firent tant, que notre tête grise
Demeura sans cheveux, & se douta du tour.
Je vous rends, leur dit-il, mille graces, les belles,
Qui m'avez si bien tondu :
J'ai plus gagné que perdu :

---

(1) *Testonner*. La Fontaine explique lui-même ce vieux mot dans le vers suivant.

Partie I.   G

Car d'hymen point de nouvelles.
Celle que je prendrois voudroit qu'à sa façon
Je vécuffe, & non la mienne.
Il n'eft tête chauve qui tienne :
Je vous fuis obligé, belles, de la leçon.

FABLE XVII.

Le Renard & la Cicogne.

COMPERE le Renard fe mit un jour en frais,
Et retint à dîner commere la Cicogne.
Le régal fut petit, & fans beaucoup d'apprêts.
        Le galant, pour toute befogne,
Avoit un brouet (1) clair ; (il vivoit chichement)
Ce brouet fut par lui fervi fur une affiette.
La Cicogne au long bec n'en put attraper miette,
Et le drôle eut lapé le tout en un moment.
        Pour fe venger de cette tromperie,
A quelque temps de-là, la Cicogne le prie.
Volontiers lui dit-il, car avec mes amis
        Je ne fais point cérémonie.
    A l'heure dite, il courut au logis
        De la Cicogne fon hôteffe,
        Loua très-fort fa politeffe.
        Trouva le dîner cuit à point.
Bon appétit fur-tout, Renards n'en manquent point :
Il fe réjouiffoit à l'odeur de la viande
Mife en menus morceaux, & qu'il croyoit friande.
        On fervit, pour l'embarraffer,
En un vafe à long col, & d'étroite embouchure.
Le bec de la Cicogne y pouvoit bien paffer,
Mais le mufeau du Sire étoit d'autre mefure ;

───────────────────────────

(1 (*Brouet* : bouillie.

Il lui fallut à jeûn retourner au logis ;
Honteux comme un Renard qu'une poule auroit pris,
  Serrant la queue , & portant bas l'oreille.
  Trompeurs , c'est pour vous que j'écris;
  Attendez-vous à la pareille.

FABLE XIX.
L'Enfant & le Maître d'école.

DANS ce récit je prétends faire voir
D'un certain sot la remontrance vaine.

Un jeune Enfant dans l'eau se laissa choir (1),
En badinant sur les bords de la Seine.
Le Ciel permit qu'un saule se trouva ,
Dont le branchage , après Dieu , le sauva.
S'étant pris , dis-je , aux branches de ce saule ,
Par cet endroit passe un Maître d'école.
L'Enfant lui crie : au secours, je péris.
Le Magister se tournant à ses cris,
D'un ton fort grave à contre-temps s'avise
De le tancer. Ah, le petit babouin !
Voyez, dit-il , où l'a mis sa sottise !
Et puis , prenez de tels fripons le soin.
Que les parents sont malheureux , qu'il faille
Toujours veiller à semblable canaille !
Qu'ils ont de maux ! & que je plains leur sort
Ayant tout dit , il mit l'Enfant à bord.

Je blâme ici plus de gens qu'on ne pense.
Tout babillard , tout censeur , tout pédant,
Se peut connoître au discours que j'avance.
Chacun des trois fait un peuple fort grand :
Le Créateur en a béni l'engeance.

_____

(1) *Choir* : tomber. Ce mot commence à vieillir.

En toute affaire ils ne font que fonger
    Au moyen d'exercer leur langue.
Hé, mon ami, tire-moi du danger,
    Tu feras après ta harangue.

FABLE XX.

Le Coq & la Perle.

UN jour un Coq détourna
Une perle qu'il donna
Au beau premier lapidaire.
Je la crois fine, dit-il,
Mais le moindre grain de mil (1)
Seroit bien mieux mon affaire.

Un ignorant hérita
D'un manuscrit qu'il porta
Chez son voifin le Libraire.
Je crois, dit-il, qu'il est bon ;
Mais le moindre ducaton
Seroit bien mieux mon affaire.

FABLE XXI.

Les Frélons & les Mouches à miel.

A L'ŒUVRE on connoît l'artifan.
Quelques rayons de miel fans maître fe trouverent.
    Des Frêlons les réclamerent.
    Des Abeilles s'oppofant,

---

(1) *Mil* : millet.

Devant certaine Guêpe on traduifit la caufe.
Il étoit mal-aifé de décider la chofe.
Les témoins dépofoient qu'autour de ces rayons
Des animaux ailés, bourdonnants, un peu longs,
De couleur fort tannés, & tels que les Abeilles,
Avoient long-temps paru. Mais quoi ? dans les Frêlons
     Ces enfeignes étoient pareilles.
La Guêpe ne fachant que dire à ces raifons,
Fit enquête nouvelle ; &, pour plus de lumiere,
     Entendit une fourmilliere.
     Le point n'en put être éclairci.
     De grâce, à quoi bon tout ceci ?
     Dit une Abeille fort prudente ;
Depuis tantôt fix mois que la caufe eft pendente,
     Nous voici comme aux premiers jours.
     Pendant cela le miel fe gâte.
Il eft temps déformais que le juge fe hâte ;
     N'a-t-il point affez léché l'ours ?
Sans tant de contredits & d'interlocutoires,
     Et de fatras & de grimoires.
     Travaillons, les Frêlons & nous :
On verra qui fait faire, avec un fuc fi doux,
     Des cellules fi bien bâties.
     Le refus des Frêlons fit voir
     Que cet art paffoit leur favoir ;
Et la Guêpe adjugea le miel à leurs parties.

Plût-à-Dieu qu'on réglât ainfi tous les procès !
Que des Turcs en cela l'on fuivît la mode !
Le fimple fens commun nous tiendroit lieu de Code.
     Il ne faudroit point tant de frais.
     Au lieu qu'on nous mange, on nous gruge ;
     On nous mine par des longueurs.
On fait tant à la fin, que l'huître eft pour le juge,
     Les écailles pour les plaideurs.

G 3

FABLE XXII.
Le Chéne & le Roſeau.

Le Chêne un jour dit au Roſeau :
Vous avez bien ſujet d'accuſer la nature.
Un roitelet pour vous eſt un peſant fardeau.
　　Le moindre vent qui d'aventure
　　Fait rider la face de l'eau,
　　Vous oblige à baiſſer la tête :
Cependant que mon front, au caucaſe pareil,
Non content d'arrêter les rayons du ſoleil,
　　Brave l'effort de la tempête.
Tout vous eſt Aquilon, tout me ſemble Zéphir.
Encor ſi vous naiſſiez à l'abri du feuillage
　　Dont je couvre le voiſinage,
　　Vous n'auriez pas tant à ſouffrir ;
　　Je vous défendrois de l'orage.
　　Mais vous naiſſez le plus ſouvent
Sur les humides bords des Royaumes du vent.
La nature envers vous me ſemble bien injuſte.
Votre compaſſion, lui répondit l'Arbuſte,
Part d'un bon naturel, mais quittez ce ſouci :
　　Les vents me ſont moins qu'à vous rédoutables.
Je plie, & ne romps pas. Vous avez juſqu'ici
　　Contre leurs coups épouvantables,
　　Réſiſté ſans courber le dos :
Mais attendons la fin. Comme il diſoit ces mots :
Du bout de l'horiſon accourut avec furie
　　Le plus terrible des enfants
Que le nord eût porté juſques-là dans ſes flancs.
　　L'Arbre tient bon, le Roſeau plie :
　　Le vent redouble ſes efforts,
　　Et fait ſi bien qu'il déracine
Celui de qui la tête étoit au ciel voiſine,
Et dont les pieds touchoient à l'empire des morts.

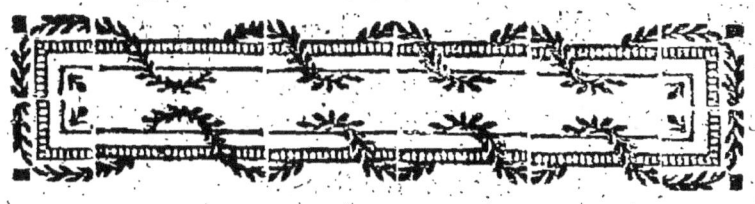

LIVRE DEUXIEME.

FABLE PREMIERE.

Contre ceux qui ont le goût difficile.

QUAND j'aurois, en naiffant, reçu de Calliope
Les dons qu'à fes amans cette Mufe a promis,
Je les confacrois aux menfonges d'Efope :
Le menfonge & les vers de tout temps font amis.
Mais je ne me crois pas fi chéri du Parnaffe,
Que de favoir orner toutes fes fictions ;
On peut donner du luftre à leurs inventions :
On le peut, je l'effaye, un plus favant le faffe.
Cependant jufqu'ici, d'un langage nouveau,
J'ai fait parler le Loup & répondre l'Agneau :
J'ai paffé plus avant, les Arbres & les Plantes
font devenus chez moi créatures parlantes.
Qui ne prendroit ceci pour un enchantement !
  Vraiment, me diront nos critiques,
  Vous parlez magnifiquement
  De cinq ou fix contes d'enfants.
Cenfeurs, en voulez-vous qui foient plus authentiques,
Et d'un ftyle plus haut ? En voici. Les Troyens,
Après dix ans de guerre autour de leurs murailles,
Avoient laiffé les Grecs, qui, par mille moyens,
  Par mille affauts, par cent batailles,
N'avoient pu mettre à bout cette fiere cité :
Quand un cheval de bois, par Minerve inventé,

D'un rare & nouvel artifice,
Dans ses énormes flancs reçut le sage Ulysse,
Le vaillant Diomede, Ajax l'impétueux,
    Que ce colosse monstrueux
Avec leurs escadrons devoit porter dans Troye,
Livrant à leur fureur ses Dieux mêmes en proie :
Stratagême inoui qui, des fabricateurs
    Paya la constance & la peine.
C'est assez, me dira quelqu'un de nos auteurs,
La période est longue, il faut reprendre haleine.
    Et puis, votre cheval de bois,
    Vos héros, avec leurs phalanges,
    Ce sont des contes plus étranges,
Qu'un Renard qui cajole un Corbeau sur sa voix.
De plus, il vous sied mal d'écrire en si haut style.
Eh bien, baissons d'un ton. La jalouse Amarille
Songeoit à son Alcippe, & croyoit de ses soins
N'avoir que ses moutons & son chien pour témoins.
Tircis qui l'apperçut, se glisse entre des saules ;
Il entend la bergere adressant ses paroles
    Au doux Zéphir, & le priant
    De les porter à son amant.
    Je vous arrête à cette rime,
    Dira mon censeur à l'instant :
    Je ne la tiens pas légitime,
    Ni d'une assez grande vertu.
Remettez, pour le mieux, ces deux vers à la fonte.
    Maudit censeur, te tairas-tu ?
    Ne saurois-je achever mon conte ?
    C'est un dessein très-dangereux
    Que d'entreprendre de te plaire.

    Les délicats sont malheureux :
    Rien ne sauroit les satisfaire.

FABLE II.

Conseil tenu par les Rats.

Un Chat nommé Rodilardus,
Faisoit des Rats telle déconfiture (1),
    Que l'on n'en voyoit presque plus,
Tant il en avoit mis dedans la sépulture.
Le peu qu'il en restoit n'osant quitter son trou,
Ne trouvoit à manger que le quart de son sou;
Et Rodilard passoit, chez la gent (2) misérable,
    Non pour un Chat, mais pour un diable.
    Or, un jour qu'au haut & au loin
    Le galant alla chercher femme,
Pendant tout le sabbat qu'il fit avec sa dame,
Le demeurant des Rats tint Chapitre en un coin,
    Sur la nécessité présente.
Dès l'abord, leur doyen, personne très-prudente,
Opina qu'il falloit, & plutôt que plus tard,
Attacher un grelot au cou de Rodilard;
    Qu'ainsi, quand il iroit en guerre,
De sa marche avertis, ils s'enfuiroient sous terre :
    Qu'il n'y savoit que ce moyen.
Chacun fut de l'avis de Monsieur le doyen.
Chose ne leur parut à tous plus salutaire.
La difficulté fut d'attacher le grelot.
L'un dit : je n'y vas point, je ne suis pas si sot.

---

(1) *Déconfire* : défaire, tailler en pieces.
(2) *Gent* : nation, assemblage d'un grand nombre
de la même espece. C'est le singulier de *gens* ; mais
il est très-peu en usage, & seulement dans le style
familier.

L'autre : je ne saurois. Si bien que sans rien faire
 On se quitta. J'ai maints Chapitres vus,
 Qui pour néant se sont ainsi tenus :
Chapitres, non de Rats, mais Chapitre de Moines;
 Voire (1), Chapitres de Chanoines.

   Ne faut-il que délibérer !
   La Cour en Conseillers foisonne.
   Est-il besoin d'exécuter ?
   L'on ne rencontre plus personne.

FABLE III.

Le Loup plaidant contre le Renard pardevant le Singe.

Un Loup disoit que l'on l'avoit volé.
Un Renard, son voisin, d'assez mauvaise vie,
Pour ce prétendu vol par lui fut appellé.
   Devant le Singe il fut plaidé,
Non point par Avocats, mais par chaque Partie.
   Thémis n'avoit point travaillé,
De mémoire de Singe, à fait plus embrouillé.
Le Magistrat suoit en son lit de Justice.
   Après qu'on eut bien contesté,
   Repliqué, crié, tempeté,
   Le Juge, instruit de leur malice,
Leur dit, je vous connois de long-temps, mes amis;
   Et tous deux vous paierez l'amande :
Car toi, Loup, tu te plains, quoiqu'on ne t'ait rien
     pris ;

---

(1) *Voire*. Il est difficile de donner la vraie signification de ce vieux adverbe, qui est très-énergique
ici : il paroît cependant qu'on peut le rendre à-peu-
près par : *& même aussi*.

Et toi, Renard, a pris ce que l'on te demande.
Le juge prétendoit qu'à tort & à travers ,
On ne sauroit manquer, condamnant un pervers.

Quelques personnes de bon sens ont cru que l'impos-
sibilité & la contradiction qui est dans le jugement de
ce Singe , étoit une chose à censurer , mais je ne m'en
suis servi qu'après Phedre. C'est en cela que consiste le
bon mot , selon mon avis.

FABLE IV.

Les deux Taureaux & une Grenouille.

Deux Taureaux combattoient à qui posséderoit
 Une Génisse avec l'Empire.
 Une Grenouille en soupiroit.
 Qu'avez-vous ? se mit à lui dire
 Quelqu'un du peuple croassant.
 Et ne voyez-vous pas, dit-elle,
 Que la fin de cette querelle
Sera l'exil de l'un ; que l'autre le chassant
Le fera renoncer aux campagnes fleuries ?
Il ne regnera plus sur l'herbe des prairies,
Viendra dans nos marais regner sur les roseaux ;
Et nous foulant aux pieds jusqu'au fond des eaux,
Tantôt l'une, & puis l'autre, il faudra qu'on pâtisse
Du combat qu'a causé Madame la Génisse.
 Cette crainte étoit de bon sens.
 L'un des Taureaux en leur demeure
 S'alla cacher à leurs dépens ;
 Il en écrasoit vingt par heure.
 Hélas on voit que de tout temps
Les petits ont pâti des sottises des grands.

FABLE V.

La Chauvesouris & les deux Belettes.

Une Chauvesouris donna tête baissée,
Dans un nid de Belette : & si-tôt qu'elle y fut,
L'autre envers les souris de long-temps courroucée,
     Pour la dévorer accourut.
Quoi ? vous osez, dit-elle, à mes yeux vous produire,
Après que votre race a tâché de me nuire ?
N'êtes-vous pas souris ? parlez sans fiction.
Oui, vous l'êtes, ou bien je ne suis pas Belette.
     Pardonnez moi, dit la pauvrette,
     Ce n'est pas ma profession.
Moi souris ! des méchants vous ont dit ces nouvelles :
     Grâce à l'Auteur de l'univers,
     Je suis oiseau : voyez mes ailes ;
     Vive la gent qui fend les airs.
     Sa raison plut & sembla bonne.
     Elle fait si bien qu'on lui donne
     Liberté de se retirer.
     Deux jours après, notre étourdie
     Aveuglément se va fourer
Chez une autre Belette aux oiseaux ennemie.
La voilà derechef en danger de sa vie.
La Dame du logis, avec son long museau,
S'en alloit la croquer en qualité d'oiseau,
Quand elle protesta qu'on lui faisoit outrage.
Moi, pour telle passer ! vous n'y regardez pas.
     Qui fait l'oiseau ? c'est le plumage.
     Je suis souris, vivent les rats ;
     Jupiter confonde les chats.
     Par cette adroite répartie,
     Elle sauva deux fois sa vie.

                                   Plusieurs

Plufieurs fe font trouvés, qui, d'écharpes changeants,
Aux dangers, ainfi qu'elle, ont fouvent fait la figue.
  Le Sage dit, felon les gens,
  Vive le Roi, vive la Ligue.

FABLE VI.

L'Oifeau bleffé d'une fleche.

MORTELLEMENT atteint d'une fleche empennée (1),
Un Oifeau déploroit fa trifte deftinée ;
& difoit, en fouffrant un furcroît de douleur,
Faut-il contribuer à fon propre malheur ?
  Cruels humains, vous tirez de nos ailes
De quoi faire voler ces machines mortelles :
Mais ne vous moquez point engeance fans pitié :
Souvent il vous arrive un fort comme le nôtre.
Des enfants de Japet toujours une moitié
  Fournira des armes à l'autre.

---

(1) *Empenné* : garni de plumes. Ce mot n'eft
gueres d'ufage qu'en parlant d'une fleche.

FABLE VII.

La Lice & sa Compagne..

Une Lice étant sur son terme,
Et ne sachant où mettre un fardeau si pesant,
Fait si bien, qu'à la fin sa compagne consent
de lui prêter sa hute, où la Lice s'enferme.
Au bout de quelque temps sa compagne revient,
La Lice lui demande encore une quinzaine.
Ses petits ne marchoient, dit-elle, qu'à peine.
    Pour faire court : elle l'obtient.
Ce second terme échu, l'autre lui redemande
    Sa maison, sa chambre, son lit.
La Lice cette fois montre les dents, & dit :
Je suis prête à sortire avec toute ma bande
    Si vous pouvez nous mettre hors.
    Ses enfants étoient déjà forts.

Ce qu'on donne aux méchants, toujours on le regrette,
    Pour tirer d'eux ce qu'on leur prête,
    Il faut que l'on en vienne aux coups,
    Il faut plaider, il faut combattre.
    Laissez-leur prendre un pied chez vous,
    Ils en auront bientôt pris quatre.

FABLE VIII.

L'Aigle & l'Escarbot.

L'AIGLE donnoit la chasse à maître Jean Lapin,
Qui droit à son terrier s'enfuyoit au plus vîte.
Le trou de l'escarbot se rencontre en chemin.
     Je laisse à penser si ce gîte
Etoit sûr : mais où mieux ? Jean Lapin s'y blotit.
L'Aigle fondant sur lui, nonobstant cet asyle,
     L'Escarbot intercede & dit :
Princesse des oiseaux, il vous est fort facile
D'enlever, malgré moi, ce pauvre malheureux ;
Mais ne me faites pas cet affront, je vous prie,
Et puisque Jean Lapin vous demande la vie,
Donnez la lui, de grâce, ou l'ôtez à tous deux :
     C'est mon voisin, c'est mon compere.
L'oiseau de Jupiter, sans répondre un seul mot,
     Choque de l'aile l'Escarbot,
     L'étourdit, l'oblige à se taire,
Enleve Jean Lapin. L'Escarbot indigné,
Vole au nid de l'oiseau, fracasse en son absence
Ses œufs, ses tendres œufs, sa plus douce espérance :
     Pas un seul ne fut épargné.
L'Aigle étant de retour, & voyant ce ménage,
Remplit le ciel de cris, &, pour comble de rage,
Ne sait sur qui venger le tort qu'elle a souffert.
Elle gémit en vain, sa plainte au vent se perd.
Il fallut pour cet an, vivre en mere affligée.
L'an suivant, elle mit son nid en lieu plus haut.
L'Escarbot prend son temps fait faire aux œufs le saut ;
La mort de Jean Lapin derechef est vengée.
Ce second deuil fut tel, que l'écho de ces bois,
     N'en dormit de plus de six mois.
     L'oiseau qui porte Ganimede,
Du monarque des Dieux enfin implore l'aide,

H 2

Dépose en son giron ses œufs, & croit qu'en paix
Ils seront dans ce liéu, que pour ses intérêts
Jupiter se verra contraint de les défendre :
  Hardi qui les iroit là prendre.
  Aussi ne les y prit-on pas.
  Leur ennemi changea de note,
Sur la robe du Dieu fit tomber une crotte :
Le Dieu la secouant, jetta les œufs à bas.
  Quand l'Aigle sur l'inadvertance,
  Elle menaça Jupiter
D'abandonner sa Cour, d'aller vivre au désert :
  De quitter toute dépendance,
  Avec mainte autre extravagance.
  Le pauvre Jupiter se tut.
Devant son tribunal l'Escarbot comparut,
  fit sa plainte, & conta l'affaire.
On fit entendre à l'Aigle enfin qu'elle avoit tort.
Mais les deux ennemis ne voulant point d'accord,
Le Monarque des Dieux s'avisa, pour bien faire,
De transporter le temps où l'Aigle fait l'amour,
En une autre saison, quand la race Escarbote
Est en quartier d'hiver, & comme la marmote,
  Se cache & ne voit point le jour.

FABLE IX.

Le Lion & le Moucheron.

VA-T-EN, chétif insecte, excrément de la terre.
  C'est en ces mots que le Lion
  Parloit un jour au Moucheron.
  L'autre lui déclara la guerre.
Penses-tu, lui dit-il, que ton titre de Roi
  Me fasse peur, ni me soucie ?
  Un bœuf est plus puissant que toi ;
  Je le mene à ma fantaisie.

A peine il achevoit ces mots ,
Que lui-même il fonna la charge ,
Fut le trompette & le héros.
Dans l'abord il fe met au large ,
Puis , prend fon temps , fond fur le cou
Du Lion qu'il rènd prefque fou.
Le quadrupede écume , & fon œil étincelle :
Il rugit : on fe cache , on tremble à l'environ ;
Et cette alarme univerfelle
Eft l'ouvrage d'un Moucheron.
Un avorton de Mouche en cent lieux le harcelle ,
Tantôt pique l'échine , & tantôt le mufeau ,
Tantôt entre au fond du nafeau.
La rage alors fe trouve à fon faîte montée.
L'invifible ennemi triomphe , & rit de voir
Qu'il n'eft griffe ni dent en la bête irritée ,
Qui de la mettre en fang ne faffe fon devoir.
Le malheureux Lion fe déchire lui-même ,
Fait réfonner fa queue à l'entour de fes flancs ,
Bat l'air qui n'en peut mais ; & fa fureur extrême
Le fatigue , l'abat : le voilà fur les dents.
L'Infecte , du combat fe retire avec gloire :
Comme il fonna la charge , il fonna la victoire ,
Va par tout l'annoncer , & rencontre en chemin
L'embufcade d'une arraignée :
Il y rencontre auffi fa fin.
Quelle chofe par-là nous peut être enfeignée ?
J'en vois deux , dont l'une eft , qu'entre nos ennemis ,
Les plus à craindre font fouvent les plus petits :
L'autre , qu'aux grands périls , tel a pu fe fouftraire ,
Qui périt pour la moindre affaire.

FABLE X.

L'Ane chargé d'éponges, & l'Ane chargé de fel.

Un Anier, son sceptre à la main,
Menoit en Empereur Romain,
Deux coursiers à longues oreilles
L'un d'éponges chargé, marchoit comme un courier :
        Et l'autre se faisant prier,
        Portoit, comme on dit, les bouteilles.
Sa charge étoit de sel. Nos gaillards pélerins
        Par monts, par vaux & par chemins
Au gué d'une riviere à la fin arriverent,
        Et fort empêchés se trouverent.
L'Anier, qui tous les jours traversoit ce gué-là,
        Sur l'Ane à l'éponge monta,
        Chassant devant lui l'autre bête,
        Qui voulant en faire à sa tête,
        Dans un trou se précipita,
        Revint sur l'eau, puis échappa :
        Car au bout de quelques nagées
        Tout son sel se fondit si bien,
        Que le Baudet ne sentit rien
        Sur ses épaules soulagées.
Camarade épongier prit exemple sur lui,
Comme un mouton qui va dessus la foi d'autrui.
Voilà mon Ane à l'eau ; jusqu'au col il se plonge,
        Lui, le conducteur & l'éponge.
Tous trois burent d'autant : l'Anier & le Grison
        Firent à l'éponge raison.
        Celle-ci devint si pesante,
        Et de tant d'eau s'emplit d'abord,
Que l'Ane succombant, ne put gagner le bord.
        L'Anier l'embrassoit dans l'attente
        D'une prompte & certaine mort.

Quelqu'un vint au secours : qui ce fut, il n'importe.
C'est assez qu'on ait vu par-là qu'il ne faut point
    Agir chacun de même sorte.
    J'en voulois venir à ce point.

FABLE XI.
Le Lion & le Rat.

Il faut, autant qu'on peut, obliger tout le monde.
On a souvent besoin d'un plus petit que soi.
De cette vérité deux Fables feront foi,
    Tant la chose en preuves abonde.
    Entre les pattes d'un Lion,
Un Rat sortit de terre assez à l'étourdie.
Le Roi des animaux, en cette occasion,
Montra ce qu'il étoit, & lui donna la vie.
    Ce bienfait ne fut pas perdu.
    Quelqu'un auroit-il jamais cru,
    Qu'un Lion d'un Rat eût affaire ?
Cependant il avint qu'au sortir des forêts,
    Ce Lion fut pris dans des rets,
Dont ses rugissemens ne le purent défaire.
Sire Rat accourut, & fit tant par ses dents,
Qu'une maille rongée emporta tout l'ouvrage.

    Patience & longueur de temps
    Font plus que force ni que rage.

FABLE XII.

La Colombe & la Fourmis (1).

L'AUTRE exemple est tiré d'animaux plus petits.

Le long d'un clair ruisseau buvoit une Colombe:
Quand sur l'eau se penchant une Fourmis y tombe.
Et dans cet océan l'on eût vu la Fourmis
S'efforcer, mais en vain, de regagner la rive.
La Colombe aussi-tôt usa de charité.
Un brin d'herbe dans l'eau par elle étant jetté,
Ce fut un promontoire, où la Fourmis arrive.
   Elle se sauve : & là-dessus
Passe un certain croquant (2) qui marchoit les pieds
  nus.
Ce croquant, par hasard, avoit une arbalête.
   Dès qu'il voit l'oiseau de Vénus,
Il le croit en son pot, & déjà lui fait fête.
Tandis qu'à le tuer mon villageois s'apprête,
   La Fourmis le pique au talon.
   Le vilain (3) retourne la tête
La Colombe l'entend, part, & tire de long.
Le souper du croquant avec elle s'envole:
   Point de pigeon pour un obole.

---

(1) *Fourmis* est écrit dans cette Fable avec une *s*
à la fin, contre l'usage, pour éviter deux hiatus,
savoir : *une Fourmi y tombe & la Fourmi arrive.*
 (2) *Croquant* : homme de néant, gueux, misérable.
 (3) *Vilain.* Autrefois : paysan, roturier, &c.

FABLE XIII.

L'Astrologue qui se laisse tomber dans un puits.

Un Astrologue un jour se laissa choir
Au fond d'un puits. On lui dit : pauvre bête,
Tandis qu'à peine à tes pieds tu peux voir,
Penses-tu lire au-dessus de ta tête ?

Cette aventure en soi, sans aller plus avant,
Peut servir de leçon à la plûpart des hommes.
Parmi ce que de gens sur la terre nous sommes,
  Il en est peu, qui fort souvent
  Ne se plaisent d'entendre dire,
Qu'au livre du Destin les mortels peuvent lire.
Mais ce livre qu'Homere & les siens ont chanté,
Qu'est-ce, que le hasard parmi l'antiquité,
  Et parmi nous la Providence ?
  Or, du hasard il n'est point de science :
  S'il en étoit, on auroit tort
 De l'appeller hasard, ni fortune, ni sort,
  Toutes choses très-incertaines.
  Quant aux volontés souveraines
De celui qui fait tout, & rien qu'avec dessein,
Qui les fait que lui seul ? comment lire en son sein ?
Auroit-il imprimé sur le front des étoiles
Ce que la nuit des temps enferme dans ses voiles ?
A quelle utilité ? pour exercer l'esprit
De ceux qui de la sphere & du globe ont écrit ?
Pour nous faire éviter des maux inévitables ?
Nous rendre dans les biens de plaisirs incapables.;
Et causant du dégoût par ces biens prévenus,
Les convertir en maux devant (1) qu'ils soient venus ?

***

(1) *Devant.* Voyez la premiere note de la troisieme
Fable du quatrieme Livre.

C'eſt erreur, ou plutôt c'eſt crime de le croire.
Le firmament ſe meut, les aſtres font leur cours,
Le ſoleil nous luit tous les jours :
Tous les jours ſa clarté ſuccede à l'ombre noire,
Sans que nous puiſſions autre choſe inférer
Que la neceſſité de luire & d'éclairer,
D'amener les ſaiſons, de mûrir les ſemences,
De verſer ſur les corps certaines influences.
Du reſte, en quoi répond au ſort toujours divers,
Ce train toujours égal dont marche l'univers ?
Charlatans, faiſeurs d'horoſcope,
Quittez les Cours des Princes de l'Europe.
Emmenez avec vous les Souffleurs tout d'un temps.
Vous ne méritez pas plus de foi que ces gens.
Je m'emporte un peu trop ; revenons à l'hiſtoire
De ce ſpéculateur qui fut contraint de boire.
Outre la vanité de ſon art menſonger,
C'eſt l'image de ceux qui bâillent aux chimeres,
Cependant qu'ils ſont en danger,
Soit pour eux, ſoit pour leurs affaires.

FABLE XIV.

Le Lievre & les Grenouilles.

UN Lievre en ſon gîte ſongeoit,
(Car que faire en un gîte à moins que l'on ne ſonge ?)
Dans un profond ennui ce Lievre ſe plongeoit :
Cet animal eſt triſte, & la crainte le ronge.
Les gens de naturel peureux,
Sont, diſoit-il, bien malheureux.
Ils ne ſauroient manger morceau qui leur profite.
Jamais un plaiſir pur : toujours aſſauts divers.
Voilà comme je vis : cette crainte maudite
M'empêche de dormir, ſinon les yeux ouverts.
Corrigez-vous, dira quelque ſage cervelle.

Et la peur se corrige-t-elle ?
Je crois même qu'en bonne foi
Les hommes ont peur comme moi.
Ainsi raisonnoit notre Lievre ;
Et cependant faisoit le guet.
Il étoit douteux, inquiet :
Un souffle, une ombre, un rien, tout lui donnoit la
fievre.
Le mélancolique animal,
En rêvant à cette matiere,
Entend un léger bruit : ce lui fut un signal
Pour s'enfuir devers sa tanniere.
Il s'en alla passer sur le bord d'un étang.
Grenouilles aussi-tôt de sauter dans les ondes :
Grenouilles de rentrer dans leurs grottes profondes.
Oh, dit-il, j'en fais faire autant
Qu'on m'en fait faire ! ma présence
Effraie aussi les gens ! je mets l'alarme au camp !
Et d'où me vient cette vaillance ?
Comment, des animaux qui tremblent devant moi !
je suis donc un foudre de guerre ?
Il n'est, je le vois bien, si poltron sur la terre,
Qui ne puisse trouver un plus poltron que soi.

FABLE XV.

Le Coq & le Renard.

Sur la branche d'un arbre étoit en sentinelle
Un vieux Coq adroit & matois (1).
Frere, dit un Renard, adoucissant sa voix,
Nous ne sommes plus en querelle :
Paix générale cette fois.

---

(1) Matois ; fin.

Je viens te l'annoncer, descends que je t'embrasse.
    Ne me retardes point, de grace :
Je dois faire aujourd'hui vingt postes sans manquer.
    Les tiens & toi pouvez vaquer,
    Sans nulle crainte, à vos affaires :
    Nous vous y servirons en freres.
    Faites-en les feux dès ce soir ;
    Et cependant viens recevoir
    Le baiser d'amour fraternelle.
Ami, reprit le Coq, je ne pouvois jamais
Apprendre une plus douce & meilleure nouvelle,
        Que celle
     De cette paix :
    Et ce m'est une double joie
De la tenir de toi. Je vois deux lévriers,
    Qui, je m'assure, font courriers
    Que pour ce sujet on envoie.
Ils vont vite, & seront dans un moment à nous.
Je descends : nous pourrons nous entrebaiser tous.
Adieu, dit le Renard, ma traite est longue à faire,
Nous nous réjouirons du succès de l'affaire
    Une autrefois. Le galant aussi-tôt
    Tire ses gregues (1), gagne au haut,
    Mal content de son stratagême ;
    Et notre vieux Coq, en soi-même,
    Se mit à rire de sa peur ;
Car c'est double plaisir de tromper le trompeur.

---

(1) *Gregue* : espece de haut de chausses. *Tirer ses gregues* : s'enfuir, décamper au plus vite.

* *
*

FABLE

FABLE XVI.

Le Corbeau voulant imiter l'Aigle.

L'OISEAU de Jupiter enlevant un mouton,
    Un Corbeau témoin de l'affaire,
Et plus foible de reins, & non pas moins glouton,
    En voulut fur l'heure autant faire.
    Il tourne à l'entour du troupeau,
Marque entre cent moutons, le plus gras, le plus beau :
    Un vrai mouton de facrifice.
On l'avoit réfervé pour la bouche des Dieux.
Gaillard Corbeau difoit, en le couvant des yeux :
    Je ne fai qui fut ta nourrice,
Mais ton corps me paroît en merveilleux état :
    Tu me ferviras de pâture.
Sur l'animal bêlant à ces mots il s'abat.
    La moutonniere créature
Pefoit plus qu'un fromage, outre que fa toifon
    Etoit d'une épaiffeur extrême,
Et mêlée, à-peu-près, de la même façon
    Que la barbe de Polyphême.
Elle empêtra fi bien les ferres du Corbeau,
Que le pauvre animal ne put faire retraite.
Le berger vient, le prend, l'encage bien & beau,
Le donne à fes enfants pour fervir d'amufette.

Il faut fe mefurer, la conféquence eft nette.
Mal prend aux volereaux de faire les voleurs.
    L'exemple eft un dangereux leure. (1)
Tous les mangeurs de gens ne font pas grands Sei-
    gneurs :
Où la guêpe a paffé, le moucheron demeure.

---

(1) *Leure* : appât.
Partie I.   I

FABLE XVII.

Le Paon se plaignant à Junon.

Le Paon se plaignoit à Junon.
Déeſſe, diſoit-il, ce n'eſt pas ſans raiſon
 Que je me plains, que je murmure :
 Le chant dont vous m'avez fait don
 Déplait à toute la nature :
Au lieu qu'un Roſſignol, chétive créature,
 Forme des ſons auſſi doux qu'éclatants,
 Eſt lui ſeul l'honneur du printemps.
 Junon répondit en colere :
 Oiſeau jaloux, & qui devrois te taire,
Eſt-ce à toi d'envier la voix du Roſſignol,
Toi que l'on voit porter à l'entour de ton col
Un arc-en-ciel nué de cent ſortes de ſoies,
 Qui te panades, qui déploies
Une ſi riche queue, & qui ſemble à nos yeux
 La boutique d'un lapidaire ?
 Eſt-il quelque oiſeau ſous les cieux
 Plus que toi capable de plaire ?
Tout animal n'a pas toutes propriétés.
Nous vous avons donné diverſes qualités.
Les uns ont la grandeur & la force en partage :
Le Faucon eſt léger, l'Aigle plein de courage,
 Le Corbeau ſert pour le préſage,
La Corneille avertit des malheurs à venir,
 Tous ſont contents de leur ramage.
Ceſſe donc de te plaindre, ou bien pour te punir
 Je t'ôterai ton plumage,

FABLE XVIII.

La Chatte métamorphosée en Femme.

Un homme chérissoit éperduement sa Chatte ;
Il la trouvoit mignonne, & belle, & délicate,
 Qui miauloit d'un ton fort doux :
 Il étoit plus fou que les fous.
 Cet homme donc, par prieres, par larmes,
  Par sortileges, & par charmes,
  Fait tant qu'il obtient du Destin,
  Que sa Chatte, en un beau matin,
  Devient femme, & le matin même,
  Maître sot en fait sa moitié.
  Le voilà fou d'amour extrême,
  De fou qu'il étoit d'amitié.
  Jamais la Dame la plus belle
  Ne charma tant son favori,
  Que fait cette épouse nouvelle
  Son hypocondre de mari.
  Il l'amadoue, elle le flatte :
  Il n'y trouve plus rien de Chatte ;
  Et poussant l'erreur jusqu'au bout,
  La croit femme en tout & par-tout.
Lorsque quelques souris qui rongeoient de la natte
Troublerent le plaisir des nouveaux mariés.
  Aussi-tôt la Femme est sur pieds :
  Elle manque son avanture.
Souris de revenir, Femme d'être en posture.
  Pour cette fois elle accourut à point :
  Car ayant changé de figure,
  Les souris ne la craignoient point.
  Ce lui fut toujours une amorce,
  Tant le naturel a de force.
Il se moque de tout : certain âge accompli,

Le vafe eft imbibé , l'étoffe a pris fon pli.
     En vain de fon train ordinaire
     On le veut défaccoutumer.
     Quelque chofe qu'on puiffe faire,
     On ne fauroit le réformer.
     Coups de fourches, ni d'étrivieres
     Ne lui font changer de manieres ;
     Et fuffiez-vous embâtonnés ,
     Jamais vous n'en ferez les maîtres.
     Qu'on lui ferme la porte au nez ,
     Il reviendra par les fenêtres.

FABLE XIX.

Le Lion & l'Ane chaſſant.

LE Roi des animaux fe mit un jour en tête
     De giboyer (1). Il célébroit fa fête.
Le gibier du Lion , ce ne font point moineaux,
Mais beaux & bons fangliers, daims & cerfs bons &
   beaux.
     Pour réuffir dans cette affaire ,
     Il fe fervit du miniftere
     De l'Ane à la voix de Stentor.
L'Ane à Meffer (2) Lion fit office de cor.
Le Lion le pofta, le couvrit de ramée ,
Lui commanda de braire, affuré qu'à ce fon
Les moins intimidés fuiroient de leur maifon.
Leur troupe n'étoit pas encore accoutumée
     A la tempête de fa voix :
L'air en retentiffoit d'un bruit épouvantable :

_____

(1) *Giboyer* : chaffer. La vraie fignification de ce
verbe eft *chaffer à l'Arquebufe.*

(2) *Meffer* ; pour Meffire.

La frayeur faififfoit les hôtes de ces bois.
Tous fuyoient, tous tomboient au piege inévitable
    Où les attendoit le Lion.
N'ais-je pas bien fervi dans cette occafion ?
Dit l'Ane, en fe donnant tout l'honneur de la chaffe.
Oui, reprit le Lion, c'eft bravement crié.
Si je ne connoiffois ta perfonne & ta race,
    J'en ferois moi-même effrayé.
L'Ane, s'il eût ofé, fe fût mis en colere,
Encor qu'on le raillât avec jufte raifon :
Car qui pourroit fouffrir un Ane fanfaron ?
    Ce n'eft pas-là leur caractere.

FABLE XX.

Teftament expliqué par Efope.

Si ce qu'on dit d'Efope eft vrai,
   C'étoit l'oracle de la Grece :
   Lui feul avoit plus de fageffe
Que tout l'Aréopage. En voici pour effai
   Une hiftoire des plus gentilles,
   Et qui pourra plaire au lecteur.

   Un certain homme avoit trois filles,
   Toutes trois de contraire humeur :
   Une buveufe, une coquette,
   La troifieme avare parfaite.
   Cet homme par fon teftament,
   Selon les loix municipales,
Leur laiffa tout fon bien par portions égales,
   En donnant à leur mere tant,
   payable quand chacune d'elles
Ne poffederoit plus fa contingente part.
   Le pere mort, les trois femelles,

                I 3

Courent au teftament, fans attendre plus tard,
 On le lit ; on tâche d'entendre
 La volonté du teftateur;
 mais envain : car comment comprendre
 Qu'auffi-tôt que chacune fœur
Ne poffédera plus fa part héréditaire,
 Il lui faudra payer fa mere ?
 Ce n'eft pas un fort bon moyen
 Pour payer , que d'être fans bien.
 Que vouloit donc dire le pere ?
L'affaire eft confultée ; & tous les Avocats
 Après avoir tourné le cas
 En cent & cent mille manieres ,
Y jettent leur bonnet , fe confeffent vaincus ;
 Et confeillent aux héritieres
De partager le bien fans fonger au furplus.
 Quant à la fomme de la veuve ,
Voici, leur dirent-ils , ce que le Confeil treuve (1)
Il faut que chaque fœur fe charge par traité
 Du tiers payable à volonté,
Si mieux n'aime la mere en créer une rente
 Dès le décès du mort courante.
La chofe ainfi réglée , on compofa trois lots:
 En l'un , les maifons de bouteille ,
 Les buffets dreffés fous la treille ,
La vaiffelle d'argent , les cuvettes , les brocs ,
 Les magafins de Malvoific ,
Les efclaves de bouche , & pour dire en deux mots,
 L'attirail de la goinfrerie (2).
Dans un autre, celui de la coquetterie,
La maifon de la ville , & fes meubles exquis,
 Les eunuques & les coëffeufes ,
  Et les brodeufes ,

---

(1) *Treuver* : trouver. On ne fe fert plus actuellement du premier.

(2) *Goinfrerie* : gourmandife , débauche de table

Les joyaux, les robes de prix.
Dans le troisieme lot, les fermes, le ménage,
  Les troupeaux & le pâturage,
  Valets & bêtes de labeur.
Ces lots faits, on jugea que le fort pourroit faire,
  Que peut-être pas une sœur
  N'auroit ce qui lui pourroit plaire.
Ainsi, chacune prit son inclination,
  Le tout à l'estimation
  Ce fut dans la ville d'Athenes,
  Que cette rencontre arriva.
  Petits & grands, tout approuva
Le partage & le choix. Esope seul trouva
  Qu'après bien du temps & des peines,
  Les gens avoient pris justement
  Le contre-pied du testament.
Si le défunt vivoit, disoit-il, que l'Attique
  Auroit de reproches de lui !
  Comment ! ce peuple qui se pique
D'être le plus subtil des peuples d'aujourd'hui,
A si mal entendu la volonté suprême
  D'un testateur ! Ayant ainsi parlé,
  Il fait le partage lui-même,
Et donne à chaque sœur un lot contre son gré,
  Rien qui pût être contre son gré,
  Partant rien aux sœurs d'agréable :
  A la coquette l'attirail
  Qui suit les personnes buveuses :
  La biberonne (1) eut le bétail :
  La ménagere eut les coëffeuses.
  Tel fut l'avis du Phrygien,
  Alléguant qu'il n'étoit moyen
  Plus sûr pour obliger ces filles
  A se défaire de leur bien :
Qu'elles se mariroient dans les bonnes familles,
  Quand on leur verroit de l'argent :

___

(1) *Biberonne* : buveuse.

Pairoient leur mere tout comptant,
Ne posséderoient plus les effets de leur pere,
Ce qui difoit le teftament.
Le peuple s'étonna comme il fe pouvoit faire
Qu'un homme feul eût plus de fens
Qu'une multitude de gens.

Fin du deuxieme Livre.

LIVRE TROISIEME.

FABLE PREMIERE.

Le Meûnier, son Fils, & l'Ane.

A. M. D. M.

L'INVENTION des arts étant un droit d'aînesse,
Nous devons l'Apologue à l'ancienne Grece :
Mais ce champ ne se peut tellement moissonner,
Que les derniers venus n'y trouvent à glaner.
La feinte est un pays plein de terres désertes.
Tous les jours nos auteurs y font des découvertes.
Je t'en veux dire un trait assez bien inventé :
Autrefois à Racan, Malherbe l'a conté.

Ces deux rivaux d'Horace, héritiers de sa lyre,
Disciples d'Apollon, nos maîtres, pour mieux dire,
Se rencontrant un jour tous seuls & sans témoins,
(Comme ils se confioient leurs pensers (1) & leurs
    soins)
Racan commence ainsi : dites-moi, je vous prie,
Vous qui devez savoir les choses de la vie,
Qui par tous ses dégrés avez déjà passé,
Et que rien ne doit fuir en cet âge avancé,

---

(1) *Leurs pensers.* Ce substantif masculin est actuellement presque hors d'usage.

A quoi me réſoudrai-je ? il eſt temps que j'y penſe.
Vous connoiſſez mon bien, mon talent ; ma naiſſance.
Dois-je, dans la province établir mon ſéjour ?
Prendre emploi dans l'armée, ou bien charge à la Cour ?
Tout au monde eſt mêlé d'amertume & de charmes :
La guerre a ſes douceurs, l'hymen a ſes alarmes.
Si je ſuivois mon goût, je ſaurois où buter,
Mais j'ai les miens, la Cour, le peuple à contenter.
Malherbe là-deſſus : contenter tout le monde ?
Écoutez ce récit avant que je réponde.

J'ai lu dans quelque endroit qu'un Meûnier & ſon fils,
L'un vieillard, l'autre enfant, non pas des plus petits,
Mais garçon de quinze ans, ſi j'ai bonne mémoire,
Alloient vendre leur Ane un certain jour de foire.
Afin qu'il fût plus frais & de meilleur débit,
On lui lia les pieds, on vous le ſuſpendit :
Puis cet homme & ſon fils le portent comme un luſtre.
Pauvres gens ; idiots, couple ignorant & ruſtre !
Le premier qui les vit, de rire s'éclata (1).
Quelle farce, dit-il, vont jouer ces gens là ?
Le plus Ane des trois n'eſt pas celui qu'on penſe.
Le Meûnier, à ces mots, connoît ſon ignorance.
Il met ſur pieds ſa bête, & la fait détaler.
L'Ane qui goûtoit fort l'autre façon d'aller,
Se plaint en ſon patois. Le Meûnier n'en a cure (2).
Il fait monter ſon fils, il ſuit ; & d'aventure
Paſſent trois bons marchands. Cet objet leur déplut.
Le plus vieux, au garçon, s'écria tant qu'il put :
Oh là, oh, deſcendez que l'on ne vous le diſe,
Jeune homme qui menez laquais à barbe griſe.
C'étoit à vous de ſuivre, au vieillard de monter.
Meſſieurs, dit le Meûnier, il vous faut contenter.

---

(1) Aujourd'hui l'on ne dit plus *s'éclater*, mais
éclater de rire.
(2) *Avoir cure*. Se ſoucier, ſe mettre en peine, &c.

L'enfant met pied à terre, & puis le vieillard monte.
Quand trois filles passant, l'une dit : c'est gran'honte
Qu'il faille voir ainsi clocher ce jeune fils,
Tandis que ce nigaud, comme un Evêque assis,
Fait le veau sur son Ane, & pense être bien sage.
Il n'est, dit le Meûnier, plus de veau à mon âge.
Passez votre chemin, la fille, & m'en croyez.
Après maints quolibets, coup sur coup renvoyés,
L'homme crut avoir tort, & mit son fils en croupe.
Au bout de trente pas, une troisieme troupe
Trouve encore à gloser. L'un dit : ces gens sont fous :
Le baudet n'en peut plus ; il mourra sous leurs coups.
Hé quoi, charger ainsi cette pauvre bourique ?
N'ont-ils point pitié de leur vieux domestique ?
Sans doute qu'à la foire ils vont vendre sa peau.
Parbleu, dit le Meûnier, est bien fou du cerveau,
Qui prétend contenter tout le monde & son pere.
Essayons toutefois, si par quelque maniere
Nous en viendrons à bout. Ils descendent tous deux,
L'Ane se prélassant (1), marche seul devant eux.
Un quidam les rencontre, & dit : est-ce la mode
Que baudet aille à l'aise, & Meûnier s'incommode ?
Qui de l'Ane ou du maitre est fait pour se lasser ?
Je conseille à ces gens de le faire enchâsser.
Ils usent leurs souliers, & conservent leur Ane :
Nicolas, au rebours : car quand il va voir Jeanne,
Il monte sur sa bête, & la chanson le dit.
Beau trio de baudets ! Le Meûnier repartit :
Je suis Ane, il est vrai, j'en conviens, je l'avoue :
Mais que donéravant on me blâme, on me loue,
Qu'on dise quelque chose, ou qu'on ne dise rien.
J'en veux faire à ma tête : il le fit, & fit bien.

Quant à vous, suivez Mars, ou l'Amour, ou le Prince
Allez, venez, courez, demeurez en province,
Prenez femme, Abbaye, emploi, gouvernement,
Les gens en parleront, n'en doutez nullement.

---

(1) *Se prélasser ; marcher gravement, se carrer.*

FABLE II.

Les Membres & l'Eſtomac.

Je devois par la Royauté
Avoir commencé mon ouvrage ;
A la voir d'un certain côté,
Meſſer Gaſter (1) en eſt l'image.
S'il a quelque beſoin , tout le corps s'en reſſent.
De travailler pour lui, les membres ſe laſſant,
Chacun d'eux réſolut de vivre en gentilhomme ,
Sans rien faire, alléguant l'exemple de Gaſter.
Il faudroit , diſoient-ils , ſans nous qu'il vécût d'air.
Nous ſuons, nous peinons comme bêtes de ſomme :
Et pour qui? pour lui ſeul : nous n'en profitons pas ;
Notre ſoin n'aboutit qu'à fournir ſes repas.
Chômons , c'eſt un métier qu'il veut nous faire ap-
            prendre.
Ainſi dit, ainſi fait. Les mains ceſſent de prendre,
        Les bras d'agir , les jambes de marcher.
Tous dirent à Gaſter qu'il en allât chercher.
Ce leur fut une erreur dont ils ſe repentirent.
Bientôt les pauvres gens tomberent en langueur :
Il ne ſe forma plus de nouveau ſang au cœur :
Chaque membre en ſouffrit, les forces ſe perdirent.
        Par ce moyen les mutins virent
Que celui qu'ils croyoient oiſif & pareſſeux,
A l'intérêt commun contribuoit plus qu'eux.
Ceci peut s'appliquer à la grandeur royale.
Elle reçoit & donne ; & la choſe eſt égale.
Tout travaille pour elle, & réciproquement
        tout titre d'elle l'aliment.

(1) *Gaſter* : l'eſtomac, en terme de médecine.

Elle

Elle fait subsister l'artisan de ses peines,
Enrichit le marchand, gage le Magistrat,
Maintient le laboureur, donne paye au soldat,
Distribue en cent lieux ses graces souveraines,
  Entretient seul tout l'Etat.
  Menenius le sut bien dire.
La Commune s'alloit séparer du Sénat.
Les mécontens disoient qu'il avoit tout l'empire,
Le pouvoir, les trésors, l'honneur, la dignité :
Au lieu que tout le mal étoit de leur côté,
Les tributs, impôts, les fatigues de guerre.
Le peuple hors des murs étoit déja posté,
La plupart s'en alloient chercher une autre terre,
  Quand Menenius leur fit voir
  Qu'ils étoient aux membres semblables ;
Et par cette Apologue insigne entre les Fables,
  Les ramèna dans leur devoir.

FABLE III.

Le Loup devenu Berger.

Un Loup qui commençoit d'avoir petite part
  Aux brebis de son voisnage,
Crut qu'il falloit s'aider de la peau du renard,
  Et fait un nouveau personnage.
Il s'habille en berger, endosse un hoqueton (1),
  Fait sa houlette d'un bâton,
  Sans oublier la cornemuse.
  Pour pousser jusqu'au bout la ruse,
Il auroit volontiers écrit sur son chapeau :
C'est moi qui suis Guillot, berger de ce troupeau.

---

(1) Hoqueton : espece de casaque. Peu en usage
dans ce sens là.
 Partie 1.   E

Sa perfonne étant ainfi faite,
Et fes pieds de devant pofés fur fa houlette,
Guillot le Sycophante approche doucement.
Guillot, le vrai Guillot, étendu fur l'herbette,
    Dormoit alors profondément.
Son chien dormoit auffi, comme auffi fa mufette.
La plupart des brebis dormoit pareillement.
        L'ypochite les laiffa faire ;
Et pour pouvoir mener vers fon fort les brebis,
Il voulut ajouter la parole aux habits,
        Chofe qu'il croyoit néceffaire ;
        Mais cela gâta fon affaire.
Il ne put du pafteur contrefaire la voix.
Le ton dont il parla fit retentir les bois,
        Et découvrit tout le myftere.
        Chacun fe réveille à ce fon,
        Les brebis, le chien, le garçon.
        Le pauvre Loup dans cette efclandre,
        Empêché par fon hoqueton,
        Ne peut ni fuir, ni fe défendre.

Toujours par quelque endroit fourbes fe laiffent
    prendre.
        Quiconque eft Loup, agiffe en Loup :
        C'eft le plus certain de beaucoup.

FABLE IV.

Les Grenouilles qui demandent un Roi.

LES Grenouilles fe laffant
    De l'état démocratique,
    Par leurs clameurs firent tant
Que Jupin les foumit au pouvoir monarchique.
Il leur tomba du ciel un Roi tout pacifique :
Ce Roi fit toutefois un tel bruit en tombant,

Que la gent marécageuse,
Gent fort sotte & fort peureuse,
S'alla cacher sous les eaux,
Dans les joncs, dans les roseaux,
Dans les trous du marécage,
Sans oser de long-temps regarder au visage
Celui qu'elle croyoit être un géant nouveau.
   Or, c'étoit un soliveau,
De qui la gravité fit peur à la premiere,
   Qui le devoit s'aventurant,
   Osa bien quitter sa taniere.
   Elle approcha, mais en tremblant.
Une autre la suivit, une autre en fit autant,
   Il en vint une fourmilliere
Et leur troupe à la fin se rendit familiere
   Jusqu'à sauter sur l'épaule du Roi.
Le bon Sire le souffre, & se tient toujours coi (1).
Jupin en a bientôt la cervelle rompue.
Donnez-nous, dit ce peuple, un Roi qui se remue:
Le Monarque des Dieux leur envoie une grue,
   Qui les chroque, qui le tue,
   Qui le gobe à son plaisir :
   Et Grenouilles de se plaindre ;
Et Jupin de leur dire : & quoi votre desir
   A ses loix croit-il nous astreindre ?
   Vous avez dû premierement
   Garder votre gouvernement :
Mais ne l'ayant pas fait, il vous devoit suffire
Que votre premier Roi fût débonnaire & doux :
   De celui-ci contentez-vous,
   De peur d'en rencontrer un pire.

---

(1) *Coi* : tranquille, en repos.

FABLE V.

Le Renard & le Bouc.

CAPITAINE Renard alloit de Compagnie
Avec fon ami Bouc des plus hauts encornés.
Celui-ci ne voyoit pas plus loin que fon nez.
L'autre étoit paffé maître en fait de tromperie.
La foif les obligea de defcendre en un puits.
    Là , chacun d'eux fe défaltere.
Après qu'abondamment tous deux en eurent pris,
Le Renard dit au Bouc : que ferons-nous, compere,
Ce n'eft pas tout de boire, il faut fortir d'ici.
Leve tes pieds en haut, & tes cornes auffi :
Mets-les contre le mur. Le long de ton échine
    Je grimperai premierement,
    Puis fur tes cornes m'élevant,
    A l'aide de cette machine,
    De ce lieu-ci je fortirai.
    Après quoi je t'en tirerai.
Par ma barbe, dit l'autre, il eft bon : & je loue
    Les gens bien fenfés comme toi :
    Je n'aurois jamais, quant à moi,
    Trouvé ce fecret, je l'avoue.
Le Renard fort du puits, laiffe fon compagnon ;
    Et vous lui fait un beau fermon
    Pour l'exhorter à patience.
Si le ciel t'eût, dit-il, donné par excellence
Autant de jugement que de barbe au menton,
    Tu n'aurois pas, à la légere,
Defcendu dans ce puits. Or, adieu, j'en fuis hors :
Tâche de t'en tirer, & fais tout tes efforts :
    Car pour moi j'ai certaine affaire
Qui ne me permet pas d'arrêter en chemin.

En toute chofe il faut confidérer la fin.

FABLE VI.

L'Aigle, la Laie & la Chatte.

L'AIGLE avoit ses petits au haut d'un arbre creux,
  La Laie au pied, la Chatte entre les deux ;
Et sans s'incommoder, moyennant ce partage,
Meres & nourrissons faisoient leur tripotage.
La Chatte détruisit par sa fourbe l'accord.
Elle grimpa chez l'Aigle, & lui dit : notre mort
Au moins de nos enfants, car c'est tout aux meres,
  Ne tardera possible gueres.
Voyez-vous à nos pieds fouir incessamment
Cette maudite Laie, & creuser une mine ?
C'est pour déraciner le chêne assurément,
Et de nos nourrissons attirer la ruine.
  L'arbre tombant, ils seront dévorés :
  Qu'ils s'en tiennent pour assurés.
S'il m'en restoit un seul, j'adoucirois ma plainte.
Au partir de ce lieu, qu'elle remplit de crainte,
  La perfide descend tout droit
      A l'endroit
  Où la Laie est en gésine (1).
  Ma bonne amie & ma voisine,
Lui dit-elle tout bas, je vous donne un avis.
L'Aigle, si vous sortez, fondra sur vos petits :
  Obligez-moi de n'en rien dire :
  Son courroux tomberoit sur moi.
Dans cette autre famille ayant semé l'effroi,
  La Chatte en son trou se retire.
L'aigle n'ose sortir ni pourvoir aux besoins
  De ses petits : la Laie encore moins ;

(1) *En gésine* ; en couche. Très-vieux.

Sortes de ne pas voir que le plus grand des soins
Ce doit être celui d'éviter la famine.
A demeurer chez foi l'une & l'autre s'obstine,
Pour fecourir les fiens dedans l'occafion,
    L'Oifeau royal, en cas de mine,
    La Laie, en cas d'irruption.
La faim détruifit tout : il ne refta perfonne
De la gent marcaffine, & de la gent aiglonne,
    Qui n'allàt de vie à trépas :
    Grand renfort pour Meffieurs les Chats.

Qui ne fait point ourdir une langue traîtreffe
    Par fa pernicieufe adreffe ?
     Des malheurs qui font fortis
    De la boëte de Pandore,
Celui qu'à meilleur droit tout l'univers abhorre,
    C'eft la fourbe, à mon avis.

FABLE VII.

L'Ivrogne & fa Femme.

CHACUN a fon défaut, où toujours il revient :
    Honte ni peur n'y remédie.
    Sur ce propos, d'un conte il me fouvient :
    Je ne dis rien que je n'appuyé
    De quelque exemple. Un fuppôt de Bacchus
Altéroit fa fanté, fon efprit & fa bourfe.
Telles gens n'ont pas fait la moitié de leur courfe,
    Qu'ils font au bout de leurs écus.
Un jour que celui-ci, plein du jus de la treille,
Avoit laiffé fes fens au fond d'une bouteille,
Sa femme l'enferma dans un certain tombeau.
    Là, les vapeurs du vin nouveau
Cuverent à l'oifir. A fon réveil il treuve
L'attirail de la mort à l'entour de fon corps.
    Un luminaire, un drap des morts.

Oh ! dit-il, qu'eſt ceci ? ma femme eſt-elle veuve ?
Là deſſus, ſon épouſe, en habit d'Alecton,
Maſquée, & de ſa voix contrefaiſant le ton
Vient au prétendu mort, approche de ſa biere,
Lui préſente un chaudeau (1) propre pour Lucifer.
L'époux alors ne doute en aucune maniere
     Qu'il ne ſoit citoyen d'enfer.
Quelle perſonne es-tu ? dit-il à ce phantôme.
    La cellerie du Royaume
De Satan, reprit-elle ; & je porte à manger
    A ceux qu'enclôt la tombe noire.
    Le mari repart ſans ſonger :
    Tu ne leur portes point à boire ?

FABLE VIII.

La Goutte & l'Araignée.

Quand l'enfer eut produit la Goutte & l'Araignée,
Mes filles, leur dit-il, vous pouvez vous vanter
    D'être pour l'humaine lignée
    Egalement à redouter.
Or, aviſons aux lieux qu'il vous faut habiter.
    Voyez-vous ces caſes (2) étroites ;
Et ces palais ſi grands, ſi beaux, ſi bien dorés ?
Je me ſuis propoſé d'en faire vos retraites.
    Tenez donc, voici deux buchettes :
    Accommodez-vous, ou tirez.
Il n'eſt rien, dit l'Aragne (3) aux caſes qui me plaiſe.
L'autre, tout au rebours, voyant les palais pleins
    De ces gens nommés Médecins,

(1) *Chaudeau* ; eſpece de potage.
(2) *Caſe* ſignifie ici : chaumiere, cabane.
(3) *Aragne* ; pour araignée.

Ne crut pas y pouvoir demeurer à son aife.
Elle prend l'autre lot , y plante le piquet,
S'étend avec plaifir fur l'orteil d'un pauvre homme,
Difant : je ne crois pas qu'en ce pofte je chomine,
Ni que d'en déloger , & faire mon paquet,
  Jamais Hippocrate me fomme.
L'Aragne cependant fe campe en un lambris,
Comme fi de ces lieux elle eût fait bail à vie ,
Travaille à demeurer : voilà fa toile ourdie ;
  Voilà des moucherons de pris.
Une fervante vient balayer tout l'ouvrage.
Autre toile tiffue , autre coup de balai.
Le pauvre beftion (1) tous les jours déménage.
  Enfin , après un vain effai,
Il va trouver la Goutte. Elle étoit en campagne ,
  Plus malheureufe mille fois
  Que la plus malheureufe Aragne.
  Son hôte la menoit, tantôt fendre du bois,
Tantôt fouir, houer. Goutte bien tracaffée,
  Eft, dit-on, à demi-panfée.
Oh ! je ne faurois plus, dit-elle, y réfifter.
Changeons, ma fœur l'Aragne. Et l'autre d'écouter :
Elle la prend au mot , fe gliffe en la cabane :
Point de coup de balai qui l'oblige à changer.
La Goutte, d'autre part, va tout droit fe loger
  Chez un prélat qu'elle condamne
  A jamais du lit ne bouger.
Cataplafmes, Dieu fait ! les gens n'ont point de honte
De faire aller le mal toujours de pis en pis.
L'une & l'autre trouva de la forte fon compte,
Et fit très-fagement de changer de logis.

---

(1) *Beftion* : bête, animal.

FABLE IX.

Le Loup & la Cicogne.

LES Loups mangent gloutonnement.
Un Loup donc étant de frairie (1),
Se pressa, dit-on, tellement,
Qu'il en pensa perdre la vie.
Un os lui demeura bien avant au gosier.
De bonheur pour ce Loup, qui ne pouvoit crier,
Près delà passe une Cicogne.
Il lui fait signe, elle accourt.
Voilà l'opératrice aussi-tôt en besogne.
Elle retira l'os : puis, pour un si bon tour,
Elle demanda son salaire.
Votre salaire ? dit le Loup :
Vous riez, ma bonne commere.
Quoi ! ce n'est pas encor beaucoup
D'avoir de mon gosier retiré votre cou ?
Allez, vous êtes une ingrate,
Ne tombez jamais sous ma patte.

(1) *Frairie* : partie de divertissement, de bonne
chere.

FABLE X.

Le Lion abattu par l'Homme.

ON expofoit une peinture,
Où l'artifan avoit tracé
Un Lion d'immenfe ftature
Par un feul homme terraffé.
Les regardants en tiroient gloire.
Un Lion, en paffant, rabattit leur caquet.
Je vois bien, dit-il, qu'en effet
On vous donne ici la victoire ;
Mais l'ouvrier vous a déçus ,
Il avoit liberté de feindre.
Avec plus de raifon nous aurions le deffus ,
Si mes confreres favoient peindre.

FABLE XI.

Le Renard & les Raifins.

CERTAIN Renard Gafcon, d'autres difent Normand,
Mourant prefque de faim, vit au haut d'une treille
Des raifins mûrs apparemment ,
Et couverts d'une peau vermeille.
Le galant en eût fait volontiers un repas.
Mais comme il n'y pouvoit atteindre ,
Ils font trop verds, dit-il, & bons pour des goujats.
Fit-il pas mieux que de fe plaindre ?

FABLE XII.

Le Cygne & le Cuisinier.

DANS une ménagerie
De volatilles remplie,
Vivoient le Cygne & l'Oifon.
Celui-là destiné pour les regards du maître,
Celui-ci pour son goût : l'un qui se piquoit d'être
Commensal (1) du jardin, l'autre de la maison.
Des fossés du château faisant leurs galeries,
Tantôt on les eût vus côte à côte nager,
Tantôt courir sur l'onde, & tantôt se plonger,
Sans pouvoir satisfaire à leurs vaines envies.
Un jour le Cuisinier ayant trop bu d'un coup,
Prit pour Oifon le Cygne ; & le tenant au cou,
Il alloit l'égorger puis le mettre en potage.
L'oiseau, prêt à mourir, se plaint en son ramage.
　　　Le Cuisinier fut fort surpris,
　　　Et vit bien qu'il s'étoit mépris.
Quoi! je mettrois, dit-il, un tel chanteur en soupe !
Non, non, ne plaise aux Dieux que jamais ma main
　　　　　coupe
　　　La gorge à qui s'en sert si bien.

Ainsi dans les dangers qui nous suivent en croupe,
　　　Le doux parler ne nuit de rien.

_____

(1) *Commensal.* Ce mot est employé ici dans le
sens de *fréquenter habituellement* ; mais sa vraie signification est : *qui mangent à même table avec une autre* ;
il n'est guere d'usage actuellement, qu'en parlant des
Officiers de la Maison du Roi.

FABLE XIII.

Les Loups & les Brebis.

Après mille ans & plus de guerre déclarée,
Les Loups firent la paix avecque les Brebis.
C'étoit apparemment le bien des deux partis:
Car si les Loups mangeoient mainte bête égarée;
Les bergers, de leur peau, se faisoient maints habits.
Jamais de liberté, ni pour les pâturages,
    Ni d'autre part pour les carnages.
Ils ne pouvoient jouir qu'en tremblant de leurs biens.
La paix se conclut donc : on donne des ôtages;
Les Loups leurs louveteaux, & les brebis leurs chiens.
L'échange en étant fait aux formes ordinaires,
    Et réglé par des commissaires;
Au bout de quelque temps que Messieurs les louvats (1)
Se virent Loups parfaits, & friands de tuerie;
Ils vous prennent le temps que dans la bergerie
    Messieurs les bergers n'étoient pas,
Étranglent la moitié des Agneaux les plus gras,
Les emportent aux dents, dans les bois se retirent.
Ils avoient averti leur gens secretement.
Les chiens, qui sur leur foi, reposoient sûrement,
    Furent étranglés en dormant.
Cela fut si-tôt fait, qu'à peine ils le sentirent.
Tout fut mis en morceaux, un seul n'en échapa.

    Nous pouvons conclure de-là
Qu'il faut faire aux méchants guerre continuelle.
    La paix est fort bonne de soi,
    J'en conviens: mais de quoi sert-elle
    Avec des ennemis sans foi ?

(1) Louvats; pour louveteaux.

FABLE

FABLE XIV.

Le Lion devenu vieux.

LE Lion, terreur des forêts,
Chargé d'ans, & pleurant son antique prouesse (1),
Fut enfin attaqué par ses propres sujets,
   Devenus forts par sa foiblesse.
Le cheval s'approchant, lui donne un coup de pied ;
Le loup un coup de dent, le bœuf un coup de corne :
Le malheureux Lion languissant, triste & morne,
Peut à peine rugir, par l'âge estropié.
Il attend son destin sans faire aucunes plaintes ;
Quand voyant l'âne même à son antre courir,
Ah ! c'est trop, lui dit-il, je voulois bien mourir,
Mais c'est mourir deux fois, que souffrir tes atteintes.

FABLE XV.

Philomele & Progné.

AUTREFOIS Progné l'Hirondelle
   De sa demeure s'écarta ;
   Et loin des villes s'emporta
Dans un bois où chantoit la pauvre Philomele.
Ma sœur, lui dit Progné, comment vous portez-vous ?
Voici tantôt mille ans que l'on ne vous a vûe :
Je ne me souviens point que vous soyez venue
Depuis le temps de Thrace habiter parmi nous.

---

(1) Prouesse : valeur, force. Style familier.
Partie I.   L

Dites-moi, que penfez-vous faire ?
Ne quitterez-vous point ce féjour folitaire ?
Ah ! reprit Philomele, en eft-il de plus doux ?
Progné lui répartit : & quoi, cette mufique
   Pour ne chanter qu'aux animaux,
   Tout au plus à quelque ruftique (1) ?
Le défert eft-il fait pour des talents fi beaux ?
Venez faire aux cités éclater leurs merveilles :
   Auffi-bien, en voyant les bois,
Sans ceffe il vous fouvient que Térée autrefois,
   Parmi des demeures pareilles,
Exerça fa fureur fur vos divins appas.
Et c'eft fe fouvenir d'un fi cruel outrage,
Qui fait, reprit fa fœur, que je ne vous fuis pas :
   En voyant les hommes, hélas !
   Il m'en fouvient bien davantage.

FABLE XVI.

La Femme noyée.

JE ne fuis pas de ceux qui difent : ce n'eft rien,
   C'eft une femme qui fe noie.
Je dis que c'eft beaucoup ; & ce fexe vaut bien
Que nous le regrettions, puifqu'il fait notre joie.
Ce que j'avance ici n'eft point hors de propos,
   Puifqu'il s'agit dans cette Fable
   D'une femme qui dans les flots
Avoit fini fes jours par un fort déplorable.
   Son époux en cherchoit le corps,
   Pour lui rendre en cette aventure

---

(1) *Ruftique* : eft pris ici fubftantivement, &
fignifie : payfan, villageois.

Les honneurs de la sepulture.
Il arriva que sur les bords
Du fleuve, auteur de sa disgrace,
Des gens se promenoient ignorant l'accident.
Ce mari donc leur demandant
S'ils n'avoient de sa femme apperçu nulle trace :
Nulle, reprit l'un d'eux ; mais cherchez-là plus bas,
Suivez le fil de la riviere.
Un autre répartit : non, ne le suivez pas,
Rebroussez plutôt en arriere.
Quelque soit la pente & l'inclination
Dont l'eau par sa course l'emporte,
L'esprit de contradiction
L'aura fait flotter d'autre sorte,
Cet homme se railloit assez hors de saison.
Quant à l'humeur contredisante,
Je ne sai s'il avoit raison ;
Mais que cette humeur soit, ou non,
Le défaut du sexe & sa pente,
Quiconque avec elle naîtra,
Sans faute avec elle mourra,
Et jusqu'au bout contredira,
Et, s'il peut, encor par delà.

FABLE XVII.

La Bélette entrée dans un Grenier.

DAMOISELLE Belette au corps long & fluet,
Entra dans un grenier par un trou fort étroit :
Elle sortoit de maladie.
Là, vivant à discrétion,
La galante fit chere lie (1).

---

(1) *Chere lie* : bonne chere. Très-vieux.

L 2

mangea, rongea : Dieu fait la vie,
Et le lard qui périt en cette occafion.
   La voilà, pour conclufion,
  Graffe, maflue (1) & rebondie.
Au bout de la femaine, ayant dîné fon fou,
Elle entend quelque bruit, veut fortir par le trou,
Ne peut plus repaffer, & croit s'être méprife.
   Après avoir fait quelques tours,
C'eft, dit-elle, l'endroit, me voilà bien furprife :
J'ai paffé par ici depuis cinq ou fix jours.
   Un rat qui la voyoit en peine,
Lui dit : vous aviez lors la panfe un peu moins pleine.
Vous êtes maigre entrée, il faut maigre fortir ;
Ce que je vous dis-là, l'on le dit à bien d'autres :
Mais ne confondons point, par trop approfondir,
  Leurs affaires avec les vôtres

FABLE XVIII.

Le Chat & un vieux Rat.

J'AI lu, chez un conteur de Fables,
Qu'un fecond Rodilard, l'Alexandre des Chats,
  L'Attila, le fléau des rats,
  Rendoit ces derniers miférables.
  J'ai lu, dis-je, en certain auteur,
  Que ce Chat exterminateur,
Vrai Cerbere, étoit craint une lieue à la ronde :
Il vouloit de fouris dépeupler tout le monde.
Les planches qu'on fufpend fur un léger appui,
  La mort aux rats, les fouricieres,

---

(1) *Maflu.* Ce terme populaire eft très-bien expliqué par le mot qui précede & qui fuit. On écrit
ordinairement : maflé.

N'étoient que jeux au prix de lui.
Comme il voit que dans leur tanieres
Les souris étoient prisonnieres,
Qu'elles n'osoient sortir, qu'il avoit beau chercher,
Le galant fait le mort ; & du haut d'un plancher
Se pend la tête en bas. La bête scélérate
A de certains cordons se tenoit par la patte.
Le peuple des souris croit que c'est châtiment,
Qu'il a fait un larcin de rôt ou de fromage,
Égratigné quelqu'un, causé quelque dommage ;
Enfin qu'on a pendu le mauvais garnement
    Toutes, dis-je, unanimement
Se promettent de rire à son enterrement,
Mettent le nez à l'air, montrent un peu la tête,
   (Puis rentrent dans leurs nids à rats,
    Puis ressortant, font quatre pas,
    Puis enfin se mettent en quête.
    Mais voici bien une autre fête.
Le pendu ressuscite : & sur ses pieds tombant,
    Attrape les plus paresseuses.
Nous en savons plus d'un, dit-il, en les gobant :
C'est tour de vieille guerre, & vos cavernes creuses
Ne vous sauveront pas, je vous en avertis :
    Vous viendrez toutes au logis.
Il prophétisoit vrai ; notre maître Mitis,
Pour la seconde fois les trompe & les affine (1),
    Blanchit sa robe & s'enfarine ;
    Et, de la sorte déguisé,
Se niche & se blotit dans une huche ouverte :
    Ce fut à lui bien avisé.
La gent trotte-menu s'en vient chercher sa perte.
Un Rat, sans plus, s'abstient d'aller flairer autour.
C'étoit un vieux routier, il savoit plus d'un tour :
Même il avoit perdu sa queue à la bataille.

---

(1) *Affiner*, veut dire dans cette Fable, *surprendre par quelque finesse.*

Ce bloc enfariné ne me dit rien qui vaille,
S'écria-t-il de loin au Général des Chats ;
Je soupçonne dessous encor quelque machine.
        Rien ne te sert d'être farine,
Car quant tu serois sac, je n'approcherois pas.
C'étoit bien dit à lui : j'approuve sa prudence :
        Il étoit expérimenté ;
        Et savoit que la méfiance
        Est mere de la sûreté.

Fin du troisieme Livre.

LIVRE QUATRIEME.

FABLE PREMIERE.

Le Lion amoureux.

A MADEMOISELLE DE SÉVIGNÉ.

SÉVIGNÉ de qui les attraits,
Servent aux Grâces de modele,
Et qui naquîtes toute belle,
A votre indifférence près :
Pourriez-vous être favorable
Aux jeux innocents d'une Fable,
Et voir, sans vous épouvanter,
Un Lion qu'amour sut dompter ?
Amour est un étrange maître :
Heureux qui peut ne le connoître
Que par récit, lui ni ses coups !
Quand on en parle devant vous,
Si la vérité vous offense,
La Fable au moins se peut souffrir.
Celle-ci prend bien l'assurance
De venir à vos pieds s'offrir,
Par zele & par reconnoissance.

Du temps que les bêtes parloient,
Les Lions entre autres vouloient
Etre admis dans notre alliance.
Pourquoi bon ? puisque leur engeance

Valoit la nôtre en ce temps-là,
Ayant courage , intelligence ,
Et belle hure , outre cela.
Voici comment il en alla.
   Un Lion de haut parentage ,
En passant par un certain pré ,
Rencontra bergere à son gré.
Il la demande en mariage.
Le pere auroit fort souhaité
Quelque gendre un peu moins terrible.
La donner lui sembloit bien dur ,
La refuser n'étoit pas sûr :
Même un refus eût fait possible,
Qu'on eût vu quelque beau matin
Un mariage clandestin.
Car outre qu'en toute maniere
La belle étoit pour les gens fiers ,
Fille se coëffe volontiers
D'amoureux à longue criniere.
Le pere donc ouvertement
N'osant renvoyer notre amant ,
Lui dit : ma fille est délicate :
Vos griffes la pourront blesser
Quand vous voudrez la caresser.
Permettez donc qu'à chaque patte
On vous les rogne ; & pour les dents,
Qu'on vous les lime en même-temps ;
Vos baisers en seront moins rudes ,
Et pour vous plus délicieux ;
Car ma fille y répondra mieux
Etant sans ces inquiétudes.
Le Lion consent à cela ,
Tant son ame étoit aveuglée.
Sans dents ni griffes le voilà
Comme place demantelée.
On lâcha sur lui quelques chiens :
Il fit fort peu de résistance.
Amour, amour, quand tu nous tiens,
On peut bien dire : adieu prudence.

FABLE II.

Le Berger & la Mer.

Du rapport d'un troupeau, dont il vivoit sans soins,
Se contenta long-temps un voisin d'Amphitrite.
Si sa fortune étoit petite,
Elle étoit sûre tout au moins.
A la fin, les trésors déchargés sur la place,
Le tenterent si bien, qu'il vendit son troupeau,
Trafiqua de l'argent, se mit entier sur l'eau.
Cet argent périt par naufrage.
Son maître fut réduit à garder les brebis ;
Non plus Berger en chef comme il étoit jadis,
Quand ses propres moutons paissoient sur le rivage.
Celui qui s'étoit vû Coridon ou Tircis,
Fut Pierrot & rien davantage.
Au bout de quelque temps il fit quelques profits ,
racheta des bêtes à laine ;
Et comme un jour les vents retenant leur haleine,
Laissoient paisiblement aborder les vaisseaux ;
Vous voulez de l'argent, ô Mesdames les eaux,
Dit-il, adressez-vous, je vous prie, à quelqu'autre :
Ma foi, vous n'aurez pas le nôtre.

Ceci n'est pas un conte à plaisir inventé.
Je me sers de la vérité,
Pour montrer par expérience,
Qu'un sou, quand il est assuré,
Vaut mieux que cinq en espérance ;
Qu'il faut se contenter de sa condition ;
Qu'aux conseils de la Mer & de l'ambition
Nous devons fermer les oreilles.
Pour un qui s'en louera, dix mille s'en plaindront.
La Mer promet monts & merveilles :
Fiez-vous-y, les vents & les voleurs viendront.

FABLE III.

La Mouche & la Fourmi.

La Mouche & la Fourmi conteſtoient de leur prix.
O Jupiter, dit la premiere,
Faut-il que l'amour-propre aveugle les eſprits
D'une ſi terrible maniere ;
Qu'un vil & rampant animal
A la fille de l'air oſe ſe dire égal ?
Je hante les palais, je m'aſſieds à table :
Si l'on t'immole un bœuf, j'en goûte devant (1) toi,
Pendant que celle-ci, chétive & miſérable,
Vit trois jours d'un fétu qu'elle a traîné chez ſoi.
Mais, ma mignone, dites-moi,
Vous campez-vous jamais ſur la tête d'un Roi,
D'un Empereur, ou d'une belle ?
Je le fais; & je baiſe un beau ſein quand je veux :
Je me joue entre des cheveux :
Je rehauſſe d'un teint la blancheur naturelle ;
Et la derniere main que met à ſa beauté
Une femme allant en conquête,
C'eſt un ajuſtement des Mouches emprunté.
Puis, allez-moi rompre la tête
De vos greniers. Avez-vous dit ?
Lui répliqua la ménagere.
Vous hantez les palais : mais on vous y maudit.
Et quant à goûter la premiere
De ce qu'on ſert devant les Dieux,
Croyez-vous qu'il en vaille mieux ?

---

(1) *Devant*. La Fontaine met ici cet adverbe pour
avant ; mais il n'y a guere aujourd'hui que les gens
du commun qui l'employent encore dans ce ſens-là.

Si vous entrez par-tout, auſſi font les profanes.
Sur la têtes des Rois & ſur celle des ânes
Vous allez vous planter, je n'en diſconviens pas ;
  Et je fais que d'un prompt trépas
Cette importunité bien ſouvent eſt punie.
Certain ajuſtement, dites-vous, rend jolie :
J'en conviens, il eſt noir ainſi que vous & moi.
Je veux qu'il ait nom Mouche ; eſt-ce un ſujet pourquoi
  Vous faſſiez ſonner vos mérites ?
Nomme-t-on pas auſſi Mouches les paraſites ;
Ceſſez donc de tenir un langage ſi vain :
  N'ayez plus ces hautes penſées.
  Les Mouches de Cour ſont chaſſées,
Les Mouchards ſont pendus ; & vous mourrez de faim,
  De froid, de langueur, de miſere,
Quand Phébus regnera ſur un autre hémiſphere.
Alors je jouirai du fruit de mes travaux.
  Je n'irai par monts ni par vaux (1)
  M'expoſer au vent, à la pluie :
  Je vivrai ſans mélancolie :
Le ſoin que j'aurai pris, de ſoins m'exemptera.
  Je vous enſeignerai par-là
Ce que c'eſt qu'une fauſſe ou véritable gloire.
Adieu : je perds le temps : laiſſez-moi travailler.
  Ni mon grenier, ni mon armoire
  Ne ſe remplit à babiller.

---

(1) *Vaux*, pluriel de *val* : vallée. Ce pluriel n'eſt
d'uſage que dans *courir, aller, chercher*, &c. *par monts
& par vaux.*

FABLE IV.

Le Jardinier & son Seigneur.

Un amateur du jardinage,
Demi-bourgeois, demi-manant,
Possédoit en certain village,
Un jardin assez propre, & le clos attenant.
Il avoit de plant vif fermé cette étendue :
Là croissoit à plaisir l'oseille & la laitue ;
De quoi faire à Margot pour sa fête un bouquet ;
Peu de jasmin d'Espagne, & force serpolet.
Cette félicité par un lievre troublée,
Fit qu'au Seigneur du bourg notre homme se plaignit.
Ce maudit animal vient prendre sa goulée (1)
Soir & matin, dit-il ; & des pieges se rit :
Les pierres, les bâtons y perdent leur crédit :
Il est sorcier, je crois. Sorcier ? Je l'en défie,
Repartit le Seigneur. Fût-il diable, Miraut,
En dépit de ses tours, l'attrapera bientôt.
Je vous en déferai, bon-homme, sur ma vie ;
Et quand ? & dès demain, sans tarder plus long-temps.
La partie ainsi faite, il vient avec ses gens.
Çà déjeûnons, dit-il ; vos poulets sont-ils tendres ?
La fille du logis, qu'on vous voie, approchez :
Quand la marierons-nous ? quand aurons-nous des
        gendres ?
Bon-homme, c'est ce coup qu'il faut, vous m'entendez,
        Qu'il faut fouiller à l'escarcelle (2).

---

(1) *Goulée* : grosse bouchée ; mais ce mot est mis
ici pour *pâture*, *nourriture*.
(2) *Escarcelle* : poche, bourse. N'est plus usité que
dans le style burlesque.

Disant

Difant ces mots, il fait connoiffance avec elle,
  Auprès de lui la fait affeoir,
Prend une main, un bras, leve un coin du mouchoir :
  Toutes fottifes dont la belle
  Se défend avec grand refpect,
Tant qu'au pere à la fin cela devient fufpect.
Cependant on fricaffe, on fe tue en cuifine.
De quand font vos jambons ? ils ont fort bonne mine.
Monfieur, ils font à vous. Vraiment, dit le Seigneur,
  Je les reçois, & de bon cœur.
Il déjeûne très-bien, auffi fait fa famille,
Chiens, chevaux & valets, tous gens bien endentés :
Il commande chez l'hôte, y prend des libertés,
  Boit fon vin, careffe fa filie.
L'embarras des chaffeurs fuccede au déjeûné,
  Chacun s'anime & fe prépare :
Les trompes & les cors font un tel tintamare,
  Que le bon-homme eft étonné.
Le pis fut que l'on mit en piteux équipage
Le pauvre potager : adieu planches, carreaux :
  Adieu chicorée & porreaux :
  Adieu de quoi mettre au potage.
Le lievre étoit gîté deffous un maître chou.
On le quête, on le lance, il s'enfuit par un trou,
Non pas trou, mais trouée, horrible & large plaie
  Que l'on fit à la pauvre haie
Par ordre du Seigneur : car il eût été mal
Qu'on n'eût pu du jardin fortir tout à cheval.
Le bon-homme difoit : ce font-là jeux de Prince :
Mais on le laiffoit dire ; & les chiens & les gens
Firent plus de dégât en une heure de temps,
  Que n'en auroient fait en cent ans
  Tous les lievres de la province.

Petits Princes, vuidez vos débats entre vous :
De recourir aux Rois vous feriez de grands fous.
Il ne les faut jamais engager dans vos guerres,
  Ni les faire entrer fur vos terres.

Partie I.   M

FABLE V.

L'Ane & le Chien.

Ne forçons point notre talent :
Nous ne ferions rien avec grace.
Jamais un lourdaud, quoi qu'il fasse,
Ne sauroit passer pour galant.
Peu de gens que le ciel chérit & gratifie,
Ont le don d'agréer infus avec la vie.
C'est un point qu'il leur faut laisser ;
Et ne pas ressembler à l'Ane de la Fable,
Qui, pour se rendre plus aimable
Et plus cher à son maître, alla le caresser.
Comment, disoit-il en son ame,
Ce Chien, parce qu'il est mignon,
Vivra de pair à compagnon
Avec Monsieur, avec Madame ;
Et j'aurai des coups de bâtons ?
Que fait-il ? il donne la patte ?
Puis aussi-tôt il est baisé :
S'il en faut faire autant afin que l'on me flatte,
Cela n'est pas bien mal-aisé.
Dans cette admirable pensée,
Voyant son maître en joie, il s'en vient lourdement,
Leve une corne toute usée,
La lui porte au menton fort amoureusement,
Non sans accompagner, pour plus grand ornement,
De son chant gracieux cette action hardie.
Oh ! oh ! quelle caresse, & quelle mélodie !
Dit le maître aussi-tôt. Hola, Martin-bâton.
Martin-bâton accourt, l'Ane changea de ton.
Ainsi finit la comédie.

FABLE VI

Le combat des Rats & des Belettes.

LA nation des Belettes,
Non plus que celle des chats,
Ne veut aucun bien aux Rats ;
Et sans les portes étroites
De leurs habitations ,
L'animal à longue échine
En feroit , je m'imagine ,
De grandes destructions.
Or , une certaine année
Qu'il en étoit à foison ,
Leur Roi , nommé Ratapon ,
Mit en campagne une armée.
Les Belettes , de leur part ,
Déployerent l'étendard.
Si l'on croit la Renommée ,
La victoire balança.
Plus d'un guéret s'engraissa
Du sang de plus d'une bande.
Mais la perte la plus grande
Tomba presque en tous endroits
Sur le peuple souriquois.
Sa déroute fut entiere :
Quoi que pût faire Artarpax ,
Psicarpax , Métidarpax ,
Qui , tout couverts de possiere ,
Soutinrent assez long-temps
Les efforts des combattants.
Leur résistance fut vaine ;
Il fallut céder au sort :
Chacun s'enfuit au plus fort ,
Tant soldat , que capitaine.

M

Les Princes périrent tous.
La racaille dans des trous
Trouvant sa retraite prête,
Se sauva sans grand travail.
Mais les Seigneurs sur leur tête,
Ayant chacun un plumail,
Des cornes ou des aigrettes,
Soit comme marques d'honneur,
Soit afin que les Belettes
Ne conçussent plus de peur,
Cela causa leur malheur.
Trou, ni fente, ni crevasse,
Ne fut large assez pour eux :
Au lieu de la populace
Entroit dans les moindres creux.
La principale jonchée
Fut donc des principaux Rats.
Une tête empanachée
N'est pas petit embarras.
Le trop superbe équipage
Peut souvent en un passage
Causer du retardement.
Les petits en toute affaire
Esquivent fort aisément :
Les grands ne le peuvent faire.

FABLE VII.

Le Singe & le Dauphin.

C'ÉTOIT chez les Grecs un usage
Que sur la mer tous voyageurs
Menoient avec eux en voyage
Singes & chiens de bateleurs.
Un navire en cet équipage,
Non loin d'Athenes fit naufrage.

Sans les Dauphins , tout eût péri.
Cet animal est fort ami
De notre espece : en son histoire
Pline le dit , il le faut croire.
Il sauva donc tout ce qu'il put.
Même un Singe en cette occurrence ,
Profitant de la ressemblance ,
Lui pensa devoir son salut.
Un Dauphin le prit pour un homme ,
Et sur son dos le fit asseoir
Si gravement , qu'on eût cru voir
Ce chanteur que tant on renomme.
Le Dauphin l'alloit mettre à bord ,
Quand, par hazard , il lui demande :
Etes-vous d'Athenes la grande ?
Oui , dit l'autre , on m'y connoît fort :
S'il vous y survient quelque affaire ,
Employez-moi , car mes parents
Y tiennent tous les premiers rangs :
Un mien cousin est Juge-Maire.
Le Dauphin dit bien grand-merci ;
Et le Pirée a part aussi
A l'honneur de votre présence !
Vous le voyez souvent , je pense ?
Tous les jours : il est mon ami ,
C'est une vieille connoissance.
Notre magot prit pour ce coup
Le nom d'un port pour un nom d'homme.
   De telles gens il est beaucoup ,
Qui prendroient Vaugirard pour Rome ;
Et qui , caquetants au plus dru ,
Parlent de tout , & n'ont rien vu.
   Le Dauphin rit , tourne la tête ;
Et le magot considéré ,
Il s'apperçoit qu'il n'a tiré
Du fond des eaux rien qu'une bête.
Il l'y replonge ; & va trouver
Quelque homme afin de se sauver.

FABLE VIII.

L'Homme & l'Idole de bois.

CERTAIN Payen chez lui gardoit un Dieu de bois,
De ces Dieux qui font fourds, bien qu'ayant des oreilles.
Le Payen cependant s'en promettoit merveilles.
 Il lui coûtoit autant que trois.
 Ce n'étoit que vœux & qu'offrandes,
Sacrifices de bœufs couronnés de guirlandes.
 Jamais Idole, quel qu'il fût,
 N'avoit eu cuifine fi graffe,
Sans que pour tout ce culte à fon hôte il échût
Succeffion, tréfor, gain au jeu, nulle grace.
Bien plus, fi pour un fou d'orage en quelque endroit
 S'amaffoit d'une ou d'autre forte,
L'homme en avoit fa part, & fa bourfe en fouffroit.
La pitance du Dieu n'en étoit pas moins forte.
A la fin fe fachant de n'en obtenir rien,
Il vous prend un lévrier, met en pieces l'Idole,
Le trouve rempli d'or. Quand je t'ai fait du bien,
M'as-tu valu, dit-il, feulement une obole ?
Va, fors de mon logis, cherche d'autres autels.
 Tu reffembles aux naturels
 Malheureux, groffiers & ftupides :
On n'en peut rien tirer qu'avecque le bâton.
Plus je te rempliffois, plus mes mains étoient vuides :
 J'ai bien fait de changer de ton.

FABLE IX.

Le Geai paré des plumes du Paon.

Un Paon muoit : un Geai prit fon plumage :
    Puis après fe l'accommoda :
Puis parmi d'autres Paons tout fier fe panada,
    Croyant être un beau perfonnage.
Quelqu'un le reconnut : il fe vit bafoué,
    Berné, fifflé, moqué, joué,
Et par Meffieurs les Paons, plumé d'étrange forte :
Même vers fes pareils s'étant réfugié,
    Il fut par eux mis à la porte.
Il eft affez de Geais à deux pieds comme lui,
Qui fe parent fouvent des dépouilles d'autrui,
    Et que l'on nomme plagiaires.
Je m'en tais ; & ne veux leur caufer nul ennui :
    Ce ne font pas-là mes affaires.

FABLE X.

Le Chameau & les Bâtons flottants.

Le premier qui vit un Chameau,
    S'enfuit à cet objet nouveau.
Le fecond s'approcha : le troifieme ofa faire
    Un licou pour le Dromadaire.
L'accoutumance (1) ainfi nous rend tout familier.

---

(1) *Accoutumance* : habitude. Ce mot vieillit.

Ce qui nous paroiſſoit terrible & ſingulier,
S'apprivoiſe avec notre vue,
Quand ce vint à la continue.
Et, puiſque nous voici tombés ſur ce ſujet,
On avoit mis des gens au guet,
Qui voyant ſur les eaux de loin certain objet,
Ne purent s'empêcher de dire,
Que c'étoit un puiſſant navire.
Quelques moments après, l'objet devint brûlot,
Et puis naceile, & puis balot,
Enfin bâtons flottants ſur l'onde.

J'en fais beaucoup de par le monde,
A qui ceci conviendroit bien :
De loin c'eſt quelque choſe, & de près ce n'eſt rien.

FABLE XI.
La Grenouille & le Rat.

TEL, comme dit Merlin, cuide engeigner (1) autrui,
Qui ſouvent s'engeigne ſoi-même.
J'ai regret que ce mot ſoit trop vieux aujourd'hui :
Il m'a toujours ſemblé d'une énergie extrême.
Mais afin d'en venir au deſſein que j'ai pris :
Un Rat plein d'embonpoint, gras & des mieux nourris,
Et qui ne connoiſſoit l'Avent ni le Carême,
Sur le bord d'un marais égayoit ſes eſprits.
Une Grenouille approche, & lui dit en ſa langue :
Venez me voir chez moi, je vous ferai feſtin.
Meſſire Rat promit ſoudain :
Il n'étoit pas beſoin de plus longue harangue.
Elle allégua pourtant les délices du bain

---

(1) *Cuide engeigner* : croit tromper. Déja vieux du temps de la Fontaine.

La curiosité, le plaisir du voyage,
Cent raretés à voir le long du marécage :
Un jour il conteroit à ses petits enfants
Les beautés de ces lieux, les mœurs des habitants,
Et le gouvernement de la chose publique
    Aquatique.
Un point sans plus tenoit le galant empêché.
Il nageoit quelque peu, mais il falloit de l'aide.
La Grenouille à cela trouve un très-bon remede :
Le Rat fut à son pied par la patte attaché.
  Un brin de jonc en fit l'affaire.
Dans le marais entrés, notre bonne commere
S'efforce de tirer son hôte au fond de l'eau,
Contre le droit des gens, contre la foi jurée,
Prétend qu'elle en fera gorge chaude (1) & curée :
(C'étoit, à son avis, un excellent morceau)
Déja dans son esprit la galante la croque.
Il atteste les Dieux : la perfide s'en moque.
Il résiste : elle tire. En ce combat nouveau,
Un milan qui dans l'air planoit, faisoit la ronde,
Voit d'en haut le pauvret se débattant sur l'onde.
Il fond dessus, l'enleve, & par même moyen
   La Grenouille & le lien.
   Tout en fut, tant & si bien
   Que de cette double proie
   L'oiseau se donne au cœur joie,
   Ayant, de cette façon,
   A souper chair & poisson.
   La ruse la mieux ourdie
   Peut nuire à son inventeur ;
   Et souvent la perfidie
   Retourne sur son auteur.

---

(1) *Gorge chaude* : c'est-à-peu près en Fauconnerie
ce que *curée* est en Venerie. Proverbiablement, faire
une gorge chaude de quelque chose, signifie, s'en
réjouir, s'en moquer. On ne décidera point dans quel
sens La Fontaine emploie ici ce terme : il paroît cependant que c'est dans le second.

FABLE XII.

Tribut envoyé par les Animaux à Alexandre.

Une Fable avoit cours parmi l'Antiquité;
   Et la raison ne m'en est pas connue.
Que le lecteur en tire une moralité :
   Voici la Fable toute nue.
    La renommée ayant dit en cent lieux
Qu'un fils de Jupiter, un certain Alexandre
Ne voulant rien laisser de libre sous les Cieux,
Commandoit que, sans plus attendre,
   Tout peuple à ses pieds s'allât rendre,
Quadrupedes, humains, éléphants, vermisseaux,
   Les Républiques des oiseaux,
   La Déesse aux cent bouches, dis-je,
  Ayant mis par-tout la terreur
En publiant l'Edit du nouvel Empereur,
   Les animaux & toute espece lige
De son seul appétit, crurent que cette fois
   Il falloit subir d'autres loix.
On s'assemble au désert. Tous quittent leur taniere:
Après divers avis, on résout, on conclut
   D'envoyer hommage & tribut.
   Pour l'hommage & pour la maniere,
Le Singe en fut chargé : l'on lui mit par écrit
   Ce que l'on vouloit qu'il fût dit.
   Le seul tribut les tint en peine.
  Car que donner? il falloit de l'argent.
   On ne prit d'un Prince obligeant,
   Qui possédant dans son domaine
  Des mines d'or, fournit ce qu'on voulut.
Comme il fut question de porter ce tribut,
   Le Mulet & l'Ane s'offrirent,
Assistés du Cheval, ainsi que du Chameau.

     Tous quatre en chemin ils se mirent
    Avec le Singe, Ambassadeur nouveau.
La caverne enfin rencontre en un passage
Monsieur le Lion. Cela ne leur plut point.
    Nous nous rencontrons tout à point,
Dit-il, & nous voici compagnons de voyage.
    J'allois offrir mon fait à part,
Mais bien qu'il soit léger, tout fardeau m'embarrasse.
    Obligez-moi de me faire la grâce
    Que d'en porter chacun un quart.
Ce ne vous sera pas une charge trop grande ;
Et j'en serai plus libre, & bien plus en état,
En cas que les voleurs attaquent notre bande,
    Et que l'on en vienne au combat.
Econduire un Lion rarement se pratique.
Le voilà donc admis, soulagé, bien reçu ;
Et, malgré le héros de Jupiter issu,
Faisant chere & vivant sur la bourse publique.
    Ils arriverent dans un pré
Tout bordé de ruisseaux, de fleurs tout diapré (1),
    Où maint mouton cherchoit sa vie,
    Séjour du frais, véritable patrie
Des zéphirs. Le Lion n'y fut pas, qu'à ces gens
    Il se plaignit d'être malade.
    Continuez votre ambassade,
Dit-il, je sens un feu qui me brûle au-dedans,
Et veux chercher ici quelque herbe salutaire.
    Pour vous ne perdez point de temps :
Rendez-moi mon argent, j'en puis avoir affaire.
On débale ; & d'abord le Lion s'écria
    D'un ton qui témoignoit sa joie :
Que de filles, ô Dieux, mes pieces de monnoie
Ont produites ! voyez : la plupart sont déja
    Aussi grande que leurs meres.

---

(1) *Diapré* : varié de plusieurs couleurs. N'est plus
en usage que dans le Blason.

Le croît (1) m'en appartient. Il prit tout là-deſſus,
Ou bien, s'il ne prit tout, il n'en demeura gueres.
Le Singe & les ſommiers confus,
Sans oſer répliquer, en chemin ſe remirent.
Au fils de Jupiter on dit qu'ils ſe plaignirent,
      Et n'en eurent point de raiſon.
Qu'eût-il fait ? c'eût été Lion contre Lion.
Et le proverbe dit : *Corſaires à Corſaires,*
L'un l'autre s'attaquant, ne ſont pas leurs affaires.

FABLE XIII.

Le Cheval s'étant voulu venger du Cerf.

DE tout temps les chevaux ne ſont nés pour les
    hommes.
Lorſque le genre humain de gland ſe contentoit,
Ane, cheval & mule aux forêts habitoit :
Et l'on ne voyoit point, comme au ſiecle où nous
    ſommes,
    Tant de ſelles & tant de bâts,
    Tant de harnois pour les combats,
    Tant de chaiſes, tant de caroſſes,
    Comme auſſi ne voyoit-on pas
    Tant de feſtins, & tant de nôces.
  Or, un Cheval eut alors différend
    Avec un Cerf plein de viteſſe,
  Et ne pouvant l'attraper en courant,
Il eut recours à l'homme, implora ſon adreſſe.
L'homme lui mit un frein, lui ſauta ſur le dos,
    Ne lui donna point de repos

---

(1) *Croît* : augmentation. On ne ſe ſert ordinairement de ce mot, qu'en parlant du bétail.

                 Que

Que le Cerf ne fût pris, & n'y laissât la vie.
 Et cela fait, le Cheval remercie,
L'homme son bienfaiteur, disant: je suis à vous :
Adieu, je m'en retourne en mon séjour sauvage.
Non pas cela, dit l'homme, il fait meilleur chez nous :
 Je vois trop quel est votre usage.
 Demeurez donc, vous serez bien traité,
 Et jusqu'au ventre en la litiere.
 Hélas ! que sert la bonne chere,
 Quand on n'a pas la liberté ?
Le Cheval s'apperçut qu'il avoit fait folie :
Mais il n'étoit plus temps : déjà son écurie,
 Étoit prête & toute bâtie.
 Il y mourut en traînant son lien,
Sage s'il eût remis une légere offense.

Quel que soit le plaisir que cause la vengeance,
C'est l'acheter trop cher, que l'acheter d'un bien
 Sans qui les autres ne sont rien.

FABLE XIV.

Le Renard & le Buste.

LEs Grands, pour la plupart, sont masques de théâtre;
Leur apparence impose au vulgaire idolâtre.
L'âne n'en fait juger que par ce qu'il en voit,
Le Renard au contraire à fond les examine,
Les tourne de tous sens ; & quand il s'apperçoit
 Que leur fait n'est que bonne mine,
Il leur applique un mot qu'un Buste de héros
 Lui fit dire fort à propos.
C'étoit un Buste creux & plus grand que nature,
Le Renard en loüant l'effort de la sculpture :
Belle tête, dit-il, *mais de cervelle point.*

Combien de grands Seigneurs sont Bustes en ce point,

FABLE XV.

Le Loup, la Chevre & le Chevreau.

LA Bique [1] allant remplir sa traînante mamelle,
 Et paître l'herbe nouvelle,
 Ferma sa porte au loquet,
 Non sans dire à son Biquet [2] :
 Gardez-vous sur votre vie,
 D'ouvrir que l'on ne vous die
 Pour enseigne & mot du guet,
 Foin du Loup & de sa race.
 Comme elle disoit ces mots,
 Le Loup de fortune (3) passe :
 Il les recueille à propos,
 Et les garde en sa mémoire.
 La Bique, comme on peut croire,
 N'avoit pas vu le glouton.
Dès qu'il la voit partie, il contrefait son ton,
 Et d'une voix papelarde (4)
Il demande qu'on ouvre, en disant : foin du Loup,
 Et croyant entrer tout d'un coup.
Le Biquet soupçonneux, par la fente regarde.
Montrez-moi patte blanche, ou je n'ouvrirai point,
S'écria-t-il d'abord. (Patte blanche est un point,
Chez les Loups, comme on sait, rarement en usage).
Celui-ci fort surpris d'entendre ce langage,
Comme il étoit venu, s'en retourna chez soi.
Où seroit le Biquet s'il eut ajouté foi

(1.) *Bique*, (2) *Biquet* : chevre, chevreau. Seulement usités dans quelques Provinces.
 (3) *De fortune* : par hasard.
 (4) Papelard est pris ici adjectivement, ce qui n'est guere d'usage.

Au mot de guet que de fortune
Notre Loup avoit entendu ?
Deux sûretés valent mieux qu'une ,
Et le trop en cela ne fut jamais perdu.

FABLE XVI.

Le Loup , la Mere & l'Enfant.

CE Loup me remet en mémoire ,
Un de ses compagnons qui fût encore mieux pris.
Il y périt : voici l'histoire.

Un villageois avoit à l'écart son logis :
Messer Loup attendoit chape-chute [1] à la porte ,
Il avoit vu sortir gibier de toute sorte ,
Veaux de lait , agneaux & brebis :
Régiments de dindons , enfin bonne provende (2).
Le larron commençoit pourtant à s'ennuyer.
Il entend un enfant crier.
La mere aussi-tôt le gourmande ,
Le menace , s'il ne se tait ,
De le donner au Loup. L'animal se tient prêt ,
Remerciant les Dieux d'une telle aventure ;
Quand la mere appaisant sa chere géniture [3] ,
Lui dit : ne craignez point : s'il vient , nous le tuerons.
Qu'est-ceci , s'écria le mengeur de moutons.
Dire d'un ; puis d'un autre ? est-ce ainsi que l'on traite

---

[1] *Chape-chute* : avanture quelconque.
[2] *Provende* : provision de vivres.
[3] *Géniture* : enfant. Ce terme est vieux , & n'est
plus employé que dans le style burlesque.

Les gens faits comme moi? me prend-on pour un sot?
    Que quelque jour ce beau marmot
    Vienne au bois cueillir la noisette.
Comme il disoit ces mots, on sort de la maison :
Un chien de cour l'arrête : épieux & fourches fieres
    L'ajustent de toutes manieres.
Que veniez vous chercher en ce lieu ? se dit-on.
    Aussi-tôt il conta l'affaire.
    Merci de moi, lui dit la mere,
Tu mangeras mon fils, l'ai-je fait à dessein
    Qu'il assouvisse un jour ta faim?
    On assomme la pauvre bête.
Un manant lui coupa le pied droit & la tête :
Le Seigneur du village à sa porte les mit,
Et ce dicton Picard à l'entour fut écrit.

    Biaux chires Leups n'écoutez mie
    Mere tenchent chen fieux qui crie.

FABLE XVII.

Parole de Socrate.

SOCRATE un jour faisant bâtir,
    Chacun censuroit son ouvrage.
L'un trouvoit les dedans pour ne lui point mentir,
    Indignes d'un tel personnage.
L'autre blâmoit la face ; & tous étoient d'avis
Que les appartemens en étoient trop petits.
Quelle maison pour lui ! l'on y tournoit à peine.
    Plût au Ciel que de vrais amis,
Telle qu'elle est, dit-il, *elle pût être pleine !*
    Le bon Socrate avoit raison
De trouver pour ceux-là trop grande sa maison.
Chacun se dit ami, mais fou qui s'y repose.
    Rien n'est plus commun que ce nom,
    Rien n'est plus rare que la chose.

FABLE XVIII.

Le Vieillard & ses Enfans.

TOUTE puissance est foible à moins que d'être unie.
Ecoutez là-dessus l'Esclave de Phrygie.
Si j'ajoute du mien à son invention,
C'est pour peindre nos mœurs, & non point par envie :
Je suis trop au-dessous de cette ambition.
Phedre enchérit souvent pour un motif de gloire :
Pour moi, de tels pensers me seroient mal-séants.
Mais venons à la Fable, ou plutôt à l'Histoire
De celui qui tâcha d'unir tous ses enfants.

Un Vieillard près d'aller où la mort l'appelloit,
Mes chers enfants, dit-il [à ses fils il parloit],
Voyez si vous romprez ces dards liés ensemble :
Je vous expliquerai le nœud qui les assembles.
L'aîné les ayant pris & fait tous ses efforts,
Les rendit en disant : je les donne aux plus forts.
Un second lui succede & se met en posture,
Mais en vain. Un cadet tente aussi l'aventure.
Tous perdirent leur temps, le faisceau résista :
De ces dards joints ensemble un seul ne s'éclata.
Foibles gens ! dit le pere, il faut que je vous montre
Ce que ma force peut en semblable rencontre.
On crut qu'il se moquoit, on sourit mais à tort.
Il sépart les dards, & les rompt sans effort.
Vous voyez, reprit-il, l'effet de la concorde.
Soyez joints, mes enfants, que l'amour vous accorde.
Tant que dura son mal, il n'eut autre discours.
Enfin se sentant près de terminer ses jours :
Mes chers enfants, dit-il, je vais où sont nos peres :
Adieu, promettez-moi de vivre comme freres ;
Que j'obtienne de vous cette grace en mourant.
Chacun de ses trois fils l'en assure en pleurant.

O 3

Il prend à tous les mains : il meurt ; & les trois freres
Trouvent un bien fort grand, mais fort mêlé d'affaires.
Un créancier saisit, un voisin fait procès :
D'abord notre Trio s'en titre avec succès.
Leur amitié fut courte autant qu'elle étoit rare.
Le sang les avoit joints, d'intérêt les sépare.
L'ambition, l'envie avec les Consultants,
Dans la succession entrent en même-temps.
On en vient au partage, on conteste, on chicane :
Le Juge sur cent points tour à tour les condamne.
Créanciers & voisins reviennent aussi-tôt,
Ceux-là sur une erreur, ceux-ci sur un défaut.
Les freres désunis sont tous d'avis contraire :
L'un veut s'accommoder, l'autre ne veut rien faire.
Tous perdirent leur bien ; & voulurent trop tard
Profiter de ces dards unis, & pris à part.

FABLE XIX.

L'Oracle & l'Impie.

VOULOIR tromper le Ciel, c'est folie à la terre,
Le Dédale des cœurs en ses détours n'enserre
Rien qui ne soit d'abord éclairé par les Dieux.
Tout ce que l'homme fait, il le fait à leurs yeux,
Même les actions que dans l'ombre il croit faire.

Un Payen qui sentoit quelque peu le fagot,
Et qui croyoit un Dieu pour user de ce mot,
Par bénéfice d'inventaire,
Alla consulter Apollon.
Dès qu'il fut en son sanctuaire,
Ce que je tiens, dit-il, est-il en vie ou non ?
Il tenoit un moineau, dit-on,
Prêt d'étouffer la pauvre bête,
Ou de la lâcher aussi-tôt,

Pour mettre Apollon en défaut.
Apollon reconnut ce qu'il avoit en tête.
Mort ou vif, lui dit-il, montre-nous ton moineau,
Et ne me tends plus de panneau ;
Tu te trouverois mal d'un pareil stratagême.
Je vois de loin, j'atteins de même.

FABLE XX.

L'Avare qui a perdu son tréfor.

L'USAGE feulement fait la poffeffion.
Je demande à ces gens, de qui la paffion
Eft d'entaffer toujours, mettre fomme fur fomme,
Quel avantage ils ont que n'ait pas un autre homme,
Diogène là bas eft auffi riche qu'eux ;
Et l'avare ici haut, comme lui vit en gueux.
L'homme au tréfor caché, qu'Efope nous propofe,
Servira d'exemple à la chofe.

Ce malheureux attendoit
Pour jouir de fon bien une feconde vie ;
Ne poffédoit pas l'or, mais l'or le poffédoit.
Il avoit dans la terre une fomme enfouie,
Son cœur avec, n'ayant autre déduit [1],
Que d'y ruminer jour & nuit ;
Et rendre fa chévance (2) à lui-même facrée.
Qu'il allât ou qu'il vînt, qu'il bût ou qu'il mangeât,
On l'eut pris de bien court, à moins qu'il ne fongeât
A l'endroit où giffoit cette fomme enterrée.
Il y fit tant de tours qu'un foffoyeur le vit ;

---

(1) *Déduit* : fatisfaction, plaifir, paffe-temps, &c.
(2) *Chévance* : toutes les richeffes, tout le bien.

O 4

Se douta du dépôt, l'enleva sans rien dire.
Notre Avare un beau jour ne trouva que le nid.
Voilà mon homme aux pleurs : il gémit, il soupire,
    Il se tourmente, il se déchire.
Un passant lui demande à quel sujet ses cris.
    C'est mon trésor que l'on m'a pris.
Votre trésor ? où pris ? Tout joignant cette pierre.
    Eh ! sommes-nous en temps de guerre
Pour l'apporter si loin ? n'eussiez-vous pas mieux fait
De le laisser chez vous en votre cabinet,
    Que de le changer de demeure ?
Vous auriez pû sans peine y puiser à toute heure.
A toute heure, bons Dieux ! ne tient-il qu'à cela !
    L'argent vient-il comme il s'en va ?
Je n'y touchois jamais. Dites-moi donc, de grâce,
Reprit l'autre, pourquoi vous vous affligez tant,
Puisque que vous ne touchiez jamais à cet argent ?
    Mettez une pierre à la place,
    Elle vous vaudra tout autant.

FABLE XXI.

L'Œil du Maître.

U N Cerf s'étant sauvé dans une étable à Bœufs,
    Fut d'abord averti par eux,
    Qu'il cherchât un meilleur asyle.
Mes frères, leur dit-il, ne me décelez pas :
Je vous enseignerai les pâtis (1) les plus gras :
Ce service vous peut quelque jour être utile,
    Et vous n'en aurez pas regret.
Les Bœufs, à toutes fins, promirent le secret.
Il se cache en un coin, respire & prend courage.

---

(1) *Pâtis* : lieu où l'on met paître les bestiaux.

Sur le soir on apporte herbe fraîche & fourage,
 Comme l'on faisoit tous les jours.
 L'on va, l'on vient, les valets font cent tours,
 L'Intendant même; & pas un d'aventure
 N'apperçut ni cor, ni ramure,
 Ni Cerf enfin. L'habitant des forêts,
Rends déja grace aux Bœufs, attend dans cette étable
Que chacun retournant au travail de Cérês,
Il trouve pour sortir un moment favorable.
L'un des Bœufs ruminant, lui dit : cela va bien ;
Mais quoi ? l'homme aux cent yeux n'a pas fait sa revue :
 Je crains fort pour toi sa venue.
Jusques-là, pauvre Cerf, ne te vantes de rien.
Là-dessus le maître entre, & vient faire sa ronde.
 Qu'est-ceci ? dit-il à son monde ;
Je trouve bien peu d'herbe en tous ces rateliers.
Cette litiere est vieille ; allez vite aux greniers.
Je veux voir désormais vos bêtes mieux soignées.
Que coûte-t-il d'ôter ces araignées ?
Ne sauroit-on ranger ces jougs & ces colliers ?
En regardant à tout, il voit une autre tête
Que celles qu'il voyoit d'ordinaire en ce lieu.
Le Cerf est reconnu : chacun prend un épieu :
 Chacun donne un coup à la bête,
Ses larmes ne sauroient la sauver du trépas.
On l'emporte, on la sale, on en fait maint repas,
 Dont maint voisin s'éjouit [1] d'être.

Phedre, sur ce sujet, dit fort élégamment :
 Il n'est pour voir que l'œil du maître.
Quant à moi, j'y mettrois encor l'œil de l'amant.

---

(1) *S'éjouit* : pour se réjouir.

FABLE XXII.

L'Alouette & ses petits, avec le Maître d'un champ.

NE t'attends qu'à toi seul, c'est un commun proverbe.
    Voici comme Esope le mit
        En crédit.

    Les Alouettes font leur nid
    Dans les bleds quand ils font en herbe,
    C'est-à-dire, environ le temps
Que tout aime, & que tout pullule dans le monde;
    Monstres marins au fond de l'onde,
Tigres dans les forêts, Alouettes aux champs.
    Une pourtant de ces dernieres
Avoit laissé passer la moitié d'un printemps,
Sans goûter les plaisirs des amours printannieres
A toute force enfin elle se résolut
D'imiter la nature, & d'être mere encore.
Elle bâtit un nid, pond, couve, & fait éclore,
A la hâte, le tout alla du mieux qu'il put.
Les bleds d'alentour mûrs, avant que la nitée (1)
    Se trouvât assez forte encor
    Pour voler & prendre l'essor;
De mille soins divers l'Alouette agitée,
S'en va chercher pâture, avertir ses enfants
D'être toujours au guet & faire sentinelle.
    Si le possesseur de ces champs
Vient avec son fils, comme il viendra, dit-elle,

---

[1] *Nitée :* nichée.

        O 2

Écoutez bien : selon ce qu'il dira ,
   Chacun de nous décampera.
Si-tôt que l'Alouette eut quitté sa famille ,
Le possesseur du champ vient avecque son fils.
Ces bleds sont mûrs , dit-il , allez chez nos amis
Les prier que chacun , apportant sa faucille ,
Nous vienne aider demain dès la pointe du jour.
   Notre Alouette de retour ,
   Trouve en alarme sa couvée.
L'un commence : il a dit que l'aurore levée ,
L'on fît venir demain ses amis pour l'aider.
S'il n'a dit que cela , repartit l'Alouette ,
Rien ne nous presse encor de changer de retraite :
Mais c'est demain qu'il faut tout de bon écouter.
Cependant soyez gais : voila de quoi manger.
Eux repûs , tout s'endort , les petits & la mere.
L'aube du jour arrive ; & d'amis point du tout.
L'Alouette à l'essort , le maître s'en vient faire
   Sa ronde , ainsi qu'à l'ordinaire.
Ces bleds ne devroient pas dit-il , être debout.
Nos amis ont grand tort , & tort qui se repose
Sur de tels paresseux à servir ainsi lents.
   Mon fils , allez chez nos parents
   Les prier de la même chose.
L'épouvante est au nid plus forte que jamais.
Il a dit ses parents , mere, c'est à cette heure....
   Non, mes enfants , dormez en paix :
   Ne bougeons de notre demeure.
L'Alouette eut raison , car personne ne vint.
Pour la troisieme fois le maître se souvint
De visiter ses bleds. Notre erreur est extrême ,
Dit-il , de nous attendre à d'autres gens que nous.
Il n'est meilleur ami ni parent que soi-même.
Retenez bien cela , mon fils ; & savez-vous
Ce qu'il faut faire ? il faut qu'avec notre famille ,
Nous prenions dès demain chacun une faucille :
C'est-là notre plus court ; & nous acheverons
   Notre moisson quand nous pourrons.
Dès-lors que le dessein fut su de l'Alouette,

C'est à ce coup qu'il faut décamper mes enfants :
Et les petits en même-temps
Voletants, se culbutants,
Délogerent tous sans trompette.

Fin du quatrieme Livre.

LIVRE

LIVRE CINQUIEME.

FABLE PREMIERE.

Le Bucheron & Mercure.

A M. LE C. D. B.

VOTRE goût a servi de regle à mon ouvrage;
J'ai tenté les moyens d'acquérir son suffrage.
Vous voulez qu'on évite un soin trop curieux,
Et des vains ornements l'effort ambitieux :
Je le veux comme vous : cet effort ne peut plaire.
Un auteur gâte tout quand il veut trop bien faire.
Non qu'il faille bannir certains traits délicats :
Vous les aimez, ces traits ; & je ne les hais pas.
Quant au principal but, qu'Esope se propose,
　　　J'y tombe au moins mal que je puis.
Enfin, si dans ces vers je ne plais & n'instruis.
Il ne tient pas à moi, c'est toujours quelque chose.
　　　Comme la force est un point
　　　Dont je ne me pique point,
Je tâche d'y tourner le vice en ridicule,
Ne pouvant l'attaquer avec des bras d'Hercule.
C'est-là tout mon talent : je ne sai s'il suffit.
　　　Tantôt je peins en un récit
La sotte vanité jointe avecque l'envie ;
Deux pivots sur qui roule aujourd'hui notre vie.
　　　Tel est ce chétif animal,

Partie I.　　　　　　　　　　　　　　P.

Qui voulut en groſſeur au bœuf ſe rendre égal.
J'oppoſe quelquefois par une double image
Le vice à la vertu, la ſottiſe au bon ſens;
    Les agneaux aux loups raviſſants,
La mouche à la fourmi, faiſant de cet ouvrage
Une ample Comédie à cent actes divers,
    Et dont la ſcène eſt l'Univers.
Hommes, Dieux, Animaux, tout y fait quelque rôle,
Jupiter comme un autre. Introduiſons celui
Qui porte de ſa part aux belles la parole:
Ce n'eſt pas de cela qu'il s'agit aujourd'hui.

    Un Bucheron perdit ſon gagne pain:
    C'eſt ſa cognée; & la cherchant en vain
    Ce fut pitié là-deſſus de l'entendre.
    Il n'avoit pas des outils à revendre.
    Sur celui-ci rouloit tout ſon avoir.
    Ne ſachant donc où mettre ſon eſpoir,
    Sa face étoit de pleurs toute baignée.
    O ma cognée! ô ma pauvre cognée?
    S'écrioit-il? Jupiter rends-la-moi:
    Je tiendrai l'être encore un coup de toi.
    Sa plainte fut de l'Olympe entendue.
    Mercure vient. Elle n'eſt pas perdue,
    Lui dit ce Dieu, la connoîtras-tu bien?
    Je crois l'avoir, près d'ici, rencontrée.
    Lors une d'or à l'homme étant montrée,
    Il répondit: je n'y demande rien.
    Une d'argent ſuccede à la premiere:
    Il la refuſe. Enfin une de bois.
    Voilà, dit-il, la mienne cette fois:
    Je ſuis content ſi j'ai cette derniere.
    Tu les auras, dit le Dieu, toutes trois,
    Ta bonne foi ſera récompenſée.
    En ce cas-là je les prendrai, dit-il.
    L'hiſtoire en eſt auſſi-tôt diſperſée.
    Et Boquillons (1) de perdre leur outil,

_____

(1) *Boquillon*: bucheron. Vieux.

Et de crier pour se le faire rendre.
Le Roi des Dieux ne fait auquel entendre.
Son fils Mercure aux criards vient encor,
A chacun d'eux il en montre une d'or.
Chacun eût cru passer pour une bête,
De ne pas dire aussi-tôt : la voilà.
Mercure, au lieu de donner celle-là,
Leur en décharge un grand coup sur la tête.

Ne point mentir, être content du sien,
C'est le plus sûr : cependant on s'occupe
A dire faux pour attraper du bien.
Que sert cela ? Jupiter n'est pas dupe.

FABLE II.

Le Pot de Terre & le Pot de Fer.

Le Pot de fer proposa
Au Pot de terre un voyage,
Celui-ci s'en excusa,
Disant qu'il feroit que sage (1)
De garder le coin du feu,
Car il lui falloit si peu,
Si peu, que la moindre chose
De son débris (2) seroit cause
Il n'en reviendroit morceau,
Pour vous, dit-il, dont la peau
Est plus dure que la mienne,
Je ne vois rien qui vous tienne.

---

(1) Faire que sage : faire sagement.
(2) Débris, est ici au singulier contre l'usage ordinaire, & signifie : ruine, destruction, &c. : c'est d'effet pour la cause.

Nous vous mettrons à couvert,
Répartit le Pot de fer :
Si quelque matiere dure
Vous menace d'aventure,
Entre deux je passerai,
Et du coup vous sauverai.
Cette offre le persuade.
Pot de fer son camarade
Se met droit à ses côtés.
Mes gens s'en vont à trois pieds,
Clopin clopant comme ils peuvent,
l'un contre l'autre jettés,
au moindre hoquet (1) qu'ils trouvent.
Le Pot de terre en souffre : il n'eut pas fait cent pas,
Que par son compagnon il fut mis en éclats,
Sans qu'il eût lieu de se plaindre.

Ne nous associons qu'avecque nos égaux,
Ou bien il nous faudra craindre
Le destin d'un de ces Pots.

FABLE III.

Le petit Poisson & le Pêcheur.

PETIT poisson deviendra grand,
Pourvu que Dieu lui prête vie.
Mais le lâcher en attendant,
Je tiens pour moi que c'est folie :
Car de le rattraper il n'est pas trop certain.

Un Carpeau qui n'étoit encore que fretin (2),

---

(1) *Hoquet* est mis ici par Métonyme, pour *pierre, caillou, inégalité de terrein,* &c.

(2) *Fretin :* petit. La signification ordinaire de ce mot est *chose de rebut, inutile,* &c.

Fut pris par un Pêcheur au bord d'une riviere.
Tout fait nombre, dit l'homme en voyant son butin ;
Voilà commencement de chere & de festin :
    Mettons-le en notre gibeciere.
Le pauvre Carpillon lui dit en sa maniere,
Que ferez-vous de moi ? je ne saurois fournir,
    Au plus qu'une demi-bouchée.
    Laissez-moi Carpe devenir :
    Je serai par vous repêchée.
Quelque gros Partisan m'achetera bien cher :
    Au lieu qu'il vous en faut chercher
    Peut-être encor cent de ma taille
Pour faire un plat : quel plat ! croyez-moi, rien qui
    vaille.
Rien qui vaille ? & bien soit, repartit le Pêcheur,
Poisson, mon bel ami, qui faites le prêcheur,
Vous irez dans la poële ; & vous avez beau dire,
    Dès ce soir on vous fera frire.

Un *tiens* vaut, ce dit-on, mieux que deux *tu l'auras.*
    L'un est sûr, l'autre ne l'est pas.

* * *

FABLE IV.

Les Oreilles du Lievre.

Un animal cornu blessa de quelques coups
    Le Lion, qui plein de courroux,
    Pour ne plus tomber en la peine,
    Bannit des lieux de son domaine
Toute bête portant des cornes à son front.
Chevres, béliers, taureaux aussi-tôt délogerent,
    Daims & cerfs de climat changerent :
    Chacun à s'en aller fut prompt.
Un Lievre appercevant l'ombre de ses oreilles,
    Craignit que quelque inquisiteur

N'allât interpréter à cornes leur longueur,
Ne lui foûtint en tout à des cornes pareilles.
Adieu, voifin Grillon, dit-il, je pars d'ici :
Mes oreilles enfin feroient cornes auffi :
Et quand je les aurois plus courtes qu'une autruche,
Je craindrois même encor. Le Grillon répartit :
 Cornes cela ! vous me prenez pour cruche ?
 Ce font oreilles que Dieu fit.
 On les fera paffer pour cornes,
Dit l'animal craintif, & cornes de licornes.
J'aurai beau protefter : mon dire & mes raifons
 Iront aux petites maifons.

FABLE V.

La Renard qui a la queue coupée.

Un vieux Renard, mais des plus fins,
Grand croqueur de poulets, grand preneur de lapins,
 Sentant fon Renard d'une lieue,
 Fut enfin au piege attrapé.
 Par grand hafard en étant échappé,
Non pas franc, car pour gage il y laiffa fa queue,
S'étant, dis-je, fauvé, fans queue & tout honteux,
Pour avoir des pareils, (comme il étoit habile)
Un jour que les Renards tenoient confeil entr'eux,
Que faifons-nous, dit-il, de ce poids inutile,
Et qui va balayant tous les fentiers fangeux ?
Que nous fert cette queue ? il faut qu'on fe la coupe.
 Si l'on me croit, chacun s'y réfoudra.
Votre avis eft fort bon, dit quelqu'un de la troupe,
Mais tournez-vous, de grâce, & l'on vous répondra.
A ces mots il fe fit une telle huée,
Que le pauvre écourté ne put être entendu.
Prétendre ôter la queue eût été temps perdu :
 La mode en fut continuée.

FABLE VI.

Le Vieille & les deux Servantes.

Il étoit une Vieille ayant deux Chambrieres,
Elles filoient si bien, que les Sœurs filandieres
Ne faisoient que brouiller au prix de celles-ci.
La Vieille n'avoit point de plus pressant souci
Que de distribuer aux Servantes leur tâche.
Dès que Thétis chassoit Phœbus aux crins dorés,
Tourets entroient en jeu, fuseaux étoient tirés,
    Deçà, delà, vous en aurez;
    Point de cesse, point de relâche.
Dès que l'Aurore, dis-je, en son char remontoit,
Un misérable Coq à point nommé chantoit.
Aussi-tôt notre Vieille, encor plus misérable,
S'affubloit d'un jupon crasseux & détestable,
Allumoit une lampe, & couroit droit au lit,
Où, de tout leur pouvoir, de tout leur appétit,
    Dormoient les deux pauvres Servantes.
L'une entr'ouvroit un œil, l'autre étendoit un bras,
    Et toutes deux, très-malcontentes,
Disoient entre leurs dents : maudit Coq, tu mourras.
Comme elles l'avoient dit, la bête fut grippée.
Le réveille-matin eut la gorge coupée.
Ce meurtre n'amenda nullement leur marché.
Notre couple, au contraire, à peine étoit couché,
Que la Vieille craignant de laisser passer l'heure,
Couroit comme un lutin par toute sa demeure.

    C'est ainsi que le plus souvent,
Quand on pense sortir d'une mauvaise affaire,
    On s'enfonce encor plus avant :
    Témoin ce couple & son salaire.
La Vieille, au lieu du Coq, les fit tomber par-là
    De Carybde en Sylla.

FABLE VII.

Le Satyre & le Paffant.

Au fond d'un antre fauvage,
Un Satyre & fes enfants
Alloient manger leur potage
Et prendre l'écuelle aux dents.

On les eût vus fur la mouffe,
Lui, fa femme & maint petit :
Ils n'avoient tapis ni houffe,
Mais tout fort bon appétit.

Pour fe fauver de la pluie,
Entre un Paffant morfondu.
Au brouet on le convie,
Il n'étoit pas attendu.

Son hôte n'eut pas la peine
De le femondre (1) deux fois.
D'abord avec fon haleine
Il fe réchauffe les doigts.

Puis, fur les mets qu'on lui donne,
Délicat, il fouffle auffi.
Le Satyre s'en étonne :
Notre hôte à quoi bon ceci ?

L'un refroidit mon potage,
L'autre réchauffe ma main.
Vous pouvez, dit le Sauvage,
Reprendre votre chemin.

(1) *Semondre* : prier, inviter.

Ne plaife aux Dieux que je couche
Avec vous fous même toit.
Arriere ceux dont la bouche
Souffle le chaud & le froid.

FABLE VIII.

Le Cheval & le Loup.

Un certain Loup, dans la faifon
Que les tiedes Zéphirs ont l'herbe rajeunie ;
Et que les animaux quittent tous la maifon,
            Pour s'en aller chercher leur vie ;
Un Loup, dis-je, au fortir des rigueurs de l'hiver,
Apperçut un Cheval qu'on avoit mis au vert
            Je laiffe à penfer qu'elle joie.
Bonne chaffe, dit-il, qui l'auroit à fon croc.
Eh que n'eft-tu mouton ! car tu me ferois hoc :
Au lieu qu'il faut rufer pour avoir cette proie :
Rufons donc. Ainfi dit, il vient à pas comptés,
            Se dit écolier d'Hippocrate :
Qu'il connoit les vertus & les propriétés
            De tous les fimples de ces prés :
            Qu'il fait guérir, fans qu'il fe flatte,
Toutes fortes de maux. Si Dom Courfier vouloit
            Ne point céler fa maladie,
            Lui Loup, *gratis* le guériroit :
            Car le voir dans cette prairie,
            Paître ainfi fans être lié,
Témoignoit quelque mal, felon la Médecine.
            J'ai, dit la bête chevaline,
            Une apoftume (1) fous le pied.
Mon fils, dit le Docteur, il n'eft point de partie

---

(1) *Apoftume* : ordinairement : *apoftéme*.

Susceptible de tant de maux.
J'ai l'honneur de servir Nosseigneurs les Chevaux,
Et fais aussi la Chirurgie.
Mon galant ne songeoit qu'à bien prendre son temps,
Afin de haper son malade.
L'autre qui s'en doutoit, lui lâche une ruade,
Qui vous lui met en marmelade
Les mandibules (1) & les dents.
C'est bien fait, dit le Loup en soi-même fort triste,
Chacun à son métier doit toujours s'attacher.
Tu veux faire ici l'herboriste,
Et ne fus jamais que boucher.

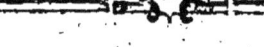

FABLE IX.

Le Laboureur & ses Enfants.

TRAVAILLEZ, prenez de la peine :
C'est le fonds qui manque le moins.
Un riche Laboureur sentant sa mort prochaine,
Fit venir ses enfants, leur parla sans témoins.
Gardez-vous, leur dit-il, de vendre l'héritage
Que nous ont laissé nos parents :
Un trésor est caché dedans.
Je ne sais pas l'endroit, mais un peu de courage
Vous le fera trouver, vous en viendrez à bout.
Remuez votre champ dès qu'on aura fait l'Oût,
Creusez, fouillez, bêchez, ne laissez nulle place
Où la main ne passe & repasse.
Le père mort, les fils vous retournent le champ,
Deçà, delà, par-tout : si bien qu'au bout de l'an

(1) *Mandibules* : mâchoires.

Il en rapporta d'avantage.
D'argent, point de caché. Mais le pere fut sage
De leur montrer avant sa mort,
Que le travail est un tréfor.

FABLE X.

La Montagne qui accouche.

UNE Montagne en mal d'enfant
Jettoit une clameur si haute,
Que chacun au bruit accourant,
Crut qu'elle accoucheroit sans faute,
D'une Cité plus grosse que Paris :
Elle accoucha d'une Souris.

Quand je fonge à cette Fable,
Dont le récit est menteur,
Et le fens véritable,
Je me figure un auteur
Qui dit : je chanteraï la guerre
Que firent les Titans au maître du tonnere.
C'est promettre beaucoup : mais qu'en fort-il fouvent ?
Du vent.

FABLE XI.

La Fortune & le jeune Enfant.

SUR le bord d'un puits très-profond,
Dormoit, étendu de fon long,
Un enfant alors dans fes claffes.
Tout est aux écoliers couchette & matelas.

Un honnête homme, en pareil cas,
Auroit fait un saut de vingt braffes.
Près de-là tout heurefement
La Fortune paffa, l'éveilla doucement,
Lui difant : mon mignon, je vous fauve la vie :
Soyez une autrefois plus fage, je vous prie.
Si vous fuffiez tombé, l'on s'en fut pris à moi :
Cependant c'étoit votre faute.
Je vous demande en bonne foi,
Si cette imprudence fi haute
Provient de mon caprice. Elle part à ces mots.

Pour moi, j'approuve fon propos.
Il n'arrive rien dans le monde
Qu'il ne faille qu'elle en réponde ᵉ
Nous la faifons de tous écots ;
Elle eft prife à garant de toutes aventures.
Eft-on fot, étourdi, prend-on mal fes mefures,
On penfe en être quitte en accufant fon fort :
Bref, la Fortune a toujours tort.

FABLE XII.

Les Médecins.

LE Médecin Tan-pis alloit voir un malade,
Que vifitoit auffi fon confrere Tant-mieux.
Ce dernier efpéroit, quoique fon camarade
Soutint que le gifant iroit voir fes ayeux.
Tous deux s'étant trouvés différents pour la cure,
Leur malade paya le tribut à Nature,
Après qu'en fes confeils Tant-pis eut été cru.
Ils triomphoient encor fur cette maladie.
L'un difoit : il eft mort, je l'avois bien prévu :
S'il m'eût cru, difoit l'autre, il feroit plein de vie.

FABLE XIII.

La Poule aux Œufs d'or.

L'AVARICE perd tout en voulant tout gagner,
   Je ne veux pour le témoigner
Que celui dont la Poule, à ce que dit la Fable,
   Pondoit tous les jours un Œuf d'or.
Il crut que dans son corps elle avoit un trésor,
Il la tua, l'ouvrit, & la trouva semblable
A celles dont les Œufs ne lui rapportoient rien,
S'étant lui-même ôté le plus beau de son bien.

   Belle leçon pour des gens riches !
Pendant ces derniers temps ; combien en a-t'on vus,
Qui du soir au matin sont pauvres devenus,
   Pour vouloir trop-tôt être riches !

FABLE XIV.

L'Ane portant des Reliques.

UN Baudet chargé de Reliques,
   S'imagina qu'on l'adoroit.
   Dans ce penser il se carroit,
Recevant comme siens l'encens & les cantiques.
   Quelqu'un vit l'erreur & lui dit,
  Maître Baudet, ôtez-vous de l'esprit
   Une vanité si folle;
  Ce n'est pas vous, c'est l'idole
   A qui cet honneur se rend,
   Et que la gloire en est due.
   D'un Magistrat ignorant,
   C'est la robe qu'on salue.

Partie. I.   Q

FABLE XV.

Le Cerf & la Vigne.

UN Cerf, à la faveur d'une Vigne fort haute,
Et telle qu'on en voit en de certains climats,
S'étant mis à couvert & sauvé du trépas,
Les Veneurs pour ce coup croyoient leurs chiens en
faute.
Ils les rappellent donc. Le Cerf, hors du danger,
Broute sa bienfaitrice : ingratitude extrême !
On l'entend, on retourne, on le fait déloger :
Il vient mourir en ce lieu même.
J'ai mérité, dit-il, ce juste châtiment ;
Profitez-en, ingrats. Il tombe en ce moment.
La meute en fait curée. Il lui fut inutile
De pleurer aux Veneurs à sa mort arrivés.

Vraie image de ceux qui profanent l'asyle
Qui les a conservés.

FABLE XVI.

Le Serpent & la Lime.

ON conte qu'un serpent, voisin d'un Horloger,
[C'étoit pour l'Horloger un mauvais voisinage]
Entra dans sa boutique, & cherchant à manger,
N'y rencontra pour tout potage
Qu'une Lime d'acier qu'il se mit à ronger.
Cette Lime lui dit, sans se mettre en colere :
Pauvre ignorant ! eh, que prétends-tu faire ;

Tu te prends à plus dur que toi,
Petit Serpent à tête folle :
Plutôt que d'emporter de moi
Seulement le quart d'une obole,
Tu te romprois toutes les dents :
Je ne crains que celles du Temps.

Ceci s'adresse à vous, Esprit du dernier ordre,
Qui n'étant bons à rien, cherchez sur tout à mordre :
  Vous vous tourmentez vainement.
Croyez-vous que vos dents, impriment leurs outrages
  Sur tant de beaux ouvrages ?
Ils sont pour vous d'airain, d'acier, de diamant.

FABLE XVII.

Le Lievre & la Perdrix.

IL ne se faut jamais moquer des misérables :
Car qui peut s'assurer d'être toujours heureux ?
  Le sage Esope dans ses Fables
  Nous en donne un exemple ou deux.
  Celui qu'en ces vers je propose,
  Et les siens se font même chose.

Le Lievre & la Perdrix, concitoyens d'un champ,
Vivoient dans un état, ce semble assez tranquille :
  Quand une meute s'approchant,
Oblige le premier à chercher un asyle.
Il s'enfuit dans son fort met les chiens en défaut,
  Sans même en excepter Brifaut.
  Enfin il se trahit lui-même
Par les esprits sortans de son corps échauffé.
Miraut, sur leur odeur ayant philosophé,
Conclut que c'est son Lievre ; & d'une ardeur extrême,
Il le pousse, & Rustaut, qui n'a jamais menti,
  Dit que le Lievre est reparti.

Q 2

Le pauvre malheureux vient mourir à son gîte.
   La Perdrix le raille & lui dit :
   Tu te vantois d'être si vite :
Qu'as-tu fait de tes pieds ? Au moment qu'elle rit,
Son tour vient, on la trouve. Elle croit que ses ailes
La sauront garantir à toute extrémité :
   Mais la pauvrette avoit compté
   Sans l'Autour aux serres cruelles.

FABLE XVIII.

L'Aigle & le Hibou.

L'AIGLE & le Chat-huant leurs querelles cesserent ;
   Et firent tant qu'ils s'embrasserent.
L'un jura foi de Roi, l'autre fois de Hibou,
Qu'ils ne se goberoient leurs petits peu ni prou [1].
Connoissez-vous les miens ? dit l'oiseau de Minerve.
Non, dit l'Aigle. Tant-pis, reprit le triste oiseau.
   Je crains en ce cas pour leur peau.
   C'est hasard, si je les conserve.
Comme vous êtes Roi, vous ne considerez
Qui ni quoi : Rois & Dieux mettent, quoi qu'on leur die,
   Tout en même catégorie.
Adieu mes nourrissons si vous les rencontrez.
Peignez-les moi, dit l'Aigle, ou bien me les montrez,
   Je n'y toucherai de ma vie.
Le Hibou repartit : mes petits sont mignons,
Beaux, bien faits, & jolis sur tous leurs compagnons :
Vous les reconnoîtrez sans peine à cette marque.
N'allez pas l'oublier : retenez-là si bien,

[1]. *Prou* : assez, beaucoup. Ce vieux adverbe n'est
plus en usage que dans le style badin ou comique.

Que chez moi la maudite Parque
N'entre point par votre moyen.
Il avint qu'au Hibou, Dieu donna géniture.
De façon qu'un beau soir qu'il étoit en pâture,
Nôtre Aigle apperçut d'aventure,
Dans les coins d'une roche dure,
Ou dans les trous d'une masure,
[Je ne sais pas lequel des deux]
De petits monstres fort hideux,
Rechignés, un air triste, une voix de Mégere,
Ces enfants ne sont pas, dit l'Aigle, à notre ami
Croquons-les. Le galant n'en fit pas à demi.
Ses repas ne sont pas repas à la légere.
Le Hibou, de retour, ne trouve que les pieds
De ces chers nourrissons, hélas! pour toute chose.
Il se plaint; & les Dieux sont par lui suppliés
De punir le brigand qui de son deuil est cause.
Quelqu'un lui dit alors n'en accuse que toi,
Ou plutôt la commune loi,
Qui veut qu'on trouve son semblable
Beau, bien fait, & sur tous aimable.
Tu fis de tes enfans à l'Aigle ce portrait :
En avoient-ils le moindre trait ?

FABLE XIX.

Le Lion s'en allant en Guerre.

LE Lion dans sa tête avoit une entreprise.
Il tint conseil de guerre, envoya ses Prévôts,
Fit avertir les Animaux :
Tous furent de dessein, chacun selon sa guise,
L'Eléphant devoit sur son dos
Porter l'attirail nécessaire,
Et combattre à son ordinaire :
L'Ours s'apprêter pour les assauts,

Q 3

Le Renard ménager de certaines pratiques ;
Et le Singe amuſer l'ennemi par ſes tours.
Renvoyez, dit quelqu'un, les Anes qui ſont lourds ;
Et les Lièvres ſujets à des terreurs paniques.
Point du tout, dit le Roi, je les veux employer.
Notre troupe, ſans eux, ne ſeroit pas complette
L'Ane effraira les gens, nous ſervant de trompette,
Et le Lievre pourra nous ſervir de courier.

    Le Monarque prudent & ſage,
De ſes moindres ſujets ſait tirer quelque uſage,
    Et connoit les divers talents
Il n'eſt rien d'inutile aux perſonnes de ſens.

FABLE XX.

L'Ours & les deux Compagnons.

DEux Compagnons preſſés d'argent,
    A leur voiſin Fourreur vendirent
    La peau d'un Ours encor vivant,
Mais qu'ils tueroient bien-tôt, du moins à ce qu'ils
    dirent.
C'étoit le Roi des Ours, au compte de ces gens :
Le marchand, à ſa peau dévoit faire fortune :
Elle garantiroit des froids les plus cuiſants :
On en pourroit fourrer plutôt deux robes qu'une.
Dindenaut (1) priſoit moins ſes moutons qu'eux leurs
    Ours,
Leur, à leur compte, & non à celui de la bête.
S'offrant de le livrer au plus tard dans deux jours,
Ils conviennent du prix, & ſe mettent en quête,
Trouvent l'Ours qui s'avance, & vient vers eux au trot.

---

(1) Voyez Pantagruel, Livre IX, chap. 6, 7 & 8.

Voilà mes gens frappés comme d'un coup de foudre.
Le marché ne tint pas, il fallut le résoudre :
D'intérêt contre l'Ours, on n'en dit pas un mot.
L'un des deux compagnons grimpe au faîte d'un arbre,
L'autre, plus froid que n'est un marbre,
Se couche sur le nez, fait le mort, tient son vent,
    Ayant quelque part ouï dire,
    Que l'Ours s'acharne peu souvent
Sur un corps qui ne vit, ne meut, ni ne respire.
Seigneur Ours, comme un sot donna dans ce panneau.
Il voit ce corps gisant, le croit privé de vie ;
    Et de peur de supercherie,
Le tourne, le retourne, approche son museau,
    Flaire aux passages de l'haleine.
C'est, dit-il, un cadavre : ôtons-nous, car il sent.
A ces mots, l'Ours s'en va dans la forêt prochaine.
L'un de nos deux marchands de son arbre descend :
Court à son compagnon, lui dit que c'est merveille,
Qu'il n'ait eu seulement que la peur pour tout mal.
Eh bien, ajouta-t-il, la peau de l'animal ?
    Mais que t'a-t-il dit à l'oreille ?
    Car il t'approchoit de bien près,
    Te retournant avec sa serre ?
    Il m'a dit qu'il ne faut jamais
Vendre la peau de l'Ours qu'on ne l'ait mis par terre.

FABLE XXI.

L'Ane vêtu de la peau du Lion.

DE la peau du Lion l'Ane s'étant vêtu,
    Etoit craint par-tout à la ronde ;
    Et bien qu'animal sans vertu,
    Il faisoit trembler tout le monde.
Un petit bout d'oreille échappé par malheur,
    Découvrit la fourbe & l'erreur.

Martin fit alors son office,
Ceux qui ne savoient pas la ruse & la malice,
S'étonnoient de voir que Martin
Chassât les Lions au moulin.

Force gens font du bruit en France,
Par qui cet Apologue est rendu familier.
Un équipage cavalier
Fait les trois quarts de leur vaillance.

Fin du cinquième Livre.

LIVRE SIXIEME.

FABLE PREMIERE.

Le Pâtre & le Lion.

LEs Fables ne font pas ce qu'elles femblent être :
Le plus fimple animal nous tient lieu de maître.
Une morale nue apporte de l'ennui :
Le Conte fait paffer le précepte avec lui.
En ces fortes de feintes, il faut inftruire & plaire ;
Et conter pour conter me femble peu d'affaire.
C'eft par cette raifon qu'égayant leur efprit,
Nombre de gens fameux en ce genre ont écrit.
Tous ont fui l'ornement & le trop d'étendue.
On ne voit point chez eux de parole perdue.
Phedre étoit fi fuccinct qu'aucuns [1] l'en ont blamé.
Efope en moins de mots s'eft encore exprimé.
Mais fur tous certain Grec renchérit & fe pique
            D'une élégance laconique.
Il renferme toujours fon Conte en quatre Vers :
Bien ou mal je le laiffe à juger aux experts.
Voyons-le avec Efope en un fujet femblable.
L'un amene un Chaffeur, l'autre un Pâtre en fa Fable.
J'ai fuivi leur projet quant à l'événement,
Y coufant en chemin quelque trait feulement.
Voici comme, à peu près, Efope le raconte.

---

(1) *Aucuns.* Voyez la feconde note de la fixieme
de ce livre.

Un Pâtre à ses brebis trouvant quelque mécompte
Voulut à toute force attraper le larron,
Il s'en vâ près d'un antre ; & tend à l'enviton
Des lacs à prendre loups, soupçonnant cette engeance.
    Avant que de partir de ces lieux,
Si tu fais, disoit-il, ô Monarque, des Dieux,
Que le drôle à ces lacs se prenne en ma présence,
    Et que je goûte ce plaisir,
    Parmi vingt veaux je veux choisir
    Le plus gras & t'en faire offrande.
A ces mots sort de l'antre un lion grand & fort,
Le Pâtre se tapit & dit à demi-mort :
Que l'homme ne sait guere, hélas ! ce qu'il demande.
Pour trouver le larron, qui détruit mon troupeau,
Et le voir dans ces lacs pris avant que je parte,
O Monarque des Dieux ! je t'ai promis un veau ;
Je te promets un bœuf, si tu fais qu'il s'écarte.

C'est ainsi que l'a dit le principal Auteur,
    Passons à son imitateur.

FABLE II.

Le Lion & le Chasseur.

UN fanfaron, amateur de la chasse,
Venant de perdre un chien de bonne race,
Qu'il soupçonnoit dans le corps d'un lion,
Vit un berger. Enseigne-moi, de grâce,
De mon voleur, lui dit-il, la maison,
Que de ce pas je me fasse raison.
Le berger dit : c'est vers cette montagne.
En lui payant de tribut un mouton
Par chaque mois, j'erre dans la campagne
Comme il me plaît, & je suis en repos.
Dans le moment qu'ils tenoient ces propos.

Le lion fort, & vient d'un pas agile.
Le fanfaron auſſi-tôt d'esquiver.
O Jupiter, montre-moi quelque aſyle,
S'écria-t-il, qui me puiſſe ſauver.

La vraie épreuve de courage
N'eſt que dans le danger que l'on touche du doigt:
Tel le cherchoit, dit-il, qui, changeant de langage,
S'enfuit auſſi-tôt qu'il le voit.

FABLE III.

Phébus & Borée.

BORÉE & le Soleil virent un voyageur,
    Qui s'étoit muni par bonheur
Contre le mauvais temps. On entroit dans l'Automne,
Quand la précaution aux voyageurs eſt bonne :
Il pleut, le ſoleil luit; & l'écharpe d'Iris
    Rend ceux qui ſortent avertis
Qu'en ces mois le manteau leur eſt néceſſaire.
Les Latins les nommoient douteux pour cette affaire.
Notre homme s'étoit donc à la pluie attendu.
Bon manteau bien doublé, bonne étoffe bien forte.
Celui-ci, dit le Vent, prétend avoir pourvu
    Que je ſaurai ſouffler de ſorte,
Qu'il n'eſt bouton qui tienne; il faudra, ſi je veux,
    Que le manteau s'en aille au diable.
L'ébattement pourroit nous en être agréable :
Vous plaît-il de l'avoir; Et bien, gageons tous deux
    [Dit Phébus.] ſans tant de paroles,
A qui plutôt aura dégarni les épaules
    Du cavalier que nous voyons.
Commencez : je vous laiſſe obſcurcir mes rayons.
Il n'en fallut pas plus. Notre ſouffleur à gage
Se gorge de vapeurs, s'enfle comme un ballon,

Sifle, soufle, tempête, & brise en son passage
Maint toit qui n'en peut mais, fait périr maint bateau :
  Le tout au sujet d'un manteau.
Le cavalier eut soin d'empêcher que l'orage
  Ne se pût engouffrer dedans.
Cela le préserva : le Vent perdit son temps :
Plus il se tourmentoit, plus l'autre tenoit ferme :
Il eut beau faire agir le collet & les plis,
  Si-tôt qu'il fut au bout du terme
  Qu'à la gageure on avoit mis,
  Le Soleil dissipe la nüe,
Récrée, & puis pénétre enfin le cavalier,
  Sous son balandras (1) fait qu'il sue
  Le contraint de s'en dépouiller.
Encor n'usa-t-il pas de toute sa puissance.

  Plus fait de douceur que violence.

FABLE IV.

Jupiter & le Métayer.

JUPITER eut jadis une Ferme à donner.
Mercure en fit l'annonce ; & gens se présenterent,
  Firent des offres, écouterent :
  Ce ne fut pas sans bien tourner.
  L'un alléguoit que l'héritage
Etoit frayant (2) & rude ; & l'autre un autre si.

---

 [1] *Balandras* : espèce de manteau ou de casaque de campagne. On écrit ordinairement *Balandran*.
 [2] *Frayant* : coûteux à faire valoir. Ce mot n'est usité qu'en Champagne. Il ne se trouve ni dans le Dictionaire de l'Académie, ni dans le Traité de l'Ortographe, ni dans l'Abrégé de Richelet.

Pendant

Pendant qu'ils marchandoient ainſi,
Un d'eux le plus hardi, mais non pas le plus ſage,
Promit d'en rendre tant, pourvu que Jupiter
    Le laiſſât diſpoſer de l'air,
    Lui donnât ſaiſon à ſa guiſe,
Qu'il eût du chaud, du froid, du beau temps, de la biſe,
    Enfin du ſec, du mouillé,
    Auſſi-tôt qu'il auroit baillé.
Jupiter y conſent. Contrat paſſé : notre homme
Tranche du Roi des airs, pleut, vente, & fait en
    ſomme
Un climat pour lui ſeul : ſes plus proches voiſins
Ne s'en ſentoient non plus que les Américains.
Ce fut leur avantage, ils eurent bonne année,
    Pleine moiſſon, pleine vinée.
Monſieur le Receveur fut très-mal partagé.
    L'an ſuivant, voilà tout changé.
    Il ajuſte d'une autre ſorte
    La température des cieux.
    Son champ ne s'en trouve pas mieux.
Celui de ſes voiſins fructifie & rapporte.
Que fait-il ? il recourt au Monarque des Dieux :
    Il confeſſe ſon imprudence.
Jupiter en uſa comme un maître fort doux.

    Concluons que la providence
    Sait ce qu'il nous faut mieux que nous.

FABLE V.

Le Cochet, le Chat & le Souriceau.

Un Souriceau tout jeune, & qui n'avoit rien vu,
    Fut preſque pris au dépourvu.
Voici comme il conta l'aventure à ſa mere.

J'avois franchi les monts qui bornent cet état,
    Et trottois comme un jeune rat
I. Partie.   R

Qui cherche à se donner carriere,
Lorsque deux animaux m'ont arrêté les yeux :
L'un doux, benin & gracieux :
Et l'autre turbulent & plein d'inquiétude.
Il a la voix perçante & rude :
Sur sa tête un morceau de chair,
Une sorte de bras dont il s'éleve en l'air,
Comme pour prendre sa volée,
La quéue en panache étalée.
Or c'étoit un Cocher dont notre Souriceau
Fit à sa mere le tableau,
Comme d'un animal venu de l'Amérique.
Il se battoit, dit-il, les flancs avec ses bras,
Faisant tel bruit & tel fracas,
Que moi, qui grâce aux Dieux, de courage me pique,
En ai pris la fuite de peur,
Le maudissant de très-bon cœur.
Sans lui j'aurois fait connoissance
Avec cet animal qui m'a semblé si doux.
Il est velouté comme nous,
Marqueté, longue queue, une humble contenance,
Un modeste regard, & pourtant l'œil luisant.
Je le crois fort sympatisant
Avec Messieurs les rats : car il a des oreilles
En figure aux nôtres pareilles.
Je l'allois aborder, quand d'un son plein d'éclat,
L'autre m'a fait prendre la fuite.
Mon fils, dit la Souris, ce doucet est un chat,
Qui, sous son minois hypocrite,
Contre toute ta parenté
D'un malin vouloir est porté.
L'autre animal tout au contraire,
Bien éloigné de nous mal faire,
Servira quelque jour peut-être à nos repas.
Quant au Chat, c'est sur nous qu'il fonde sa cuisine.
Garde-toi, tant que tu vivras,
De juger des gens sur la mine.

FABLE VI.

Le Renard, le Singe & les Animaux.

Les animaux, au décés d'un lion,
En son vivant, Prince de la contrée,
Pour faire un Roi s'assemblèrent, dit-on.
Dans son étui la couronne est tirée.
Dans une chartre (1) un Dragon la gardoit.
Il se trouva que sur tous essayée,
A pas un d'eux elle ne convenoit.
Plusieurs avoient la tête trop menue,
Aucuns (2) trop grosse, aucuns même cornue.
Le Singe aussi fit l'épreuve en riant;
Et, par plaisir, la thiare essayant,
Il fit autour force grimaceries
Tours de souplesse, & mille singeries,
Passa dedans ainsi qu'en un cerceau.
Aux animaux cela sembla si beau,
Qu'il fut élu : chacun lui fit hommage ;
Le Renard seul regretta son suffrage,
Sans toutefois montrer son sentiment.
Quand il eut fait son petit compliment,
Il dit au Roi : je sai, Sire, une cache ;
Et ne crois pas qu'autre que moi la sache.
Or tout trésor, par droit de royauté,

---

(1) *Chartre* est employé dans cette Fable pour *lieu de sûreté.* Sa véritable & ancienne signification est *prison.* On appelle encore aujourd'hui *Chartres* les anciens titres, Lettres-Patentes, &c.

(2) *Aucuns* : quelques-uns. Style marotique ou de Palais. C'est le seul cas où *aucun* soit au pluriel.

Appartient, Sire, à votre Majesté.
Le nouveau Roi baille après la finance :
Lui-même y court pour n'être pas trompé.
C'étoit un piége, il y fut attrapé.
Le Renard dit, au nom de l'assistance :
Prétendrois-tu nous gouverner encor ,
Ne sachant pas te conduire toi-même ?
Il fut démis , & l'on tomba d'accord ,
Qu'à peu de gens convient le diadême.

FABLE VII.

Le Mulet se vantant de sa Généalogie.

LE Mulet d'un Prélat se piquoit de noblesse ;
   Et ne parloit incessamment
   Que de sa mere la Jument ,
   Dont il contoit mainte prouesse.
Elle avoit fait ceci , puis avoit été là.
   Son fils prétendoit pour cela ,
   Qu'on le dût mettre dans l'Histoire.
Il eût cru s'abaisser servant un Médecin.
Etant devenu vieux , on le mit au moulin.
Son pere l'Ane alors lui revint en mémoire.

   Quand le malheur ne seroit bon
   Qu'à mettre un sot à la raison :
   Toujours seroit-ce à juste cause ,
   Qu'on le dit bon à quelque chose.

FABLE VIII.

Le Vieillard & l'Ane.

Un Vieillard sur son Ane apperçut en passant
      Un pré plein d'herbe & fleurissant.
Il y lâche sa bête ; & le Grison se rue
      Au travers de l'herbe menue,
      Se veautrant, grattant & frottant,
      Gambadant, chantant & broutant,
      Et faisant mainte place nette.
      L'ennemi vient sur l'entrefaite (1),
      Fuyons, dit alors le Vieillard.
      Pourquoi ? répondit le paillard,
Me fera-t-on porter double bât, double charge ?
Non pas, dit le Vieillard, qui prit d'abord le large,
Et que m'importe donc, dit l'Ane, à qui je sois.
      Sauvez-vous, & me laissez paître.
      Notre ennemi, c'est notre maître,
      Je vous le dis en bon François.

FABLE IX.

Le Cerf se voyant dans l'eau.

Dans le crystal d'une fontaine,
Un Cerf se mirant autrefois,
Louoit la beauté de son bois ;
Et ne pouvoit qu'avecque peine

(1) *Entrefaite* est ici au singulier, contre l'usage, à cause de la rime.

R 3

Souffrir ses jambes de fuseaux,
Dont il voyoit l'objet se perdre dans les eaux.
Quelle proportion de mes pieds à ma tête !
Disoit-il, en voyant leur ombre avec douleur :
Des taillis les plus hauts mon front atteint le faîte :
Mes pieds ne me font point d'honneur.
Tout en parlant de la sorte,
Un limier le fait partir ;
Il tâche à se garantir,
Dans les forêts il s'emporte.
Son bois, dommageable ornement,
L'arrêtant à chaque moment,
Nuit à l'office que lui rendent
Ses pieds, de qui ses jours dépendent.
Il se dédit alors, & maudit les présents
Que le Ciel lui fait tous les ans.

Nous faisons cas du beau, nous méprisons l'utile ;
Et le beau souvent nous détruit.
Ce Cerf blâme ses pieds qui le rendent agile :
Il estime un bois qui lui nuit.

FABLE X.

Le Lievre & la Tortue.

RIEN ne sert de courir : il faut partir à point.
Le Lievre & la Tortue en font un témoignage.
Gageons, dit celle-ci, que vous n'atteindrez point
Si-tôt que moi ce but. Si-tôt ? êtes-vous sage ?
Repartit l'animal léger :
Ma commere, il vous faut purger
Avec quatre grains d'ellébore.
Sage ou non, je parie encore.
Ainsi fut fait, & de tous deux
On mit près du but les enjeux.
Savoir quoi, ce n'est pas l'affaire,

Ni de quel Juge l'on convint.
Notre Lievre n'avoit que quatre pas à faire,
J'entends de ceux qu'il fait, lorsque près d'être atteint,
Il s'éloigne des chiens, les renvoye aux Calendes,
    Et leur fait arpenter les landes.
Ayant, dis-je, du temps de reste pour brouter,
    Pour dormir, & pour écouter
    D'où vient le vent, il laisse la Tortue
    Aller son train de Sénateur.
    Elle part, elle s'évertue,
    Elle se hâte avec lenteur.
Lui cependant méprise une telle victoire,
    Tient la gageure à peu de gloire,
    Croit qu'il y va de son honneur
    De partir tard. Il broute, il se repose,
    Il s'amuse à toute autre chose
    Qu'à la gageure. A la fin, quand il vit
Que l'autre touchoit presque au bout de la carriere ;
Il partit comme un trait ; mais les élans qu'il fit
Furent vains : la Tortue arriva la premiere.
Hé bien, lui cria-t-elle, avois-je (1) pas raison ?
    De quoi vous sert vôtre vitesse ?
    Moi l'emporter ! & que seroit-ce
    Si vous portiez une maison ?

FABLE XI.

L'Ane & ses Maîtres.

L'ANE d'un Jardinier se plaignoit au Destin
De ce qu'on le faisoit lever devant l'aurore.
Les coqs, lui disoit-il, ont beau chanter matin,
    Je suis plus matineux encore.
Et pourquoi ? pour porter des herbes au marché.
Belle nécessité d'interrompre mon somme !

---

(1) Avois-je ; pour n'avois-je.

Le Sort, de sa plainte touché,
Lui donne une autre maître ; & l'animal de somme
Passé du Jardinier aux mains d'un Corroyeur.
La pesanteur des peaux, & leur mauvaise odeur
Eurent bien-tôt choqué l'impertinente bête.
J'ai regret, disoit-il, à mon premier Seigneur :
  Encor quand il tournoit la tête,
  J'attrapois, s'il m'en souvient bien,
Quelque morceau de chou qui ne me coûtoit rien :
Mais ici point d'aubaine, ou si j'en ai quelqu'une,
C'est de coups. Il obtint changement de fortune ;
  Et sur l'état d'un Charbonnier
  Il fut couché tout le dernier.
Autre plainte. Quoi donc, dit le Sort en colère,
  Ce Baudet-ci m'occupe autant
  Que cent Monarques pourroient faire.
Croit-il être le seul qui ne soit pas content ?
  N'ai-je en l'esprit que son affaire ?

Le Sort avoit raison : tous gens sont ainsi faits :
Notre condition jamais ne nous contente ;
  La pire est toujours la présente.
Nous fatiguons le Ciel à force de placets,
Qu'à chacun Jupiter accorde sa requête,
  Nous lui romprons encor la tête.

FABLE XII.

Le Soleil & les Grenouilles.

Aux nôces d'un Tyran tout le peuple en liesse (1)
  Noyoit son souci dans les pots.
Esope seul trouvoit que les gens étoient sots
  De témoigner tant d'allégresse.

---

(1) Liesse : joie, gaîté. Tres-vieux.

Le Soleil, difoit-il, eut deffein autrefois
De fonger à l'hyménée .
Auffi-tôt on ouit, d'une commune voix,
Se plaindre de leur deftinée
Les citoyennes des étangs.
Que ferons-nous , s'il lui vient des enfans ?
Dirent-elles au Sort ; un feul Soleil à peine
Se peut fouffrir : une demi-douzaine
Mettra la mer à fec , & tous fes habitants,
Adieu joncs & marais ; notre race eft détruite,
Bien-tôt on la verra réduite.
A l'eau du Styx. Pour un pauvre animal ,
Grenouilles , à mon fens , ne raifonnoient pas mal.

FABLE XIII.

Le Villageois & le Serpent.

Esope conte qu'un Manant,
Charitable autant que peu fage,
Un jour d'hiver fe promenant
A l'entour de fon héritage ,
Apperçut un Serpent fur la neige étendu,
Tranfi, gelé, perclus, immobile rendu,
N'ayant pas à vivre un quart d'heure.
Le Villageois le prend, l'emporte en fa demeure ;
Et fans confidérer quel fera le loyer
D'une action de ce mérite ,
Il l'étend le long du foyer
Le réchauffe , le reffufcite.
L'animal engourdi fent à peine le chaud,
Que l'ame lui revient avecque la colere.
Il leve un peu la tête , & puis fiffle auffi-tôt,
Puis fait un long repli, puis tâche à faire un faut
Contre fon bienfaiteur, fon fauveur & fon pere.

Ingrat, dit le manant, voilà donc mon salaire ?
Tu mourras. A ces mots, plein d'un juste courroux,
Il vous prend sa cognée, il vous tranche la bête,
    Il fait trois serpents de deux coups,
     Un tronçon, la queue, & la tête.
L'insecte, sautillant, cherche à se réunir,
    Mais il ne put y parvenir.

    Il est bon d'être charitable :
    Mais envers qui ? c'est-là le point.
    Quant aux ingrats, il n'en est point
    Qui ne meure enfin misérable.

FABLE XIV.

Le Lion malade & le Renard.

DE par le Roi des animaux,
Qui dans son antre étoit malade,
Fut fait savoir à ses vassaux
Que chaque espece en ambassade
Envoyât gens le visiter,
Sous promesse de bien traiter
Les députés, eux & leur suite
Foi de lion très-bien écrite :
Bon passe-port contre la dent,
Contre la griffe tour autant.
L'Edit du Prince s'exécute :
De chaque espece on lui députe.
Les Renards gardant la maison,
Un d'eux en dit cette raison :
    Les pas empreints sur la poussiere,
Par ceux qui s'en vont faire au malade leur cour,
Tous, sans exception, regardent sa taniere ;
    Pas un ne marque de retour.
    Cela nous met en méfiance.

Que sa Majesté nous dispense :
Grand merci de son passeport.
Je le crois bon, mais dans cet antre,
Je vois fort bien comme l'on entre,
Et ne vois pas comme on en sort.

FABLE XV.

L'Oiseleur, l'Autour & l'Alouette.

LES injustices des pervers
   Servent souvent d'excuse aux nôtres.
    Telle est la loi de l'Univers :
Si tu veux qu'on t'épargne, épargne aussi les autres.

Un Manant au miroir prenoit des oisillons.
Le fantôme brillant attire une Alouette.
Aussi-tôt, un Autour planant sur les sillons,
    Descend des airs, fond & se jette
Sur celle qui chantoit, quoique près du tombeau.
Elle avoit évité la perfide machine,
Lorsque se rencontrant sous la main de l'oiseau,
    Elle sent son ongle (1) maligne.
Pendant qu'à la plumer l'Autour est occupé,
Lui-même sous les rets demeure enveloppé.
Oiseleur, laisse-moi, dit-il en son langage :
    Je ne t'ai jamais fait de mal.
L'Oiseleur repartit : ce petit animal
    T'en avoit-il fait davantage

---

(1) La Fontaine a jugé à propos de suivre ici
l'usage de quelques Provinces, où *ongle* est féminin.

FABLE XVI.
Le Cheval & l'Ane.

En ce monde il faut l'un l'autre secourir.
 Si ton voisin vient à mourir,
  C'est sur toi que le fardeau tombe.
Une Ane accompagnoit un Cheval peu courtois;
Celui-ci ne portant que son simple harnois,
Et le pauvre Baudet si chargé qu'il succombe.
Il pria le Cheval de l'aider quelque peu;
Autrement il mourroit devant qu'être à la ville.
La prière, dit-il, n'en est pas incivile :
Moitié de ce fardeau ne vous sera que jeu.
Le Cheval refusa, fit une pétarade,
Tant qu'il vit sous le faix mourir son camarade;
 Et reconnut qu'il avoit tort.
  Du Baudet en cette aventure,
  On lui fit porter la voiture,
  Et la peau par-dessus encor.

FABLE XVII.
Le Chien qui lâche sa proie pour l'ombre.

Chacun se trompe ici bas :
 On voit courir après l'ombre
Tant de fous qu'on n'en sait pas,
 La plupart du temps, le nombre.
Au Chien dont parle Esope, il faut les renvoyer.
Ce Chien voyant sa proie en l'eau représentée,
La quitta pour l'image, & pensa se noyer :
La rivière devint tout d'un coup agitée,
 A toute peine il regagna les bords,
 Et n'eut ni l'ombre ni le corps.

FABLE

FABLE XVIII.

Le Chartier (1) embourbé.

LE Phaéton d'une voiture à foin
Vit son char embourbé. Le pauvre homme étoit loin
De tout humain secours. C'étoit à la campagne ,
Près d'un certain canton de la Basse-Bretagne ,
    Appellé Quimpercorentin.
    On sait assez que le Destin
Adresse là les gens quand il veut qu'on enrage :
    Dieu nous préserve du voyage.
Pour venir au Chartier embourbé dans ces lieux ,
Le voilà qui déteste & jure de son mieux ,
    Pestant en sa fureur extrême ,
Tantôt contre les trous , puis contre ses chevaux ,
    Contre son char , contre lui-même.
Il invoque à la fin le Dieu , dont les travaux
    Sont si célebres dans le monde.
Hercule , lui dit-il , aide-moi : si ton dos
    A porté la machine ronde ,
    Ton bras peut me tirer d'ici.
Sa priere étant faite , il entend dans la rue
    Une voix qui lui parle ainsi :
    Hercule veut qu'on se remue ,
Puis il aide les gens. Regarde d'où provient
    L'achopement qui te retient :
    Ote d'autour de chaque roue
Ce malheureux mortier , cette maudite boue ,
    Qui jusqu'à l'essieu les enduit ;
Prends ton pic & me romps ce caillou qui te nuit :

---

(1) On écrit ordinairement *Charretier* ; mais ce
mot ne doit être dans cette Fable que de deux sylla-
bes , à cause de la mesure du neuvieme vers.
  I. *Partie.*   S

Comble-moi cette orniere. As-tu fait? Oui, dit l'homme.
Or bien je vais t'aider, dit la voix : prends ton fouet.
Je l'ai pris. Qu'est-ceci ; mon char marche à souhait,
Hercule en soit loué. Lors la voix : tu vois comme
Tes chevaux aisément se sont tirés de-là.

   Aide-toi, le Ciel t'aidera.

FABLE XIX.

Le Charlatan.

Ce monde n'a jamais manqué de Charlatans.
  Cette science de tout temps,
   Fut en Professeurs très-fertile.
Tantôt l'un en théâtre affronte l'Achéron ;
   Et l'autre affiche par la ville
  Qu'il est un Passe-Cicéron.
   Un des derniers se vantoit d'être
   En éloquence si grand maître,
  Qu'il rendoit disert un badaud,
  Un manant, un rustre, un lourdaud :
Oui, Messieurs, un lourdaud, un animal, un Ane :
Que l'on m'amene un Ane, un Ane renforcé,
   Je le rendrai maître passé ,
   Et veux qu'il porte la soutane.
Le Prince sut la chose : il manda le Rhéteur.
   J'ai, dit-il, en mon écurie
   Un fort beau Roussin d'Arcadie,
   J'en voudrois faire un Orateur.
Sire, vous pouvez tout, reprit d'abord notre homme.
   On lui donna certaine somme.
   Il devoit au bout de dix ans
   Mettre son Ane sur les bancs :
Sinon, il consentoit d'être en place publique
Guindé la hart au col, étranglé court & net,
   Ayant au dos sa Rhétorique,

Et les oreilles d'un Baudet.
Quelqu'un des Courtisans lui dit qu'à la potence
Il vouloit l'aller voir ; & que, pour un pendu,
Il auroit bonne grace, & beaucoup de prestance :
Sur-tout qu'il se souvint de faire à l'assistance
Un discours où son art fût long étendu,
Un discours pathétique, & dont le formulaire
 Servît à certains Cicérons
 Vulgairement nommé larrons.
 L'autre reprit : avant l'affaire
 Le Roi, l'Ane ou moi nous mourrons.

 Il avoit raison. C'est folie
 De compter sur dix ans de vie.
 Soyons bien buvants, bien mangeants,
Nous devons à la mort de trois l'un en dix ans.

FABLE XX.

La Discorde.

LA Déesse Discorde ayant brouillé les Dieux,
Et fait un grand procès là-haut pour une pomme,
 On la fit déloger des Cieux.
 Chez l'animal qu'on appelle Homme,
 On la reçut à bras ouverts.
 Elle, & *Que-si-que-non* son frere
 Avecque *Tien-&-mien*, son pere,
Elle nous fit l'honneur en ce bas univers
 De préférer notre hémisphere
A celui des mortels qui nous sont opposés,
 Gens grossiers, peu civilisés,
Et qui se mariant sans Prêtre & sans Notaire,
 De la Discorde n'ont que faire.
Pour la faire trouver aux lieux où le besoin
 Demandoit qu'elle fût présente,

S 2

La renommée avoit le foin
De l'avertir & l'autre diligente,
Couroit vîte aux débats, & prévenoit la Paix :
Faifoit, d'une étincelle, un feu long à s'éteindre.
La Renomée enfin commença de fe plaindre
Que l'on ne lui trouvoit jamais
De demeure fixe & certaine.
Bien fouvent l'on perdoit, à la chercher, fa peine.
Il falloit donc qu'elle eût un féjour affecté,
Un féjour d'où l'on pût, en toutes les familles,
L'envoyer à jour arrêté.
Comme il n'étoit alors aucun Couvent de Filles,
On y trouva difficulté.
L'auberge enfin de l'Hyménée
Lui fut pour maifon affignée.

FABLE XXI.

La jeune Veuve.

LA perte d'un époux ne va point fans foupirs.
On fait beaucoup de bruit, & puis on fe confole.
Sur les aîles du temps la triftefle s'envole :
Le temps ramene les plaifirs.

Entre la veuve d'une année,
Et la veuve d'une journée,
La différence eft grande. On ne croiroit jamais
Que ce fût la même perfonne.
L'une fait fuir les gens : & l'autre a mille attraits.
Aux foupirs vrais ou faux celle-là s'abandonne :
C'eft toujours même note, & pareil entretien :
On dit qu'on eft inconfolable :
On le dit, mais il n'en eft rien,
Comme on verra par cette Fable,
Ou plutôt par la vérité.

L'époux d'une jeune beauté
Partoit pour l'autre monde. A ses côtés sa femme
Lui crioit : attends-moi, je te suis : & mon ame,
Auſſi-bien que la tienne, eſt prête à s'envoler.
  Le mari fait ſeul le voyage.
La belle avoit un pere, homme prudent & ſage :
  Il laiſſa le torrent couler.
  A la fin, pour la conſoler,
Ma fille, lui dit-il, c'eſt trop verſer de larmes ;
Qu'a beſoin le défunt que vous noyiez vos charmes ?
Puiſqu'il eſt des vivants, ne ſongez plus aux morts.
  Je ne dis pas que tout-à-l'heure
  Une condition meilleure
  Change en des nôces ces tranſports :
Mais après certain temps, ſouffrez qu'on vous propoſe
Un époux beau, bien fait, jeune & toute autre choſe
  Que le défunt. Ah ! dit-elle auſſi-tôt,
  Un Cloître eſt l'époux qu'il me faut.
Le pere lui laiſſa digérer ſa diſgrace.
  Un mois de la ſorte ſe paſſe.
L'autre mois, on l'emploie à changer tous les jours
Quelque choſe à l'habit, au linge, à la coëffure :
  Le deuil enfin ſert de parure,
  En attendant d'autres atours.
  Toute la bande des Amours
Revient au colombier : les jeux, les ris, la danſe.
  Ont auſſi leur tour à la fin.
  On ſe plonge ſoir & matin
  Dans la fontaine de Jouvence.
Le pere ne craint plus ce défunt tant chéri :
Mais comme il ne parloit de rien à notre Belle ;
  Où donc eſt le jeune mari
  Que vous m'avez promis ? dit-elle.

ÉPILOGUE.

BORNONS ici cette carriere :
Les longs ouvrages me font peur.
Loin d'épuiser une matiere,
On n'en doit prendre que la fleur.
Il s'en va temps (1) que je reprenne
Un peu de force & d'haleine,
Pour fournir à d'autres projets.
Amour, ce tyran de ma vie,
Veut que je change de sujets :
Il faut contenter son envie.
Retournons à Psyché. Damon, vous m'exhortez
A peindre ses malheurs & ses félicités.
J'y consens : peut-être ma veine
En sa faveur s'échauffera.
Heureux ! si ce travail est la derniere peine
Que son époux me causera.

(1) *Il s'en va temps : il est temps.*

Fin du sixieme Livre, & de la premiere partie.

FABLES

CHOISIES,

MISES EN VERS

Par M. DE LA FONTAINE.

Nouvelle Édition revue avec soin, & augmentée
de Notes essentielles à l'intelligence
du Texte.

SECONDE PARTIE.

A ANGERS,

Chez P A V I E, Imprimeur - Libraire,
rue Saint-Laud.

M. DCC. LXXXVI.

Avec Approbation & Permission.

LIVRE SEPTIEME.

FABLE PREMIERE.

Les Animaux malades de la peste.

Un mal qui répand la terreur,
Mal que le Ciel en sa fureur
Inventa pour punir les crimes de la terre,
La peste (puisqu'il faut l'appeller par son nom)
capable d'enrichir en un jour l'Achéron,
Faisoit aux Animaux la guerre.
Ils ne mouroient pas tous, mais tous étoient frappés.
On n'en voyoit point d'occupés
A chercher le soutien d'une mourante vie :
Nul mets n'excitoit leur envie.
Ni loups, ni renards n'épioient
La douce & l'innocente proie.
Les tourterelles se fuyoient :
Plus d'amour, partant (1) plus de joie.
Le Lion tint conseil, & dit : mes chers amis,
Je crois que le Ciel a permis
Pour nos péchés cette infortune :
Que le plus coupable de nous.

(1) *Partant* : par conséquent. N'est guerre d'usage qu'en style de Pratique.

Se facrifice aux traits du célefte courroux :
Peut-être il obtiendra la guérifon commune.
L'Hiftoire nous apprend qu'en de tels accidents
   On fait de pareils dévoûments.
Ne nous flattons donc point, voyons fans indulgence
   L'état de notre confcience.
Pour moi, fatisfaifant mes appetits gloutons,
   J'ai dévoré force moutons.
   Que m'avoient-ils fait ? nulle offenfe :
Même il m'eft arrivé quelquefois de manger
   Le berger.
Je me dévoûrai donc, s'il le faut : mais je penfe
Qu'il eft bon que chacun s'accufe ainfi que moi,
Car on doit fouhaiter, felon toute juftice,
   Que le plus coupable périffe.
Siré, dit le Renard, vous êtes trop bon Roi :
Vos fcrupules font voir trop de délicateffe ;
Et bien, manger moutons, canaille, forte efpece,
Eft-ce un péché ? non, non : vous leur fites, Seigneur,
   En les croquant, beaucoup d'honneur.
   Et quant au berger, l'on peut dire
   Qu'il étoit digne de tous maux,
Etant de ces gens-là qui, fur les Animaux,
   Se font un chimérique empire.
Ainfi dit le Renard, & flatteurs d'applaudir.
   On n'ofa trop approfondir
Du Tigre, ni de l'Ours, ni des autres Puiffances
   Les moins pardonnables offenfes.
Tous les gens querelleurs, jufq'aux fimples Mâtins,
Au dire de chacun, étoient de petits Saints.
L'Ane vint à fon tour, & dit : j'ai fouvenance
   Qu'en un pré de Moines paffant,
La faim, l'occafion, l'herbe tendre, & je penfe,
   Quelque diable auffi me pouffant,
Je tondis de ce pré la largeur de ma langue.
Je n'en avois nul droit, puifqu'il faut parler net.
A ces mots on cria haro fur le Baudet.
Un Loup, quelque peu Clerc, prouva par fa harangue,
Qu'il falloit dévouer ce maudit animal,

Ce pelé, ce galeux, d'où venoit tout le mal.
Sa peccadille fut jugée un cas pendable.
Manger l'herbe d'autrui ! quel crime abominable !
    Rien que la mort n'étoit capable
D'expier son forfait : on le lui fit bien voir
Selon que vous serez puissant ou misérable,
Les Jugements de Cour vous rendront blanc ou noir.

FABLE II.

Le mal marié.

Que le bon soit toujours camarade du beau,
    Dès demain je chercherai femme :
Mais comme le divorce entre eux n'est pas nouveau,
Et que peu de beaux corps, hôtes d'une belle ame,
    Assemblent l'un & l'autre point,
Ne trouvez pas mauvais que je ne cherche point.
J'ai vû beaucoup d'hymens, aucuns d'eux ne me tentent :
Cependant, des humains presque les quatre parts
S'exposent hardiment au plus grand des hasards :
Les quatre parts aussi des humains se repentent.
J'en vais alléguer un, qui s'étant repenti,
    Ne peut trouver d'autre parti,
    Que de renvoyer son épouse
    Querelleuse, avare & jalouse.
Rien ne la contentoit, rien n'étoit comme il faut ;
On se levoit trop tard, on se couchoit trop tôt ?
Puis du blanc, puis du noir, puis encore autre chose.
Les valets enrageoint, l'époux étoit à bout :
Monsieur ne songe à rien, Monsieur dépense tout,
    Monsieur court, Monsieur se repose.
Elle en dit tant, que Monsieur à la fin,
    Lassé d'entendre un tel lutin,
    Vous la renvoye à la campagne
    Chez ses parents. La voilà donc compagne

De certaines Philis qui gardent les dindons,
    Avec les gardeurs de cochons.
Au bout de quelque temps qu'on la crut adoucie,
Le mari la reprend. Eh bien, qu'avez-vous fait?
    Comment passiez-vous votre vie?
L'innocence des champs est-elle votre fait?
    Assez dit-elle : mais ma peine
Etoit de voir les gens plus paresseux qu'ici.
    Ils n'ont des troupeaux nul souci.
Je leur savois bien dire ; & m'attirois la haine
    De tous ces gens si peu soigneux.
Eh, Madame, reprit son époux tout à l'heure (1),
    Si votre esprit est si hargneux
    Que le monde qui ne demeure
Qu'un moment avec vous, & ne revient qu'au soir,
    Est déjà lassé de vous voir,
Que feront des valets qui, toute la journée,
    Vous verront contre eux déchaînée?
    Et que pourra faire un époux
Que vous voulez qui soit jour & nuit avec vous?
Retournez au village : adieu. Si de ma vie
Je vous rappelle, & qu'il m'en prenne envie :
Puissé-je chez les morts avoir, pour mes péchés,
Deux femmes comme vous sans cesse à mes côtés.

FABLE III.

Le Rat qui s'est retiré du monde.

LES Levantins en leur Légende
Disent qu'un certain Rat, las des soins d'ici bas,
    Dans un fromage de Hollande
    Se retira loin du tracas.

---

(1) *Tout à l'heure ; pour tout de suite sur le champ.*

L2

La folitude étoit profonde,
S'étendant par-tout à la ronde,
Notre hermite nouveau fubfiftoit là-dedans.
Il fit tant des pieds & des dents,
Qu'en peu de jours il eut au fond de l'hermitage
Le vivre & le couvert : que faut-il d'avantage ?
Il devint gros & gras : Dieu prodigue fes biens
A ceux qui font vœu d'être fiens.
Un jour, au dévot perfonnage,
Les députés du peuple Rat
S'en vinrent demander quelque aumône légere :
Ils alloient en terre étrangere
Chercher quelque fecours contre le peuple Chat :
Ratapolis étoit bloquée :
On les avoit contraints de partir fans argent,
Attendu l'état indigent
De la République attaquée.
Ils demandoient fort peu, certains que le fecours
Seroit prêt dans quatre ou cinq jours.
Mes amis, dit le Solitaire,
Les chofes d'ici-bas ne me regardent plus :
En quoi peut un pauvre reclus
Vous fatisfaire ? que peut-il faire,
Que de prier le Ciel qu'il vous aide en ceci ?
J'efpere qu'il aura de vous quelque fouci (1).
Ayant parlé de cette forte,
Le nouveau Saint ferma fa porte.

Qui défignai-je, à votre avis,
Par ce Rat fi peu fecourable ?
Un Moine ? non, mais un Dervis.
Je fuppofe qu'un Moine eft toujours charitable.

_____

(1) *Souci* fignifié ordinairement : inquiétude, peine, chagrin, &c.; mais il eft mis ici pour *foin*.

II. Partie.   T

FABLE IV.

Le Héron.

Un jour sur ses longs pieds alloit je ne sais où,
Le Héron au long bec emmanché d'un long cou.
    Il côtoyoit une riviere.
L'onde étant transparente ainsi qu'aux plus beaux jours ;
Ma commere la carpe y faisoit mille tours
    Avec le brochet son compere.
Le Héron en eût fait aisément son profit :
Tous approchoient du bord l'oiseau n'avoit qu'à prendre :
    Mais il crut mieux faire d'attendre
    Qu'il eût un peu plus d'appétit.
Il vivoit de régime, & mangeoit à ses heures.
Après quelques moments l'appétit vint : l'oiseau
    S'approchant du bord, vit sur l'eau
Des tanches qui sortoient du fond de ces demeures.
Le mets ne lui plut pas, il s'attendoit à mieux ;
    Et montroit un goût dédaigneux
    Comme le rat du bon Horace.
Moi des tanches ? dit-il, moi Héron que je fasse
Une si pauvre chere ? & pour qui me prend-on ?
La tanche rebutée, il trouva du goujon.
Du goujon ! c'est bien là le dîner d'un Héron !
J'ouvrirois pour si peu le bec ! aux Dieux ne plaise.
Il l'ouvrit pour bien moins : tout alla de façon
    Qu'il ne vit plus aucun poisson.
La faim le prit : il fut tout heureux & tout aise
    De rencontrer un limaçon.

    Ne soyons pas si difficiles :
Les plus accommodants, ce sont les plus habiles.
Ou hasarde de perdre en voulant trop gagner,
    Gardez-vous de rien dédaigner,

Sur-tout quand vous avez à peu près votre compte.
Bien des gens y sont pris : ce n'est pas aux Hérons
Que je parle : écoutez, humains, un autre conte.
Vous verrez que chez vous j'ai puisé ces leçons.

FABLE V.

La Fille.

CERTAINE fille un peu trop fiere,
Prétendoit trouver un mari,
Jeune, bien fait, & beau, d'agréable maniere,
Point froid & point jaloux : notez ces deux points-ci.
  Cette fille vouloit aussi
  Qu'il eût du bien, de la naissance,
De l'esprit, enfin tout : mais qui peut tout avoir ?
Le Destin se montra soigneux de la pourvoir :
  Il vint des partis d'importance.
La Belle les trouva trop chétifs de moitié.
Quoi moi ? quoi ces gens-là ? l'on radote, je pense.
A moi les proposer ? hélas, ils font pitié.
  Voyez un peu la belle espece !
L'un n'avoit en l'esprit nulle délicatesse,
L'autre avoit le nez fait de cette façon-là :
  C'étoit ceci, c'étoit cela,
  C'étoit tout, car les précieuses
  Font dessus (1) tout les dédaigneuses.
Après les bons partis, les médiocres gens
  Vinrent se mettre sur les rangs.
Elle de se moquer. Ah vraiment je suis bonne
De leur ouvrir la porte : ils pensent que je suis
  Fort en peine de ma personne.
  Grâce à Dieu, je passe les nuits
  Sans chagrin, quoiqu'en solitude.

---

(1) *Dessus* pour *sur*, ne se diroit plus aujourd'hui.

T 2

La Belle se sut gré de tous ces sentiments.
L'âge la fit déchoir : adieu tous les amants.
    Un an se passe & deux avec inquiétude.
Le chagrin vient ensuite : elle sent chaque jour
Déloger quelque ris, quelques jeux, puis l'Amour :
    Puis ses traits choquer & déplaire :
Puis cent sortes de fards. Ses soins ne purent faire
Qu'elle échappât au temps, cet insigne larron.
    Les ruines d'une maison
Se peuvent réparer : que n'est cet avantage
    Pour les ruines du visage !
Sa préciosité (1) changea lors de langage.
Son miroir lui disoit, prenez vîte un mari,
Je ne sais quel désir le lui disoit aussi :
Le désir peut loger chez une précieuse :
Celle-ci fit un choix qu'on n'auroit jamais cru,
Se trouvant à la fin toute aise & toute heureuse
    De rencontrer un malotru.

FABLE VI.

Les Souhaits.

IL est au Mogol des folets
    Qui font office de valets,
Tiennent la maison propre, ont soin de l'équipage,
    Et quelquefois du jardinage.
    Si vous touchez à leur ouvrage,
Vous gâtez tous. Un d'eux près du Gange autrefois,
Cultivoit le jardin d'un assez bon bourgeois.
Il travailloit sans bruit, avoit beaucoup d'adresse,
    Aimoit le maître & la maîtresse,
Et le jardin sur-tout. Dieu sait si les zéphirs
Peuple ami du Démon, l'assistoient dans sa tâche.

---

(1) *Préciosité.* Ce mot n'est point reçu dans la langue.

Le Folet, de sa part travaillant sans relâche,
    Combloit ses hôtes de plaisirs.
    Pour plus de marques de son zele,
Chez ces gens pour toujours il se fût arrêté,
    Nonobstant la légéreté
    A ses pareils si naturelle :
    Mais ses confreres les Esprits
Firent tant, que le chef de cette République,
    Par caprice ou par politique,
    Le changea bien-tôt de logis.
Ordre lui vint d'aller au fond de la Norvege
    Prendre le soin d'une maison
    En tout temps couverte de neige :
Et d'Indou (1) qu'il étoit, on vous le fait Lapon.
Avant que de partir, l'esprit dit à ses hôtes :
    On m'oblige de vous quitter,
    Je ne sais pas pour quelles fautes :
Mais enfin il le faut, je ne puis arrêter
Qu'un tems fort court, un mois peut-être une semaine.
Employez-la : formez trois Souhaits, car je puis
    Rendre trois Souhaits accomplis :
Trois sans plus. Souhaiter, ce n'est pas une peine
    Etrange & nouvelle aux humains.
Ceux-ci, pour premier vœu, demandent l'abondance :
    Et l'abondance, à pleines mains,
    Verse en leurs coffres la finance,
En leurs greniers le bled ; dans leurs caves les vins :
Tout en creve. Comment ranger cette chevance !
Quels regiftres, quels soins, quel temps il leur fallut !
Tous deux font empêchés si jamais on le fut.
    Les voleurs contre eux comploterent,
    Les grands Seigneurs leur emprunterent,
Le Prince les taxa. Voilà les pauvres gens,
    Malheureux par trop de fortune.
Otez-nous de ces biens l'affluence importune,
Dirent-ils l'un & l'autre : heureux les indigents !
La pauvreté vaut mieux qu'une telle richesse.

---

(1) *Indou*, pour Indien.

Retirez-vous, tréfors : fuyez, & toi, Déeffe,
Mere du bon efprit, compagne du repos,
O Médiocrité reviens vîte. A ces mots.
La médiocrité revient, on lui fait place,
    Avec elles ils rentrent en grâce.
Au bout de deux Souhaits, étant auffi chanceux
    Qu'ils étoient, & que font tous ceux
Qui fouhaitent toujours & perdent en chimeres
Le temps qu'ils feroient mieux de mettre à leurs affaires
    Le Folet en rit avec eux.
    Pour profiter de fa largeffe,
Quand il voulut partir, & qu'il fut fur le point,
    Ils demanderent la fageffe :
    C'eft un tréfor qui n'embarraffe point.

FABLE VII.

La Cour du Lion.

SA Majefté Lionne un jour voulut connoître
De quelles nations le Ciel l'avoit fait maître.
    Il manda donc par députés
    Ses vaffaux de toute nature,
    Envoyant de tous les côtés
    Une circulaire écriture,
    Avec fon fceau. L'écrit portoit
    Qu'un mois durant le Roi tiendroit
    Cour pléniere, dont l'ouverture
    Devoit être un fort grand feftin,
    Suivi des tours de Fagotin.
    Par ce trait de magnificence
Le Prince à fes fujets étaloit fa puiffance.
    En fon Louvre il les invita.
Quel Louvre ! un vrai charnier, dont l'odeur fe porta
D'abord au nez des gens. L'Ours boucha fa narine :
Il fe fut bien paffé de faire cette mine.

Sa grimace déplut. Le Monarque irrité
   L'envoya chez Pluton faire
     Le dégoûté.
Le Singe approuva fort cette sévérité ;
Et flatteur excessif, il loua la colere,
Et la griffe du Prince, & l'autre ; & cette odeur ;
   Il n'étoit ambre, il n'étoit fleur,
Qui ne fût ail au prix. Sa sotte flatterie
Eut un mauvais succès, & fut encor punie.
   Ce Monseigneur du Lion-là
   Fut parent de Caligula.
Le Renard étant proche : or ça, lui dit le Sire,
Que sens-tu ? dis-le moi, parle sans déguiser.
   L'autre aussi-tôt de s'excuser,
Alléguant un grand rhume : il ne pouvoit que dire
   Sans odorat : bref il s'en tire.

   Ceci vous sert d'enseignement.
Ne soyez à la Cour, si vous voulez y plaire,
Ni fade adulateur, ni parleur trop sincere ;
Et tâchez quelquefois de répondre en Normand.

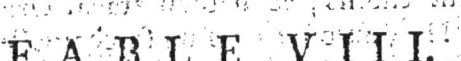

FABLE VIII.

Les Vautours & les Pigeons.

MARS autrefois mit tout l'air en émûte (1).
Certain sujet fit naître la dispute
Chez les oiseaux ; non ceux que le printemps
Mene à sa Cour, & qui sous la feuillée,
Par leur exemple & leurs sons éclatants,
Font que Vénus est en nous réveillée ;
Ni ceux encor que la Mere d'Amour

_____

(1) *Emûte : émeute.*

Met à fon char ; mais le peuple Vautour
Au bec retors, à la tranchante ferre,
Pour un chien mort fe fit, dit-on, la guerre.
Il plut du fang : je n'exagere point.
Si je voulois conter de point en point
Tout le détail, je manquerois d'haleine.
Maint chef périt, maint héros expira ;
Et fur fon roc Prométhée efpéra
De voir bientôt une fin à fa peine.
C'étoit plaifir d'obferver leurs efforts :
C'étoit pitié de voir tomber les morts.
Valeur, adreffe, & rufes, & furprifes,
Tout s'employa. Les deux troupes, éprifes
D'ardent courroux, n'épargnoient nuls moyens
De peupler l'air que refpirent les ombres.
Tout élément remplit de citoyens
Le vafte enclos qu'ont les Royaumes fombres.
Cette fureur mit la compaffion
Dans les efprits d'une autre nation
Au col changeant, au cœur tendre & fidele :
Elle employa fa médiation
Pour accorder une telle querelle.
Ambaffadeurs par le peuple Pigeon
Furent choifis ; & fi bien travaillerent,
Que les Vautours plus ne fe chamaillerent.
Ils firent treve ; & la paix s'enfuivit.
Hélas ! ce fut aux dépens de la race
A qui la leur auroit dû rendre grace.
La gent maudite auffi-tôt pourfuivit
Tous les Pigeons, en fit ample carnage,
En dépeupla les bourgades, les champs.
Peu de prudence eurent les pauvres gens,
D'accommoder un peuple fi fauvage.

Tenez toujours divifés les méchants :
La fûreté du refte de la terre
Dépend de là : femez entre eux la guerre
Ou vous n'aurez avec eux nulle paix.
Ceci foit dit en paffant : je me tais.

FABLE IX.
Le Coche & la Mouche.

Dans un chemin montant, sabloneux, mal-aisé,
Et de tous les côtés au Soleil exposé,
  Six forts chevaux tiroient un Coche.
Femmes, Moines, Vieillards, tout étoit descendu.
L'attelage suoit, souffloit, étoit rendu.
Une Mouche survint & des chevaux s'approche,
Prétend les animer par son bourdonnement,
Pique l'un, pique l'autre, & pense à tout moment
  Qu'elle fait aller la machine,
S'assied sur le timon, sur le nez du Cocher.
  Aussi-tôt que le Char chemine,
  Et qu'elle voit les gens marcher,
Elle s'en attribue uniquement la gloire :
Va, vient, fait l'empressée ; il semble que ce soit
Un Sergent de bataille allant en chaque endroit
Faire avancer ses gens & hâter la victoire.
  La Mouche, en ce commun besoin,
Se plaint qu'elle agit seule, & qu'elle a tout le soin,
Qu'aucun n'aide aux chevaux à se tirer d'affaire.
  Le Moine disoit son bréviaire :
Il prenoit bien son temps ! Une femme chantoit :
C'étoit bien de chansons qu'alors il s'agissoit !
Dame Mouche s'en va chanter à leurs oreilles,
  Et fait cent sottises pareilles.
Après bien du travail, le Coche arrive au haut (1).
Respirons maintenant, dit la mouche aussi-tôt :
J'ai tant fait que nos gens sont enfin dans la plaine.
Ça, Messieurs les chevaux, payez-moi de ma peine.
Ainsi certaines gens, faisant les empressés,
  S'introduisent dans les affaires,
  Ils font par-tout les nécessaires,
Et par-tout importuns, devroient être chassés.

---

(1) *Au haut*; on diroit aujourd'hui *en haut*.

FABLE X.

La Laitiere & le Pot au lait.

PERRETTE sur sa tête ayant un Pot au lait,
  Bien posé sur un couissinet,
Prétendoit arriver sans encombre (1) à la ville.
Légere & court vêtue, elle alloit à grands pas,
Ayant mis ce jour-là, pour être plus agile,
  Cotillon simple & souliers plats.
  Notre Laitiere ainsi troussée,
  Comptoit déjà dans sa pensée
Tout le prix de son lait, en employoit l'argent,
Achetoit un cent d'œufs, faisoit triple couvée :
La chose alloit à bien par son soin diligent.
  Il m'est, disoit-elle, facile
D'élever des poulets autour de ma maison :
  Le renard sera bien habile,
S'il ne m'en laisse assez pour avoir un cochon.
Le porc à s'engraisser coûtera peu de son :
Il étoit quand je l'eus de grosseur raisonnable,
J'aurai, le revendant, de l'argent bel & bon,
Et qui m'empêchera de mettre en notre étable,
Vû le prix dont il est une vache & son veau,
Que je verrai sauter au milieu du troupeau ?
Perrette là-dessus saute aussi, transportée.
Le lait tombe : adieu veau, vache, cochon, couvée.
La Dame de ces biens quittant d'un œil marri
  Sa fortune ainsi répandue,
  Va s'excuser à son mari,
  En grand danger d'être battue.
  Le récit en farce en fut fait :
  On l'appella le Pot-au-lait.

(1) Encombre : empêchement, embarras, Vieux.

Quel esprit he bat la campagne ?
Qui ne fait châteaux en Espagne ?
Pichrocoté (1), Pyrrhus, la Laitiere, enfin tous,
Autant les sages que les fous !
Chacun songe en veillant, il n'est rien de plus doux:
Une flatteuse erreur emporte alors nos ames:
Tout le bien du monde est à nous,
Tous les honneurs, toutes les femmes.
Quand je suis seul, je fais au plus brave un défi,
Je m'écarte, je vais détrôner le Sophi:
On m'élit Roi, mon peuple m'aime:
Les diadêmes vont sur ma tête pleuvant.
Quelque accident fait-il que je rentre en moi-même,
Je suis Gros-Jean comme devant.

FABLE XI.
Le Curé & le Mort.

Un mort s'en alloit tristement
S'emparer de son dernier gîte;
Un Curé s'en alloit gaîment
Enterrer ce Mort au plus vîte.
Notre défunt étoit en carrosse porté,
Bien & dûment empaqueté,
Et vêtu d'une robe, hélas ! qu'on nomme biere,
Robe d'hiver, robe d'été,
Que les Morts ne dépouillent guere.
Le Pasteur étoit à côté,
Et récitoit à l'ordinaire
Maintes dévotes oraisons,
Et des pseaumes & des leçons,
Et des versets, & des répons.
Monsieur le Mort, laissez-nous faire,
On vous en donnera de toutes les façons:
Il ne s'agit que du salaire.

(1) Voyez Gargantua, liv. I, chap. 33.

Meſſire Jean Chouart couvoit des yeux ſon mort,
Comme ſi l'on eût dû lui ravir ce tréſor ;
    Et , des regards, ſembloit lui dire:
    Monſieur le Mort, j'aurai de vous,
    Tant en argent, & tant en cire,
    Et tant en autres menus coûts. (1)
Il fondoit là-deſſus l'achat d'une feuillette
    Du meilleur vin des environs :
    Certaine niece aſſez proprette ,
    Et ſa chambriere Paquette
    Devoient avoir des cotillons.
    Sur cette agréable penſée
    Un heurt (2) ſurvient : adieu le char.
    Voilà Meſſire Jean Chouart
Qui du choc de ſon mort à la tête caſſée :
Le peroiſſien en plomb entraîne ſon paſteur,
    Notre Curé ſuit ſon Seigneur :
    Tous deux s'en vont de compagnie.

    Proprement toute notre vie
Eſt le Curé Chouart , qui ſur ſon mort comptoit,
    Et la Fable du Pot-au lait.

FABLE XII.

L'Homme qui court après la Fortune , &
l'Homme qui l'attend dans ſon lit.

QUI ne court après la Fortune ?
Je voudrois être en lieu d'où je puſſe aiſément
    Contempler la foule importune,
    De ceux qui cherchent vainement
Cette fille du Sort , de royaume en royaume ;

---

(1) *Goût* ; n'eſt plus guere d'uſage qu'en Pratique.
(2) *Heurt :* choc. Peu uſité ſubſtantivement.

Fideles courtifans d'un volage fantôme.
    Quand ils font près du bon moment,
L'inconftante auffi-tôt à leurs defirs échappe ;
Pauvres gens ! je les plains, car on a pour les fous,
    Plus de pitié que de courroux.
Cet homme, difent-ils, étoit planteur de choux ;
    Et le voilà devenu Pape :
Ne le valons-nous pas ? Vous valez cent fois mieux ;
    Mais que vous fert votre mérite ?
    La Fortune a-t-elle des yeux !
Et puis, la Papauté vaut-elle ce qu'on quitte,
Le repos ? le repos, tréfor fi précieux,
Qu'on en faifoit jadis le partage des Dieux ?
Rarement la Fortune à fes hôtes le laiffe.
    Ne cherchez point cette Déeffe,
Elle vous cherchera ; fon fexe en ufe ainfi.
    Certain couple d'ami en un bourg établi,
Poffédoit quelque bien. L'un foupiroit fans ceffe
    Pour la Fortune : il dit à l'autre un jour,
    Si nous quittions notre féjour ?
    Vous favez que nul n'eft prophète
En fon pays, cherchons notre aventure ailleurs.
Cherchez, dit l'autre ami, pour moi je ne fouhaite
    Ni climats, ni deftins meilleurs.
Contentez-vous, fuivez votre humeur inquiete :
Vous reviendrez bientôt. Je fais vœu cependant
    De dormir en vous attendant.
    L'ambitieux, ou, fi l'on veut, l'avare,
    S'en va par voie & par chemin.
    Il arriva le lendemain
En un lieu que devoit la Déeffe bizarre
Fréquenter fur tout autre ; & ce lieu, c'eft la Cour.
Là donc, pour quelque temps, il fixe fon féjour,
Se trouvant au coucher, au lever, à ces heures
    Que l'on fait être les meilleures ;
Bref fe trouvant à tout, & n'arrivant à rien.
Qu'eft-ceci ? fe dit-il : cherchons ailleurs du bien.
La Fortune pourtant habite ces demeures.
Je la vois tous les ours entrer chez celui-ci,

   I I. Partie.   V

Chez celui-là. D'où vient qu'aussi
Je ne puis héberger (1) cette capricieuse ?
On me l'avoit bien dit, que des gens de ce lieu
L'on n'aime pas toujours l'humeur ambitieuse.
Adieu, Messieurs de Cour; Messieurs de Cour adieu.
Suivez jusques au bout une ombre qui vous flatte.
La Fortune a, dit-on, des temples à Surate:
Allons l'. Ce fut un de dire, & s'embarquer.
Ames de bronze, humains, celui-là fut sans doute
Armé de diamants, qui tenta cette route,
Et le premier osa l'abyme défier.
          Celui-ci, pendant son voyage,
          Tourna les yeux vers son village
          Plus d'une fois : essuyant les dangers
Des pirates, des vents, du calme & des rochers,
Ministres de la mort. Avec beaucoup de peines
On s'en va la chercher en des rives lointaines;
La trouvant assez-tôt sans quitter la maison.
L'Homme arrive au Mogole; on lui dit qu'au Japon
La Fortune pour lors distribuoit ses grâces.
          Il y court : les mers étoient lasses
          De le porter; & tout le fruit
          Qu'il tira de ses longs voyages,
Ce fut cette leçon que donnent les Sauvages :
Demeure en ton pays; par la nature instruit.
Le Japon ne fut pas plus hereux à cet homme
          Que le Mogol l'avoit été :
          Ce qui lui fit conclure en somme,
Qu'il avoit à grand tort son village quitté.
          Il renonce aux courses ingrates,
Revient en son pays; voit de loin ses Pénates;
Pleure de joie, & dit : heureux qui vit chez soi,
De régler ses desirs faisant tout son emploi.
          Il ne sait que par oui-dire
Ce que c'est que la Cour, la mer, & ton empire,
Fortune, qui nous fait passer devant les yeux

---

(1) *Héberger* : recevoir chez soi, loger. Ce mot
est du style badin.

Des dignités, des biens, que jufqu'au bout du monde
On fuit, fans que l'effet aux promeffes réponde.
Déformais je ne bouge , & ferai cent fois mieux.
　　En raifonnant de cette forte ,
Et contre la Fortune ayant pris ce confeil,
　　Il la trouve affife à la porte
De fon ami plongé dans un profond fommeil.

FABLE XIII.

Les deux Coqs.

DEUX Coqs vivoient en paix ; une Poule furvint,
　　Et voilà la guerre allumée.
Amour, tu perdis Troye ; & c'eft de toi que vint
　　Cette querelle envenimée,
Où du fang des Dieux mêmes on vit Xante teint.
Long-temps, entre nos Coqs, le combat fe maintint.
Le bruit s'en répandit par tout le voifinage.
La gent qui porte crête au fpectacle accourut.
　　Plus d'une Hélene au plumage
Fut le prix du vainqueur : le vaincu difparut :
Il alla fe cacher au fond de fa retraite ,
　　Pleura fa gloire & fes amours,
Ses amours, qu'un rival , tout fier de fa défaite,
Poffédoit à fes yeux. Il voyoit tous les jours
Cet objet rallumer fa haine & fon courage.
Il aiguifoit fon bec, battoit l'air & fes flancs ;
　　Et s'exerçant contre les vents ,
　　S'armoit d'une jaloufe rage.
Il n'en eut pas befoin. Son vainqueur fur les toits
　　S'alla percher & chanter fa victoire.
　　Un Vautour entendit fa voix ;
　　Adieu les amours & la gloire.
Tout cet orgueil périt fous l'ongle du Vautour.
　　Enfin, par un fatal retour,

Son rival autour de la Poule
S'en revint faire le coquet :
Je laisse à penser quel caquet,
Car il eut des femmes en foule.

La Fortune se plaît à faire de ces coups :
Tout vainqueur insolent à sa perte travaille.
Défions-nous du Sort, & prenons garde à nous,
Après le gain d'une bataille.

FABLE XIV.

L'ingratitude & l'injustice des Hommes envers la Fortune.

Un trafiquant sur mer, par bonheur s'enrichit :
Il triompha des vents pendant plus d'un voyage.
Gouffre, banc ni rocher, n'exigea de péage
D'aucun de ses ballots : le Sort l'en affranchit.
Sur tous ses compagnons Atropos & Neptune
recueillirent leur droit, tandis que la Fortune
Prenoit soin d'amener son marchand à bon port,
Facteurs, Associés, chacun lui fut fidele.
Il vendit son tabac, son sucre, sa canelle
Ce qu'il voulut, sa porcelaine encor.
Le luxe & la folie enflerent son trésor :
Bref il plut dans son escarcelle.
On ne parloit chez lui que par doubles ducats ;
Et mon homme d'avoir chiens, chevaux & carrosses :
Ses jours de jeûnes étoient des nôces.
Un sien ami, voyant ces somptueux repas,
Lui dit : & d'où vient donc un si bon ordinaire ?
Et d'où me viendroit-il, que de mon savoir-faire ?
Je n'en dois rien qu'à moi, qu'à mes soins, qu'au talent
de risquer à propos, & bien placer l'argent.
Le profit lui semblant une fort douce chose,

Il risque de nouveau le gain qu'il avoit fait :
Mais rien, pour cette fois, ne lui vient à souhait :
    Son imprudence en fut la cause.
Un vaisseau mal freté, périt au premier vent.
Un autre, mal pourvu des armes nécessaires,
    Fut enlevé par les Corsaires.
    Un troisieme, au port arrivant,
Rien n'eut cours ni débit. Le luxe & la folie
    N'étoient plus tels qu'auparavant.
    Enfin, ses Facteurs le trompant,
Et lui-même ayant fait grand fracas, chere lie,
mis beaucoup en plaisirs, en bâtiments beaucoup,
    Il devint pauvre tout d'un coup.
Son ami le voyant en mauvais équipage,
Lui dit : d'où vient cela ? de la Fortune : hélas !
Consolez-vous, dit l'autre ; & s'il ne lui plaît pas
Que vous soyez heureux, tout au moins soyez sage.
    Je ne sais s'il crut ce conseil :
Mais je sais que chacun impute, en cas pareil,
    Son bonheur à son industrie ;
Et si de quelque échec notre faute est suivie,
    Nous disons injures au Sort.
    Chose n'est ici plus commune :
Le bien, nous le faisons ; le mal, c'est la Fortune.
On a toujours raison, le Destin toujours tort.

FABLE XV.
Les Devineresses.

C'EST souvent du hasard que naît l'opinion ;
Et c'est l'opinion qui fait toujours la vogue.
    Je pourrois fonder ce prologue
Sur gens de tous états : tout est prévention,
Cabale, entêtement ; point ou peu de justice.
C'est un torrent : qu'y faire ? il faut qu'il ait son cours,
    Cela fut & sera toujours.

Une femme à Paris faisoit la Pythonisse.
On l'alloit consulter sur chaque événement.
Perdoit-on un chifon, avoit-on un amant,
Un mari vivant trop au gré de son épouse,
Une mere fâcheuse, une femme jalouse,
　　　Chez la Devineuse on couroit
Pour se faire annoncer ce que l'on desiroit.
　　　Son fait consistoit en adresse,
Quelques termes de l'art, beaucoup de hardiesse,
Du hasard quelquefois, tout cela concouroit :
Tout cela, bien souvent, faisoit crier miracle.
Enfin, quoiqu'ignorante à vingt & trois carats,
　　　Elle passoit pour un oracle.
L'oracle étoit logé dedans un galetas.
　　Là cette femme emplit sa bourse,
　　Et sans avoir d'autre ressource,
Gagne de quoi donner un rang à son mari :
Elle achète un office, une maison aussi.
　　　Voilà le galetas rempli
D'une nouvelle hôtesse, à qui toute la ville,
Femmes, filles, valets, gros Messieurs, tout enfin
Alloit, comme autrefois, demander son destin :
Le galetas devint l'antre de la Sibylle.
L'autre femelle avoit achalandé ce lieu.
Cette derniere femme eut beau faire, eut beau dire,
Moi Devine ? on se moque : eh, Messieurs, sais-je
　　　lire ?
Je n'ai jamais appris que ma croix de par Dieu.
Point de raison : fallut deviner & prédire,
　　　Mettre à part force bons ducats,
Et gagner, malgré soi, plus que deux Avocats.
Le meuble & l'équipage aidoient fort à la chose ;
Quatre siéges boiteux, un manche de balai,
Tout sentoit son sabbat & sa méthamorphose.
　　　Quand cette femme auroit dit vrai
　　　Dans une chambre tapissée,
On s'en seroit moqué : la vogue étoit passée
　　Au galetas, il avoit le crédit.
　　　L'autre femme se morfondit,

L'enseigne fait la chalandise.
J'ai vû dans le Palais une robe mal mise
   Gagner gros : les gens l'avoient prise
   Pour Maître tel, qui traînoit après soi
   Force écoutants : demandez-moi pourquoi.

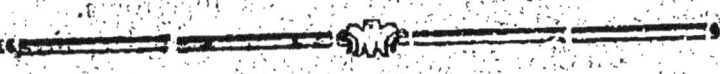

FABLE XVI.

Le Chat, la Belette & le petit Lapin.

Du palais d'un jeune Lapin,
   Dame Belette, un beau matin,
   S'empara : c'est une rusée.
Le maître étant absent, ce lui fut chose aisée.
Elle porta chez lui ses lénates, un jour
Qu'il étoit allé faire à l'Aurore sa Cour,
   Parmi le thim & la rosée.
Après qu'il eut brouté, troté, fait tous ses tours,
Janot Lapin retourne aux souterrains séjours.
La Belette avoit mis le nez à la fenêtre.
O Dieux hospitaliers, que vois-je ici paroître ?
Dit l'animal chassé du paternel logis :
   Holà, Madame la Belette,
   Que l'on déloge sans trompette,
Où je vais avertir tous les rats du pays.
La Dame au nez pointu répondit que la terre
   Etoit au premier occupant.
   C'étoit un beau sujet de guerre
Qu'un logis où lui-même il n'entroit qu'en rampant :
   Et quand ce seroit un Royaume,
Je voudrois bien savoir, dit-elle, quelle loi
   En a pour toujours fait l'octroi
A Jean fils ou neveu de Pierre ou de Guillaume,
   Plutôt qu'à Paul, plutôt qu'à moi.
Jean Lapin allégua la coutume & l'usage.

Ce font dit-il , leurs loix qui m'ont de ce logis
Rendu maître & Seigneur; & qui de pere en fils
L'ont de Pierre à Simon , puis à moi Jean tranfmis.
Le premier occupant eft-ce une loi plus fage ?
    Or bien , fans crier davantage ,
Rapportons-nous , dit-elle , à Raminagrobis.
C'étoit un Chat vivant comme un dévot hermite ,
    Un Chat faifant la chatemite ,
Un faint homme de Chat , bien fouré , gros & gras ,
    Arbitre expert fur tous les cas.
    Jean Lapin pour Juge l'agrée.
    Les voilà tous deux arrivés
    Devant fa Majefté fourée.
Grippeminaud leur dit : mes enfants , approchez ,
Approchez : je fuis fourd , les ans en font la caufe.
L'un & l'autre approcha , ne craignant nulle chofe,
Auffi-tôt qu'à portée il vit les conteftants ,
    Grippeminaud le bon apôtre
Jettant des deux côtés la griffe en même temps ,
Mit les plaideurs d'accord en croquant l'un & l'autre.

Ceci reffemble fort aux débats qu'ont par fois
Les petits Souverains fe rapportant aux Rois.

FABLE XVII.
La tête & la queue du Serpent.

LE Serpent a deux parties
Du genre humain ennemies ,
Tête & queue ; & toutes deux
Ont acquis un nom fameux
Auprès des Parques cruelles ,
Si bien qu'autrefois , entr'elles ,
Il furvint de grands débats
    Pour le pas.

La tête avoit toujours marché devant la queue ;
  La queue au Ciel se plaignit,
   Et lui dit.
  Je fais mainte & mainte lieue ,
  Comme il plait à celle - ci :
Croit-elle que toujours j'en veuille user ainsi ?
  Je suis son humble servante.
  On m'a faite , Dieu merci ,
  Sa sœur , & non sa suivante.
  Toutes deux de même sang ,
  Traitez-nous de même sorte :
  Aussi bien qu'elle je porte
  Un poison prompt & puissant.
  Enfin , voilà ma requête :
  C'est à vous de commander
  Qu'on me laisse précéder
  A mon tour , ma sœur la tête.
  Je la conduirai si bien ,
  Qu'on ne se plaindra de rien.
Le Ciel eut pour ses vœux une bonté cruelle.
Souvent sa complaisance a de méchants effets.
Il devoit être sourd aux aveugles souhaits.
Il ne le fut pas lors (1) ; & la guide nouvelle,
  Qui ne voyoit au grand jour,
  Pas plus clair que dans un four,
  Donnoit tantôt contre un marbre ,
  Contre un passant , contre un arbre :
Droit aux ombres du Styx elle mena sa sœur.

Malheureux les Etats tombés dans son erreur.

---

(1) *Lors ;* pour *alors.*

FABLE XVIII.

Un Animal dans la Lune.

P ENDANT qu'un Philofophe affure,
Que toujours par leurs fens les hommes font dupés
Un autre Philofophe jure
Qu'ils ne nous ont jamais trompés.
Tous les deux ont raifon ; & la Philofophie
Dit vrai , quand elle dit , que les fens tromperont
Tant que fur leur rapport les hommes jugeront :
Mais auffi fi l'on rectifie
L'image de l'objet fur fon éloignement ,
Sur le milieu qui l'environne ,
Sur l'organe & fur l'inftrument ,
Les fens ne tromperont perfonne.
La Nature ordonna ces chofes fagement.
J'en dirai quelque jour les raifons amplement.
J'apperçois le foleil , quelle en eft la figure ?
Ici-bas ce grand corps n'a que trois pieds de tour :
Mais fi je le voyois là-haut dans fon féjour ,
Que feroit-ce à mes yeux que l'œil de la nature ?
Sa diftance me fait juger de fa grandeur :
Sur l'angle & les côtes ma main la détermine.
L'ignorant le croit plat , j'épaiffis fa rondeur ,
Je le rends immobile ; & la terre chemine.
Bref , je déments mes yeux en toute fa machine.
Ce fens ne me nuit point par fon illufion.
Mon ame , en toute occafion ,
Développe le vrai caché fous l'apparence.
Je ne fuis point d'intelligence
Avecque mes regards peut-être un peu trop prompts ;
Ni mon oreille lente à m'apporter les fons.
Quand l'eau courbe un bâton , ma raifon le redreffe :
La raifon décide en maîtreffe :

Mes yeux, moyennant ce secours,
Ne me trompent jamais en me mentant toujours.
Si je crois leur rapport, erreur assez commune,
Une tête de femme est au corps de la Lune.
Y peut-elle être ? non. D'où vient donc cet objet !
Quelques lieux inégaux font de loin cet effet.
La Lune nulle part n'a sa surface unie :
Montueuse en des lieux, en d'autres applanie,
L'ombre avec la lumiere y peut tracer souvent
        Un homme, un bœuf, un éléphant.
Naguere (1) l'Angleterre y vit chose pareille.
La lunette placée, un animal nouveau
        Parut dans cet astre si beau ;
        Et chacun de crier merveille.
Il étoit arrivé là-haut un changement,
Qui présageoit sans doute un grand événement.
Savoit-on si la guerre entre tant de Puissances,
N'en étoit point l'effet ? Le Monarque accourut :
Il favorise en Roi ces hautes connoissances.
Le monstre dans la Lune à son tour lui parut.
C'étoit une Souris cachée entre les verres :
Dans la lunette étoit la source de ces guerres.
On en rit : peuple heureux ! quand pourront les
        François
Se donner comme vous entiers à ces emplois !
Mars nous fait recueillir d'amples moissons de gloire :
C'est à nos ennemis de craindre les combats,
A nous de les chercher, certains que la Victoire,
Amante de Louis, suivra par-tout ses pas.
Ses lauriers nous rendront célebres dans l'Histoire.
        Mêmes les Filles de mémoire
Ne nous ont point quittés : nous goûtons des plaisirs.
La paix fait nos souhaits, & non point nos soupirs.
Charles (2) en fait jouir : il sauroit dans la guerre

---

(1) *Naguere* : depuis peu, il n'y a pas long-temps. Ce vieux terme n'est plus d'usage que dans la poésie ou dans le stile soutenu.

(2) Charles II, Roi d'Angleterre.

Signaler sa valeur, & mener l'Angleterre
A ces jeux qu'en repos elle doit aujourd'hui.
Cependant s'il pouvoit appaiser la querelle,
Que d'enceus l'est-il rien de plus digne de lui ?
La carriere d'Auguste a-t-elle été moins belle
Que les fameux exploits du premier des Césars ?
O peuple heureux ! quand la Paix viendra-t-elle
Nous rendre comme vous tout entiers aux beaux Arts ?

Fin du septieme Livre.

LIVRE

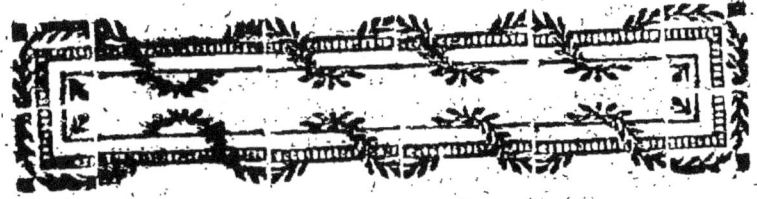

LIVRE HUITIEME.

FABLE PREMIERE.
La Mort & le Mourant.

LA mort ne furprend point le fage :
Il eft toujours prêt à partir :
S'étant fu lui-même avertir
Du temps où l'on fe doit réfoudre à ce paffage.
   Ce temps, hélas ! embraffe tous les temps :
Qu'on le partage en jours, en heures, en moments,
   Il n'en eft point qu'il ne comprenne
Dans le fatal tribut : tous font de fon domaine :
Et le premier inftant où les enfants des Rois
   Ouvrent les yeux à la lumiere,
   Eft celui qui vient quelquefois
   Fermer pour toujours leur paupiere.
   Défendez-vous par la grandeur,
Alléguez la beauté, la vertu, la jeuneffe,
   La mort ravit tout fans pudeur.
Un jour le monde entier accroîtra fa richeffe.
   Il n'eft rien de moins ignoré ;
   Et, puifqu'il faut que je le die (1),
   Rien où l'on foit moins féparé.
Un Mourant qui comptoit plus de cent ans de vie,
Se plaignit à la Mort que précipitamment

---

(1) Die ; pour dife. C'eft une licence poétique,
affez en ufage parmi les bons Auteurs du fiecle de
Louis XIV.
   II. Partie.   X

Elle le contraignit de partir tout-à-l'heure,
Sans qu'il eût fait son teſtament,
Sans l'avenir au moins. Eſt-il juſte qu'on meure
Au pied levé ? dit-il : attendez quelque peu.
Ma femme ne veut pas que je parte ſans elle :
Il me reſte à pourvoir un arriere-neveu :
Souffrez qu'à mon logis j'ajoute encore une aîle.
Que vous êtes preſſante, ô Déeſſe cruelle !
Vieillard, lui dit la Mort, je ne t'ai point ſurpris.
Tu te plains ſans raiſon de mon impatience.
Eh n'as-tu pas cent ans ? trouve-moi dans Paris
Deux mortels auſſi vieux, trouve-m'en dix en France.
Je devois, ce dis-tu, te donner quelque avis
  Qui te diſpoſât à la choſe :
  J'aurois trouvé ton teſtament tout fait,
Ton petit-fils pourvu, ton bâtiment parfait.
Ne te donna-t-on pas des avis, quand la cauſe
  Du marcher & du mouvement,
  Quand les eſprits, le ſentiment,
Quand tout faillit en toi ? plus de goût, plus d'ouïe :
Toute choſe pour toi ſemble être évanouie :
Pour toi l'aſtre du jour prend des ſoins ſuperflus :
Tu regrettes des biens qui ne te touchent plus.
  Je t'ai fait voir tes camarades,
  Ou morts, ou mourants, ou malades,
Qu'eſt-ce que tout cela, qu'un avertiſſement ?
  Allons, vieillard, & ſans replique :
  Il n'importe à la République
  Que tu faſſes ton teſtament.
La Mort avoit raiſon : je voudrois qu'à cet âge
On ſortît de la vie ainſi que d'un banquet,
remerciant ſon hôte, & qu'on fît ſon paquet :
Car de combien peut-on retarder le voyage ?
Tu murmures, vieillard, vois ces jeunes mourir,
  Vois-les marcher, vois-les courir
A des morts, il eſt vrai, glorieuſes & belles ;
Mais ſûres, cependant, & quelquefois cruelles.
J'ai beau te le crier, mon zele eſt indiſcret :
Le plus ſemblables aux morts meurt le plus à regret.

FABLE II.

Le Savetier & le Financier.

Un Savetier chantoit du matin jusqu'au soir :
　　C'étoit merveille de le voir,
Merveille de l'ouïr ; il faisoit des passages,
　　Plus content qu'aucun des sept sages.
Son voisin, au contraire, étant tout cousu d'or,
　　Chantoit peu, dormoit moins encor.
　　C'étoit un homme de Finance.
Si sur le point du jour par fois il sommeilloit,
Le Savetier alors en chantant l'éveilloit ;
　　Et le Financier se plaignoit
　　Que les soins de la Providence
N'eussent pas au marché fait vendre le dormir,
　　Comme le manger & le boire.
　　En son hôtel il fait venir
Le chanteur, & lui dit : or ça, Sire Grégoire,
Que gagnez-vous par an ? Par an ? ma foi, Monsieur,
　　Dit avec un ton de rieur
Le gaillard Savetier, ce n'est point ma manière
De compter de la sorte ; & je n'entasse guere
　　Un jour sur l'autre ; il suffit qu'à la fin
　　J'attrape le bout de l'année ;
　　Chaque jour amene son pain.
Et bien, que gagnez-vous, dites-moi, par journée ?
Tantôt plus, tantôt moins ; le mal est que toujours,
(Et sans cela nos gains seroient assez honnêtes)
Le mal est que dans l'an s'entremêlent des jours
Qu'il faut chômer ; on nous ruine en fêtes.
L'une fait tort à l'autre, & Monsieur le Curé
De quelque nouveau Saint charge toujours son Prône.
Le Financier riant de sa naïveté,
Lui dit : je vous veux mettre aujourd'hui sur le trône.
Prenez ces cent écus, gardez-les avec soin,

Pour vous en servir au besoin.
Le Savetier crut voir tout l'argent que la terre
    Avoit depuis plus de cent ans,
    Produit pour l'usage des gens.
Il retourne chez lui ; dans sa cave il enferre
    L'argent & sa joie à la fois.
    Plus de chant ; il perdit la voix
Du moment qu'il gagna ce qui cause nos peines.
    Le sommeil quitta son logis,
    Il eut pour hôtes les soucis,
    Les soupçons, les alarmes vaines.
Tout le jour il avoit l'œil au guet ; & la nuit,
    Si quelque chat faisoit du bruit,
Le Chat prenoit l'argent. A la fin le pauvre homme
S'en courut chez celui qu'il ne réveilloit plus.
Rendez-moi, lui dit-il, mes chansons & mon somme,
    Et reprenez vos cent écus.

FABLE III.

Le Lion, le Loup & le Renard.

Un Lion décrépit, gouteux, n'en pouvant plus,
Vouloit que l'on trouvât remede à la vieillesse ;
Alléguer l'impossible aux Rois, c'est un abus.
    Celui-ci, parmi chaque espece,
Manda des Médecins ; il en est de tout arts :
Médecins au Lion viennent de toutes parts ;
De tous côtés lui vient des donneurs de recettes.
    Dans les visites qui sont faites,
Le Renard se dispense, & se tient clos & coi.
Le Loup en fait sa cour, daube au coucher du Roi
Son camarade absent ; le Prince tout-à-l'heure
Veut qu'on aille enfumer Renard dans sa demeure,
Qu'on le fasse venir. Il vient, est présenté ;
Et sachant que le Loup lui faisoit cette affaire ;
Je crains, Sire, dit-il, qu'un rapport peu sincere

Ne m'ait à mépris imputé
D'avoir différé cet hommage ;
Mais j'étois en pélerinage,
Et m'acquittois d'un vœu fait pour votre santé.
Même j'ai vu dans mon voyage
Gens experts & savants, leur ai dit la langueur
Dont votre Majesté craint à bon droit la suite ;
Vous ne manquez que de chaleur ;
Le long âge en vous l'a détruite ;
D'un Loup écorché vif appliquez-vous la peau
Toute chaude & toute fumante ;
Le secret, sans doute, en est beau
Pour la nature défaillante.
Messire Loup vous servira,
S'il vous plaît de robe-de-chambre.
Le Roi goûte cet avis-là.
On écorche, on taille, on démembre,
Messire Loup. Le Monarque en soupa ;
Et de sa peau s'enveloppa.

Messieurs les Courtisans, cessez de vous détruire ;
Faites, si vous pouvez, votre cour sans vous nuire.
Le mal se rend chez vous au quadruple du bien.
Les daubeurs ont leur tour, d'une ou d'autre maniere.
Vous êtes dans une carriere
Où l'on ne se pardonne rien.

FABLE IV.
Le pouvoir des Fables.
A MONSIEUR DE BARILLON.

LA qualité d'Ambassadeur
Peut-elle s'abaisser à des contes vulgaires ?
Vous puis-je offrir mes vers & leurs grâces légeres ?
S'ils osent quelquefois prendre un air de grandeur,
Seront-ils point traités par vous de téméraires ?

Vous avez bien d'autres affaires.
A démêler que les débats
Du Lapin & de la Belette.
Lisez-les, ne les lisez pas;
Mais empêchez qu'on ne nous mette
Toute l'Europe sur les bras.
Que de mille endroits de la terre
Il nous vienne des ennemis,
J'y consens; mais que l'Angleterre
Veuille que nos deux Rois se lassent d'être amis,
J'ai peine à digérer la chose.
N'est-il pas encore temps que Louis se repose?
Quel autre Hercule enfin ne se trouveroit las
De combattre cette Hydre? & faut-il qu'elle oppose
Une nouvelle tête aux efforts de son bras?
Si votre esprit plein de souplesse,
Par éloquence & par adresse,
Peut adoucir les cœurs, & détourner ce coup,
Je vous sacrifierai cent moutons; c'est beaucoup
Pour un habitant du Parnasse.
Cependant faites-moi la grâce
De prendre en don ce peu d'encens.
Prenez en gré mes vœux ardents,
Et le récit en vers qu'ici je vous dédie.
Son sujet vous convient; je n'en dirai pas plus.
Sur les éloges que l'Envie
Doit avouer qui vous sont dus,
Vous ne voulez pas qu'on appuie.
Dans Athene autrefois, peuple vain & léger,
Un Orateur voyant sa patrie en danger,
Courut à la Tribune, & d'un art tyrannique,
Voulant forcer les cœurs dans une République,
Il parla fortement sur le commun salut.
On ne l'écoutoit pas; l'Orateur recourut
A ces figures violentes
Qui savent exciter les ames les plus lentes.
Il fit parler les morts, tonna, dit ce qu'il put.
Le vent emporta tout; personne ne s'émut.
L'animal aux têtes frivoles
Etant fait à ces traits, ne daignoit l'écouter.

Tous regardoient ailleurs; il en vit s'arrêter
A des combats d'enfants, & point à ses paroles.
Que fit le Harangueur ? il prit un autre tour.
Cérès, commença-t-il, faisoit voyage un jour
   Avec l'Anguille & l'Hirondelle;
Un fleuve les arrête; & l'Anguille en nageant,
   Comme l'Hirondelle en volant,
Le traversa bientôt. L'assemblée à l'instant
Cria tout d'une voix : & Cérès, que fit-elle ?
  Ce qu'elle fit ? un prompt courroux
  L'animal d'abord contre vous.
Quoi, de contes d'enfants son peuple s'embarrasse !
   Et du péril qui le menace;
Lui seul, entre les Grecs, il néglige l'effet ?
Que ne demandez-vous ce que Philippe fait ?
  A ce reproche l'assemblée,
  Par l'Apologue réveillée
  Un trait de fable en eut l'honneur.
Nous sommes tous d'Athene en ce point; & moi-même,
Au moment que je fais cette moralité,
  Si Peau-d'Ane m'étoit conté,
  J'y prendrois un plaisir extrême.
Le monde est vieux, dit-on : je le crois : cependant
Il le faut amuser encor comme un enfant.

FABLE V.

L'Homme & la Puce.

PAR des vœux importuns nous fatiguons les Dieux,
Souvent pour des sujets, même indigne des hommes :
Il semble que le Ciel, sur tous tant que nous sommes,
Soit obligé d'avoir incessamment les yeux;
Et que le plus petit de la race mortelle,
A chaque pas qu'il fait, à chaque bagatelle
Doive intriguer l'Olympe & tous ses citoyens,
Comme s'il s'agissoit des Grecs & des Troyens.

Un fot par une Puce eut l'épaule mordue ;
Dans les plis de ses draps elle alla se loger.
Hercule, se dit-il, tu devois bien purger
La terre de cette Hydre au printemps revenue.
Que fais-tu ; Jupiter : que du haut de la nue
Tu n'en perdes la race afin de me venger ?
Pour tuer une Puce il vouloit obliger
Ces Dieux à lui prêter leur foudre & leur maffue.

FABLE VI.
La Femme & le Secret.

RIEN ne pese tant qu'un secret :
 Le porter loin est difficile aux Dames ;
  Et je sai même sur ce fait
  Bon nombre d'hommes qui sont femmes.
Pour éprouver la sienne un mari s'écria,
 La nuit étant près d'elle : ô Dieux ! qu'est-ce cela ?
  Je n'en puis plus, on me déchire :
Quoi j'accouche d'un œuf ! D'un œuf ? Oui, le voilà
frais & nouveau pondu : gardez bien de dire,
On m'appelleroit poule : enfin n'en parlez pas.
  La femme neuve sur ce cas,
  Ainsi que sur mainte autre affaire,
Crut la chose, & promit ses grands Dieux de se taire.
  Mais ce serment s'évanouit
  Avec les ombres de la nuit.
  L'épouse indiscrette & peu fine,
Sort du lit quand le jour fut à peine levé,
  Et de courir chez sa voisine.
Ma commere, dit-elle, un cas est arrivé :
N'en dites rien sur-tout, car vous me feriez battre.
Mon mari vient de pondre un œuf gros comme quatre.
  Au nom de Dieu, gardez-vous bien
  D'aller publier ce myftere.
Vous moquez-vous, dit l'autre ? ah, vous ne savez guere

Quelle je fuis. Allez, ne craignez rien;
La femme du pondeur s'en retourne chez elle.
L'autre grille déja de conter la nouvelle;
Elle va la répandre en plus de dix endroits.
    Au lieu d'un œuf elle en dit trois.
Ce n'est pas encore tout, car une autre commere
En dit quatre, & raconte à l'oreille le fait :
    Précaution peu nécessaire,
    Car ce n'étoit plus un secret.
Comme le nombre d'œufs, grace à la Renommée,
    De bouche en bouche alloit croissant,
    Avant la fin de la journée,
    Ils se montoient à plus d'un cent.

FABLE VII.

Le Chien qui porte à son cou le diner de son Maître.

Nous n'avons pas les yeux à l'épreuve des belles,
    Ni les mains à celle de l'or :
    Peu de gens gardent un trésor
    Avec des soins assez fideles.
Certain Chien qui portoit la pitance au logis,
S'étoit fait un colier du diner de son Maître.
Il étoit tempérant plus qu'il n'eut voulu l'être,
    Quand il voyoit un mets exquis :
Mais enfin il l'étoit ; & tous tant que nous sommes,
Nous nous laissons tenter à l'approche des biens.
Chose étrange ! on apprend la tempérance aux chiens,
    Et l'on ne peut l'apprendre aux hommes.
Ce Chien-ci donc étant de la sorte atourné (1),
Un mâtin passe, & veut lui prendre le diné.
    Il n'en eut pas toute la joie

---

(1) *Atourner*, orner, parer. Vieux.

Qu'il espéroit d'abord : le Chien mit bat la proie,
Pour la défendre mieux n'en étant plus chargé.
    Grand combat : d'autres chiens arrivent.
    Ils étoient de ceux-là qui vivent
    Sur le public, & craignant peu les coups.
Notre Chien se voyant trop foible contre eux tous,
Et que la chair couroit un danger manifeste,
Voulant avoir sa part ; & lui sage, il leur dit :
Point de courroux, Messieurs, mon lopin (1) me suffit:
    Faites votre profit du reste.
A ces mots, le premier il vous hape un morceau,
Et chacun de tirer, le mâtin, la canaille ;
    A qui mieux ; ils firent ripaille (2) ;
    Chacun d'eux eut part au gâteau.

Je crois voir en ceci l'image d'une Ville,
Où l'on met les deniers à la merci des gens.
    Echevins, Prévôt des Marchands ;
    Tout fait sa main ; le plus habile
Donne aux autres l'exemple ; & c'est un passe-temps
De leur voir nétoyer un monceau de pistoles.
Si quelque scrupuleux, par des raisons frivoles,
Veut défendre l'argent, & dit le moindre mot,
    On lui fait voir qu'il est un sot.
    Il n'a pas de peine à se rendre :
    C'est bientôt le premier à prendre.

FABLE VIII.
Le Rieur & les Poissons.

On cherche les Rieurs, & moi je les évite.
Cet art veut sur tout autre un suprême mérite.
    Dieu ne créa que pour les sots
    Les méchants diseurs de bons mots.

(1) *Lopin* : piece, morceau. Terme populaire.
(2) *Ripaille* ; grand'chere.

J'en vais peut-être en une Fable,
Introduire un : peut-être auffi
Que quelqu'un trouvera que j'aurai réuffi.

Un Rieur étoit à la table
D'un Financier, & n'avoit en fon coin
Que de petits poiffons : tous les gros étoient loin.
Il prend donc les menus, puis leur parle à l'oreille ;
Et puis il feint à la pareille
D'écouter leur réponfe. On demeura furpris :
Cela fufpendit les efprits.
Le Rieur alors, d'un ton fage,
Dit, qu'il craignoit qu'un fien ami
Pour les grandes Indes parti,
N'eût depuis un an fait naufrage.
Il s'en informoit donc à ce menu fretin :
Mais tous lui répondoient qu'ils n'étoient point d'un âge
A favoir au vrai fon deftin :
Les gros en fauroient d'avantage.
N'en puis-je donc, Meffieurs, un gros interroger ?
De dire fi la compagnie
Prit goût à fa plaifanterie,
J'en doute : mais enfin il les fit engager
A lui fervir d'un monftre affez vieux pour lui dire
Tous les noms des chercheurs de mondes inconnus,
Qui n'en étoient pas revenus ;
Et que depuis cent ans, fous l'abîme avoient vus
Les anciens du vafte empire.

FABLE IX.
Le Rat & l'Huître.

Un Rat, hôte d'un champ, Rat de peu de cervelle,
Des Lares paternels un jour fe trouva foul.
Il laiffe là le champ, le grain & la javelle,
Va courir le pays, abandonne fon trou.
Si-tôt qu'il fut hors de fa cafe,

Que le monde, dit-il, est grand & spacieux !
Voilà les Apennins, & voici le Caucase :
La moindre taupinée (1) étoit mont à ses yeux.
Au bout de quelques jours le voyageur arrive
En un certain canton, où Thétis sur la rive
Avoit laissé mainte Huître : & notre Rat d'abord
Crut voir, en les voyant, des vaisseaux de haut bord.
Certes, dit-il, mon pere étoit un pauvre Sire :
Il n'osoit voyager, craintif au dernier point.
Pour moi j'ai déja vu le maritime Empire,
J'ai passé les déserts, mais nous n'y bûmes point.
D'un certain Magister, le Rat tenoit ces choses ;
          Et les disoit à travers champs,
N'étant pas de ces Rats, qui les livres rongeants,
          Se font savants jusques aux dents.
     Parmi tant d'Huîtres toutes closes,
Une s'étoit ouverte, & baillant au soleil,
          Par un doux zéphir réjouie,
Humoit l'air, respiroit étoit épanouie,
Blanche, grasse, & d'un goût à la voir nompareil.
D'aussi loin que le Rat voit cette Huître qui baille,
Qu'apperçois-je ? dit-il, c'est quelque victuaille,
Et si je ne me trompe à la couleur du mets,
Je dois faire aujourd'hui bonne chere, ou jamais.
Là-dessus maître Rat, plein de belle espérance,
Approche de l'écaille, alonge un peu le cou,
Se sent pris comme au lacs, car l'Huître tout d'un coup
Se referme ; & voilà ce que fait l'ignorance.

Cette Fable contient plus d'un enseignement.
          Nous y voyons premierement,
Que ceux qui n'ont du monde aucune expérience,
Sont aux moindres objets frappés d'étonnement ?
          Et puis nous y pouvons apprendre,
          Que tel est pris qui croyoit prendre.

(1) Taupinée, pour taupiniere.

FABLE X.

L'Ours & l'Amateur des Jardins.

CERTAIN Ours montagnard, Ours à demi-léché,
Confiné par le Sort dans un bois solitaire,
Nouveau Bellerophon, vivoit seul & caché :
Il fût devenu fou ; la raison d'ordinaire
N'habite pas long-temps chez les gens sequeſtrés :
Il eſt bon de parler, & meilleur de ſe taire,
Mais tout deux ſont mauvais alors qu'ils ſont outrés.
  Nul animal n'avoit affaire
  Dans les lieux que l'Ours habitoit.
  Si bien, que tout Ours qu'il étoit,
Il vint à s'ennuyer de cette triſte vie,
Pendant qu'il ſe livroit à la mélancolie,
  Non loin de-là certain vieillard
  S'ennuyoit auſſi de ſa part.
Il aimoit les Jardins étoit Prêtre de Flore,
  Il l'étoit de Pomone encore :
Ces deux emplois ſont beaux : mais je voudrois parmi
  Quelque doux & diſcret ami.
Les Jardins parlent peu, ſi ce n'eſt dans mon livre ;
  De façon que laſſé de vivre
Avec des gens muets, notre homme un beau matin
Va chercher compagnie, & ſe met en campagne.
  L'Ours porte d'un même deſſein,
  Venoit de quitter ſa montagne :
  Tous deux, par un cas ſurprenant,
  Se rencontrent en un tournant.
L'homme eut peur : mais comment eſquiver, & que
  faire ?
Se tire en Gaſcon d'une ſemblable affaire
Eſt le mieux : il ſut donc diſſimuler ſa peur.
  L'Ours, très-mauvais complimenteur,
 II. Partie.   Y

Lui dit : viens-t'en me voir. L'autre reprit, Seigneur,
Vous voyez mon logis ; si vous vouliez me faire
Tant d'honneur que d'y prendre un champêtre repas,
J'ai des fruits, j'ai du lait. Ce n'est peut-être pas
De Nosseigneurs les Ours le manger ordinaire ;
Mais j'offre ce que j'ai. L'Ours l'accepte ; & d'aller.
Les voilà bons amis avant que d'arriver.
Arrivés, les-voilà, se trouvant bien ensemble ;
    Et bien qu'on soit, à ce qu'il semble ;
    Beaucoup mieux seul qu'avec des sots,
Comme l'Ours en un jour ne disoit pas deux mots,
L'homme pouvoit sans bruit vaquer à son ouvrage.
L'Ours alloit à la chasse, apportoit du gibier,
    Faisoit son principal métier
D'être bon émoucheur, écartoit du visage
De son ami dormant ce parasite ailé
    Que nous avons mouche appellé.
Un jour que le vieillard dormoit d'un profond somme
Sur le bout de son nez une allant se placer,
Mit l'Ours au désespoir, il eut beau la chasser.
Je t'attraperai bien, dit-il ; & voici comme (1).
Aussi-tôt fait que dit, le fidele émoucheur
Vous empoigne un pavé, le lance avec roideur,
Casse la tête à l'homme en écrasant la mouche,
Et non moins bon archer que mauvais raisonneur,
Roide mort étendu sur la place il le couche.

Rien n'est si dangereux qu'un ignorant ami :
    Mieux vaudroit un sage ennemi.

---

(1) Comme, pour comment.

FABLE XI.
Les Deux Amis.

Deux vrais Amis vivoient au Monomotapa :
L'un ne possédoit rien qui n'appartînt à l'autre :
  Les amis de ce pays-là
  Valent bien, dit-on, ceux du nôtre.

Une nuit que chacun s'occupoit au sommeil,
Et mettoit à profit l'absence du soleil,
Un de nos deux amis sort du lit en alarme :
Il court chez son intime, éveille les valets :
Morphée avoit touché le seuil de ce palais.
L'ami couché s'étonne, il prend sa bourse, il s'arme :
Vient trouver l'autre, & dit : Il vous arrive peu
De courir quand on dort : vous me paroissiez homme
A mieux user du temps destiné pour le somme,
N'auriez-vous point perdu tout votre argent au jeu ?
En voici : s'il vous est venu quelque querelle,
J'ai mon épée, allons : vous ennuyez-vous point
De coucher toujours seul ? une esclave assez belle
Etoit à mes côtés, voulez-vous qu'on l'appelle ?
Non, dit l'ami, ce n'est ni l'un ni l'autre point :
  Je vous rends grâce de ce zele.
Vous m'êtes, en dormant, un peu triste apparu :
J'ai craint qu'il ne fût vrai, je suis vîte accouru.
  Ce maudit songe en est la cause.

Qui d'eux aimoit le mieux, que t'en semble, lecteur ?
Cette difficulté vaut bien qu'on la propose.
Qu'un ami véritable est une douce chose !
Il cherche vos besoins au fond de votre cœur,
  Il vous épargne la pudeur
  De les lui découvrir vous-même.
  Un songe, un rien, tout lui fait peur
  Quand il s'agit de ce qu'il aime.

                              Y 2

FABLE XII.

Le Cochon, la Chevre & le Mouton.

UNE Chevre, un Mouton, avec un Cochon gras,
Montés sur même char, s'en alloient à la foire:
Leur divertissement ne les y portoit pas:
On s'en alloit les vendre, à ce que dit l'histoire:
    Le Charton (1) n'avoit pas dessein
    De les mener voir Tabarin.
    Dom Pourceau crioit en chemin,
Comme s'il avoit eu cent bouchers à ces trousses:
C'étoit une clameur à rendre les gens sourds.
Les autres animaux, créatures plus douces,
Bonnes gens, s'étonnoient qu'il criât au secours:
    Ils ne voyoient nul mal à craindre.
Le Charton dit au Porc: qu'as-tu tant à te plaindre?
Tu nous étourdis tous, que ne te tiens-tu coi?
Ces deux personnes-ci plus honnêtes que toi,
Devroient t'apprendre à vivre, ou du moins à te taire.
Regarde ce mouton: a-t-il dit un seul mot?
    Il est sage. Il est un sot,
Repartit le Cochon: s'il savoit son affaire,
Il crieroit comme moi du haut de son gosier;
    Et cette autre personne honnête,
    Crieroit tout du haut de sa tête.
Ils pensent qu'on les veut seulement décharger,
La Chevre de son lait, le Mouton de sa laine.
    Je ne sai pas s'ils ont raison,
    Mais quant à moi qui ne suis bon
    Qu'à manger, ma mort est certaine.
    Adieu mon toit & ma maison.

---

(1) *Charton*: charretier. Ce mot n'est point d'usage.

Dom Pourceau raisonnoit en subtil personnage;
Mais que lui servoit-il ? quand le mal est certain,
La plainte ni la peur ne changeant le destin ;
Et le moins prévoyant est toujours le plus sage.

FABLE XIII.

Tircis & Amarante.

POUR MADEMOISELLE DE SILLERY.

J'AVOIS Esope quitté,
Pour être tout à Bocace,
Mais une Divinité
Veut revoir sur le Parnasse
Des Fables de ma façon :
Or, d'aller lui dire, non,
Sans quelque valable excuse,
Ce n'est pas comme on en use
Avec des Divinités,
Sur-tout quand ce sont de celles
Que la qualité de Belles
Fait Reines des volontés.
Car afin que l'on le sache,
C'est Sillery qui s'attache
A vouloir que de nouveau
Sire Loup, Sire Corbeau
Chez moi se parlent en rime.
Qui dit Sillery, dit tout :
Peu de gens en leur estime
Lui refusent le haut bout :
Comment le pourroit-on faire ?
Pour venir à notre affaire,
Mes Contes, à son avis,
Sont obscurs. Les beaux esprits.

N'entendent pas toute chose :
Faisons donc quelques récits
Qu'elle déchifre sans glose.
Amenons des Bergers, & puis nous rimerons
Ce que disent entre eux les loups & les moutons.

Tircis disoit un jour à la jeune Amarante :
Ah ! si vous connoissiez comme moi certain mal !
Qui nous plaît, & qui nous enchante !
Il n'est bien Tous le Ciel qui vous parût égal.
Souffrez qu'on vous le communique :
Croyez-moi, n'ayez point de peur.
Voudrois-je vous tromper, vous pour qui je me pique
Des plus doux sentimens que puisse avoir un cœur ?
Amarante aussi-tôt replique ;
Comment l'appellez-vous ce mal ? quel est son nom !
L'amour. Ce mot est beau : dites-moi quelques marques
A quoi je le pourrai connoître : que sent-on ?
Des peines près de qui le plaisir des Monarques
Est ennuyeux & fade : on s'oublie, on se plaît
Toute seule en une forêt.
Se mire-t-on près d'un rivage ?
Ce n'est pas soi qu'on voit ; on ne voit qu'une image
Qui sans cesse revient, & qui suit en tous lieux,
Pour tout le reste on est sans yeux.
Il est un Berger du village
Dont l'abord, dont la voix, dont le nom fait rougir ;
On soupire à son souvenir ;
On ne sait pas pourquoi, cependant on soupire ;
On a peur de le voir encor qu'on le desire.
Amarante dit à l'instant,
Oh ! oh ! c'est-là ce mal que vous me préchez tant ?
Il ne m'est pas nouveau ; je pense le connoître.
Tircis à son but croyoit être,
Quand la Belle ajouta : voilà tout justement
Ce que je sens pour Clidamant.
L'autre pensa mourir de-dépit & de honte,

Il est force gens comme lui,
Qui prétendent n'agir que pour leur propre compte ;
Et qui font le marché d'autrui.

FABLE XIV.

Les Obséques de la Lionne.

L a femme du Lion mourut ;
Aussi-tôt chacun accourut
Pour s'acquitter envers le Prince
De certains compliments de consolation ,
Qui sont surcroît d'affliction.
Il fit avertir sa Province ,
Que les obséques se feroient
Un tel jour, en tel lieu ; ses Prévôts y seroient
Pour régler la cérémonie ,
Et pour placer la compagnie.
Jugez si chacun s'y trouva.
Le Prince aux cris s'abandonna ;
Et tout son antre en résonna.
Les Lions n'ont point d'autre temple.
On entendit, à son exemple ,
Rugir en leur patois Messieurs les Courtisans.

Je définis la Cour un pays où les gens
Tristes , gais , prêts à tout , à tout indifférents ,
Sont ce qu'il plaît au Prince ; ou s'ils ne peuvent l'être ,
tâchent au moins de le paroître.
Peuple caméléon , peuple singe du maître ;
On diroit qu'un esprit aime mille corps ;
C'est bien là que les gens sont de simples ressorts.
Pour revenir à notre affaire ,
Le Cerf ne pleura point ; comment l'eût-il pu faire ?
Cette mort le vengeoit ; la Reine avoit jadis
Etranglé sa femme & son fils.
Bref il ne pleura point. Un flatteur l'alla dire ,
Et soutient qu'il l'avoit vu rire.
La colere du Roi , comme dit Salomon ,

Eſt terrible ; & ſur-tout celle du Roi Lion ;
Mais ce Cerf n'étoit point accoutumé de lire.
Le Monarque lui dit ; chétif hôte des bois,
Tu ris, tu ne ſuis pas ces gémiſſantes voix.
Nous n'appliquerons point ſur tes membres profanes
    Nos ſacrés ongles ; venez, Loups,
    Vengez la Reine, immolez tous
    Ce traître à ſes auguſtes mânes.
Le Cerf reprit alors : Sire, le temps des pleurs
Eſt paſſé : la douleur eſt ici ſuperflue.
Votre digne moitié, couchée entre des fleurs,
    Tout près d'ici m'eſt apparue ;
    Et je l'ai d'abord reconnue.
Ami, m'a-t-elle dit, garde que ce convoi,
Quand je vais chez les Dieux, ne t'oblige à des larmes.
Aux champs Elyſiens j'ai goûté mille charmes,
Converſant avec ceux qui ſont ſaints comme moi.
Laiſſe agir quelque temps le déſeſpoir du Roi :
J'y prends plaiſir. A peine on eut ouï la choſe,
Qu'on ſe mit à crier miracle, Apothéoſe.
Le Cerf eut un préſent, bien loin d'être puni.

    Amuſez les Rois par des ſonges,
Flattez-les : payez-les d'agréables menſonges,
Quelque indignation dont leur cœur ſoit rempli,
Ils goberont l'appât, vous ſerez leur ami.

FABLE XV.

Le Rat & l'Éléphant.

SE croire un perſonnage, eſt fort commun en France ;
    On y fait l'homme d'importance,
    Et l'on n'eſt ſouvent qu'un bourgeois :
    C'eſt proprement le mal François,
La ſotte vanité nous eſt particuliere.

Les Espagnols sont vains, mais d'une autre maniere,
 Leur orgueil me semble en un mot
 Beaucoup plus fou, mais pas si sot.
 Donnons quelque image du nôtre,
 Qui sans doute en vaut bien un autre.

Un Rat des plus petits, voyoit un Eléphant
Des plus gros, & railloit le marcher un peu lent
 De la bête de haut parrage,
 Qui marchoit à gros équipage.
 Sur l'animal à triple étage
 Une Sultane de renom,
 Son chien, son chat & sa guenon,
Son perroquet, sa vieille & toute sa maison,
 S'en alloit en pélerinage.
 Le Rat s'étonnoit que les gens
Fussent touchés de voir cette pesante masse :
Comme si d'occuper ou plus ou moins de place
Nous rendoit, disoit-il, plus ou moins importans.
Mais qu'admirez-vous tant en lui, vous autres hommes?
Seroit-ce ce grand corps qui fait peur aux enfans ?
Nous ne nous prisons pas, tout petits que nous sommes,
 D'un grain moins que les Eléphants.
 Il en auroit dit d'avantage;
 Mais le chat sortant de sa cage,
 Lui fit voir en moins d'un instant,
 Qu'un Rat n'est pas un Eléphant.

FABLE XVI.

L'Horoscope.

On rencontre sa destinée
Souvent par des chemins qu'on prend pour l'éviter.
 Un père eut pour toute lignée
Un fils qu'il aima trop, jusques à consulter

Sur le fort de fa géniture,
Les difeurs de bonne aventure.
Un de ces gens lui dit, que des Lions fur-tout
Il éloignât l'enfant jufques à certain âge,
Jufqu'à vingt ans, point davantage.
Le pere, pour venir à bout
D'une précaution fur qui rouloit la vie
De celui qu'il aimoit, défendit que jamais
On lui laifsât pafser le feuil de fon Palais.
Il pouvoit fans fortir contenter fon envie,
Avec fes compagnons tout le jour badiner,
Sauter, courir, fe promener.
Quand il fut en l'âge où la chaffe
Plaît le plus aux jeunes efprits,
Cet exercice avec mépris
Lui fut dépeint : mais quoi qu'on faffe,
Propos, confeil, enfeignement,
Rien ne change un tempérament.
Le jeune homme inquiet, ardent, plein de courage,
A peine fe fentit des bouillons d'un tel âge,
Qu'il foupira pour ce plaifir.
Plus l'obftacle étoit grand, plus fort fut le defir.
Il favoit le fujet des fatales défenfes ;
Et comme ce logis plein de magnificence,
Abondoit par-tout en tableaux,
Et que la laine & les pinceaux
Traçoient de tous côtés chaffes & payfages,
En cet endroit des animaux,
En cet autre des perfonnages.
Le jeune homme s'émeut voyant peint un Lion.
Ah, monftre ! cria-t-il, c'eft toi qui me fais vivre
Dans l'ombre & dans les fers. A ces mots il fe livre
Aux tranfports violents de l'indignation,
Porte le poing fur l'innocente bête.
Sous la tapifferie un clou fe rencontra
Ce clou le bleffe, il pénétra
Jufqu'aux refforts de l'âme ; & cette chere tête
Pour qui l'art d'Efculape en vain fit ce qu'il put,
Dut fa perte à ces foins qu'on prit pour fon falut.

Même précaution nuisit au Poëte Æschile.
 Quelque Devin le menaça, dit-on,
  De la chûte d'une maison.
  Aussi-tôt il quitta la ville,
Mit son lit en plein champ, loin des toits, sous les Cieux.
Un aigle qui portoit en l'air une tortue,
Passa par-là, vit l'homme, & sur sa tête nue,
Qui parut un morceau de rocher à ses yeux,
  Etant de cheveux dépourvue,
Laissa tomber sa proie afin de la chasser :
Le pauvre Æschile ainsi sut ses jours avancer.

  De ces exemples il résulte,
Que cet art, s'il est vrai, fait tomber dans les maux
  Que craint celui qui le consulte.
Mais je l'en justifie, & maintiens qu'il est faux.
  Je ne crois point que la Nature
Se soit lié les mains, & nous les lie encor,
Jusqu'au point de marquer dans les Cieux notre sort.
  Il dépend d'une conjoncture
  De lieux, de personnes, de temps,
Non des conjonctions de tous ces charlatans :
Ce berger & ce Roi sont sous même planette,
L'un d'eux porte le scepte, & l'autre la houlette.
  Jupiter le vouloit ainsi :
Qu'est-ce que Jupiter ? un corps sans connoissance.
  D'où vient donc que son influence
Agit différemment sur ces deux hommes-ci ?
Puis comment pénétrer jusques à notre monde ?
Comment percer des airs la campagne profonde ?
Percer Mars, le Soleil, & des vuides sans fin ?
Un atôme le peut détourner en chemin :
Où l'iront retrouver les faiseurs d'Horoscope ?
  L'état où nous voyons l'Europe,
Mérite que du moins quelqu'un d'eux l'ait prévu ;
Que ne l'a-t-il donc dit ? mais nul d'eux ne la su.
L'immense éloignement, le point & sa vitesse,
  Celle aussi de nos passions,
  Permettent-ils à leur foiblesse

De suivre pas à pas toutes nos actions ?
Notre sort en dépend : sa course entresuivie,
Ne va, non plus que nous, jamais d'un même pas ;
    Et ces gens veulent au compas
      Tracer le cours de notre vie.

      Il ne se faut point arrêter
Aux deux faits ambigus que je viens de conter.
Ce fils par trop chéri, ni le bon homme Æschile
N'y font rien. Tout aveugle & menteur qu'est cet art,
Il peut frapper au but une fois entre mille :
      Ce sont des effets du hasard.

FABLE XVII.

L'Ane & le Chien.

IL se faut entr'aider, c'est la loi de nature (1) !
    L'Ane du jour pourtant s'en moqua ;
    Et ne sais comme (2) il y manqua ?
    Car il est bonne créature.
Il alloit par pays accompagné du Chien,
    Gravement, sans songer à rien,
    Tous deux suivis d'un commun maître.
Ce maître s'endormit : l'Ane se mit à paître :
    Il étoit alors dans un pré,
    Dont l'herbe étoit fort à son gré.
Point de chardons pourtant, il s'en passa pour l'heure :
Il ne faut pas toujours être si délicat ;
    Et faute de se servir de plat,
    Rarement, un festin demeure.

---

(1) *De nature.* L'article est supprimé à cause de la mesure du vers.

(1) *Comme ;* pour *comment.*

Notre

Notre Baudet s'en fut enfin
Paffer pour cette fois. Le Chien mourant de faim,
Lui dit : cher compagnon, baiffe-toi, je te prie;
Je prendrai mon dîné dans le panier au pain.
Point de réponfe, mot : le Rouffin d'Arcadie
    Craignit qu'en perdant un moment :
    Il ne perdit un coup de dent.
Il fit long-temps la fourde oreille :
Enfin il répondit : ami, je te confeille
D'attendre que ton maître ait fini fon fommeil ;
Car il te donnera fans faute à fon réveil
    Ta portion accoutumée :
    Il ne fauroit tarder beaucoup.
    Sur ces entrefaites un Loup
Sort du bois & s'en vient : autre bête affamée.
L'Ane appelle auffi-tôt le Chien à fon fecours.
Le Chien ne bouge, & dit : ami, je te confeille
De fuir en attendant que ton maître s'éveille :
Il ne fauroit tarder : détale vîte, & cours.
Que fi ce Loup t'atteint, caffe-lui la mâchoire.
On t'a ferré de neuf ; & fi tu me veux croire,
Tu l'étendras tout plat. Pendant ce beau difcours,
Seigneur Loup étrangla le Baudet fans remede.
    Je conclus qu'il faut qu'on s'entr'aide.

FABLE XVIII.

Le Baffa (1) & le Marchand.

Un Marchand Grec, en certaine contrée,
Faifoit trafic. Un Baffa l'appuyoit,
De quoi le Grec en Baffa le payoit :
Non en Marchand, tant c'eft chere denrée

---

(1) Baffa. On écrit ordinairement Bacha.

Qu'un protecteur. Celui-ci coûtoit tant
Que notre Grec s'alloit partout plaignant.
Trois autres Turcs d'un rang moindre en puissance,
Lui vont offrir leur support en commun.
Eux trois vouloient moins de reconnoissance
Qu'à ce Marchand il n'en coûtoit pour un.
Le Grec écoute : avec eux il s'engage ;
Et le Bassa du tout est averti :
Même on lui dit qu'il jouera, s'il est sage,
A ces gens-là quelque méchant parti,
Les prevenant, les chargeant d'un message
Pour Mahomet, droit en son paradis,
Et sans tarder : sinon ces gens unis
Le préviendront, bien certains qu'à la ronde,
Il a des gens tout prêts pour le venger.
Quelque poison l'enverra protéger
Les trafiquants qui sont en l'autre monde.
Sur cet avis le Turc se comporta
Comme Alexandre, & plein de confiance
Chez le Marchand tout droit il s'en alla ;
Se mit à table : on vit tant d'assurance
En ses discours & dans tout son maintien,
Qu'on ne crut point qu'il se doutât de rien.
Ami, dit-il, je sais que tu me quittes :
Même l'on veut que j'en craigne les suites ;
Mais je te crois un trop homme de bien :
Tu n'as point l'air d'un donneur de breuvage.
Je n'en dis pas là-dessus davantage.
Quant à ces gens qui pensent t'appuyer,
Ecoute-moi. Sans tant de dialogue,
Et de raisons qui pourroient t'ennuyer,
Je ne te veux conter qu'un Apologue.

Il étoit un Berger, son Chien & son troupeau.
Quelqu'un lui demanda ce qu'il prétendoit faire
　　　D'un Dogue de qui l'ordinaire
Etoit un pain entier. Il falloit bien & beau
Donner cet animal au Seigneur du village.
　　　Lui Berger, pour plus de ménage,

Auroit deux ou trois Mâtinaux,
Qui, lui dépenſant moins, veilleroient aux troupeaux,
Bien mieux que cette bête ſeule.
Il mangeoit plus que trois, mais on ne diſoit pas
Qu'il avoit auſſi triple gueule,
Quand les Loups livroient des combats.
Le Berger ſans défait, il prend trois chiens de taille
A lui dépenſer moins, mais à fuir la bataille.
Le troupeau s'en ſentit ; & tu te ſentiras
Du choix de ſemblable canaille.
Si tu fais bien, tu reviendra à moi.
Le Grec le crut. Ceci montre aux Provinces
Que tout compté, mieux vaut en bonne foi
S'abandonner à quelque puiſſant Roi,
Que s'appuyer de pluſieurs petits Princes.

FABLE XIX.

L'avantage de la Science.

ENTRE deux Bourgeois d'une ville
S'émut jadis un différent.
L'un étoit pauvre, mais habile :
L'autre riche, mais ignorant.
Celui-ci ſur ſon concurrent
Vouloit emporter l'avantage :
Prétendoit que tout homme ſage
Etoit tenu de l'honorer.
C'étoit tout homme ſot : car pourquoi révérer
Des biens dépourvus de mérite ?
La raiſon m'en ſemble petite.
Mon ami, diſoit-il ſouvent
Au ſavant,
Vous vous croyez conſidérable ;
Mais, dites-moi, tenez-vous table ?
Que ſert à vos pareils de lire inceſſamment ?

Z 3

Ils font toujours logés à la troifieme chambre,
Vêtus au mois de Juin comme au mois de Décembre,
Ayant pour tout laquais leur ombre feulement.
    La République a bien affaire
    De gens qui ne dépenfent rien :
    Je ne fais d'homme néceffaire,
Que celui dont le luxe épand (1) beaucoup de bien.
Nous en ufons, Dieu fait : notre plaifir occupe
L'artifan, le vendeur, celui qui fait la jupe,
Et celle qui la porte, & vous qui dédiez
    A Meffieurs les gens de Finance,
    De méchants livres bien payés.
    Ces mots remplis d'impertinance,
    Eurent le fort qu'ils méritoient.
L'homme lettré fe tut, il avoit trop à dire.
La guerre le vengea bien mieux qu'une fatyre.
Mars détruifit le lieu que nos gens habitoient.
    L'un & l'autre quitta fa ville.
    L'ignorant refta fans afyle :
    Il reçut par-tout des mépris :
L'autre reçut par-tout quelque faveur nouvelle.
    Cela décida leur querelle.

Laiffez dire les fots, le favoir à fon prix.

FABLE XX.

Jupiter & les Tonneres.

JUPITER voyant nos fautes,
Dit un jour du haut des airs :
Rempliffons de nouveaux hôtes
Les cantons de l'Univers,
Habités par cette race

---

(1) *Epandre* : On dit aujourd'hui *répandre*.

Qui m'importune & me laffe.
Va-t-en, Mercure, aux enfers ;
Amene-moi la Furie
La plus cruelle de trois.
Race, que j'ai trop chérie,
Tu périras cette fois.
Jupiter ne tarda guere
A modérer fon tranfport.

O vous, Rois, qu'il voulut faire
Arbitres de notre fort,
Laiffez entre la colere
Et l'orage qui la fuit
L'intervalle d'une nuit.
Le Dieu, dont l'aîle eft légere,
Et la langue a des douceurs,
Alla voir les noires Sœurs.
A Tifiphone & Mégere
Il préféra, ce dit-on,
L'impitoyable Alecton.
Ce choix la rendit fi fiere,
Qu'elle jura par Pluton,
Que toute l'engeance humaine
Seroit bientôt du domaine
Des Déités de là-bas.
Jupiter n'approuva pas
Le ferment de l'Euménide :
Il la renvoie ; & pourtant
Il lance un foudre à l'inftant
Sur certain peuple perfide.
Le tonnere ayant pour guide
Le pere même de ceux
Qu'il menaçoit de ces feux,
Se contenta de leur crainte :
Il n'embrâfa que l'enceinte
D'un défert inhabité.
Tout pere frappe à côté.
Qu'arriva-t-il ? notre engeance
Prit pied fur cette indulgence.

Tout l'Olympe s'en plaignit ;
Et l'assembleur des nuages,
Jura le Styx, & promit
De former d'autres orages :
Ils seroient sûrs. On sourit :
On lui dit qu'il étoit pere ;
Et qu'il laissât, pour le mieux,
A quelqu'un des autres Dieux
D'autres tonnerres à faire.
Vulcain entreprit l'affaire.
Ce Dieu remplit ses fourneaux
De deux sortes de carreaux.
L'un, jamais ne se fourvoie :
Et c'est celui que toujours
L'olympe en corps nous envoie.
L'autre s'écarte en son cours,
Ce n'est qu'aux monts qu'il en coûte :
Bien souvent même il se perd :
Et ce dernier en sa route
Nous vient du seul Jupiter.

FABLE XXI.

Le Faucon & le Chapon.

Une traîtresse voix bien souvent vous appelle ;
　　Ne vous pressez donc nullement ;
Ce n'étoit pas un sot, non, non, & croyez-m'en,
　　Que le Chien de Jean de Nivelle.

Un Citoyen du Mans, Chapon de son métier,
　　Etoit sommé de comparoître
　　Pardevant les Lares du maître,
Au pied d'un tribunal que nous nommons foyer.
Tous les gens lui crioient pour déguiser la chose,
Petit, petit, petit ; mais loin de s'y fier,

Le Normand & demi laiſſoit les gens crier.
Serviteur, diſoit-il, votre appat eſt groſſier ;
  On ne m'y tient pas, & pour cauſe.
Cependant un Faucon ſur ſa perche voyoit
  Notre Manceau qui s'enfuyoit.
Les Chapons ont en nous fort peu de confiance,
  Soit inſtinct, ſoit expérience.
Celui-ci qui ne fut qu'avec peine attrapé,
Devoit, le lendemain, être d'un grand ſoupé,
Fort à l'aiſe, en un plat, honneur dont la volaille
  Se ſeroit paſſée aiſément.
L'oiſeau chaſſeur lui dit : ton peu d'entendement
Me rend tout étonné ; vous n'êtes que racaille,
Gens groſſiers, ſans eſprit, à qui l'on apprend rien.
Pour moi, je fais chaſſer & revenir au maître.
  Le vois-tu pas à la fenêtre ?
Il t'attend, es-tu ſourd ? Je n'entends que trop bien,
Repartit le Chapon ; mais que me veut-il dire,
Et ce beau Cuiſinier armé d'un grand couteau ?
  Reviendrois-tu pour cet appeau ?
  Laiſſe-moi fuir, ceſſe de rire,
De l'indocilité qui me fait envoler,
Lorſque d'un ton ſi doux, on s'en vient m'appeller.
  Si tu voyois mettre à la broche
  Tous les jours autant de Faucons
  Que j'y vois mettre de Chapons,
Tu ne me ferois pas un ſemblable reproche.

FABLE XXII.

Le Chat & le Rat.

QUATRE animaux divers, le Chat Grippe-fromage,
Trifte-oiſeau le Hibou, Ronge-maille le Rat,
 Dame Belette au long corſage,
  Toutes gens d'eſprit ſcélérat,
Hantoient le tronc pourri d'un pin vieux & ſauvage.
Tant y furent qu'un ſoir à l'entour de ce pin
L'homme tendit ſes rets. Le Chat de grand matin
 Sort pour aller chercher ſa proie.
Les derniers traits de l'ombre empêche qu'il ne voie
Le filet : il y tombe, en danger de mourir ;
Et mon Chat de crier, & le Rat d'accourir,
L'un plein de déſeſpoir, & l'autre plein de joie.
Il voyoit dans les lacs ſon mortel ennemi.
  Le pauvre Chat dit : cher ami,
  Les marques de ta bienveillance
  Sont communes en mon endroit (1) :
Viens m'aider à ſortir du piége où l'ignorance
  M'a fait tomber : c'eſt à bon droit
Que ſeul entre les tiens, par amour ſinguliere,
Je t'ai toujours choyé, t'aimant comme mes yeux.
Je n'en ai point regret, & j'en rends grace aux Dieux.
  J'allois leur faire ma priere :
Comme tout dévot Chat en uſe les matins.
Ce réſeau me retient : ma vie eſt en tes mains :
Viens diſſoudre ces nœuds. Et quelle récompenſe
  En aurai-je ? reprit le Rat.
  Je jure éternelle alliance
  Avec toi, repartit le Chat.

---

(1) En mon endroit ; pour à mon égard.

Difpofe de ma griffe, & fois en affurance :
Envers & contre tous je te protégerai ;
  Et la Belette mangerai
  Avec l'époux de la Chouette :
Ils t'en veulent tous deux. Le Rat dit : idiot !
Moi ton libérateur ? je ne fuis pas fi fot.
  Puis il s'en va vers fa retraite.
  La Belette étoit près du trou.
Le Rat grimpe plus haut, il y voit le Hibou :
Dangers de toutes parts : le plus preffant l'emporte
Ronge-maille retourne au Chat, & fait en forte
Qu'il détache un chaînon, puis un autre, & puis tant
  Qu'il dégage enfin l'hypocrite.
  L'homme paroît en cet inftant.
Les nouveaux alliés prennent tous deux la fuite.
A quelque temps de-là, notre Chat vit de loin
Son Rat qui fe tenoit alerte & fur fes gardes.
Ah ! mon frere, dit-il, viens m'embraffer : ton foin
  Me fait injure, tu regardes
  Comme ennemi ton allié.
  Penfes-tu que j'aie oublié
  Qu'après Dieu je te dois la vie ?
Et moi, reprit le Rat, penfes-tu que j'oublie
  Ton naturel ? aucun traité
Peut-il forcer un Chat à la reconnoiffance ?
  S'affure-t-on fur l'alliance
  Qu'a faite la néceffité ?

FABLE XXIII.

Le Torrent & la Riviere.

Avec grand bruit & grand fracas
Un torrent tomboit des montagnes :
Tout fuyoit devant lui : l'horreur fuivoit fes pas ;
Il faifoit trembler les campagnes.

Nul voyageur n'ofoit paffer
Une barriere fi puiffante :
Un feul vit des voleurs ; & fe fentant preffer,
Il mit entr'eux & lui cette onde menaçante.
Ce n'étoit que menace & bruit fans profondeur :
Notre homme enfin n'eut que la peur.
Ce fuccès lui donnant courage :
Et les mêmes voleurs le pourfuivant toujours,
Il rencontra fur fon paffage
Une riviere dont le cours,
Image d'un fommeil doux, paifible & tranquille,
Lui fit croire d'abord ce trajet fort facile.
Point de bords efcarpés, un fabre pur & net.
Il entre, & fon cheval le met
A couvert des voleurs, mais non de l'onde noire :
Tous deux au Styx allerent boire ;
Tous deux à nager malheureux
Allerent traverfer au féjour ténébreux,
Bien d'autres fleuves que les nôtres.

Les gens fans bruit font dangereux :
Il n'en eft pas ainfi des autres.

FABLE XXIV.

L'Education.

LARIDON & Céfar, freres dont l'origine
Venoit de chiens fameux, beaux, bien faits & hardis,
A deux maîtres divers échus au temps jadis,
Hantoient, l'un les forêts, & l'autre la cuifine.
Ils avoient eu d'abord chacun un autre nom :
Mais la diverfe nourriture
Fortifiant en l'un cette heureufe nature,
Et l'autre l'altérant, un certain marmiton
Nomma celui-ci Laridon.

Son frere ayant couru mainte haute aventure,
Mis mains cerfs aux abois, maint sanglier abattu,
Fut le premier César que la gent chienne ait eu.
On eut soin d'empêcher qu'une indigne maitresse
Ne fît en ses enfants dégénérer son sang :
Laridon négligé témoignoit sa tendresse
    A l'objet le premier passant.
    Il peupla tout son engeance :
Tourne-broches par lui rendus communs en France
Y font un corps à part, gens fuyant les hasards,
    Peuple antipode des Césars.

On ne suit pas toujours ses ayeux ni son pere :
Le peu de soin, le temps, tout fait qu'on dégénere ;
Faute de cultiver la nature & ses dons ,
O combien de Césars deviendront Laridon !

FABLE XXV.

Les deux Chiens & l'Ane mort.

LES vertus devroient être sœurs,
    Ainsi que les vices sont freres :
Dès que l'un de ceux-ci s'empare de nos cœurs ,
Tous viennent à la file, il ne s'en manque gueres :
    J'entends de ceux qui n'étant pas contraires,
    Peuvent loger sous même toit.
A l'égard des vertus, rarement on les voit
Toutes en un sujet éminemment placées
Se tenir par la main sans être dispersées.
L'un est vaillant, mais prompt : l'autre est prudent,
    Mais froid.

Parmi les animaux, le Chien se pique d'être
    Soigneux & fidele à son maitre :
    Mais il est sot, il est gourmand ;

Témoin ces deux Mâtins, qui, dans l'éloignement,
Virent un Ane mort qui flottoit sur les ondes.
Le vent de plus en plus l'éloignoit de nos Chiens.
Ami, dit l'un, tes yeux sont meilleurs que les miens.
Porte un peu tes regards sur ces plaines profondes.
J'y crois voir quelque chose ; est-ce un bœuf, un
 cheval ?
   Hé qu'importe quel animal ?
Dit l'un de ces Mâtins : voilà toujours curée.
Le point est de l'avoir : car le trajet est grand :
Et de plus il nous faut nager contre le vent.
Buvons toute cette eau : notre gorge altérée
En viendra bien à bout : ce corps demeurera
  Bientôt à sec, & ce sera
  Provision pour la semaine.
Voilà mes Chiens à boire ; ils perdirent l'haleine,
  Et puis la vie : ils firent tant
  qu'on les vit crever à l'instant.
L'homme est ainsi bâti ; quand un sujet l'enflamme,
L'impossibilité disparoît à son ame.
Combien fait-il de vœux ? combien perd-il de pas ?
S'outrant pour acquérir des biens ou de la gloire.
  Si j'arrondissois mes Etats !
Si je pouvois remplir mes coffres de ducats !
Si j'apprenois l'Hébreu, les Sciences, l'Histoire !
  Tout cela c'est la mer à boire.
  Mais rien à l'homme ne suffit :
Pour fournir aux projets que forme un seul esprit,
Il faudroit quatre corps, encor loin d'y suffire,
A mi-chemin je crois que tous demeureroient ;
Quatre Mathusalem bout à bout ne pourroient
  Mettre à fin ce qu'un seul desire.

       FABLE

FABLE XXVI.

Démocrite & les Abdéritains.

Que j'ai toujorus haï les penfers du vulgaire !
Qu'il me femble profane , injufte & téméraire,
Mettant de faux milieux entre la chofe & lui,
Et mefurant par foi ce qu'il voit en autrui !
Le Maître d'Epicure en fit l'apprentiffage.
Son pays le crut fou ; petits efprits ! mais quoi ?
　　Aucun n'eft prophête chez foi.
Ces gens étoient les foux , Démocrite le fage.
L'erreur alla fi loin , qu'Abdere députa
　　　Vers Hippocrate , & l'invita
　　　Par lettres & par ambaffade,
A venir rétablir la raifon du malade.
Notre concitoyen, difoient-ils en pleurant,
Perd l'efprit : la lecture a gâté Démocrite.
Nous l'eftimerions plus s'il étoit ignorant;
Aucun nombre , dit-il, les mondes ne limite;
　　　Peut-être même ils font remplis
　　　De Démocrites infinis.
Non content de ce fonge, il y joint les atômes,
Enfants d'un cerveau creux, invifibles fantômes ;
Et mefurant les Cieux , fans bouger d'ici-bas,
Il connoît l'Univers, & ne fe connoît pas.
Un temps fut qu'il favoit accorder les débats,
　　　Maintenant il parle à lui-même.
Venez, divin mortel , fa folie eft extrême.
Hippocrate n'eut pas trop de foi pour ces gens :
Cependant il partit ; & voyez, je vous prie,
　　　Quelles rencontres dans la vie
Le fort caufe ; Hippocrate arriva dans le temps
Que celui qu'on difoit n'avoir raifon ni fens,
　　　Cherchoit dans l'homme & dans la bête

II, Partie.　　　　　　　　　A 2

Quel siege a la raison, soit le cœur, soit la tête.
Sous un ombrage épais, assis près d'un ruisseau,
    Les labyrinthes d'un cerveau
L'occupoient. Il avoit à ses pieds maint volume,
Et ne vit presque pas son ami s'avancer,
    Attaché selon sa coutume.
Leur compliment fut court, ainsi qu'on peut penser.
Le sage est ménager du temps & des paroles.
Ayant donc mis à part les entretiens frivoles,
Et beaucoup raisonné sur l'homme & sur l'esprit,
    Ils tombèrent sur la morale.
    Il n'est pas besoin que j'étale
    Tout ce que l'un & l'autre dit.

    Le récit précédent suffit
Pour montrer que le peuple est juge récusable.
    En quel sens est donc véritable
    Ce que j'ai lu dans certain lieu,
    Que sa voix est la voix de Dieu ?

FABLE XXVII.

Le Loup & le Chasseur.

FUREUR d'accumuler, monstre de qui les yeux
Regardent comme un point tous les bienfaits des Dieux
Te combattrai-je en vain sans cesse en cet ouvrage ?
Quel temps demandes-tu pour suivre mes leçons ?
L'homme sourd à ma voix, comme à celle du sage,
Ne dira-t-il jamais ; c'est assez, jouissons ?
Hâte-toi, mon ami, tu n'as pas tant à vivre.
Je te rebats ce mot, car il vaut tout un livre.
Jouis. Je le ferai. Mais quand donc ? Dès demain.
Eh ! mon ami, la mort te peut prendre en chemin.
Jouis dès aujourd'hui ; redoute un sort semblable
A celui du Chasseur & du Loup de ma Fable.

Le premier de son arc avoit mis bas un daim,
Un fan de biche passe, & le voila soudain
Compagnon du défunt; tous deux gissent sur l'herbe.
La proie étoit honnête, un daim avec son fan,
Tout modeste Chasseur en eût été content;
Cependant un sanglier, monstre énorme & superbe,
Tente encor notre Archer, friard de tels morceaux.
Autre habitant du Styx; la Parque & les ciseaux
Avec peine y mordoient, la Déesse infernale
Reprit à plusieurs fois l'heure au monstre fatale.
De la force du coup pourtant il s'abattit.
C'étoit assez de bien, mais quoi ? rien ne remplit
Les vastes appétits d'un faiseur de conquêtes.
Dans le temps que le porc revient à soi, l'Archer
Voit le long du sillon une perdrix marcher;
       Surcroît chétif aux autres têtes.
De son arc toutefois il bande les ressorts.
Le sanglier rappellant les restes de sa vie,
Vient à lui, le décout, meurt vengé sur son corps;
       Et la perdrix le remercie.

Cette part du récit s'adresse aux convoiteux.
L'avare aura pour lui le reste de l'exemple.

Un Loup vit en passant ce spectacle piteux.
O Fortune ! dit-il, je te promets un temple.
Quatre corps étendus ! que de biens ! mais pourtant
Il faut les ménager, ces rencontres sont rares.
      (Ainsi s'excusent les Avares.)
J'en aurai, dit le Loup, pour un mois, pour autant.
Un, deux, trois, quatre corps, ce sont quatre semaines,
      Si je sais compter, toutes pleines.
Commençons dans deux jours; & mangeons cependant
La corde de cet arc : il faut que l'on l'ait faite
De vrai boyau, l'odeur me le témoigne assez.
     En disant ces mots il se jette
Sur l'arc qui se détend, & fait de la sagette (1)
Un nouveau mort; mon Loup a les boyaux percés,

(1) *Sagette* : flèche. Vieux.

                  A a 2

Je reviens à mon texte ; il faut que l'on jouisse ;
Témoins ces deux gloutons punis d'un sort commun ;
   La convoitise perdit l'un,
   L'autre périt par l'avarice.

Fin du huitieme Livre.

LIVRE NEUVIEME.

FABLÉ PREMIERE.

Le Dépositaire infidele.

Grace aux Filles de mémoire,
J'ai chanté des animaux;
Peut-être d'autres héros
M'auroient acquis moins de gloire.
Le Loup, en langue des Dieux ?
Parle au Chien dans mes ouvrages.
Les bêtes, à qui mieux mieux,
Y font divers personnages ;
Les uns fous, les autres sages;
De telle sorte pourtant
Que les fous vont l'emportant;
La mesure en est plus pleine.
Je mets aussi sur la scene
Des trompeurs, des scélérats,
Des tyrans & des ingrats,
Mainte imprudente pécore ;
Force sots, force flatteurs.
Je pourrois y joindre encore
Des légions de menteurs.
Tout homme ment, dit le Sage.
S'il n'y mettoit seulement.
Que les gens du bas étage,

A a 3

On pourroit aucunement (1)
Souffrir ce défaut aux hommes,
Mais que tout tant que nous sommes,
Nous mentions, grand & petit,
Si quelqu'autre l'avoit dit,
Je soutiendrois le contraire,
Et même qui mentiroit
Comme Ésope ; & comme Homere,
Un vrai menteur ne seroit.
Le doux charme de maint songe
Par leur bel art inventé,
Sous les habits du mensonge
Nous offre la vérité.
L'un & l'autre a fait un livre
Que je tiens digne de vivre
Sans fin, & plus s'il se peut.
Comme eux ne ment pas qui veut.
Mais mentir comme sut faire
Un certain Dépositaire
Payé par son propre mot,
Est d'un méchant & d'un sot.
Voici le fait. Un trafiquant de Perse
Chez son voisin, s'en allant en commerce,
Mit en dépôt un cent de fer un jour.
Mon fer, dit-il, quand il fut de retour.
Votre fer ? il n'est plus ; j'ai regret de vous dire,
Qu'un rat l'a mangé tout entier.
J'en ai grondé mes gens : mais qu'y faire ? un grenier
A toujours quelque trou. Le trafiquant admire
Un tel prodige, & feint de le croire pourtant.
Au bout de quelques jours il détourne l'enfant
Du perfide voisin, puis à souper convie
Le pere qui s'excuse, & lui dit en pleurant ;
Dispensez-moi, je vous supplie,

---

(1) *Aucunément* sans la particule *ne* , signifie en
quelque sorte, à certains égards. Style marotique ou
de Palais.

Tous plaiſirs pour moi ſon perdus.
J'aimois un fils plus que ma vie :
Je n'ai que lui : que dis-je ? hélas ! je ne l'ai plus.
On me l'a dérobé : plaignez mon infortune.
Le Marchand repartit : hier au ſoir ſur la brune,
Un chathuant s'en vint votre fils enlever.
Vers un vieux bâtiment je le lui vis porter.
Le pere dit : comment voulez-vous que je croie
Qu'un hibou pût jamais emporter cette proie ?
Mon fils, en un beſoin, eût pris le chathuant.
Je ne vous dirai point, reprit l'autre, comment,
Mais enfin je l'ai vu, vu de mes yeux, vous dis-je ,
Et ne vois rien qui vous oblige
D'en douter un moment après ce que je dis.
    Faut-il que vous trouviez étrange
    Que les chathuants d'un pays
Où le quintal de fer par un ſeul rat ſe mange ,
Enlevent un garçon peſant un demi-cent ?
L'autre vit où tendoit cette feinte aventure.
    Il rendit le fer au Marchand,
    Qui lui rendit ſa géniture.

Même diſpute avint entre deux voyageurs.
    L'un d'eux étoit de ces conteurs
Qui n'ont jamais rien vu qu'avec un microſcope ;
Tout eſt géant chez eux : écoutez-les : l'Europe
Comme l'Afrique aura des monſtres à foiſon.
Celui-ci ſe croyoit l'hyperbole permiſe.
J'ai vu, dit-il, un chou plus grand qu'une maiſon.
Et moi, dit l'autre, un pot auſſi grand qu'une égliſe.
Le premier ſe moquant, l'autre reprit : tout deux,
    On les fit pour cuire vos choux.

L'homme au pot fut plaiſant, l'homme au fer fut
    habile.
Quand l'abſurde eſt outré, l'on lui fait trop d'honneur
De vouloir, par raiſon, combattre ſon erreur ;
Enchérir eſt plus court, ſans s'échaffer la bile.

FABLE II.

Les deux Pigeons.

Deux Pigeons s'aimoient d'amour tendre:
L'un d'eux s'ennuyant au logis,
Fut affez fou pour entreprendre
Un voyage en lointain pays.
L'autre lui dit : qu'allez-vous faire?
Voulez-vous quitter votre frere?
L'abfence eft le plus grand des maux :
Non pas pour vous, cruel. Au moins que les travaux,
Les dangers, les foins du voyage,
Changent un peu votre courage.
Encor fi la faifon s'avançoit d'avantage!
Attendez les zéphirs : qui vous preffe? un corbeau
Tout-à-l'heure annonçoit malheur à quelque oifeau.
Je ne fongerai plus que rencontre funefte,
Que faucons, que réfeaux. Hélas! dirai-je, il pleut :
Mon frere a-t-il tout ce qu'il veut,
Bon foupé, bon gîte, & le refte?
Ce difcours ébranla le cœur
De notre imprudent voyageur :
Mais le defir de voir & l'humeur inquiete
L'emporterent enfin. Il dit : ne pleurez point :
Trois jours au plus rendront mon ame fatisfaite :
Je reviendrai dans peu conter de point en point
Mes aventures à mon frere.
Je le défennuirai : quiconque ne voit guere
N'a guere à dire auffi. Mon voyage dépeint
Vous fera d'un plaifir extrême.
Je dirai : j'étois-là, telle chofe m'avint :
Vous y croirez être vous-même.
A ces mots, en pleurant, ils fe dirent adieu.
Le voyageur s'éloigne; & voilà qu'un nuage
L'oblige de chercher retraite en quelque lieu.

Un seul arbre s'offrit, tel encor que l'orage
Maltraita le Pigeon en dépit du feuillage.
L'air devenu serein, il part tout morfondu,
Seche du mieux qu'il peut son corps chargé de pluie ;
Dans un champ à l'écart voit du bled répandu,
Voit un Pigeon auprès, cela lui donne envie :
Il y vole, il est pris : ce bled couvroit d'un lacs
     Les menteurs & traitres appats.
Le lacs étoit usé, si bien que de son aîle,
De ses pieds, de son bec, l'oiseau le rompt enfin :
Quelque plume y périt ; & le pis du destin
Fut qu'un certain vautours à la serre cruelle,
Vit notre malheureux, qui traînant la ficelle,
Et les morceaux du lacs qui l'avoit attrapé,
     Sembloit un forçat échappé.
Le vauteur alloit le lier (1), quand des nues
Fond à son tour un aigle aux aîles étendues.
Le Pigeon profita du conflit des voleurs,
S'envola, s'abattit auprès d'une masure,
     Crut pour ce coup que ses malheurs
     Finiroient par cette aventure :
Mais un fripon d'enfant, (cet âge est sans pitié,)
Prit sa fronde, & du coup, tua plus d'à moitié
     La volatille malheureuse,
     Qui maudissant la curiosité
     Traînant l'aîle, & tirant le pied,
     Demi-morte, & demi-boiteuse,
     Droit au logis s'en retourna :
     Que bien que mal (2) elle arriva,
     Sans autre aventure fâcheuse.
Voilà nos gens rejoints ; & je laisse à juger
De combien de plaisirs ils payerent leurs peines.
Amants, heureux amants, voulez-vous voyager ?
     Que ce soit aux rives prochaines.

---

(1) *Lier* est ici un terme de Fauconnerie, qui veut
dire : arrêter, prendre.

(2) *Que bien que mal* ; on diroit aujourd'hui, *tant
bien que mal.*

Soyez-vous l'un à l'autre un monde toujours beau,
    Toujours divers, toujours nouveau :
Tenez-vous lieu de tout, comptez pour rien le reste.
J'ai quelquefois aimé : je n'aurois pas alors,
    Contre le Louvre & ses tréfors,
Contre le firmament & sa voûte céleste,
    Changé les bois, changé les lieux,
Honorés par les pas, éclairés par les yeux
    De l'aimable & jeune bergere,
    Pour qui, fous le fils de Cythere,
Je fervis engagé par mes premiers ferments.
Hélas ! quand reviendront de femblables moments ?
Faut-il que tant d'objets fi doux & fi charmants,
Me laiffent vivre au gré de mon ame inquiete !
Ah ! fi mon cœur ofoit encore fe renflammer !
Ne fentirai-je plus de charme qui m'arrête ?
    Ai-je paffé le temps d'aimer ?

FABLE III.
Le Singe & le Léopard.

L i Singe avec le Léopard
    Gagnoient de l'argent à la foire ;
    Ils affichoient chacun à part.
L'un deux difoit, Meffieurs, mon mérite & ma gloire
Sont connus en bon lieu ; le Roi m'a voulu voir :
    Et fi je meurs il veut avoir
Un manchon de ma peau, tant elle eft bigarrée,
    Pleine de taches, marquetée,
    Et vergetée, & mouchetée.
La bigarrure plaît : partant chacun le vit ;
Mais ce fut bientôt fait, bientôt chacun fortit.
Le Singe de fa part difoit : venez de grace,
Venez, Meffieurs ; je fais cent tours de paffe-paffe,
Cette diverfité dont on vous parle tant,

Mon voifin Léopard l'a fur foi feulement :
Moi je l'ai dans l'efprit : votre ferviteur Gille,
    Coufin & gendre de Bertrand,
    Singe du Pape en fon vivant,
    Tout fraîchement en cette Ville
Arrive en trois bateaux, exprès pour vous parler ;
Car il parle, on l'entend, il fait danfer, baller (1),
    Faire de tours de toute forte,
Paffer en des cerceaux, & le tout pour fix blancs :
Non, Meffieurs, pour un fou : fi vous n'êtes contents
Nous rendrons à chacun fon argent à la porte.

Le Singe avoit raifon ; ce n'eft pas fur l'habit
Que la diverfité me plaît, c'eft dans l'efprit ;
L'une fournit toujours des chofes agréables,
L'autre, en moins d'un moment, laffe les regardants.
O que de grands Seigneurs au Léopard femblables,
    N'ont que l'habit pour tous talents !

FABLE IV.

Le Gland & la Citrouille.

Dieu fait bien ce qu'il fait. Sans en chercher la
    preuve
En tout cet Univers, & l'aller parcourant,
    Dans les Citrouilles je la treuve.

    Un Villageois, confidérant
Combien ce fruit eft gros, & fa tige menue :
A quoi fongeoit, dit-il, l'Auteur de tout cela ?
Il a bien mal placé cette Citrouille-là,
    Hé, parbleu, je l'aurois perdue

---

(1) *Baller*, vieux mot, qui fignifie la même chofe
que celui qui précéde.

A' l'un des chênes que voilà :
C'eût été justement l'affaire,
Tel fruit, tel arbre pour bien faire.
C'est dommage, Garo, que tu n'es point entré
Au conseil de celui que prêche ton Curé :
Tout en eût été mieux : car pourquoi, par exemple,
Le Gland qui n'est pas gros comme mon petit doigt,
Ne prend-il pas en cet endroit !
Dieu s'est mépris : plus je contemple
Ces fruits ainsi placés, plus il semble à Garo
Que l'on a fait un quiproquo.
Cette réflexion embarrassant notre homme :
On ne dort point, dit-il, quand on a tant d'esprit.
Sous un chêne aussi-tôt il va prendre son somme.
Un Gland tombe, le nez du dormeur en pâtit.
Il s'éveille, & portant la main sur mon visage,
Il trouve encor le Gland pris au poil du menton.
Son nez meurtri le force à changer de langage :
Oh, oh, dit-il, je saigne ! & que seroit-ce donc
S'il fut tombé de l'arbre une masse plus lourde,
Et que ce Gland eût été gourde,
Dieu ne l'a pas voulu : sans doute il eut raison :
J'en vois bien à présent la cause.
En louant Dieu de toute chose,
Garo retourne à la maison.

FABLE V.

L'Ecolier, le Pédant, & le Maître d'un Jardin.

CERTAIN enfant qui sentoit son College,
Doublement sot & doublement fripon,
Par le jeune âge & par le privilege
Qu'ont les pédants de gâter la raison,
Chez un voisin déroboit, ce dit-on,

Et

Et fleurs & fruits. Ce voisin en automne
Des plus beaux dons que nous offre Pomone
Avoit la fleur, les autres le rebut.
Chaque saison apportoit son tribut :
Car au printemps il jouissoit encore
Des plus beaux dons que nous présente Flore.
Un jour dans son jardin il vit notre Ecolier,
Qui grimpant, sans égard, sur un arbre fruitier,
Gâtoit jusqu'aux boutons, douce & frêle espérance,
Avant-coureurs des biens que promet l'abondance.
Même il ébranchoit l'arbre, & fit tant à la fin,
　　Que le posseffeur du jardin
Envoya faire plainte au Maître de la claffe.
Celui-ci vint suivi d'un cortege d'enfants.
　　Voilà le verger plein de gens
Pires que le premier. Le Pédant, de sa grace,
　　Accrut le mal en amenant
　　Cette jeuneffe mal inftruite :
Le tout, à ce qu'il dit, pour faire un châtiment
Qui pût servir d'exemple, & dont toute sa suite
Se souvint à jamais comme d'une leçon.
Là-deffus il cita Virgile & Cicéron,
　　Avec force traits de science.
Son difcours dura tant, que la maudite engeance
Eut le temps de gâter en cent lieux le jardin.

　　Je hais les pieces d'éloquence
　　Hors de leur place, & qui n'ont point de fin,
　　Et ne fais bête au monde pire
　　Que l'Ecolier, si ce n'eft le Pédant.
Le meilleur de ces deux pour voisin, à vrai dire,
　　Ne me plaifoit aucunement.

FABLE VI.

Le Statuaire & la Statuë de Jupiter.

Un bloc de marbre étoit si beau,
Qu'un Statuaire en fit l'emplette :
Qu'en fera, dit-il, mon ciseau !
Sera-t-il Dieu, table, ou cuvette ?

Il sera Dieu : même je' veux
Qu'il ait en sa main un tonnerre.
Tremblez, humains ; faites des vœux :
Voilà le Maître de la Terre.

L'artisant exprima si bien
Le caractere de l'Idole,
Qu'on trouva qu'il ne manquoit rien
A Jupiter que la parole.

Même l'on dit que l'ouvrier
Eut à peine achevé l'image,
Qu'on le vit frémir le premier,
Et redouter son propre ouvrage.

A la foiblesse du Sculpteur,
Le Poëte autrefois n'en dut guere,
Des dieux dont il fut l'inventeur
Craignant la haîne & la colere.

Il étoit enfant en ceci,
Les enfants n'ont l'ame occupée
Que du continuel souci
Qu'on ne fâche point leur poupée.

Le cœur fuit aifément l'efprit.
De cette fource eft defcendue
L'erreur Payenne qui fe vit
Chez tant de peuples répandue.

Ils embraffoient violemment
Les intérêts de leur chimere.
Pigmalion devint amant
De la Vénus dont il fut pere.

Chacun tourne en réalités,
Autant qu'il peut fes propres fonges.
L'homme eft de glace aux vérités?
Il eft de feu pour les menfonges.

FABLE VII.

La Souris métamorphofée en Fille.

UNE Souris tomba du bec d'un Chathuant :
    Je ne l'euffe pas ramaffée :
Mais un Bramin le fit : je le crois aifément ;
    Chaque pays a fa penfée.
    La Souris étoit fort froiffée :
    De cette forte de prochain
Noùs nous foucions peu : mais le peuple Bramin
    Le traite en frere. Ils ont en tête
    Que notre ame, au fortir d'un Roi,
Entre dans un Ciron, ou dans telle autre bête
Qu'il plaît au Sort : c'eft-là l'un des points de leur loi.
Pythagore chez eux a puifé ce myftere.
Sur un tel fondement le Bramin crut bien faire
De prier un Sorcier qu'il logeât la Souris
Dans un corps qu'elle eût eu pour hôte au temps jadis.
    Le Sorcier en fit une fille

De l'âge de quinze ans, & telle & si gentille,
Que le fils de Priam pour elle auroit tenté
Plus encor qu'il ne fit pour la Grecque beauté.
Le Bramin fut surpris de chose si nouvelle.
      Il dit à cet objet si doux :
Vous n'avez qu'à choisir, car chacun est jaloux
      De l'honneur d'être votre époux.
      En ce cas je donne, dit-elle,
      Ma voix au plus puissant de tous.
Soleil, s'écria lors le Bramin à genoux,
      C'est toi qui sera notre gendre.
      Non, dit-il, ce Nuage épais
Est plus puissant que moi, puisqu'il cache mes traits,
      Je vous conseille de le prendre.
Et bien, dit le Bramin au Nuage volant,
Es-tu né pour ma fille ? Hélas, non ; car le Vent
Me chasse à son plaisir de contrée en contrée :
Je n'entreprendrai point sur les droits de Borée.
      Le Bramin fâché, s'écria :
      O Vent donc, puisque Vent y a,
      Viens dans les bras de notre Belle.
Il accouroit : un Mont en chemin l'arrêta.
      L'éteuf passant à celui-là :
Il le renvoie, & dit : j'aurois une querelle
      Avec le Rat, & l'offenser
Ce seroit être fou, lui qui peut me percer.
      Au mot de Rat, la Demoiselle
      Ouvrit l'oreille ; il fut l'époux.
      Un Rat ! un Rat ; c'est de ces coups
      Qu'amour fait, témoin telle & telle :
      Mais ceci soit dit entre nous.

On tient toujours du lieu dont on vient : cette Fable
Prouve assez bien ce point : mais à la voir de près,
Quelque peu de sophisme entre parmi ses traits :
Car quel époux n'est point au Soleil préférable
En s'y prenant ainsi ? Dirai-je qu'un Géant
Est moins fort qu'une Puce ? elle le mord pourtant.
Le Rat devoit aussi renvoyer, pour bien faire,

La Belle au Chat, le Chat au Chien,
Le Chien au Loup. Par le moyen
De cet argument circulaire,
Pilpay jufqu'au Soleil eût enfin remonté :
Le foleil eût joui de la jeune Beauté.
Revenons, s'il fe peut, à la métempfycofe ;
Le Sorcier du Bramin fit fans doute une chofe
Qui, loin de la prouver, fait voir fa fauffeté.
Je prends droit là-deffus contre le Bramin même :
Car il faut, felon fon fyftème,
Que l'Homme, la Souris, le Ver, enfin chacun
Aille puifer fon ame en un tréfor commun.
Toutes font donc de même trempe ;
Mais agiffant diverfement,
Selon l'organe feulement,
L'une s'éleve, & l'autre rampe.
D'où vient donc que ce corps, fi bien organifé,
Ne peut obliger fon hôteffe
De s'unir au Soleil ? un Rat eut fa tendreffe.

Tout débattu, tout bien pefé,
Les ames des Souris, & les ames des Belles
Sont très-différentes entre elles.
Il en faut revenir toujours à fon deftin,
C'eft-à-dire, à la loi par le Ciel établie.
Parlez au Diable, employez la mag'e,
Vous ne détournerez nul être de fa fin.

FABLE VIII.

Le Fou qui vend la Sageffe.

JAMAIS auprès des fous ne te mets à portée :
Je ne te puis donner un plus fage confeil.
Il n'eft enfeignement pareil
A celui-là de fuir une tête éventée.

B b 3

On en voit fouvent dans les Cours.
Le Prince y prend plaifir, car il donnent toûjours
Quelques traits aux fripons, aux fots, aux ridicules.

Un fol (1) alloit criant par tous les carrefours,
Qu'il vendoit la fageffe ; & les mortels crédules
De courir à l'achat : chacun fut diligent.
　On effuyoit force grimace ;
　Puis on avoit pour fon argent,
Avec un bon foufflet, un fil long de deux braffes.
La plûpart s'en fâchoient : mais que leur fervoit-il ?
C'étoit les plus moqués, le mieux étoit de rire,
　Ou de s'en aller fans rien dire
　Avec fon foufflet & fon fil.
　De chercher du fens à la chofe,
On fe fût fait fiffler ainfi qu'un ignorant.
　La raifon eft-elle garant
De ce que fait un fou ? le hafard eft la caufe
De tout ce qui fe paffe en un cerveau bleffé.
Du fil & du foufflet pourtant embarraffé,
Un des dupes un jour alla trouver un Sage,
　Qui, fans héfiter davantage,
Lui dit : ce font ici Hiéroglyphes tout purs.
Les gens bien confeillés, & qui voudront bien faire,
Entre eux & les gens fous mettront, pour l'ordinaire,
La longueur de ce fil ; finon, je les tiens fûrs
　De quelque femblable careffe.
Vous n'êtes point trompé, ce fou vend la fageffe.

FABLE IX.

L'Huître & les Plaideurs.

Un jour deux Pélerins fur le fable rencontrèrent
Une Huître que le flot y venoit d'apporter ;
Ils l'avalent des yeux, du doigt il fe la montrent ;

(1) Fou alloit feroit ici un hiatus.

A l'egard de la dent, il fallut contefter.
L'un fe baiffoit déja pour amaffer (1) la proie,
L'autre le pouffe, & dit : il eft bon de favoir
  Qui de nous en aura la joie.
Celui qui le premier a pu l'appercevoir,
. En fera le gobeur, l'autre le verra faire.
    Si par-là l'on juge l'affaire,
Reprit fon compagnon, j'ai l'œil bon, Dieu merci.
    Je ne l'ai pas mauvais auffi,
Dit l'autre, & je l'ai vue avant vous, fur ma vie.
Et bien, vous l'avez vue, & moi je l'ai fentie.
    Pendant tout ce bel incident
Perrin Dandin (2) arrive : ils le prennent pour Juge.
Perrin, fort gravement, ouvre l'Huitre & la gruge,
    Nos deux Meffieurs le regardent.
Ce repas fait, il dit d'un ton de Préfident :
Tenez, la Cour vous donne à chacun une écaille
Sans dépens, & qu'en paix chacun chez foi s'en aille.

Mettez ce qu'il en coûte à plaider aujourd'hui :
Comptez ce qu'il en réfte à beaucoup de familles ;
Vous verrez que Perrin tire l'argent à lui ;
Et ne laiffe aux Plaideurs que le fac & les quilles.

FABLE X.

Le Loup & le Chien maigre.

AUTREFOIS Carpillon fretin
  Eut beau prêcher, il eut beau dire,
  On le mit dans la poële à frire.
Je fis voir que lâcher ce qu'on a dans la main,

---

(1) On diroit aujourd'hui ramaffer.
(2) Voyez Pantagruel, Liv. 3, Chap. 37, 41.

Sous espoir de grosse aventure,
Est imprudence toute pure.
Le pêcheur eut raison : Carpillon n'eut pas tort.
Chacun dit ce qu'il peut pour défendre sa vie.
Maintenant il faut que j'appuie
Ce que j'avançai lors de quelque trait encor.

Certain Loup aussi sot que le pêcheur fut sage,
Trouvant un Chien hors du village,
S'en alloit l'emporter : le Chien représenta
Sa maigreur. Ja (1) ne plaise à votre Seigneurie
De me prendre en cet état-là :
Attendez, mon maître marie
Sa fille unique ; & vous jugez
Qu'étant de nôce il faut malgré moi que j'engraisse.
Le Loup le croit, le Loup le laisse.
Le Loup, quelques jours écoulés,
Revient voir si son Chien n'est point meilleur à prendre.
Mais le drôle étoit au logis.
Il dit au Loup par un trillis :
Ami, je vais sortir ; & si tu veux attendre,
Le portier du logis & moi
Nous serons tout-à-l'heure à toi.
Ce portier du logis étoit un Chien énorme,
Expédiant les Loups en forme.
Celui-ci s'en douta. Serviteur au portier,
Dit-il, & de courir. Il étoit fort agile,
Mais il n'étoit pas fort habile ;
Ce Loup ne savoit pas encor bien son métier.

---

(1) *Ja*. On employoit autrefois cet adverbe pour
déja.

FABLE XI.

Rien de trop.

JE ne vois point de créature
Se comporter modérément.
Il est certain tempérament
Que le Maître de la nature
Veut que l'on garde en tout. Le fait-on ? nullement.
Soit en bien, soit en mal, cela n'arrive guere.
Le bled, riche présent de la blonde Cérès,
Trop touffu bien souvent épuise les guerets ;
En superfluités s'épandant d'ordinaire,
    Et poussant tout abondamment,
    Il ôte à son fruit l'aliment.
L'arbre n'en fait pas moins, tant le luxe sait plaire.
Pour corriger le bled, Dieu permit aux moutons
De retrancher l'excès des prodigues moissons.
    Tout au travers ils se jetterent,
    Gâterent tout, & tout brouterent,
    Tant que le Ciel permit aux loups
D'en croquer quelques-uns ; ils les croquerent tous.
S'ils ne le firent pas, du moins ils y tacherent.
    Puis le Ciel permit aux humains.
De punir ces derniers : les humains abuserent
    A leur tour des ordres divins.

De tous les animaux l'homme a le plus de pente
    A se porter dedans (1) l'excès.
    Il faudroit faire le procès
Aux petits comme aux grands. Il n'est ame vivante
Qui ne péche en ceci. *Rien de trop*, est un point
Dont on parle sans cesse, & qu'on n'observe point.

---

(1) *Dedans* pour *dans*, ne se dit plus aujourd'hui.

FABLE XII.

Le Cierge.

C'EST du séjour des Dieux que les abeilles viennent :
Les premieres, dit-on, s'en allerent loger
    Au mont Hymette, & se gorger
Des trésors qu'en ce lieu les Zéphirs entretiennent.
Quand on eut des palais de ces filles du Ciel
Enlevé l'ambroisie en leur chambre enclose,
    Ou, pour dire en François la chose,
    Après que les ruches sans miel
N'eurent plus que la cire, on fit mainte bougie ;
    Maint Cierge aussi fut façonné.
Un d'eux voyant la terre en brique au feu durcie,
Vaincre l'effort des ans, il eut la même envie ;
Et nouvel empédocle aux flammes condamné
    Par sa propre & pure folie,
Il se lança dedans. Ce fut mal raisonné ;
Ce Cierge ne savoit grain de Philosophie.
Tout en tout est divers ; ôtez-vous de l'esprit
Qu'aucun être ait été composé sur le vôtre.
L'Empédocle de cire au brasier se fondit ;
    Il n'étoit pas plus fou que l'autre.

FABLE XIII.

Jupiter & le Messager.

O Combien le péril enrichiroit les Dieux,
Si nous nous souvenions des vœux qu'il nous fait faire !
Mais le péril passé, l'on ne se souvient guere
    De ce qu'on a promis aux Cieux :
On compte seulement ce qu'on doit à la terre.
Jupiter, dit l'impie, est un bon créancier :
    Il ne se sert jamais d'huissier.
    Eh qu'est-ce donc que le tonnerre ?
Comment appellez-vous ces avertissements ?
    Un passager pendant l'orage
Avoit voué cent bœufs au vainqueur des Titans ;
Il n'en avoit pas un : vouer cent éléphants
    N'auroit pas coûté davantage.
Il brûla quelques os quand il fut au rivage :
Au nez de Jupiter la fumée en monta.
Sire Jupin, dit-il, prends mon vœu, le voilà :
C'est un parfum de bœuf que ta grandeur respire.
La fumée est ta part : je ne te dois plus rien.
    Jupiter fit semblant de rire :
Mais après quelques jours le Dieu l'attrapa bien,
    Envoyant un songe lui dire
Qu'un tel trésor étoit en tel lieu. L'homme au vœu
    Courut au trésor comme au feu.
Il trouva des voleurs ; & n'ayant dans sa bourse
    Qu'un écu pour toute ressource,
    Il leur promit cent talents d'or,
    Bien comptés & d'un tel trésor :
On l'avoit enterré dedans telle bourgade.
L'endroit parut suspect aux voleurs, de façon
Qu'à notre prometteur l'un dit : mon camarade,
Tu te moques de nous, meurs, & va chez Pluton
    Porter tes cent talents en don.

FABLE XIV.

Le Chat & le Renard.

Le Chat & le Renard, comme beaux petits Saints,
  S'en alloient en pélerinage.
C'étoient deux vrais Tartufs (1), *deux Archipatelins* :
Deux francs Pate-pelus (2), qui des frais du voyage,
Croquant mainte volaille, escroquant maint fromage,
  S'indemnisoient à qui mieux mieux.
Le chemin étant long, & partant ennuyeux,
  Pour l'accourcir ils disputerent.
  La dispute est d'un grand secours :
  Sans elle on dormiroit toujours.
  Nos Pélerins s'égosillerent.
Ayant bien disputé, l'on parla du prochain.
  Le Renard au Chat dit enfin :
  Tu prétends être fort habile ;
En fais-tu tant que moi ? j'ai cent ruses au sac.
Non, dit l'autre, je n'ai qu'un tour dans mon bissac ;
  Mais je soutiens qu'il en vaut mille.
Eux de recommencer la dispute à l'envi,
Sur le *que-si que-non*, tous deux étant ainsi,
  Une meute appaisa la noise.
Le Chat dit au Renard : fouille en ton sac, ami ;
  Cherche en ta cervelle matoise
Un stratagême sûr : pour moi, voici le mien.
A ces mots, sur un arbre il grimpa bel & bien.
  L'autre fit cent tours inutiles ;
Entra dans cent terriers, mit cent fois en défaut

---

(1) *Tartuf.* L'usage est d'écrire *Tartuffe* ; mais il
y auroit alors ici deux fautes de versification.
 (2) *Pate-pelu* hypocrite, sycophante. On dit ordinairement au féminin : cet homme est une *patte-pelue.*

Tous les confreres de Brifaut.
Par-tout il tenta des afyles ;
Et ce fut par-tout fans fuccès ;
La fumée y pourvut, ainfi que les baffets.
Au fortir d'un terrier deux chiens aux pieds agiles,
L'étranglerent du premier bond.

Le trop d'expédients peut gâter une affaire :
On perd du temps au choix, on tente, on veut tout faire.
N'en ayons qu'un, mais qu'il foit bon.

FABLE XV.

Le Mari, la Femme & le Voleur.

Un mari fort amoureux,
Fort amoureux de fa femme,
Bien qu'il fût jouiffant fe croyoit malheureux.
Jamais œillade de la Dame,
Propos flatteur & gracieux,
Mot d'amitié, ni doux fourire,
Défiant le pauvre Sire,
N'avoient fait foupçonner qu'il fût vraiment chéri.
Je le crois, c'étoit un mari.
Il ne tint point à l'hyménée
Que, content de fa deftinée,
Il n'en remerciât les Dieux.
Mais quoi ? fi l'amour n'affaifonne
Les plaifirs que l'hymen nous donne,
Je ne vois pas qu'on en foit mieux.
Notre époufe étant donc de la forte bâtie ;
Et n'ayant careffé fon mari de fa vie ;
Il en faifoit fa plainte une nuit. Un voleur
Interrompit la doléance.
La pauvre femme eut fi grand peur,

Partie. II.   C

Qu'elle cherchà quelque affurance
Entre les bras de fon époux.
Ami voleur, dit-il, fans toi ce bien fi doux
Me feroit inconnu. Prends donc en récompenfe
Tout ce qui peut chez nous être à la bienfaifance;
Prends le logis auffi. Les voleurs ne font pas
  Gens honteux, ni fort délicats :
Celui-ci fit fa main, j'infere de ce conte,
  Que la plus forte paffion,
C'eft la peur : elle fait vaincre l'avertion ;
Et l'amour quelquefois ; quelquefois il la dompte.
  J'en ai pour preuve cet amant.
Qui brûla fa maifon pour embraffer fa Dame,
  l'emportant à travers la flamme.
  J'aime affez cet emportement :
Le conte m'en a plû toujours infiniment :
  Il eft bien d'une âme Efpagnole,
  Et plus grande encore que folle.

FABLE XVI.

Le Tréfor & les deux Hommes.

Un homme n'ayant plus ni crédit, ni reffource,
  Et logeant le diable en fa bourfe,
  C'eft-à-dire n'y logeant rien,
  S'imagina qu'il feroit bien
De fe pendre, & finir lui-même fa mifere,
Puifqu'auffi bien fans lui la faim le viendroit faire :
  Genre de mort qui ne duit (1) pas
A gens peu curieux de goûter le trépas.
Dans cette intention, une vieille mafure
Fut la fcene où devoit fe paffer l'aventure :

---

(1) *Duire* : convenir, plaire. Vieux.

Il y porte une corde ; & veut avec un clou
Au haut d'un certain mur attacher le licou.
    La muraille vieille & peu forte
S'ébranle aux premiers coups, tombe avec un tréfor.
Notre défefpéré la ramaffe & l'emporte :
Laiffe là le licou, s'en retourne avec l'or,
Sans compter : ronde ou non, la fomme plut au fire.
Tandis que le galant à grands pas fe retire,
L'homme au tréfor arrive, & trouve fon argent abfent.
Quoi ? dit-il, fans mourir je perdrai cette fomme ?
Je ne me penderai pas ? & vraiment fi ferai,
    Ou de corde je manquerai.
Le lacs étoit tout prêt, il n'y manquoit qu'un homme :
Celui-ci fe l'attache, & fe pend bien & beau.
    Ce qui le confola peut-être,
Fut qu'un autre eût pour lui fait les frais du cordeau.
Auffi-bien que l'argent le licou trouva maître.

L'avare rarement finit fes jours fans pleurs :
Il a le moins de part au tréfor qu'il enferre,
    Théfaurifant pour les voleurs,
    Pour fes parents, & pour la terre.
Mais que dire du troc que la Fortune fit ?
Ce font là de fes traits : elle s'en divertit.
Plus le tour eft bizarre, & plus elle eft contente.
    Cette Déeffe inconftante
    Se mit alors en efprit
    De voir un homme fe pendre :
    Et celui qui fe pendit,
    S'y devoit le moins attendre.

FABLE XVII.

Le Singe & le Rat.

BERTRAND avec Raton, l'un Singe, & l'autre Chat,
Commensaux d'un logis, avoient un commun maître.
D'animaux malfaisants c'étoit un très-bon plat :
Ils n'y craignoient tous deux aucun, quel qu'il pût être.
Trouvoit-on quelque chose au logis de gâté,
L'on ne s'en prenoit point aux gens du voisinage.
Bertrand déroboit tout : Raton, de son côté,
Étoit moins attentif aux souris qu'au fromage.

Un jour au coin du feu, nos deux maîtres fripons
    regardoint rôtir des marrons ;
Les escroquer étoit une très-bonne affaire :
Nos galents y voyoient double profit à faire,
Leur bien premierement ; & puis le bien d'autrui.
Bertrand dit à Raton : frere, il faut aujourd'hui
    Que tu fasses un coup de maître.
Tire-moi ces marrons : si Dieu m'avoit fait naître,
    Propre à tirer marrons du feu,
    Certes marrons verroient beau jeu.
Aussi-tôt fait que dit : Raton avec sa patte,
    D'une maniere délicate,
Ecarte un peu la cendre, & retire les doigts,
    Puis les reporte à plusieurs fois,
Tire un marron, puis deux, & puis trois en escroque :
    Et cependant Bertrand les croque.
Une servante vient : adieu mes gens : Raton
    N'étoit pas content, ce dit-on.

Aussi ne le font pas la plûpart de ces Princes
    Qui flattés d'un pareil emploi,
    Vont s'échauder en des Provinces,
    Pour le profit de quelque Roi.

FABLE XVIII.

Le Miland & le Rossignol.

APRÈS que le Milan, manifeste voleur,
Fut répandu l'alarme en tout le voisinage,
Et fait crier sur lui les enfants du village,
Un Rossignol tomba dans ses mains par malheur.
Le héraut du printemps lui demande la vie.
Aussi-bien que manger en qui n'a que le son ?
    Ecoutez plutôt ma chanson ;
Je vous raconterai Terée & son envie.
Qui, Terée ! est-ce un mets propre pour les Milans.
Non pas, c'étoit un Roi, dont les feux violents
Me firent ressentir leur ardeur criminelle :
Je m'en vais vous en dire une chanson si belle,
Qu'elle vous ravira : mon chant plaît à chacun.
    Le Milan alors lui replique :
Vraiment nous voici bien ; lorsque je suis à jeun
    Tu me viens parler de musique.
J'en parle bien aux Rois. Quand un Roi te prendra,
    Tu peux lui conter ces merveilles :
    Pour un Milan, il s'en rira :
    Ventre affamé n'a point d'oreilles.

FABLE XIX.

Le Berger & son Troupeau.

QUOI toujours il me manquera
Quelqu'un de ce peuple imbécille !
Toujours le loup m'en gobera !
J'aurai beau les compter : ils étoient plus de mille,

Cc 3

Et m'ont laiffé ravir notre pauvre Robin,
  Robin mouton, qui par la ville
  Me fuivoit pour un peu de pain,
Et qui m'auroit fuivi jufques au bout du monde.
Hélas ! de ma mufette il entendoit le fon :
Il me fentoit venir de cent pas à la ronde.
  Ah le pauvre Robin mouton !
Quand Guillot eut fini cette oraifon funebre,
Et rendu de Robin la mémoire célebre,
  Il harangua tout le troupeau,
Les chefs, la multitude, & jufqu'au moindre agneau,
  Les conjurant de tenir ferme :
Cela feul fuffiroit pour écarter les loups.
Foi de peuple d'honneur ils lui promirent tous
  De ne bouger non plus qu'un terme.
Nous voulons, dirent-ils, étouffer le glouton,
  Qui nous a pris Robin mouton.
  Chacun en répond fur fa tête.
  Guillot les crut, & leur fit fête.
  Cependant devant qu'il fût nuit,
  Il arriva nouvel encombre.
  Un loup parut, tout le troupeau s'enfuit.
Ce n'étoit pas un loup, ce n'en étoit que l'ombre

  Haranguez de méchants foldats,
  Ils promettront de faire rage :
Mais au moindre danger, adieu tout leur courage :
Votre exemple & vos cris ne les retiendront pas.

Fin du neuvieme Livre.

LIVRE DIXIEME.

FABLE PREMIERE.

Les deux Rats, le Renard & l'Œuf.

DISCOURS

A MADAME DE LA SABLIERE.

IRIS, je vous louerois, il n'est que trop aisé :
Mais vous avez cent fois notre encens refusé ;
En cela peu semblable au reste des mortelles
Qui veulent tous les jours des louanges nouvelles.
Pas une ne s'endort à ce bruit si flatteur.
Ie ne les blâme point, je souffre cette humeur ;
Elle est commune aux Dieux, aux Monarques, aux Belles.
Ce breuvage vanté par le peuple rimeur,
Le Nectar que l'on sert au Maître du tonnerre,
Et dont nous enivrons tous les Dieux de la terre,
C'est la louange, Iris, vous ne la goûtez point.
D'autres propos chez vous récompensent ce point,
  Propos, agréables commerces,
Où le hasard fournit cent matieres diverses :
  Jusques-là qu'en votre entretien
La bagatelle a part : le monde n'en croit rien.
  Laissons le monde, & sa croyance,
  La bagatelle, la science,

Les chimeres, le rien, tout est bon : je soutiens
 Qu'il faut de tout aux entretiens :
  C'est un parterre où Flore épand ses biens :
Sur différentes fleurs l'Abeille s'y repose ;
 Et fait du miel de toute chose.
Ce fondement posé, ne trouvez pas mauvais,
Qu'en ces Fables aussi j'entremêle des traits
 De certaine Philosophie
 Subtile, engageante & hardie.
On l'appelle nouvelle : en avez-vous ou non
 Oui parler ? ils disent donc
 Que la Bête est une machine ;
Qu'en elle tout se fait sans choix & par ressorts :
Nul sentiment, point d'âme, en elle tout est corps.
 Telle est la montre qui chemine,
A pas toujours égaux, aveugle & sans dessein.
 Ouvrez-la, lisez dans son sein :
Mainte roue y tient lieu de tout l'esprit du monde,
 La premiere y meut la seconde,
Une troisieme suit, elle sonne à la fin.
Au dire de ces gens, la Bête est toute telle ;
 L'objet la frappe en un endroit :
 Ce lieu frappé s'en va tout droit
Selon nous au voisin en porter la nouvelle :
Le sens de proche en proche aussi-tôt la reçoit.
L'impression se fait : mais comment se fait-elle ?
 Selon eux par nécessité,
 Sans passion, sans volonté :
 L'animal se sent agité
 De mouvements que le vulgaire appelle
Tristesse, joie, amour, plaisir, douleur cruelle ;
 Ou quelqu'autre de ces états :
Mais ce n'est point cela, ne vous y trompez pas.
Qu'est-ce donc ? Une Montre. Et nous ? C'est autre chose.
Voici de la façon que Descartes l'expose ;
Descartes, ce mortel dont on eut fait un Dieu
 Chez les Payfans, & qui tient le milieu
Entre l'homme & l'esprit, comme entre l'huitre &
 L'homme,

Le tient tel de nos gens, franche bête de somme.
Voici, dis-je, comment raisonne cet Auteur.
Sur tous les animaux enfants du Créateur,
J'ai le don de penser, & je sais que je pense.
Or vous savez, Iris, de certaine science,
   Que quand la bête penseroit
   La bête ne réfléchiroit
   Sur l'objet: ni sur la pensée.
Descartes va plus loin, & soutient nettement,
   Qu'elle ne pense nullement.
   Vous n'êtes point embarrassée
De le croire; ni moi. Cependant quand aux bois
   Le bruit des corps, celui des voix
N'a donné nul relâche à la fuyante proie;
   Qu'en vain elle a mis ses efforts
   A confondre & brouiller la voie,
L'animal chargé d'ans, vieux cerf, & de dix cors,
En suppose un plus jeune, & l'oblige par force,
A présenter aux chiens une nouvelle amorce.
Que de raisonnements pour conserver ses jours !
Le retour sur ses pas, les malices, les tours,
   Et le change, & ces stratagèmes
Dignes des plus grands chefs, dignes d'un meilleur sort!
   On le déchire après sa mort :
   Ce sont tous les honneurs suprêmes.

   Quand la perdrix
   Voit ses petits
En danger, & n'ayant qu'une plume nouvelle,
Qui ne peut fuir encor par les airs le trépas,
Elle fait la blessée, & va traînant de l'aîle,
Attirant le chasseur, & le chien sur ses pas,
Détourne le danger, sauve ainsi sa famille;
Et puis quand le chasseur croit que son chien la pille (1),
Elle lui dit adieu, prend sa volée, & rit
De l'homme, qui confus, des yeux en vain la suit.

_____

(1) _Piller_ est ici un terme de chasse pour dire se jetter dessus, prendre.

Non loin du Nord il est un monde,
Où l'on fait que les habitants
Vivent ainsi qu'aux premiers temps
Dans une ignorance profonde.
Je parle des humains : car quant aux animaux,
Ils y construisent des travaux,
Qui des torrents grossis arrêtent le ravage,
Et font communiquer l'un & l'autre rivage.
L'édifice résiste, & dure en son entier ;
Après un lit de bois, est un lit de mortier :
Chaque Castor agit : commune en est la tâche :
Le vieux y fait marcher le jeune sans relâche.
Maint maître d'œuvre y court, & tient haut le bâton.
La République de Platon
Ne seroit rien que l'apprentie
De cette famille amphibie.
Ils savent en hiver élever leurs maisons,
Passent les étangs sur des ponts,
Fruit de leur art, savant ouvrage ;
Et nos pareils ont beau le voir,
Jusqu'à présent tout leur savoir
Est de passer l'onde à la nage.

Que ces Castors ne soient qu'un corps vuide d'esprit,
Jamais on ne pourra m'obliger à le croire :
Mais voici beaucoup plus : écoutez ce récit,
Que je tiens d'un Roi plein de gloire.
Le défenseur du Nord vous sera mon garant ;
Je vais citer un Prince aimé de la victoire ;
Son nom seul est un mur à l'Empire Ottoman ;
C'est le Roi Polonois, jamais un Roi ne ment.
Il dit donc que sur sa frontiere
Des animaux entr'eux ont guerre de tout temps ;
Le sang qui se transmet des peres aux enfants,
En renouvelle la matiere.
Ces animaux, dit-il, sont germains du renard.
Jamais la guerre avec tant d'art
Ne s'est faite parmi les hommes,
Non pas même au siecle où nous sommes.

Corps de garde avancé, vedettes, espions,
Embuscades, partis, & mille inventions
D'une pernicieuse & maudite science,
    Fille du Styx, & mere des héros,
    Exercent sur ces animaux
    Le bon sens & l'expérience.
Pour chanter leurs combats, l'Achéron nous devroit
    Rendre Homere. Ah, s'il le rendoit,
Et qu'il rendît aussi le rival d'Epicure !
Que diroit ce dernier sur ces exemples-ci ?
Ce que j'ai déja dit, qu'aux bêtes la nature
Peut par les seuls ressorts opérer tout ceci ;
    Que la mémoire est corporelle ;
Et que pour en venir aux exemples divers,
    Que j'ai mis au jour dans ces vers,
    L'animal n'a besoin que d'elle.
L'objet, lorsqu'il revient, va dans son magasin
    Chercher par le même chemin
    L'image auparavant tracée,
Qui sur les mêmes pas revient pareillement,
    Sans le secours de la pensée,
    Causer un même événement.
    Nous agissons tout autrement.
    La volonté nous détermine,
Non l'objet, ni l'instinct. Je parle, je chemine ;
    Je sens en moi certain agent ;
    Tout obéit dans ma machine
    A ce principe intelligent.
Il est distinct du corps, se conçoit nettement ;
    Se conçoit mieux que le corps même ;
De tous nos mouvements c'est l'arbitre suprême.
    Mais comment le corps l'entend-il ?
    C'est-là le point ; je vois l'outil
Obéir à la main ; mais la main, qui la guide ?
Eh ! qui guide les Cieux, & leur course rapide !
Quelque ange est attaché peut-être à ces grands corps.
Un esprit vit en nous & meut tous nos ressorts ;
L'impression se fait ; le moyen, je l'ignore.
On ne l'apprend qu'au sein de la Divinité ;

Et s'il faut en parler avec sincérité,
　　　Descartes l'ignoroit encore.
Nous & lui, là-dessus, nous sommes tous égaux;
Ce que je sais Iris, c'est qu'en ces animaux
　　　Dont je viens de citer l'exemple,
Cet esprit n'agit pas, l'homme seul est son temple.
Aussi faut-il donner à l'animal un point,
　　　Que la plante après tout n'a point :
　　　Cependant la plante respire.
Mais que répondra-t-on à ce que je vais dire ?

Deux Rats cherchoient leur vie, ils trouvèrent un œuf.
Le diné suffisoit à gens de cette espece :
Il n'étoit pas besoin qu'ils trouvassent un bœuf.
　　　Pleins d'appétit & d'allégresse,
Ils alloient de leur œuf manger chacun sa part,
Quand un quidam parut : c'étoit maitre renard :
　　　Rencontre incommode & fâcheuse.
Car comment sauver l'œuf ? Le bien empaqueter,
Puis des pieds de devant ensemble le porter,
　　　Ou le rouler, ou le traîner,
C'étoit chose impossible autant que hasardeuse.
　　　Nécessité l'ingénieuse
　　　Leur fournit une invention.
Comme ils pouvoient gagner leur habitation,
L'écornifleur étant à demi-quart de lieue,
L'un se mit sur le dos, prit l'œuf entre ses bras,
Puis, malgré quelques heurts & quelques mauvais pas,
　　　L'autre le traîna par la queue.
Qu'on m'aille soutenir, après un tel récit,
　　　Que les bêtes n'ont point d'esprit.
　　　Pour moi, si j'en étois le maitre,
Je leur en donnerois aussi-bien qu'aux enfants.
Ceux-ci pensent-ils pas dès leur plus jeunes ans ?
Quelqu'un peut donc penser ne se pouvant connoitre.
　　　Par un exemple tout égal,
　　　J'attribuerois à l'animal,
Non point une raison selon notre maniere :
Mais beaucoup plus aussi qu'un aveugle ressort.

Je fubtiliferois un morceau de matiere,
Que l'on ne pourroit plus concevoir fans effort,
Quinteffence d'atome, extrait de la lumiere,
Je ne fais quoi plus vif, & plus mobile encor
Que le feu : car enfin, fi le bois fait la flamme,
La flamme, en s'épurant, peut-elle pas de l'âme
Nous donner quelque idée, & fort-il pas de l'or
Des entrailles du plomb ? Je rendrois mon ouvrage
Capable de fentir, juger, rien davantage,
    Et juger imparfaitement,
Sans qu'un finge jamais fit le moindre argument.
    A l'égard de nous autres hommes,
Je ferois notre lot infiniment plus fort :
    Nous aurions un double tréfor :
L'un, cette ame pareille en tous tant que nous fommes,
    Sages, fous, enfants, idiots,
Hôtes de l'Univers, fous le nom d'animaux :
L'autre, encore une autre âme entre nous & les anges,
    Commune en un certain degré ;
    Et ce tréfor à part créé,
Suivroit parmi les airs les céleftes phalanges,
Entreroit dans un point fans en être preffé,
Ne finiroit jamais quoiqu'ayant commencé
    Chofes réelles, quoiqu'étranges.
    Tant que l'enfance dureroit,
Cette fille du Ciel en nous ne paroîtroit
    Qu'une tendre & foible lumiere :
L'organe étant plus fort, la raifon perceroit
    Les ténébres de la matiere,
    Qui toujours envelopperoit
    L'autre ame imparfaite & groffiere.

FABLE II.

L'Homme & la Couleuvre.

Un Homme vit un Couleuvre ;
Ah ! méchante, dit-il, je m'en vais faire une œuvre
   Agréable à tout l'univers.
   A ces mots, l'animal pervers,
   (C'eſt le ſerpent que je veux dire,
Et non l'Homme, on pourroit aiſément s'y tromper)
A ces mots, le Serpent ſe laiſſant attraper,
Eſt pris, mis en un ſac, & ce qui fut le pire,
On réſolut ſa mort, fût-il coupable ou non.
Afin de le payer toutefois de raiſon,
   L'autre lui fit cette harangue.
Symbole des ingrats, être bons aux méchants,
C'eſt être ſot ; meurs donc : ta colere & tes dents
Ne me nuiront jamais. Le Serpent, en ſa langue,
Reprit du mieux qu'il put : s'il falloit condamner
   Tous les ingrats qui ſont au monde,
   A qui pourroit-on pardonner ?
Toi-même tu te fais ton procès ; je me fonde
Sur tes propres leçons ; jette les yeux ſur toi.
Mes jours ſont en tes mains ; tranche-les ; ta juſtice,
C'eſt ton utilité, ton plaiſir, ton caprice ;
   Selon ces loix condamne-moi ;
   Mais trouve bon qu'avec franchiſe
   En mourant au moins je te diſe,
   Que le ſymbole des ingrats
Ce n'eſt point le Serpent, c'eſt l'Homme. Ces paroles
Firent arrêter l'autre ; il recula d'un pas.
Enfin il répartit ; tes raiſons ſont frivoles ;
Je pourrois décider, car ce droit m'appartient ;
Mais rapportons-nous-en. Soit fait dit le reptile.

Une vache étoit là; l'on l'appelle, elle vient;
Le cas est proposé, c'étoit chose facile,
Falloit-il pour cela, dit-elle, m'appeller?
La Couleuvre a raison, pourquoi dissimuler?
Je nourris celui-ci depuis longues années:
Il n'a, sans mes bienfaits, passé nulles journées:
Tout n'est que pour lui seul: mon lait & mes enfants
Le font à la maison revenir les mains pleines:
Même j'ai rétabli sa santé que les ans
      Avoient altérée; & mes peines
Ont pour but son plaisir, ainsi que son besoin.
Enfin me voilà vieille; il me laisse en un coin
Sans herbe, s'il vouloit encor me laisser paître!
Mais je suis attachée; & si j'eusse eu pour maître
Un Serpent, eût-il su jamais pousser si loin
L'ingratitude? Adieu: j'ai dit ce que je pense.
L'Homme tout étonné d'une telle sentence,
Dit au Serpent: faut-il croire ce, qu'elle dit?
C'est une radoteuse, elle a perdu l'esprit.
Croyons ce bœuf. Croyons, dit la rampante bête.
Ainsi dit, ainsi fait. Le bœuf vient à pas lents:
Quand il eut ruminée tout le cas en sa tête,
      Il dit que du labeur (1) des ans
Pour nous seuls il portoit les soins les plus pesants,
Parcourant sans cesse ce long cercle de peines,
Qui revenant sur soi ramenoit dans nos plaines
Ce que Cérès nous donne, & vend aux animaux:
      Que cette suite de travaux
Pour récompense avoit, de tous tant que nous sommes,
Force coups, peu de gré: puis quand il étoit vieux,
On croyoit l'honorer chaque fois que les hommes
Achetoient de son sang l'indulgence des Dieux.
Ainsi parla le bœuf. L'Homme dit: faisons taire
      Cet ennuyeux déclamateur:
Il cherche de grands mots, & vient ici se faire,

---

(1) *Labeur*; travail. N'est guere d'usage que dans
la poésie ou dans le style soutenu.

Au lieu d'arbitre, accusateur.
Je le récuse aussi. L'arbre étant pris pour Juge,
Ce fut bien pis encor. Il servoit de refuge
Contre le chaud, la pluie & la fureur des vents :
Pour nous seuls il ornoit les jardins & les champs,
L'ombrage n'étoit pas le seul bien qu'il sût faire ;
Il courboit sous les fruits : cependant pour salaire
Un rustre l'abattoit, c'étoit-là son loyer,
Quoique, pendant tout l'an, libéral il nous donne
Ou des fleurs au printemps, ou du fruit en automne :
L'ombre l'été ; l'hiver, les plaisirs du foyer.
Que ne l'émondoit-on, sans prendre la cognée ?
De son tempérament il eût encor vécu.
L'Homme trouvant mauvais que l'on l'eût convaincu,
Voulut à toute force avoir cause gagnée.
Je suis bien bon, dit-il, d'écouter ces gens-là.
Du sac & du Serpent aussi-tôt il donna
   Contre les murs, tant qu'il tua la bête.

   On en use ainsi chez les Grands.
La raison les offense : ils se mettent en tête
Que tout est né pour eux, quadrupedes & gens,
   Et serpents.
   Si quelqu'un desserre les dents,
C'est un sot. J'en conviens : mais que faut-il donc faire ?
   Parler de loin, ou bien se taire.

FABLE III.

La Tortue & les deux Canards.

U NE Tortue étoit, à la tête légere,
Qui, lasse de son trou, voulut voir le pays.
Volontiers on fait cas d'une terre étrangere ;
Volontiers gens boiteux haïssent le logis,
   Deux Canards à qui la commere

Communiqua ce beau deſſein,
Lui dirent qu'ils avoient de quoi la ſatisfaire.
Voyez-vous ce large chemin ?
Nous vous voiturerons par l'air en Amérique :
Vous verrez mainte République,
Maint Royaume, maint peuple ; & vous profiterez
Des différentes mœurs que vous remarquerez.
Ulyſſe en fit autant. On ne s'attendoit guere
De voir Ulyſſe en cette affaire.
La Tortue écouta la propoſition.
Marché fait, les oiſeaux forgent une machine
Pour tranſporter la pélerine.
Dans la gueule en travers on lui paſſe un bâton.
Serrez bien, dirent-ils, gardez de lâcher priſe ;
Puis chaque Canard prend ce bâton par un bout.
La Tortue enlevée, on s'étonne par-tout
De voir aller en cette guiſe
L'animal lent & ſa maiſon,
Juſtement au milieu de l'un & l'autre oiſon.
Miracle, crioit-on : venez voir dans les nues
Paſſer la Reine des Tortües.
La Reine ? vraiment oui : je la ſuis en effet :
Ne vous en moquez point. Elle eût beaucoup mieux fait
De paſſer ſon chemin ſans dire aucune choſe,
Car lâchant le bâton en deſſerrant les dents,
Elle tombe, elle creve aux yeux des regardants.
Son indiſcrétion de ſa perte fut cauſe.

Imprudence, babil & ſotte vanité,
Et vaine curioſité
Ont enſemble étroit parentage :
Ce ſont enfants tous d'un lignage (1).

---

(1) *Lignage* : race, famille. Ce mot vieillit.

FABLE IV.
Les Poiſſons & le Cormoran.

IL n'étoit point d'étang dans tout le voiſinage
Qu'un Cormoran n'eût mis à contribution.
Viviers & réſervoirs lui payoient penſion :
Sa cuiſine alloit bien : mais lorſque le long âge
   Eut glacé le pauvre animal,
   La même cuiſine alla mal.
Tout Cormoran ſe ſert de pourvoyeur lui-même.
Le nôtre un peu trop vieux pour voir au fond des eaux,
   N'ayant ni filets, ni réſeaux,
   Souffroit une diſette extrême.
Que fit-il ? Le beſoin, docteur en ſtratagême,
Lui fournit celui-ci. Sur le bord d'un étang,
   Cormoran vit une écreviſſe.
Ma commere, dit-il, allez tout à l'inſtant
   Porter un avis important
   A ce peuple : il faut qu'il périſſe :
Le maître de ce lieu dans huit jours pêchera.
   L'écreviſſe en hâte s'en va
   Contre le cas ; grande eſt l'émûte.
   On court, on s'aſſemble, on députe
   A l'oiſeau. Seigneur Cormoran,
D'où vous vient cet avis ? quel eſt votre garant ?
   Etes-vous sûr de cette affaire ?
N'y ſavez-vous remede ? & qu'eſt-il bon de faire ?
Changer de lieu, dit-il. Comment le ferons-nous ?
N'en ſoyez point en ſoin (1) : je vous porterai tous
   L'un après l'autre en ma retraite.
Nul que Dieu ſeul & moi n'en connoît les chemins :
   Il n'eſt demeure plus ſecrete :
Un vivier que nature y creuſa de ſes mains,

---

(1) Soin, pour peine.

Inconnu des traîtres humains,
Sauvera votre République.
On le crut. Le peuple aquatique
L'un après l'autre fut porté
Sous ce rocher peu fréquenté.
Là , Cormoran, le bon apôtre ,
Les ayant mis en un endroit
Transparent, peu creux, fort étroit,
Vous les prenoit sans peine, un jour l'un, un jour l'autre.
Il leur apprit à leurs dépens,
Que l'on ne doit jamais avoir de confiance
En ceux qui sont mangeurs de gens.
Ils y perdirent peu , puisque l'humaine engeance
En auroit aussi bien croqué sa bonne part :
Qu'importe qui vous mange? homme ou loup, toute
     panse
Me paroît une à cet égard :
Un jour plutôt, un jour plus tard,
Ce n'est pas grande différence.

FABLE V.

L'Enfouisseur & son Compere.

U N Pincemaille avoit tant amassé ,
    Qu'il ne savoit où loger sa finance.
L'avarice, compagne & sœur de l'ignorance,
    Le rendoit fort embarrassé
    Dans le choix d'un dépositaire ;
Car il en vouloit un : & voici sa raison.
L'objet tente : il faudra que ce monceau s'altere,
    Si je le laisse à la maison :
Moi-même de mon bien je serai le larron.
Le larron? quoi jouir, c'est se voler soi-même !
Mon ami, j'ai pitié de ton erreur extrême.
    Apprends de moi cette leçon :
Le bien n'est bien qu'autant que l'on s'en peut défaire :

Sans cela , c'eſt un mal. Veux-tu le réſerver
Pour un âge & des temps qui n'en ont plus que faire,
La peine d'acquérir , le ſoin de conſerver,
Otent le prix à l'or qu'on croit ſi néceſſaire.
    Pour ſe décharger d'un tel ſoin ,
Notre homme eût pu trouver des gens ſûrs au beſoin ;
Il aima mieux la terre , & prenant ſon Compere,
Celui-ci l'aide. Ils vont enfouir le tréſor.
Au bout de quelque temps l'homme va voir ſon or.
    Il ne retrouva que le gîte.
Soupçonnant à bon droit le Compere, il va vite
Lui dire : apprêtez-vous , car il me reſte encor
Quelques deniers : je veux les joindre à l'autre maſſe.
Le Compere auſſi-tôt va remettre en ſa place
    L'argent volé , prétendant bien
Tout reprendre à la fois, ſans qu'il y manquât rien.
    Mais pour ce coup l'autre fut ſage :
Il retint tout chez lui, réſolu de jouir,
    Plus n'entaſſer, plus n'enfouir ;
Et le pauvre voleur ne trouvant plus ſon gage,
    Penſa tomber de ſa hauteur.

Il n'eſt pas mal-aiſé de tromper un trompeur.

FABLE VI.

Le Loup & les Bergers.

Un Loup rempli d'humanité,
    (S'il en eſt de tels dans le monde)
    Fit un jour ſur ſa cruauté,
Quoiqu'il ne l'exerçât que par néceſſité,
    Une réflexion profonde.
Je ſuis haï, dit-il, & de qui ? de chacun.
    Le Loup eſt l'ennemi commun :
Chiens, chaſſeurs, villageois, s'aſſemblent pour ſa perte,

Jupiter est là-haut étourdi de leurs cris :
C'est par-là que de Loups l'Angleterre est déserte.
  On y mit notre tête à prix.
  Il n'est Hobereau qui ne fasse
  Contre nous tels bans publier :
  Il n'est marmot osant crier,
Que du Loup aussi-tôt sa mere ne menace.
  Le tout pour un âne rogneux,
Pour un mouton pourri, pour quelque chien hargneux.
  Dont j'aurai passé mon envie,
Eh bien, ne mangeons plus de chose ayant eu vie ;
Paissons l'herbe, broutons, mourons de faim plutôt.
  Est-ce une chose si cruelle ?
Vaut-il mieux s'attirer la haine universelle,
Disant ces mots, il vit des Bergers, pour leur rôt,
  Mangeons un agneau cuit en broche.
  Oh ! oh, dit-il, je me reproche
Le sang de cette gent : voilà ses gardiens
  S'en repaissants eux & leurs chiens :
  Et moi, Loup, j'en ferai scrupule !
Non, par tous les Dieux, non : je serois ridicule.
  Thibaut l'Agnelet passera,
  Sans qu'à la broche je le mette :
Et non-seulement lui, mais la mere qu'il tette,
  Et le pere qui l'engendra.
Le Loup avoit raison. Est-il dit qu'on nous voie
  Faire festin de toute proie,
Manger les animaux : & nous les réduirons
Aux mets de l'âge d'or, autant que nous pourrons ?
  Ils n'auront ni croc, ni marmite !
  Bergers, Bergers, le Loup n'a tort
  Que quand il n'est pas le plus fort :
  Voulez-vous qu'il vive en hermite ?

FABLE VII.

L'Araignée & l'Hirondelle.

O JUPITER, qui fus de son cerveau,
Par un secret d'accouchement nouveau,
Tirer Pallas, jadis mon ennemie,
Entends ma plainte une fois en ta vie.
Progné me vient enlever les morceaux;
Caracolant, frisant l'air & les eaux,
Elle me prend mes mouches à ma porte :
Miennes je puis le dire, & mon réseau
En seroit plein sans ce maudit oiseau ;
Je l'ai tissu de matiere assez forte.
  Ainsi, d'un discours insolent,
Se plaignoit l'Araignée autrefois tapissiere,
  Et qui lors étant filandiere,
Prétendoit enlacer toute insecte volant.
La sœur de Philomele, attentive à sa proie,
Malgré le bestion happoit mouches dans l'air,
Pour ses petits, pour elle, impitoyable joie,
Que ses enfants gloutons, d'un bec toujours ouvert,
D'un ton demi-formé, bégayante couvée,
Demandoient par des cris encor mal entendus.
  La pauvre Aragne n'ayant plus
Que la tête & les pieds, artisans superflus,
  Se vit elle-même enlevée.
L'Hirondelle en passant emporta toile & tout,
  Et l'animal pendant au bout.

Jupin pour chaque état mit deux tables au monde.
L'adroit, le vigilant & le fort sont assis
  A la premiere ; & les petits
  Mangent leurs restes à la seconde.

FABLE VIII.

La Perdrix & les Coqs.

PARMI de certains Coqs incivils, peu galants,
   Toujours en noise & turbulents,
   Une Perdrix étoit nourrie.
   Son sexe & l'hospitalité,
De la part de ces Coqs, peuple à l'amour porté,
Lui faisoient espérer beaucoup d'honnêteté :
Ils feroient les honneurs de la ménagerie.
Ce peuple cependant fort souvent en furie,
Pour la Dame étrangere ayant peu de respect,
Lui donnoit fort souvent d'horribles coups de bec.
   D'abord elle en fut affligée :
Mais si-tôt qu'elle eût vu cette troupe enragée
S'entrebattre elle-même, & se percer les flancs,
Elle se consola. Ce sont leurs mœurs, dit-elle ;
Ne les accusons point, plaignons plutôt ces gens.
   Jupiter sur un seul modele
   N'a pas formé tous les esprits.
Il est des naturels de Coqs & de Perdrix.
S'il dépendoit de moi, je passerois ma vie
   En plus honnête compagnie.
Le maître de ces lieux en ordonne autrement.
   Il nous prend avec des tonnelles,
Nous loge avec des Coqs, & nous coupe les ailes :
C'est de l'homme qu'il faut se plaindre seulement.

FABLE IX.

Le Chien à qui on a coupé les oreilles.

QU'AI-JE fait pour me voir ainſ
Mutilé par mon propre maître?
Le bel état où me voici!
Devant les autres chiens oſerais-je paroître?
O Rois des animaux, ou plutôt leurs tyrans,
    Qui vous feroit choſes pareilles?
Ainſi crioit Mouflar, jeune dogue, & les gens,
Peu touchés de ſes cris douloureux & perçants,
Venoient de lui couper ſans pitié les oreilles.
Mouflar y croyoit perdre. Il vit avec le temps
Qu'il y gagnoit beaucoup, car étant de nature
A piller ſes pareils, mainte méſaventure (1)
    L'auroit fait retourner chez lui
Avec cette partie en cent lieux altérée:
Chien hargneux a toujours l'oreille déchirée.

Le moins qu'on peut laiſſer de priſe aux dents d'autrui,
C'eſt le mieux. Quand on n'a qu'un endroit à défendre,
    On le munit, de peur d'eſclandre;
Témoin maître Mouflar, armé d'un gorgerin (2),
Du reſte ayant d'oreille autant que ſur ma main:
    Un loup n'eût ſû par où le prendre.

---

(1) *Méſaventure* : accident malheureux. Ce mot vieillit.

(2) *Gorgerin* veut ſans doute dire ici un collier garni de pointes.

FABLE X.

Le Berger & le Roi.

Deux démons à leur gré partagent notre vie,
Et de son patrimoine ont chassé la raison.
Je ne vois point de cœurs qui ne leur sacrifie.
Si vous me demandez leur état & leur nom,
J'appelle l'un, Amour, & l'autre Ambition.
Cette derniere étend le plus loin son empire :
      Car même elle entre dans l'amour.
Je le ferois bien voir : mais mon but est de dire
Comme un Roi fit venir un Berger à sa Cour.
Le conte est du bon tems, non du siécle où nous sommes.
Ce Roi vit un troupeau qui couvroit tous les champs,
Bien broutant, en bon corps, rapportant tous les ans,
Grâce aux soins du Berger, de très-notables sommes.
Le Berger plut au Roi par ses soins diligents.
Tu mérites, dit-il, d'être pasteur de gens :
Laisse-là tes moutons, viens conduire des hommes :
      Je te fais Juge souverain.
Voilà notre Berger la balance à la main.
Quoiqu'il n'eût guere vu d'autres gens qu'un hermite,
Son troupeau, ses mâtins, le loup, & puis c'est tout,
Il avoit du bon sens : le reste vient ensuite.
      Bref, il en vint fort bien à bout.
L'hermite, son voisin, accourut pour lui dire :
Veillai-je ? n'est-ce point un songe que je vois ?
Vous favori ! vous grand ! défiez-vous des Rois.
Leur faveur est glissante, on s'y trompe, & le pire
C'est qu'il en coûte cher : de pareilles erreurs
Ne produisent jamais que d'illustres malheurs.
Vous ne connoissez pas l'attrait qui vous engage.
Je vous parle en ami : craignez tout. L'autre rit ;
      Et notre hermite poursuivit :

Voyez combien déja la Cour vous rend peu sage.
Je crois voir cet aveugle, à qui, dans un voyage,
  Un serpent engourdi de froid
Vint s'offrir sous sa main : il le prit pour un fouet.
Le sien s'étoit perdu tombant de sa ceinture.
Il rendoit grâce au Ciel de l'heureuse aventure,
Quand un passant cria : que tenez-vous? ô Dieux!
Jettez cet animal traître & pernicieux,
Ce serpent. C'est un fouet. C'est un serpent, vous dis-je :
A me tant tourmenter quel intérêt m'oblige?
Prétendez-vous garder ce trésor? Pourquoi non?
Mon fouet étoit usé, j'en retrouve un fort bon :
  Vous n'en parlez que par envie.
  L'aveugle enfin ne le crut pas,
  Il en perdit bientôt la vie.
L'animal dégourdi piqua son homme au bras.
  Quant à vous, j'ose vous prédire
Qu'il vous arrivera quelque chose de pire.
Eh ! que me sauroit-il arriver que la mort?
Mille dégoûts viendront, dit le prophète hermite.
Il en vint en effet : l'hermite n'eut pas tort.
Mainte peste de Cour fit tant par maint ressort,
Que la candeur du Juge, ainsi que son mérite,
Furent suspects au Prince. On cabale, on suscite
Accusateurs & gens grévés par ses arrêts.
De nos biens, dirent-ils, il s'est fait un Palais.
Le Prince voulut voir ses richesses immenses ;
Il ne trouva par-tout que médiocrité,
Louanges du désert & de la pauvreté :
  C'étoit là ses magnificences.
Son fait, dit-on, consiste en des pierres de prix :
Un grand coffre en est plein, fermé de dix serrures.
Lui-même ouvrit ce coffre, & rendit bien surpris
  Tous les machineurs (1) d'impostures.
Le coffre étant ouvert, on y vit des lambeaux,

---

(1). *Machineur*, n'est point d'usage; on dit ordinairement, Machinateur.

Dites-moi, qui vous force à vous y condamner ?
Hélas ! c'est le destin qui me hait. Ces paroles
Ont été de tout temps en la bouche de tous.

Misérables humains, ceci s'adresse à vous.
Je n'entends résonner que des plaintes frivoles.
Quiconque, en pareil cas, se croit haï des Cieux,
Qu'il considere Hécube, il rendra grace aux Dieux.

FABLE XIV.

Les deux Aventuriers & le Talisman.

Aucun chemin de fleurs ne conduit à la gloire.
Je n'en veux pour témoin qu'Hercule & ses travaux.
   Ce Dieu n'a guerre de rivaux :
J'en vois peu dans la Fable, encor moins dans l'Histoire.
En voici pourtant un, que de vieux Talismans
Firent chercher fortune au pays des Romans,
   Il voyageoit de compagnie :
Son camarade & lui trouverent un poteau,
   Ayant au haut cet écriteau :
Seigneur Aventurier, s'il te prend quelque envie,
De voir ce que n'a vû nul Chevalier errant,
   Tn n'as qu'à passer ce torrent,
Et puis prenant dans tes bras un Eléphant de pierre,
   Que tu verras couché par terre,
Le porter d'une haleine au sommet de ce mont
Qui menace les Cieux de son superbe front.
L'un des deux Chevaliers saigna du nez. Si l'onde
   Est rapide autant que profonde,
Dit-il, & supposé qu'on la puisse passer,
Pourquoi de l'Eléphant s'aller embarasser ?
   Qu'elle ridicule entreprise !
Le sage l'aura fait par tel art & de guise (1),

---

(1) *De guise*, n'est guere d'usage.

Qu'on le pourra porter peut-être quatre pas:
Mais jusqu'au haut du mont, d'une haleine, il n'est pas
Au pouvoir d'un mortel, à moins que la figure
Ne soit d'un Eléphant nain, pygmée, avorton,
  Propre à mettre au bout d'un bâton:
Auquel cas, où l'honneur d'une telle aventure?
On nous veut attraper dedans cette écriture:
Ce sera quelque énigme à tromper un enfant.
C'est pourquoi je vous laisse avec votre Eléphant.
Le raisonneur parti, l'Aventurier se lance,
  Les yeux clos (1), à travers cette eau.
  Ni profondeur, ni violence
Ne purent l'arrêter, & selon l'écriteau
Il vit son Eléphant couché sur l'autre rive.
Il le prend, il l'emporte, au haut du mont arrive,
Rencontre une esplanade, & puis une cité.
Un cri par l'Eléphant aussi-tôt est jetté.
  Le peuple aussitôt sort en armes.
Tout autre Aventurier, au bruit de ces alarmes,
Auroit fui. Celui-ci, loin de tourner le dos,
Veut vendre au moins sa vie, & mourir en héros.
Il fut tout étonné d'ouir cette cohorte
Le proclamer Monarque au lieu de son Roi mort.
Il ne se fit prier que de la bonne sorte;
Encor que le fardeau fût, dit-il, un peu fort.
Sixte (2) en disoit autant quand on le fit saint Pere.
  (Seroit-ce bien une misere,
  Que d'être Pape ou d'être Roi ?)
On reconnut bien-tôt son peu de bonne foi.

Fortune aveugle suit aveugle hardiesse.
Le sage quelquefois fait bien d'exécuter,
Avant que de donner le temps à la sagesse
D'envisager le fait, & sans la consulter.

---

(1) *Clos* : fermé. Cet adjectif vieillit.
(2) Sixte V.

FABLE XV.

Les Lapins.

DISCOURS

A M. LE DUC DE LA ROCHEFOUCAULT.

JE me suis souvent dit, voyant de quelle forte
    L'homme agit, & qu'il se comporte
En mille occasions comme les animaux,
Le Roi de ces gens-là n'a pas moins de défauts
    Que ses sujets ; & la nature
    A mis dans chaque créature
Quelque grain d'une masse où puisent les esprits :
J'entends les esprits corps, & pétris de matiere.
    Je vais prouver ce que je dis.
A l'heure de l'affût, soit lorsque la lumiere
Précipite ses traits dans l'humide séjour,
Soit lorsque le soleil rentre dans sa carriere,
Et que n'étant plus nuit, il n'est pas encor jour,
    bord de quelque bois sur un arbre je grimpe ;
    nouveau Jupiter, du haut de cet Olympe,
    Je foudroie à discrétion
    Un Lapin qui n'y pensoit guere.
vois fuir aussi-tôt toute la nation
    Des Lapins, qui, sur la bruyere,
    L'œil éveillé, l'oreille au guet,
S'égayoient, & de thim parfumoient leur banquet.
    Le bruit du coup fait que la bande
    S'en va chercher sa sûreté
    Dans la souteraine cité :
Mais le danger s'oublie ; & cette peur si grande
S'évanouit bien-tôt. Je revois les Lapins

Plus gais qu'auparavant, revenir fous mes mains.
Ne reconnoît-on pas en cela les humains ?
 Difperfés par quélque orage,
 A peine ils touchent le port,
 Qu'ils vont hafarder encor
 Même vent, même naufrage.
 Vrais Lapins on les revoit
 Sous les mains de la fortune.
Joignons à cet exemple une chofe commune.
Quand des chiens étrangers paffent par quelque endroit
 Qui n'eft pas de leur détroit (1),
 Je laiffe à penfer quelle tête.
 Les chiens du lieu n'ayant en tête
Qu'un intérêt de gueule, à cris, à coups de dents
 Vous accompagnent ces paffants
 Jufqu'aux confins du territo re.
Un intérêt de biens, de grandeur & de gloire,
Aux Gouverneurs d'Etats, à certains Courtifans,
A gens de tous métiers en fait tout autant faire.
 On nous voit tous pour l'ordinaire,
Piller le furvenant, nous jetter fur fa peau.
La coquette & l'auteur font de ce caractere :
 Malheur à l'écrivain nouveau.
Le moins de gens qu'on peut à l'entour du gâteau,
 C'eft le droit du jeu, c'eft l'affaire,
Cent exemples pourroient appuyer mon difcours :
 Mais les ouvrages les plus courts
Sont toujours les meilleurs. En cela j'ai pour guid
Tous les maîtres de l'art, & tiens qu'il faut laiff
Dans les plus beaux fujets quelque chofe à penf
 Ainfi ce difcours doit ceffer.

Vous qui m'avez donné ce qu'il a de folide,
Et dont la modeftie égale la grandeur
Qui ne pûtes jamais écouter fans pudeur
 La louange la plus permife,
 La plus jufte, & la mieux acquife ;

---

(1) *Détroit* fignifie ici, *diftrict*. Peu ufité.

Vous enfin, dont à peine ai-je encore obtenu
Que votre nom reçût ici quelques hommages,
Du temps & des cenfeurs défendant mes ouvrages,
Comme un nom qui des ans & des peuples connu,
Fait honneur à la France, en grands noms plus féconde,
      Qu'aucun climat de l'Univers,
Permettez-moi, du mois, d'apprendre à tout le monde,
Que vous m'avez donné le fujet de ces vers.

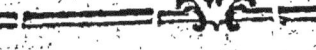

FABLE XVI.

Le Marchand, le Gentilhomme, le Pâtre & le fils de Roi.

QUATRE chercheurs de nouveaux mondes,
Prefque nuds, échappés à la fureur des ondes,
Un Trafiquant, un Noble, un Pâtre, un fils de Roi,
    Réduits au fort de Bélifaire,
    Demandoient aux paffants de quoi
    Pouvoir foulager leur mifere.
De raconter quel fort les avoit affemblés,
Quoique fous divers points(1) tous quatre ils fuffent nés,
    C'eft un récit de longue halcine.
Ils s'affirent enfin au bord d'une fontaine.
Là, le confeil fe tint entre les pauvres gens.
Le Prince s'étendit fur les malheurs des Grands.
Le Pâtre fut d'avis, qu'éloignant la penfée
    De leur aventure paffée,
Chacun fît de fon mieux, & s'appliquât au foin
    De pourvoir au commun befoin.
La plainte, ajoûta-t-il, guérit-elle fon homme ?
Travaillons : c'eft de quoi nous mener jufqu'à Rome.
Un Pâtre ainfi parler ! Ainfi parler ? croit-on

---

(1) *Point* eft mis ici pour, *climat*, *région*.

Que le Ciel n'ait donné qu'aux têtes couronnées
De l'esprit & de la raison ;
Et que de tout berger, comme de tout mouton,
Les connoissances soient bornées ?
L'avis de celui-ci fut d'abord trouvé bon
Par les trois échoués au bord de l'Amérique.
L'un, c'étoit le Marchand, savoit l'Arithmétique :
A tant par mois, dit-il, j'en donnerai leçon.
enseignerai la Politique,
Reprit le fils de Roi. Le Noble poursuivit :
Moi je sai le Blason, j'en veux tenir école,
Comme si, devers l'Inde, on eût eu dans l'esprit
La sotte vanité de ce jargon frivole.
Le Pâtre dit : amis, vous parlez bien : mais quoi ?
Le mois a trente jours ; jusqu'à cette échéance
Jeûnerons-nous par votre foi ?
Vous me donnerez une espérance
Belle, mais éloignée ; & cependant j'ai faim.
Qui pourvoira de nous au dîner de demain ?
Ou plutôt, sur qu'elle assurance
Fondez-vous, dites-moi, le souper d'aujourd'hui ?
Avant tout autre, c'est celui
Dont il s'agit : votre science
Est courte là-dessus : ma main y suppléera.
A ces mots, le Pâtre s'en va
Dans un bois : il fit des fagots, dont la vente,
Pendant cette journée, & pendant la suivante,
Empêcha qu'un long jeûne, à la fin ne fît tant,
Qu'ils allassent là-bas exercer leur talent.

Je conclus de cette aventure,
Qu'il ne faut pas tant d'art pour conserver ses jours ;
Et grâce aux dons de la nature,
La main est le le plus sûr & le plus prompt secours.

Fin du dixieme Livre.

LIVRE ONZIEME.

FABLE PREMIERE.

Le Lion.

SULTAN Léopard autrefois
Eût, dit-on, par mainte aubaine,
Force bœufs dans fes prés, force cerfs dans fes bois,
Force moutons parmi (1) la plaine.
Il naquit un Lion dans la forêt prochaine.
Après les complimens & d'une & d'autre part ;
Comme entre Grands il fe pratique,
Le Sultan fit venir fon Vifir le Renard,
Vieux routier & bon politique.
Tu crains, ce lui dit-il, Lionceau mon voifin :
Son pere eft mort, que peut-il faire ?
Plains plutôt le pauvre orphelin.
Il a chez lui plus d'une affaire ;
Et devra beaucoup au deftin ;
S'il garde ce qu'il a fans tenter de conquête.
Le Renard dit, branlant la tête :
Tels orphelins, Seigneur, ne me font point pitié ;
Il faut de celui-ci conferver l'amitié,
On s'efforce de le détruire,
Avant que la griffe & la dent
Lui foit crue, & qu'il foit en état de nous nuire :

(1) *Parmi*, pour *dans*, n'eft point d'ufage.
II *Partie*   F f

N'y perdez pas un feul moment.
J'ai fait fon horofcope : il croîtra par la guerre.
    Ce fera le meilleur Lion
      Pour fes amis, qui foit fur terre ;
      Tâchez donc d'en être, finon
Tâchez de l'affoiblir. La harangue fut vaine.
Le Sultan dormoit lors, & dedans (1) fon domaine
Chacun dormoit auffi, bêtes, gens : tant qu'enfin
Le Lionceau devient vrai Lion. Le tocfin
Sonne auffi-tôt fur lui : l'alarme fe promene
    De toutes parts, & le Vifir
Confulté là-deffus, dit avec un foupir :
Pourquoi l'irritez-vous ? la chofe eft fans remede.
En vain nous appellons mille gens à notre aide :
Plus ils font, plus il coûte, & je ne les tiens bons
    Qu'à manger leur part des moutons.
Appaifez le Lion : feul il paffe en puiffance
Ce monde d'alliés vivant fur notre bien.
Le Lion en a trois qui ne lui coûtent rien,
Son courage, fa force, avec fa vigilance.
Jettez-lui promptement fous la griffe un mouton,
S'il n'en eft pas content, jettez-en davantage.
Joignez-y quelque bœuf : choififfez, pour ce don,
    Tout le plus gras du Pâturage :
Sautez le refte ainfi. Ce confeil ne plut pas,
    Il en prit mal ; & force Etats
    Voifins du Sultan en pâtirent :
    Nul n'y gagna, tous y perdirent.
    Quoi que fit ce monde ennemi,
    Celui qu'ils craignoient fut le maître.
Propofez-vous d'avoir le Lion pour ami,
    Si vous voulez le laiffer croître.

---

(1) *Dedans* pour *dans*, ne fe diroit plus aujour-
d'hui.

FABLE II.

Les Dieux voulant inftruire un fils de Jupiter.

POUR MONSEIGNEUR

LE DUC DU MAINE.

JUPITER eut un fils, qui fe fentant du lieu
  Dont il tiroit fon origine,
  Avoit l'ame toute divine.
L'enfance n'aime rien ; celle du jeune Dieu
  Faifoit fa principale affaire
  Des doux foins d'aimer & de plaire.
  En lui, l'amour & la raifon
Devancerent le temps, dont les ailes légeres
N'aménent que trop-tôt, hélas ! chaque faifon.
Flore aux regards riant, aux charmantes manieres,
Toucha d'abord le cœur du jeune Olympien.
Ce que la paffion peut infpirer d'adreffe,
Sentiments délicats & remplis de tendreffe,
Pleurs, foupirs, tout en fut : bref, il n'oublia rien.
Le fils de Jupiter devoit, par fa naiffance,
Avoir un autre efprit, & d'autres dons des Cieux,
  Que les enfants des autres Dieux.
Il fembloit qu'il n'agît que par réminifcence,
Et qu'il eût autrefois fait le métier d'amant,
  Tant qu'il le fit parfaitement.
Jupiter cependant voulut le faire inftruire.
Il affembla les Dieux, & dit ; j'ai fû conduire
Seul & fans compagnon jufqu'ici l'univers ;
  Mais il eft des emplois divers
  Qu'aux nouveaux Dieux je diftribue
Sur cet enfant chéri j'ai donc jetté la vûe ;

C'est mon sang : tout est plein déja de ses autels.
Afin de mériter le rang des immortels,
Il faut qu'il sache tout. Le Maître du tonnerre
Fut à peine achevé, que chacun applaudit.
Pour savoir tout, l'enfant n'avoit que trop d'esprit.
  Je veux, dit le Dieu de la guerre,
   Lui montrer moi-même cet art,
   Par qui maints héros ont eut part
Aux honneurs de l'Olympe, & grossi cet Empire.
   Je ferai son maître de lyre,
   Dit le bon & docte Apollon.
Et moi, reprit Hercule à la peau de lion,
  Son maître à surmonter les vices,
A dompter les transports, monstres empoisonneurs,
Comme hydres renaissants sans cesse dans les cœurs :
   Ennemi des molles délices,
Il apprendra de moi les sentiers peu battus
Qui menent aux honneurs sur les pas des vertus.
   Quand ce vint au Dieu de Cythere,
   Il dit qu'il lui montreroit tout.
L'Amour avoit raison : de quoi ne vient à bout
  L'esprit joint au desir de plaire ?

FABLE III.

Le Fermier, le Chien & le Renard.

LE Loup & le Renard sont d'étranges voisins ;
Je ne bâtirai point autour de leur demeure.
  Ce dernier guettoit à toute heure
Les poules d'un Fermier ; & quoique des plus fins,
Il n'avoit pû donner atteinte à la volaille.
D'une part l'apétit, de l'autre le danger,
N'étoient pas au compere un combarras léger.
  Hé quoi, dit-il, cette canaille
  Se moque impunément de moi ;

Je vais, je viens, je me travaille,
J'imagine cent tours; le rustre, en paix chez soi,
Vous fait argent de tout, convertit en monnoie;
Ses chapons, sa poulaille (1); il en a même au croc:
& moi, maître passé, quand j'attrape un vieux coq,
    Je suis au comble de la joie!
Pourquoi Sire Jupin m'a-t-il donc appellé
Au métier de Renard? je jure les puissances
De l'Olympe & du Styx, il en sera parlé.
    Roulant en son cœur ses vengeances,
Il choisit une nuit libérale en pavots;
Chacun étoit plongé dans un profond repos:
Le maître du logis, les valets, le chien même,
Poules, poulets, chapons, tout dormoit. Le Fermier
    Laissant ouvert son poulailler,
    Commit une sottise extrême,
Le voleur tourne tant qu'il entre au lieu guetté,
Le dépeuple, remplit de meurtres la cité:
    Les marques de sa cruauté
Parurent avec l'aube; on vit un étalage
    De corps sanglants, & de carnage.
    Peu s'en fallut que le soleil
Ne rebroussât d'horreur vers le manoir liquide.
    Tel, & d'un spectacle pareil
Apollon irrité contre le fier Atride,
Joncha son champ des morts: on vit presque détruit
L'ost (2) des Grecs, & ce fut l'ouvrage d'une nuit.
    Tel encore autour de sa tente,
    Ajax à l'âme impatiente,
De moutons & de boucs fit un vaste débris,
Croyant tuer en eux son concurrent Ulysse,
    Et les auteurs de l'injustice
    Par qui l'autre emporta le prix.
Le Renard, autre Ajax, aux volailles funeste,
Emporte ce qu'il peut, laisse étendu le reste.

---

(1) *Poulaille* n'est point d'usage.
(2) *Ost.* Vieux mot, qui signifie *armée.*

Le Maître ne trouva de recours qu'a crier
Contre ses gens, son Chien ; c'est l'ordinaire usage.
Ah ! maudit animal, qui n'est bon qu'a noyer,
Que n'avertissois-tu dès l'abord du carnage ?
Que ne l'évitiez-vous ? c'eût été plutôt fait ;
Si vous, Maître & Fermier, à qui touche le fait,
Dormez sans avoir soin que la porte soit close,
Voulez-vous que moi, Chien, qui n'ai rien à la chose,
Sans aucun intérêt je perde le repos ?
    Ce Chien parloit très-à-propos :
    Son raisonnement pouvoit être
    Fort bon dans la bouche d'un Maître ;
    Mais n'étant que d'un simple Chien,
    On trouva qu'il ne valoit rien :
    On vous sangla le pauvre drille.

Toi donc, qui que tu sois, ô pere de famille,
(& je ne t'ai jamais envié cet honneur)
T'attendre aux yeux d'autrui, quand tu dors, c'est
    erreur ;
Couche-toi le dernier, & vois fermer ta porte.
    Que si quelque affaire t'importe,
    Ne la fais point par procureur.

FABLE IV.

Le Songe d'un Habitant du Mogol.

JADIS certain Mogol vit en songe un Visir,
Aux Champs Elysiens, possesseur d'un plaisir
Aussi pur qu'infini, tant en prix qu'en durée.
Le même songeur vit en une autre contrée
    Un Hermite entouré de feux,
Qui touchoit de pitié même les malheureux.
Le cas parut étrange, & contre l'ordinaire.
Minos en ces deux morts, sembloit s'être mépris,
Le dormeur s'éveilla, tant il en fut surpris.

Dans ce songe pourtant soupçonnant du mystere ;
    Il se fit expliquer l'affaire.
J'interprete lui dit : ne vous étonnez point,
Votre songe a du sens ; & si j'ai sur ce point,
    Acquis tant soit peu d'habitude,
C'est un avis des Dieux. Pendant l'humain séjour,
Ce Visir quelquefois cherchoit la solitude ;
Cet Hermite aux Visirs alloit faire sa cour.

Si j'osois ajoûter au mot de l'interprete,
J'inspirerois ici l'amour de la retraite.
Elle offre à ses amants des biens sans embarras,
Biens purs, présents du Ciel, qui naissent sous les pas.
Solitude où je trouve une douceur secrette,
Lieux que j'aimai toujours, ne pourrai-je jamais,
Loin du monde & du bruit, goûter l'ombre & le frais ?
O qui m'arrêtera sous vos sombres asyles :
Quand pourront les neuf Sœurs, loin des Cours & des
    Villes,
M'occuper tout entier, & m'apprendre des Cieux
Les divers mouvements inconnus à nos yeux,
Les noms & les vertus de ces clartés errantes,
Par qui sont nos destins & nos mœurs différentes !
Que si je ne suis né pour de si grands projets,
Du moins que les ruisseaux m'offrent de doux objets !
Que je peigne en mes vers quelque rive fleurie !
La Parque à filets d'or n'ourdira point ma vie :
Je ne dormirai point sous de riches lambris ;
Mais voit-on que le somme en perde de son prix ?
En est-il moins profond, & moins plein de délices ?
Je lui voue au désert de nouveaux sacrifices.
Quand le moment viendra d'aller trouver les morts,
J'aurai vécu sans soins, & mourrai sans remords.

FABLE V.

Le Lion, le Singe, & les deux Anes.

LE Lion, pour bien gouverner,
Voulant apprendre la morale,
Se fit un beau jour amener
Le Singe Maître ès Arts chez la gent animale.
La premiere leçon que donna le Régent,
Fut celle-ci : Grand Roi, pour regner sagement,
Il faut que tout Prince préfére
Le zele de l'Etat à certain mouvement
Qu'on appelle communément
Amour propre, car c'est le pere,
C'est l'auteur de tous les défauts
Que l'on remarque aux animaux.
Vouloir que de tout point ce sentiment vous quitte,
Ce n'est pas chose si petite,
Qu'on en vienne à bout en un jour ;
C'est beaucoup de pouvoir modérer cet amour.
Par-là votre personne auguste
N'admettra jamais rien en soi
De ridicule ni d'injuste.
Donne-moi, repartit le Roi,
Des exemples de l'un & de l'autre.
Toute espece, dit le docteur,
(Et je commence par la nôtre)
Toute profession s'estime dans son cœur,
Traite les autres d'ignorantes,
Les qualifie impertinentes,
Et semblables discours qui ne nous coûtent rien.
L'amour-propre, au rebours, fait qu'au degré suprême
On porte ses pareils, car c'est un bon moyen
De s'élever aussi soi-même.

De tout ce que deſſus j'argumente très-bien,
Qu'ici-bas maint talent n'eſt que pure grimace,
Cabale, & certain art de ſe faire valoir,
Mieux ſu des ignorants, que des gens de ſavoir.

  L'autre jour ſuivant à la trace
Deux Anes qui prenant tour-à-tour l'encenſoir,
Se louoient tour-à-tour, comme c'eſt la maniere.
J'ouis que l'un des deux diſoit à ſon confrere :
Seigneur, trouvez-vous pas bien injuſte & bien ſot
L'homme, cet animal ſi parfait ? il profane
  Notre auguſte nom, traitant d'Ane,
Quiconque eſt ignorant, d'eſprit lourd, idiot ;
  Il abuſe encor d'un mot,
Et traite notre rire & nos diſcours de braire.
Les humains ſont plaiſants de vouloir exceller
Par-deſſus nous ; non ; non ; c'eſt à vous de parler,
  A leurs Orateurs de ſe taire :
Voilà les vrais braillards : mais laiſſons-là ces gens ;
  Vous m'entendez, je vous entends :
  Il ſuffit : & quant aux merveilles,
Dont votre divin chant vient frapper les oreilles,
Philomele eſt, au prix, novice dans cet art ;
Vous ſurpaſſez Lambert. L'autre Baudet repart ;
Seigneur, j'admire en vous des qualités pareilles.
Ces Anes, non contents de s'être ainſi gratés,
  S'en allerent dans les Cités
L'un l'autre ſe prôner. Chacun d'eux croyoit faire,
En priſant ſes pareils, une fort bonne affaire,
Prétendant que l'honneur en reviendroit ſur lui.
  J'en connois beaucoup aujourd'hui,
Non parmi les Baudets, mais parmi les Puiſſances
Que le Ciel voulût mettre en de plus hauts degrés,
Qui changeroient entr'eux les ſimples Excellences,
  S'ils oſoient, en des Majeſtés.
J'en dis peut-être plus qu'il ne faut ; & ſuppoſe
Que votre Majeſté gardera le ſecret.
Elle avoit ſouhaité d'apprendre quelque trait
  Qui lui fît voir, entre autre choſe,

L'amour-propre donnant du ridicule aux gens.
L'injuste aura son tour : il y faut plus de temps.
Ainsi parla le Singe. On ne m'a pas su dire
S'il traita l'autre point, car il est délicat ;
Et notre Maître-ès-Arts, qui n'étoit pas un fat,
Regardoit ce Lion comme un terrible Sire.

FABLE VI.
Le Loup & le Renard.

MAIS d'où vient qu'au Renard Esope accorde un
       point ;
C'est d'exceller en tours pleins de matoiserie (1).
J'en cherche la raison, & ne la trouve point.
Quand le Loup a besoin de défendre sa vie,
        Ou d'attaquer celle d'autrui,
        N'en sait-il pas autant que lui ?
Je crois qu'il en sait plus, & j'oserois peut-être
Avec quelque raison contredire mon maître.
Voici pourtant un cas où tout l'honneur échut
A l'hôte des terriers. Un soir il apperçut
La lune au fonds d'un puits : l'orbiculaire image
        Lui parut un ample fromage.
        Deux sceaux alternativement
        Puisoient le liquide élément.
Notre Renard pressé par une faim canine,
S'accommode en celui qu'au haut de la machine
        L'autre sceau tenoit suspendu.
        Voilà l'animal descendu,
        Tiré d'erreur, mais fort en peine ;
        Et voyant sa perte prochaine ;
Car comment remonter, si quelqu'autre affamé,

---

(1) Voyez la première note de la quinzieme Fable
du second Livre.

De la même image charmé,
Et fuccédant à fa mifere,
Par le même chemin ne le tiroit d'affaire?
Deux jours s'étoient paffés fans qu'aucun vînt au puits:
le temps qui toujours marche, avoit, pendant deux
nuits,
Echancré, felon l'ordinaire,
De l'aftre au front d'argent la face circulaire.
Sire Renard étoit défefpéré.
Compere Loup, le gofier altéré,
Paffe par-là; l'autre dit : camarade,
Je vous veux régaler; voyez-vous cet objet?
C'eft un fromage exquis : le Dieu Faune l'a fait?
La Vache Io donna le lait :
Jupiter, s'il étoit malade,
Reprendroit l'appétit en tâtant d'un tel mets.
J'en ai mangé cette échancrure,
Le refte vous fera fuffifante pâture.
Defcendez dans un fceau que j'ai là mis exprès.
Bien qu'au moins mal qu'il put il ajufta l'hiftoire,
Le Loup fut un fot de le croire :
Il defcend, & fon poids emportant l'autre part,
Reguinde en haut maître Renard.

Ne nous en moquons point : nous nous laiffons féduire
Sur auffi peu de fondement ;
Et chacun croit fort aifément
Ce qu'il craint & ce qu'il defire.

FABLE VII.

Le Payfan du Danube.

IL ne faut point juger des gens fur l'apparence.
Le confeil en eft bon, mais il n'eft pas nouveau.

Jadis, l'erreur du Souriceau (1)
Me fervit à prouver le difcours que j'avance.
J'ai, pour le fonder à préfent,
Le bon Socrate, Efope, & certain Payfan
Des rives du Danube, homme dont Marc-Aurele
Nous fait un portrait fort fidele.
On connoît le premier; quant à l'autre, voici
Le perfonnage en raccourci.
Son menton nourriffoit une barbe touffue ;
Toute fa perfonne velue
Repréfentoit un ours, mais un ours mal léché.
Sous un fourcil épais il avoit l'œil caché,
Le regarde de travers, nez tortu, groffe levre,
Portoit fayon (2) de poil de chevre,
En ceinture de joncs marains.
Cet homme, ainfi bati, fut député des villes
Que lave le Danube : il n'étoit point d'afyles
Où l'avarice des Romains
Ne pénétrât alors, & ne portât les mains.
Le Député vint donc, & fit cette harangue :
Romains, & vous Sénat affis pour m'écouter :

_____

(1) Voyez Livre 6, Fable 5.
(2) *Sayon*; faie; forte d'accoutrement de guerre ;
mais ce mot eft mis ici pour *vêtement groffier*; *fayon*,
d'ailleurs, n'eft point d'ufage; on ne fe fert que du
fecond.

Je supplie, avant tout, les Dieux de m'affister :
Veuillent les immortels, conducteurs de ma langue,
Que je ne dife rien qui doive être repris.
Sans leur aide il ne peut entrer dans les efprits,
  Que tout mal & toute injuftice ;
Faute d'y recourir on viole leurs loix,
Témoin nous que punit la Romaine avarice.
Rome eft, par nos forfaits, plus que par fes exploits,
  L'inftrument de notre fupplice.
Craignez, Romains, craignez que le Ciel quelque jour
Ne transporte chez vous les pleurs & la mifere,
Et mettant en nos mains, par un jufte retour,
Les armes dont fe fert fa vengeance févere,
  Il ne vous faffe, en fa colere,
  Nos efclaves à votre tour.
Et pourquoi fommes-nous les vôtres ? qu'on me die
En quoi vous valez mieux que cent peuples divers ?
Quel droit vous a rendus maître de l'Univers ?
Pourquoi venir troubler une innocente vie ?
Nous cultivons en paix d'heureux champs, & nos mains
Etoient propres aux arts, ainfi qu'au labourage :
  Qu'avez-vous appris aux Germains ?
  Ils ont l'adreffe & le courage ;
  S'ils avoient eu l'avidité,
  Comme vous, & la violence,
Peut-être, en votre place, ils auroient la puiffance,
Et fauroient en ufer fans inhumanité.
Celle que vos Préteurs ont fur nous exercée
  N'entre qu'à peine en la penfée.
  La majefté de vos autels
  Elle-même en eft offenfée :
  Car fachez que les Immortels
Ont les regards fur nous. Grâces à vos exemples,
Ils n'ont devant les yeux que des objets d'horreur,
  De mépris d'eux & de leurs temples,
D'avarice qui va jufques à la fureur.
Rien ne fuffit aux gens qui nous viennent de Rome ;
  La terre & le travail de l'homme
Font, pour les affouvir, des efforts fuperflus.

II. Partie   G g

Retirez-les : on ne veut plus
Cultiver pour eux les campagnes.
Nous quittons les Cités, nous fuyons aux montagnes,
Nous laissons nos cheres compagnes,
Nous ne conversons plus qu'avec des ours affreux,
découragés de mettre au jour des malheureux,
Et de peupler pour Rome un pays qu'elle opprime.
Quant à nos enfans déja nés,
Nous souhaitons de voir leurs jours bientôt bornés :
Vos Préteurs, au malheur, nous font joindre le crime.
Retirez-les, ils ne nous apprendront
Que la mollesse & que le vice.
Les Germains comme eux deviendront
Gens de rapine & d'avarice.
C'est tout ce que j'ai vu dans Rome à mon abord.
N'a-t-on point de présens à faire ?
Point de pourpre à donner ? C'est en vain qu'on espere
Quelque refuge aux loix : encor leur ministere
A-t-il mille longueurs. Ce discours un peu fort
Doit commencer à vous déplaire.
Je finis. Punissez de mort,
Une plainte un peu trop sincere.
A ces mots, il se couche & chacun étonné
Admire le grand cœur, le bon sens, l'éloquence
Du sauvage ainsi prosterné.
On le créa Patrice ; & ce fut la vengeance
Qu'on crut qu'un tel discours méritoit. On choisit
D'autres Préteurs ; & par écrit
Le Sénat demanda ce qu'avoit dit cet homme
Pour servir de modele aux parleurs à venir.
On ne fut pas long-temps à Rome
Cette éloquence entretenir.

FABLE VIII.

Le Vieillard & les trois jeunes Hommes.

Un octogénaire plantoit.
Passe encor de bâtir, mais planter à cet âge !
Disoient trois jouvenceaux, enfants du voisinage ;
    Assurément il radotoit.
    Car, au nom de Dieux, je vous prie,
Quel fruit de ce labeur pouvez-vous recueillir ?
Autant qu'un Patriarche il vous faudroit vieillir.
    A quoi bon charger votre vie
Des soins d'un avenir qui n'est pas fait pour vous ?
Ne songez désormais qu'à vos erreurs passées.
Quittez le long espoir & les vastes pensées ;
    Tout cela ne convient qu'à nous.
    Il ne convient pas à vous-même,
Repartit le Vieillard. Tout établissement
Vient tard & dure peu. La main des Parques blêmes
De vos jours & des miens se joue également.
Nos termes sont pareils par leur courte durée.
Qui de nous des clartés de la voûte azurée
Doit jouir le dernier ? Est-il aucun moment
Qui vous puisse assurer d'un second seulement ?
Mes arriere-neveux me devront cet ombrage :
    Hé bien, défendez-vous au Sage
De se donner des soins pour le plaisir d'autrui ?
Cela même est un fruit que je goûte aujourd'hui :
J'en puis jouir demain, & quelques jours encore :
    Je puis enfin compter l'aurore
    Plus d'une fois sur vos tombeaux.
Le Vieillard eut raison : l'un des trois jouvenceaux
Se noya dès le port allant à l'Amérique.
L'autre, afin de monter aux grandes dignités,
Dans les emplois de Mars servant la République,
                  G g 2

Par un coup imprévu vit ses jours emportés.
Le troisieme tomba d'un arbre
Que lui-même il voulut enter ?
Et pleurés du Vieillard, il grave sur leur marbre
Ce que je viens de raconter.

***

FABLE IX.

Les Souris & le Chathuant.

IL ne faut jamais dire aux gens,
Ecoutez un bon mot, oyez (1) une merveille.
Savez-vous si les écoutants
En feront une estime à la vôtre pareille ?
Voici pourtant un cas qui peut être excepté.
Je le maintiens prodige, & tel que d'une Fable
Il a l'air & les traits, encor que véritable.
On abattit un Pin pour son antiquité ;
Vieux palais d'un Hibou, triste & sombre retraite
De l'oiseau qu'Atropos prend pour son interprete.
Dans son tronc caverneux, & miné par le temps
Logeoient, entre autres habitants,
Force Souris sans pieds, toutes rondes de graisse.
L'oiseau les nourrissoit parmi des tas de bled,
Et de son bec avoit leur troupeau mutilé.
Cet oiseau raisonnoit, il faut qu'on le confesse.
En son temps, aux Souris le compagnon chassa :
Les premieres qu'il prit, du logis échappées,
Pour y remédier, le drôle estropia
Tout ce qu'il prit ensuite : & leurs jambes coupées
Firent qu'il les mangeoit à sa commodité,
Aujourd'hui l'une & demain l'autre.
Tout manger à la fois, l'impossibilité

---

(1) On ne se sert guere aujourd'hui du verbe ou
qu'à l'infinitif & au participe.

S'y trouvoit, joint auffi le foin de fa fanté.
Sa prévoyance alloit auffi loin que la nôtre :
    Elle alloit jufqu'à leur porter
    Vivres & grains pour fubfifter.
    Puis, qu'un Carréfien s'obftine
A traiter ce Hibou de montre & de machine ;
    Quel reffort lui pouvoit donner
Le confeil de tromper un peuple mis en mue ;
    Si ce n'eft pas là raifonner,
    La raifon m'eft chofe inconnue.
    Voyez que d'arguments il fit.
    Quand ce peuple eft pris, il s'enfuit ;
Donc il faut le croquer auffi-tôt qu'on la hape.
Tout : il eft impoffible. Et puis, pour le befoin
N'en dois-je pas garder ? Donc il faut avoir foin
    De le nourrir fans qu'il échappe.
Mais comment ? Otons-lui les pieds. Or trouvez-moi
Chofe, par les humains, à fa fin mieux conduite.
Quel autre art de penfer Ariftote & fa fuite
    Enfeignent-ils, par votre foi (1) ?

---

(1) Ceci n'eft point une Fable ; & la chofe, quoique merveilleufe & prefque incroyable, eft véritablement arrivée. J'ai peut-être porté trop la prévoyance
de ce Hibou, car je ne prétends pas établir dans les
bêtes un progrès de raifonnement tel que celui-ci :
mais ces exagérations font permifes à la Poéfie, fur-
tout dans la maniere d'écrire dont je me fers. *Il eft
aifé de voir que c'eft* La Fontaine *qui entretient ici fes
Lecteurs.*

EPILOGUE.

C'est ainsi que ma Muse, aux bords d'une onde pure,
 Traduisoit en langue des Dieux
 Tout ce que disent sous les Cieux
Tant d'êtres, empruntants la voix de la Nature.
 Truchement de peuples divers,
Je les faisois servir d'acteurs en mon ouvrage,
 Car tout parle dans l'univers :
 Il n'est rien qui n'ait son langage,
Plus éloquents chez eux qu'ils ne font dans mes vers.
Si ceux que j'introduis me trouvent peu fidele,
Si mon œuvre n'est pas un affez bon modele,
 J'ai du moins ouvert le chemin :
D'autres pourront y mettre une derniere main.
Favoris des neuf Sœurs, achevez l'entreprise :
Donnez mainte leçon que j'ai fans doute omife :
Sous ces inventions il faut l'envelopper :
Mais vous n'avez que trop de quoi vous occuper.
Pendant le doux emploi de ma Muse innocente,
Louis dompte l'Europe, & d'une main puiffante,
Il conduit à leur fin les plus nobles projets
 Qu'ait jamais formés un Monarque,
Favoris des neuf Sœurs, ce font-là des fujets
 Vainqueurs du temps & de la Parque.

Fin du onzieme Livre.

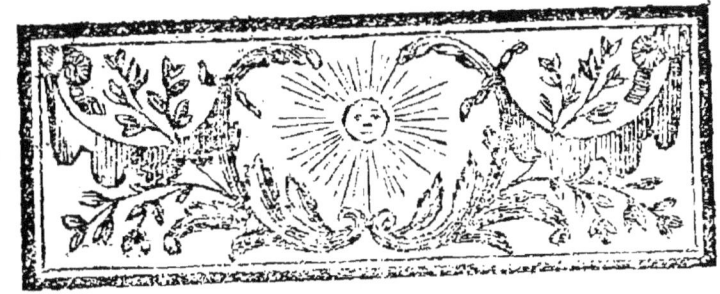

LIVRE DOUZIEME.

FABLE PREMIERE.

Les Compagnons d'Ulyse.

A MONSEIGNEUR

LE DUC DE BOURGOGNE.

PRINCE, l'unique objet du foin des immortels,
Souffrez que mon encens parfume vos autels.
Je vous offre un peu tard ces préfents de ma Mufe,
Les ans & les travaux me ferviront d'excufe :
Mon efprit diminue : au lieu qu'à chaque inftant,
On apperçoit le vôtre aller en augmentant.
Il ne va pas, il court ; il femble avoir des aîles :
Le Héros dont il tient des qualités fi belles,
Dans le métier de Mars brûle d'en faire autant :
Il ne tient pas à lui, que forçant la victoire,
  Il ne marche à pas de géant
  Dans la carriere de la gloire.
Quelque Dieu le retient, (c'eft notre fouverain)
Lui qu'un mois a rendu maitre & vainqueur du Rhin.
Cette rapidité fut alors néceffaire :
Peut-être elle feroit aujourd'hui téméraire.
Je m'en tais ; auffi-bien les ris & les amours

Ne font pas foupçonnés d'aimer les longs difcours;
De ces fortes de Dieux votre Cour fe compofe,
Ils ne vous quittent point. Ce n'eft pas qu'après tout
D'autres Divinités n'y tiennent le haut bout :
Le fens & la raifon y reglent toute chofe.
Confultez ces derniers fur un fait où les Grecs,
    Imprudents & peu circonfpects,
      S'abandonnerent à des charmes
Qui métamorphofoient en bêtes les humains.
Les compagnons d'Ulyffe, après dix ans d'alarmes,
Erroient au gré du vent, de leur fort incertain.
      Ils aborderent un rivage
      Où la fille du Dieu du jour,
      Circé tenoit alors fa Cour.
      Elle leur fit prendre un breuvage
Délicieux, mais plein d'un funefte poifon.
      D'abord ils perdent la raifon ;
Quelques moments après leurs corps & leur vifage,
Prennent l'air & les traits d'animaux différents.
Les voilà devenus Ours, Lions, Eléphants ;
      Les uns fous une maffe énorme,
      Les autres fous une autre forme :
Il s'en vit de petits, *exemplum ut Talpa* :
      Le feul Ulyffe en échappa.
Il fut fe défier de la liqueur traîtreffe.
      Comme il joignoit à la fageffe
La mine d'un héros & le doux entretien,
      Il fit tant que l'enchantereffe
Prit un autre poifon peu différent du fien.
Une Déeffe dit tout ce qu'elle a dans l'âme :
      Celle-ci déclara fa flamme.
Ulyffe étoit trop fin pour ne pas profiter
      D'une pareille conjoncture :
Il obtint qu'on rendroit à fes Grecs leur figure.
Mais la voudront-ils bien, dit la Nymphe, accepter
Allez le propofer de ce pas à la troupe.
Ulyffe y court, & dit : l'empoifonneufe coupe
A fon remede encore, & je viens vous l'offrir :
Chers amis, voulez-vous hommes redevenir ;

On vous rend déja la parole.
Le Lion dit, penfant rugir,
Je n'ai pas la tête fi folle :
Moi renoncer aux dons que je viens d'acquérir !
J'ai griffe & dent, & mets en piece qui m'attaque ;
Je fuis Roi, deviendrai-je un Citadin d'Itaque ?
Tu me rendras, peut-être, encor fimple foldat ;
Je ne veux point changer d'état.
Ulyffe, du Lion court à l'Ours ; eh ! mon frere,
Comme te voilà fait ! je t'ai vû fi joli.
Ah ! vraiment nous y voici,
Reprit l'Ours à fa maniere ;
Comme me voilà fait ! comme doit être un Ours.
Qui t'a dit qu'une forme eft plus belle qu'une autre ?
Eft-ce à la tienne à juger de la nôtre ?
Je m'en rapporte aux yeux d'une Ourfe mes amours.
Te déplais-je ? va-t'en, fuis ta route & me laiffe ;
Je vis libre, content, fans nul foin qui me preffe ;
Et te dis, tout net & tout plat,
Je ne veux point changer d'état.
Le Prince Grec, au Loup va propofer l'affaire ;
Il lui dit, au hafard d'un femblable refus ;
Camarade, je fuis confus,
Qu'une jeune & belle bergere
Conte aux échos les appétits gloutons
Qui t'ont fait manger fes moutons.
Autrefois ont t'eût vû fauver fa bergerie ;
Tu menois une honnête vie.
Quitte ces bois ; & redeviens,
Au lieu de Loup, homme de bien.
En eft-il, dit le Loup ? pour moi, je n'en vois guere.
Tu t'en viens me traiter de bête carnarciere :
Toi qui parles, qu'eft-tu ? n'auriez-vous pas, fans moi,
Mangé ces animaux que plaint tout le village ?
Si j'érois homme, par ta foi,
Aimerois-je moins le carnage ?
Pour un mot quelquefois, vous vous étranglez tous :
Ne vous êtes-vous pas l'un à l'autre des Loups ?
Tout bien confidéré, je te foutiens en fomme :

Que fcélérat pour fcélérat,
Il vaut mieux être un Loup qu'un homme
Je ne veux point changer d'état.
Ulyffe fit à tous une même femonce ;
Chacun d'eux fit même réponfe,
Autant le grand que le petit.
La liberté, les bois fuivre leur appétit,
C'étoit leurs délices fuprêmes :
Tous renonçoient au los (1) des belles actions.
Ils croyoient s'affranchir, fuivant leurs paffions ;
Ils étoient efclaves d'eux-mêmes.

Prince, j'aurois voulu vous choifir un fujet
Où je puffe mêler le plaifant à l'utile :
C'étoit fans doute un beau projet,
Si ce choix eut été facile.
Les Compagnons d'Ulyffe enfin fe font offerts :
Ils ont force pareils en ce bas Univers,
Gens à qui j'impofe pour peine
Votre cenfure & votre haine.

FABLE II.

Le Chat & les deux Moineaux.

A MONSEIGNEUR

LE DUC DE BOURGOGNE.

Un Chat, contemporain d'un fort jeune Moineau,
Fut logé près de lui dès l'âge du berceau.
La cage & le panier avoient mêmes Pénates.
Le Chat étoit fouvent agacé par l'Oifeau ;

(1) Los, louange, Vieux.

L'un s'excrimoit du bec, l'autre jouoit des pattes.
Ce dernier, toutefois, épargnoit son ami,
    Ne le corrigeant qu'à demi.
    Il se fût fait un grand scrupule
    D'armer de pointes sa férule.
    Le Passerau moins circonspect,
    Lui donnoit force coups de bec :
    En sage & discrete personne,
    Maître Chat excusoit ses jeux.
Entre ami il ne faut jamais qu'on s'abandonne
    Aux traits d'un courroux sérieux.
Comme ils se connoissent tous deux dès leur bas âge,
Une longue habitude en paix les maintenoit ;
Jamais en vrai combat le jeu ne se tournoit :
    Quand un Moineau du voisinage
S'en vint les visiter, & se fit compagnon
Du pétulant Pierrot, & du sage Raton.
Entre les deux oiseaux il arriva querelle :
    Et Raton de prendre parti.
Cet inconnu, dit-il, nous la vient donner belle
    D'insulter ainsi notre ami ;
Le Moineau du voisin viendra manger le nôtre ?
Non, de par tous les Chats. Entrant lors au combat,
Il croque l'étranger. Vraiment, dit notre Chat,
Les Moineaux ont un goût exquis & délicat.
Cette réflexion fit aussi croquer l'autre.

Quelle moralle puis-je inférer de ce fait,
Sans cela toute Fable est un œuvre imparfait.
J'en crois voir quelques traits, mais leur ombre m'abuse
Prince, vous les aurez incontinent trouvés :
Ce sont des jeux pour vous, & non point pour ma Muse:
Elle & ses sœurs n'ont pas l'esprit que vous avez.

FABLE III.

Du Théfaurifeur & du Singe.

Un homme accumuloit. On fait que cette erreur
　　Va fouvent jufqu'à la fureur.
Celui-ci ne fongeoit que ducats & piftoles.
Quand ces biens font oififs, je tiens qu'ils font frivoles.
　　Pour fûreté de fon tréfor,
Notre Avare habitoit un lieu dont Amphitrite
Défendoit aux voleurs de toute part l'abord.
Là, d'une volupté, felon moi fort petite,
Et felon lui fort grande, il entaffoit toujours.
　　Il paffoit les nuits & les jours
A compter, calculer, fupputer fans relâche :
Calculant, fupputant, comptant comme à la tâche,
Car il trouvoit toujours du méconte à fon fait.
Un gros Singe plus fage, à mon fens, que fon maître,
Jettoit quelques doublons toujours par la fenêtre,
　　Et rendoit le compte imparfait.
　　La chambre bien cadenacée
Permettoit de laiffer l'argent fur le comptoir.
Un beau jour Dom-Bertrand fe mit dans la penfée
D'en faire un facrifice au liquide manoir.
　　Quant à moi, lorfque je compare
Les plaifirs de ce Singe à ceux de cet Avare,
Je ne fai bonnement auquel donner le prix.
Dom-Bertrand gagneroit près de certains efprits :
Les raifons en feroient trop longues à déduire,
Un jour donc l'animal, qui ne fongeoit qu'à nuire,
Détachoit du monceau tantôt quelque Doublon,
　　Un Jacobus (*), un Ducaton,
　　Et puis quelque Noble à la rofe (*),

(**) *Jacobus, Noble à la rofe,* &c. vieilles efpaces
de monnoie.

Eprouvoit son adreſſe & ſa force à jetter
Ces morceaux de métal qui ſe font ſouhaiter
Par les humains ſur tout choſe.
S'il n'avoit entendu ſon compteur à la fin
Mettre la clef dans la ferrure,
Les ducats auroient tous pris le même chemin,
& couru la même aventure.
Il les auroit fait tous voler juſqu'au dernier
Dans le gouffre enrichi par maint & maint naufrage.
Dieu veuille préſerver maint & maint Financier
Qui n'en fait pas meilleur uſage.

FABLE IV.

Le deux Chevres.

DÈS que les Chevres ont brouté,
Certain eſprit de liberté
Leur fait chercher fortune : elles vont en voyage
Vers les endroits du pâturage
Les moins fréquentés des humains.
Là s'il eſt quelque lieu ſans route & ſans chemins,
Un rocher, quelque mont pendant en précipices,
C'eſt où ces Dames vont promener leur caprices :
Rien ne peut arrêter cet animal grimpant.
Deux Chevres donc s'émancipant,
Toutes deux ayant patte blanche,
Quitterent les bas prés, chacune de ſa part.
L'une vers l'autre alloit pour quelque bon haſard.
Un ruiſſeau ſe rencontre, & pour pont une planche :
Deux belettes à peine auroint paſſé de front
ſur ce pont :
D'ailleurs, l'onde rapide & le ruiſſeau profond
Devoient faire trembler de peur ces Amazones.
Malgré tant de danger, l'une de ces perſonnes

II. Partie.   Hh

Pofe un pied fur la planche, & l'autre en fait autant.
Je m'imagine voir, avec Louis-le-Grand,
　　　Philippe-Quatre qui s'avance
　　　Dans l'île de la Conférence.
　　　Ainfi s'avançoient pas à pas,
　　　Nez à nez nos aventurieres,
　　　Qui toutes deux étant fort fieres,
Vers le milieu du pont ne fe voulurent pas
L'une à l'autre céder. Elles avoient la gloire
De compter dans leur race (à ce que dit l'hiftoire)
L'une, certaine Chevre au mérite fans pair,
Dont Polyphême fit préfent à Galathée;
　　　Et l'autre, la Chevre Amalthée
　　　Par qui fut nourri Jupiter.
Faute de reculer leur chûte fut commune :
　　　Toutes deux tombcrent dans l'eau

　　　Cet accident n'eft pas nouveau
　　　Dans le chemin de la Fortune.

───────────────────

A MONSEIGNEUR

LE DUC DE BOURGOGNE,

Qui avoit demandé à M. de la Fontaine une
Fable qui fût nommée *Le Chat & la Souris.*

POUR plaire au jeune Prince à qui la Renommée
　　　Deftine un Temple en mes écrits,
Comment compoferai-je une Fable nommée
　　　Le Chat & la Souris ?

Dois-je repréfenter dans ces vers une Belle,
Qui douce en apparence, & toutefois cruelle,
Va fe jouant des cœurs que fes charmes ont pris,
　　Comme le Chat, de la Souris ?

Prendrai-je pour sujet les jeux de la Fortune,
Rien ne lui convient mieux ; & c'est chose commune
Que de lui voir traiter ceux qu'on croit ses amis,
  Comme le Chat fait la Souris.

Introduirai-je un Roi, qu'entre ses favoris
Elle respecte seul, Roi qui fixe sa roue,
Qui n'est point empêché d'un monde d'ennemis ;
Et qui, des plus puissants, quand il lui plaît se joue
  Comme le Chat, de la Souris ?

Mais insensiblement, dans le tour que j'ai pris,
Mon dessein se rencontre ; & , si je ne m'abuse,
Je pourrois tout gâter par de plus longs récits.
Le jeune Prince alors se joueroit de ma Muse
  Comme le Chat, de la Souris.

FABLE V.

Le vieux Chat & la jeune Souris.

UNE jeune Souris, de peu d'expérience,
Cru fléchir un vieux Chat implorant sa clémence,
Et payant de raison le Rominagrobis.
  » Laissez-moi vivre : une Souris
  De ma taille & de ma dépense
  Est-elle à charge en ce logis ?
  Affamerois-je, à votre avis,
  L'hôte, l'hôtesse & tout le monde ?
  D'un grain de bled je me nourris :
  Une noix me rend toute ronde.
A présent je suis maigre : attendez quelque temps.
Réservez ce repas à Messieurs vos enfants.
Ainsi parloit au Chat la Souris attrapée.
  L'autre lui dit : tu t'es trompée.
Est-ce à moi que l'on tient de semblables discours ?

Tu gagnerois autant de parler à des fourds.
Chat, & vieux, pardonner ! cela n'arrive gueres.
    Selon ces loix, defcends là-bas,
    Meurs, & va-t-en tout de ce pas
    Haranguer les Sœurs filandieres :
Mes enfants trouveront affez d'autres repas.
    Il tint parole. Et pour ma Fable
Voici le fens moral qui peut y convenir.
La jeuneffe fe flatte, & croit tout obtenir ;
    La vieilleffe eft impitoyable.

FABLE VI.
Le Cerf malade.

En pays plein de Cerfs, un Cerf tomba malade,
    Incontinent maint camarade
Accourut à fon grabat le voir, le fecourir,
Le confoler du moins : multitude importune.
    Eh ! Meffieurs, laiffez-moi mourir :
    Permettez qu'en forme commune
La Parque m'expédie : & finiffez vos pleurs.
    Point du tout : les confolateurs
De ce trifte devoir tout au long s'acquitterent :
    Quand il plut à Dieu s'en allerent.
    Ce ne fut pas fans boire un coup ;
C'eft-à-dire fans prendre un droit de pâturage.
Tout fe mit à brouter les bois du voifinage.
La pitance du Cerf en déchut de beaucoup.
    Il ne trouva plus rien à frire ;
    D'un mal il tomba dans un pire :
    Et fe vit réduit à la fin
    A jeûner & mourir de faim.

    Il en coûte à qui vous réclame,
    Médecin du corps & de l'ame.
    O temps ! ô mœurs ! j'ai beau crier,
    Tout le monde fe fait payer.

FABLE VII.

La Chauve-Souris, le Buisson & le Canard.

LE Buisson, le Canard & la Chau-Sauris,
  Voyant tous trois qu'en leur pays
  Ils faisoient petite fortune,
Vont trafiquer au loin, & font bourse commune.
Ils avoient des comptoirs, des facteurs, des agents,
  Non moins soigneux qu'intelligents,
Des regiftres exacts de mise & de recette.
  Tout alloit bien, quand leur emplette,
  En paffant par certains endroits
  Remplis d'écueils, & fort étroits,
  Et de trajet très-difficile,
Alla toute emballée au fond des magafins,
  Qui du Tartare font voifins.
Notre Trio pouffa maint regret inutile,
  Ou plutôt il n'en pouffa point.
Le plus petit marchand eft favant fur ce point :
Pour fauver fon crédit il faut cacher fa perte.
Celle que par malheur nos gens avoient foufferte,
Ne put fe réparer : le cas fut découvert.
Les voilà fans crédit, fans argent, fans reffource,
  Prêts à porter le bonnet vert.
  Aucun ne leur ouvrit fa bourfe,
Et le fort principal, & les gros intérêts,
  Et les fergents & les procès,
  Et le créancier à la porte,
  Dès devant la pointe du jour,
N'occupoient le Trio qu'à chercher maint détour,
  Pour contenter cette cohorte.
Le Buiffon accrochoit les paffants à tous coups ;
Meffieurs, leur difoit-il, de grâce apprenez-nous

       H 2

En quel lieu font les marchandifes
Que certains gouffres nous ont prifes.
Le Plongeon, fous les eaux, s'en alloit les chercher.
L'Oifeau Chauve-Soûris n'ofoit plus approcher,
    Pendant le jour, nulle demeure :
    Suivi des fergents à toute heure,
    En des trous il s'alloit cacher.

Je reconnois maint detteur (1), qui n'eft ni Souris-
    Chauve,
Ni Buiffon, ni Canard, ni dans tel cas tombé,
Mais fimple grand Seigneur, qui tous les jours fe fauve
    Par un efcalier dérobé.

FABLE VIII.

La querelle des Chiens & des Chats, & celle des Chats & des Souris.

LA Difcorde a toujours regné dans l'Univers ;
Notre monde en fournit mille exemples divers.
Chez nous cette Déeffe a plus d'un tributaire.
    Commençons par les éléments:
Vous ferez étonnés de voir qu'à tous moments;
    Ils feront appointés contraire (2).
    Outre ces quatre potentats,
    Combien d'êtres de tous états
    Se font une guerre éternelle ?

Autrefois un logis plein de Chiens & de Chats,
Par cent arrêts rendus en forme folemnelle,
    Vit terminer tous leurs débats.
Le maître ayant réglé leurs emplois, leurs repas,
Et menacé du fouet quiconque auroit querelle,

---

(1) *Detteur* ; pour *débiteur*. N'eft point d'ufage.
(2) *Appointé contraire* : oppofé. Façon de parler
peu ufité.

Ces animaux vivoient entr'eux comme cousins.
Cette union si douce, & presque fraternelle,
    Edifioit tous les voisins.
Enfin elle cessa. Quelque plat de potage,
Quelque os, par préférence, à quelqu'un d'eux donné,
Fit que l'autre parti s'en vint tout forcené
    Représenter un tel ouvrage.
J'ai vu des Chroniqueurs attribuer le cas
Aux passe-droits qu'avoit une Chienne en gésine;
    Quoi qu'il en soit, cet altercas (1)
Mit en combustion la salle & la cuisine :
Chacun se déclara pour son Chat, pour son Chien.
On fit un réglement dont les Chats se plaignirent,
    Et tout le quartier étourdirent.
Leur Avocat disoit, qu'il falloit bel & bien
Recourir aux arrêts. En vain ils les cherchèrent.
Dans un coin où d'abord leurs agents les cachèrent,
    Les Souris enfin les mangèrent.
Autre procès nouveau : le peuple Souriquois
En pâtit. Maint vieux Chat, fin, subtil & narquois (2),
Et d'ailleurs en voulant à toute cette race,
    Les guetta, les prit, fit main-basse.
Le maître du logis ne s'en trouva que mieux.

J'en reviens à mon dire. On ne voit sous les Cieux
Nul animal, nul être, aucune créature
Qui n'ait son opposé ; c'est la loi de Nature.
D'en chercher la raison, ce sont soins superflus.
Dieu fit bien ce qu'il fit, & je n'en sai pas plus.
    Ce que je sai, c'est qu'aux grosses paroles
On en vient, sur un rien, plus de trois quarts du temps.
Humains, il vous faudroit encore à soixante ans
    Renvoyer chez les Barbacoles (3).

---

(1) *Altercas* : altercation. Vieux.

(2) *Narquois* signifie la même chose que dans les deux mots qui précédent. Il est du style familier, mais guère d'usage.

(3) *Barbacole* : mot tiré de l'Italien pour désigner un Maître d'Ecole.

FABLE IX.
Le Loup & le Renard.

D'où vient que personne en la vie
N'est satisfait de son état ?
Tel voudroit bien être soldat,
A qui le soldat porte envie.

Certain Renard voulut, dit-on,
Se faire Loup. Hé qui peut dire
Que pour le métier de mouton
Jamais aucun Loup ne soupire ?

Ce qui m'étonne est qu'à huit ans,
Un Prince (1) en Fable ait mis la chose :
Pendant que sous mes cheveux blancs,
Je fabrique à force de temps
Des vers moins sensés que sa prose.

Les traits de sa Fable semés,
Ne sont en l'ouvrage du Poëte,
Ni tous, ni si bien exprimés.
Sa louange en est plus complette.

De la chanter sur la musette,
C'est mon talent : mais je m'attends,
Que mon Héros, dans peu de temps :
Me fera prendre la trompette.

Je ne suis pas un grand Prophête ;
Cependant je lis dans les Cieux
Que bientôt ses faits glorieux
Demanderont plusieurs Homeres :
Et ce temps-ci ne produit gueres.

(1) Monseigneur le Duc de Bourgogne.

Laissant à part tout ces mysteres,
Essayons de contenter la Fable avec succès.

Le Renard dit au Loup : notre cher, pour tous mets
J'ai souvent un vieux coq, ou de maigres poulets :
    C'est une viande qui me lasse.
Tu fais meilleure chere avec moins de hasard.
J'approche des maisons : tu te tiens à l'écart.
Apprends-moi ton métier, camarade de grâce :
    Rends-moi le premier de ma race
Qui fournisse son croc de quelque mouton gras.
Tu ne me mettras point au nombre des ingrats.
Je le veux, dit le Loup : il m'est mort un mien frere,
Allons prendre sa peau, tu t'en revêtiras.
Il vint, & le Loup dit : voici comme il faut faire,
Si tu veux écarter les mâtins du troupeau.
    Le Renard ayant mis la peau,
Répétois les leçons que lui donnoit son maître.
D'abord il s'y prit mal, puis un peu mieux, puis bien :
    Puis enfin il n'y manqua rien.
A peine il fut instruit autant qu'il pouvoit l'être,
Qu'un troupeau s'approcha. Le nouveau Loup y court,
Et répand la terreur dans les lieux d'alentour.
    Tel vêtu des armes d'Achille,
Patrocle mit l'alarme au camps & dans la ville :
Meres, brus & vieillards au Temple couroient tous.
L'est du peuple bêlant crut voir cinquante Loups ;
Chien, berger & troupeau, tout fuit vers le village,
Et laisse seulement une brebis pour gage.
Le larron s'en saisit. A quelque pas de-la
Il entendit chanter un coq du voisinage.
Le disciple aussi-tôt droit au coq s'en alla,
    jettant bas sa robe de classe,
Oubliant les brebis, les leçons, le Régent,
    Et courant d'un pas diligent.

    Que sert-il qu'on se contrefasse ?
Prétendre ainsi changer, est une illusion:
    L'on reprend sa premiere trace
    A la premiere occasion.

De votre efprit que nul autre n'égale,
Prince, ma Mufe tient tout entier ce projet.
    Vous m'avez donné le fujet,
    Le dialogue, & la morale.

FABLE X.

L'Ecreviffe & fa Fille.

LES Sages quelquefois, ainfi que l'Ecreviffe,
Marchent à reculons, tournent le dos au port.
C'eft l'art des matelots : c'eft l'artifice
De ceux qui pour couvrir quelque puiffant effort,
Envifagent un point directement contraire,
Et font, vers ce lieu-là, courir leur adverfaire.
Mon fujet eft petit, cet acceffoire eft grand.
Je pourrois l'appliquer à certain Conquérant
Qui tout feul déconcerte une ligue à cent têtes.
Ce qu'il n'entreprend pas, & ce qu'il entreprend
N'eft d'abord qu'un fecret, puis devient des conquêtes.
En vain on a les yeux fur ce qu'il veut cacher,
Ce font arrêts du Sort qu'on ne peut empêcher;
Le torrent, à la fin devient infurmontable.
Cent Dieux font impuiffants contre un feul Jupiter.
Louis & le Deftin me femblent, de concert,
Entraîner l'Univers. Venons à notre Fable.

Mere Ecreviffe un jour à fa Fille difoit;
Comme tu vas, bon Dieu ! ne peut tu marcher droit?
Et comme vous allez vous-même ! dit la Fille :
Puis-je autrement marcher que ne fait ma famille?
Veut-on que j'aille droit quand on y va tortu?
        Elle avoit raifon : la vertu
        De tout exemple domeftique
        Et univerfelle, & s'applique
En bien, en mal, en tout; fait des fages, des fots;

Beaucoup plus de ceux-ci. Quant à tourner le dos
A son but, j'y reviens, la méthode en est bonne,
    Sur-tout au métier de Bellone ;
    Mais il faut le faire à propos.

FABLE XI.

L'Aigle & la Pie.

L'AIGLE, Reine des airs, avec Margot la Pie,
Différentes d'humeur, de langage & d'esprit,
    Et d'habit,
    Traversoient un bout de prairie.
Le hasard les assemble en un coin détourné.
L'Agace eut peur ; mais l'Aigle ayant fort bien dîné,
La rassure, & lui dit : allons de compagnie.
Si le Maître des Dieux assez souvent s'ennuie,
    Lui qui gouverne l'Univers,
J'en puis bien faire autant, moi qu'on sait qui le sers.
Entretenez-moi donc, & sans cérémonie.
Caquet bon bec alors de jaser au plus dru,
sur ceci, sur cela, sur tout. L'homme d'Horace
Disant le bien, le mal à travers champs, n'eût su
Ce qu'en fait de babil y savoit notre Agace.
Elle offre d'avertir de tout ce qui se passe,
    Sautant, allant de place en place,
Bon espion, Dieu sait. Son offre ayant déplû,
    L'Aigle lui dit tout en colere :
    Ne quittez point votre séjour,
Caquet bon bec, ma mie : adieu, je n'ai que faire
    D'une babillarde à ma Cour :
    C'est un fort méchant caractere.
    Margot ne demandoit pas mieux.
Ce n'est pas ce qu'on croit, que d'entrer chez les Dieux
Cet honneur a souvent de mortelles angoisses.

Rediſeurs, eſpions, gens à l'air grácieux,
Au cœur tout différent, s'y rendent odieux,
Quoiqu'ainſi que la Pie il faille dans ces lieux
    Porter habit de deux Paroiſſes.

FABLE XII.

Le Roi, le Milan, & le Chaſſeur.

A SON ALTESSE SÉRÉNISSIME

MONSEIGNEUR

LE PRINCE DE CONTY.

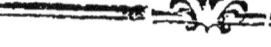

COMME les Dieux ſont bons, ils veulent que les Rois
    Le ſoient auſſi : c'eſt l'indulgence
    Qui fait le plus beau de leurs droits,
    Non les douceurs de la vengeance.
Prince, c'eſt votre avis. On ſait que le courroux
S'éteint en votre cœur ſi-tôt qu'on l'y voit naître.
Achille, qui du ſien ne put ſe rendre maître,
    Fut par-là moins héros que vous.
Ce titre n'appartient qu'à ceux d'entre les hommes
Qui comme en l'âge d'or font cent biens ici bas.
Peu de Grands ſont nés tels en cet âge où nous ſommes.
L'Univers leur fait gré du mal qu'ils ne font pas.
    Loin que vous ſuiviez ces exemples,
Mille actes généreux vous promettent des Temples;
Apollon, citoyen de ces auguſtes lieux,
Prétend y célébrer votre nom ſur ſa lyre.
Je ſais qu'on vous attend dans le Palais des Dieux :
Un ſiecle de ſéjour ici doit vous ſuffire.
Hymen veut ſéjourner tout un ſiecle chez vous.

                                         Puiſſent

Puiſſent ſes plaiſirs les plus doux
Vous compoſer des deſtinées
Par ce temps à peine bornées.
Et la Princeſſe & vous n'en méritez pas moins ;
J'en prends ſes charmes pour témoins :
Pour témoins j'en prends les merveilles
Par qui le Ciel, pour vous prodigue en ſes préſents,
Des qualités qui n'ont qu'en vous ſeul leurs pareilles,
Voulut orner vos jeunes ans.
BOURBON, de ſon eſprit ſes grâces aſſaiſonne.
Le Ciel joignit en ſa perſonne
Ce qui fait ſe faire eſtimer
A ce qui fait ſe faire aimer.
Il ne m'appartient pas d'étaler votre joie :
Je me tais donc, & vais rimer
Ce que fit un oiſeau de proie.

Un Milan, de ſon nid, antique poſſeſſeur,
Etant pris vif par un Chaſſeur,
D'en faire au Prince un don cet homme ſe propoſe,
La rareté du fait donnoit lieu à la choſe.
L'Oiſeau, par le Chaſſeur, humblement préſenté,
Si ce conte n'eſt apocryphe,
Va tout droit imprimer ſa griffe
Sur le nez de ſa Majeſté.
Quoi, ſur le nez du Roi ? Du Roi même en perſonne.
Il n'avoit donc alors ni ſceptre ni couronne ?
Quand ils en auroit eu, ç'auroit été tout un.
Le nez Royal fut pris comme un nez du commun.
Dire des Courtiſans les clameurs & la peine,
Seroit ſe conſumer en efforts impuiſſants.
Le Roi n'éclata point ; les cris ſont indécents
A la Majeſté ſouveraine.
L'Oiſeau garda ſon poſte. On ne peut ſeulement
Hâter ſon départ d'un moment.
Son Maître le rappelle, & crie & ſe tourmente,
Lui préſente le leurre, & le poing, mais en vain.
On crut que juſqu'au lendemain
Le maudit animal à la ſerre inſolente,

Nicheroit là malgré le bruit,
Et sur le nez sacré voudroit passer la nuit :
Tâcher de l'en tirer irritoit son caprice.
Il quitte enfin le Roi, qui dit : laissez aller
Ce Milan, & celui qui m'a cru régaler.
Il se sont acquittés tous deux de leur office,
L'un en Milan, & l'autre en citoyen des bois.
Pour moi qui sais comment doivent agir les Rois,
Je les affranchis du supplice.
Et la Cour d'admirer. Les Courtisans ravis
Louent de tels faits, par eux si mal suivis.
Bien peu, même des Rois, prendroient un tel modele ;
Et le Veneur l'échappa belle,
Coupable seulement, tant lui que l'animal,
D'ignorer le danger d'approcher trop du Maître.
Ils n'avoient appris à connoître
Que les hôtes des bois : étoit-ce un si grand mal ?

Pilpay fait, près du Gange, arriver l'aventure.
Là nulle humaine créature
Ne touche aux animaux pour leur sang épancher :
Le Roi même feroit scrupule d'y toucher.
Savons-nous, disent-ils, si cet Oiseau de proie
N'étoit point au siege de Troie ?
Peut-être y tient-il lieu d'un Prince ou d'un Héros
Des plus hupés & des plus hauts.
Ce qu'il fut autrefois, il pourra l'être encore.
Nous croyons, après Pithagore,
Qu'avec les animaux de forme nous changeons,
Tantôt milans, tantôt pigeons,
Tantôt humains, puis volatilles
Ayant dans les airs leurs familles.

Comme l'on conte en deux façons
L'accident du Chasseur, voici l'autre maniere.
Un certain Fauconnier ayant pris, ce dit-on,
A la chasse un Milan (ce qui n'arrive guere)
En voulut au Roi faire un don,
Comme de chose singuliere.
Ce cas n'arrive pas quelquefois en cent ans,

C'est le *non plus ultrà* de la Fauconnerie.
Ce Chasseur perce donc un gros de Courtisans,
Plein de zele, échauffé s'il le fut de sa vie.
    Par ce parangon (1) des présents
    Il croyoit sa fortune faite :
    Quand l'animal porte sonnette,
    Sauvage encor & tout grossier,
    Avec ses ongles tout d'acier
Prend le nez du Chasseur, hape le pauvre Sire.
    Lui de crier, chacun de rire,
Monarque & Courtisans. Qui n'eût ri ? quant à moi
Je n'en eusse quitté ma part pour un Empire.
    Qu'un Pape rie, en bonne foi
Je n'ose l'assurer ; mais je tiendrois un Roi
    Bien malheureux s'il n'osoit rire :
C'est le plaisir des Dieux. Malgré son noir souci,
Jupiter & le Peuple immortel rit aussi.
Il en fit des éclats, à ce que dit l'histoire,
Quand Vulcain, clopinant, vint lui donner à boire.
Que le Peuple immortel se montrat sage ou non,
J'ai changé mon sujet avec juste raison ;
    Car, puisqu'il s'agit de morale,
Que nous eût du Chasseur l'aventure fatale
Enseigné de nouveau ? l'on a vû de tous temps
Plus de sots Fauconniers, que de Rois indulgents.

---

(1) *Parangon :* autrefois, *modele.* Ce mot signifioit
aussi, *patron, comparaison.*

FABLE XIII.

Le Renard, les Mouches, & le Hérisson.

Aux traces de son sang, un vieux hôte des bois,
  Renard fin, subtil & matois,
Blessé par des chasseurs, & tombé dans la fange,
Autrefois attira ce parasite aîlé
Que nous avons Mouche appellé.
Il accusoit les Dieux, & trouvoit fort étrange
Que le Sort à tel point le voulût affliger,
  Et le fit aux Mouches manger.
Quoi se jetter sur moi, sur moi le plus habile
  De tous les hôtes des forêts !
Depuis quand les Renards sont-ils un si bon mets ?
Et que me sert ma queue ? est-ce un poids inutile ?
Va, le Ciel te confonde, animal importun,
  Que ne vis-tu sur le commun ?
  Un Hérisson du voisinage,
  Dans mes vers nouveau personnage,
Voulut le délivrer de l'importunité
  Du peuple plein d'avidité.
Je les vais de mes dards, enfiler par centaines,
Voisin Renard, dit-il, & terminer tes peines.
Garde-t-en bien, dit l'autre : ami, ne le fais pas ;
Laisse-les, je te prie, achever leur repas.
Ces animaux sont souls : une troupe nouvelle
Viendroit fondre sur moi, plus âpre & plus cruelle.

Nous ne trouvons que trop de mangeurs ici-bas :
Ceux-ci sont Courtisans, ceux-là sont Magistrats.
Aristote appliquoit cet Apologue aux hommes.
  Les exemples en sont communs,
  Sur-tout au pays où nous sommes.
Plus telles gens sont pleins, moins ils sont importuns.

FABLE XIV.

L'Amour & la Folie.

TOUT est myſtere dans l'Amour ;
Ses flcches, ſon carquois, ſon flambeau, ſon enfance,
Ce n'eſt pas l'ouvrage d'un jour
Que d'épuiſer cette ſcience.
Je ne prétends donc point tout expliquer ici :
Mon but eſt ſeulement de dire à ma maniere
Comment l'aveugle que voici
(C'eſt un Dieu) comment, dis-je, il perdit la lumiere :
Quelle ſuite eut ce mal qui peut-être eſt un bien.
J'en fais juge un amant, & ne décide rien.

La Folie & l'Amour jouoient un jour enſemble.
Celui-ci n'étoit pas encor privé des yeux.
Une diſpute vint ; l'Amour veut qu'on aſſemble
Là-deſſus le Conſeil des Dieux.
L'autre n'eut pas la patience.
Elle lui donne un coup ſi furieux,
Qu'il en perd la clarté des Cieux.
Vénus en demande vengence.
Femme & mere, il ſuffit pour juger de ſes cris :
Les Dieux en furent étourdis,
Et Jupiter, & Néméſis,
Et les Juges d'enfer, enfin toute la bande.
Elle repréſenta l'énormité du cas.
Son fils, ſans un bàton, ne pouvoit faire un pas.
Nulle peine n'étoit pour ce crime aſſez grande.
Le dommage devoit être auſſi réparé.
Quand on eut bien conſidéré
L'intérêt du public, celui de la patrie,
Le réſultat enfin de la ſuprême Cour
Fut de condamner la Folie
A ſervir de guide à l'Amour.

I i 3

FABLE XV.

Le Corbeau, la Gazelle, la Tortue & le Rat.

A MADAME DE LA SABLIERE.

JE vous gardois un Temple dans mes vers :
Il n'eût fini qu'avecque l'Univers
Déjà ma main en fondoit la durée
Sur ce bel art qu'ont les Dieux inventé ;
Et fur le nom de la Divinité ;
Que dans ce Temple on auroit adorée.
Sur le portail j'aurois ces mots écrits :
PALAIS SACRÉ DE LA DÉESSE IRIS ;
Non celle-là qu'a Junon à fes gages ;
Car Junon même & le maître des Dieux
Serviroient l'autre, & feroient glorieux
Du feul honneur de porter les meffages.
L'Apothéofe à la voûte eût paru.
Là tout l'Olympe en pompe eût été vû
Plaçant Iris fous un dais de lumiere.
Les murs auroient amplement contenu
Toute fa vie, agréable matiere,
Mais peu féconde en ces événements
Qui des Etats font les renverfements.
Au fond du Temple eût été fon image,
Avec fes traits, fon fouris, fes appas,
Son art de plaire & de n'y penfer pas,
Ses agréments à qui tout rend hommage.
J'aurois fait voir à fes pieds des mortels,
Et des héros, des demi-Dieux encore,
Même des Dieux : ce que le monde adore
Vient quelquefois parfumer fes autels.
J'euffe en fes yeux fait briller de fon âme

Tous les trésors, quoiqu'imparfaitement,
Car ce cœur vif & tendre infiniment,
Pour ses amis, & non point autrement ;
Car cet esprit qui né du firmament,
A beauté d'homme avec grâce de femme,
Ne se peut pas comme on veut exprimer.
O vous, Iris, qui savez tout charmer,
Qui savez plaire à un dégré suprême,
Vous que l'on aime à l'égal de soi-même,
(Ceci soit dit sans nul soupçon d'amour,
Car c'est un mot banni de votre Cour,
Laissons-le donc) agréez que ma Muse
Acheve un jour cette ébauche confuse.
J'en ai placé l'idée & le projet,
Pour plus de grâce au-devant d'un sujet
Où l'amitié donne de telles marques,
Et d'un tel prix, que leur simple récit
Peut quelque temps amuser votre esprit.
Non que ceci se passe entre Monarques :
Ce que chez vous nous voyons estimer
N'est pas un Roi qui ne sait point aimer ;
C'est un mortel qui sait mettre sa vie
Pour son ami. J'en vois peu de bons.
Quatre animaux, vivants de compagnie,
Vont aux humains en donner des leçons.

La Gazelle, le Rat, le Corbeau, la Tortue
Vivoient ensemble unis : douce société.
Le choix d'une demeure aux humains inconnue
   Assuroit leur félicité.
Mais quoi, l'homme découvre enfin toutes retraites !
  Soyez au milieu des déserts,
   Au fond des eaux, au haut des airs,
Vous n'éviterez point ses embuches secrettes.
La Gazelle s'alloit ébattre innocemment :
  Quand un chien, maudit instrument
  Du plaisir barbare des hommes,
Vint sur l'herbe éventer les traces de ses pas.
Elle fuit, & le Rat à l'heure du repas :

Dit aux amis reſtants : d'où vient que nous ne ſommes
　　　Aujourd'hui que trois conviés ?
La Gazelle déja nous a-t-elle oubliés ?
　　　A ces paroles la Tortue
　　　S'écrie, & dit, ah ! ſi j'étois
　　　Comme un Corbeau d'aîles pourvue,
　　　Tout de ce pas je m'en irois
　　　Apprendre au moins quelle contrée,
　　　Quel accident tient arrêtée
　　　Notre compagne au pied léger :
Car, à l'égard du cœur, il en faut mieux juger.
　　　Le Corbeau part à tire d'aîle :
　　　Il apperçoit de loin l'imprudente Gazelle,
　　　Priſe au piége , & ſe tourmentant.
Il retourne avertir les autres à l'inſtant.
Car de lui demander quand, pourquoi, ni comment
　　　Ce malheur eſt tombé ſur elle ,
Et perdre en vains diſcours cet utile moment,
　　　Comme eût fait un Maître d'école,
　　　Il avoit trop de jugement.
　　　Le Corbeau donc vole & revole.
　　　Sur ſon rapport les trois amis
　　　Tiennent conſeil. Deux ſont d'avis
　　　De ſe tranſporter ſans remiſe
　　　Au lieu où la Gazelle eſt priſe.
L'autre, dit le Corbeau , gardera le logis :
Avec ſon marcher lent quand arriveroit-elle ?
　　　Après la mort de la Gazelle.
Ces mots à peine dits, ils s'en vont ſecourir
　　　Leur chere & fidelle compagne,
　　　Pauvre chevrette de montagne,
　　　La Tortue y voulut courir :
　　　La voilà comme eux en campagne,
Maudiſſant ſes pieds courts avec juſte raiſon ,
Et la néceſſité de porter ſa maiſon.
Rongemaille (le Rat eut à bon droit ce nom)
Coupe les nœuds du laçs : on peut penſer la joie,
Le Chaſſeur vient, & dit : qui m'a ravi ma proie ?
Rongemaille, à ces mots, ſe retire en un trou,

Le Corbeau fur un arbre , en un bois la Gazelle :
    Et le Chaffeur à demi-fou
    De n'en avoir nulle nouvelle ,
Apperçoit la Tortue , & retient fon courroux.
    D'où vient, dit-il, que je m'effraie ?
Je veux qu'à mon fouper celle-ci me défraie.
Il la mit dans fon fac. Elle eût payé pour tous,
Si le Corbeau n'en cût averti la Chevrette.
    Celle-ci quittant fa retraite,
Contrefait la boiteufe, & vient fe préfenter.
    L'homme de fuivre, & de jetter
Tout ce qui lui pefoit, fi bien que Rongemaille
Autour des nœuds du fac tant opere & travaille,
    Qu'il délivre encor l'autre fœur
Sur qui s'étoit fondé le foupé du Chaffeur.

Pilpay conte qu'ainfi la chofe s'eft paffée.
Pour peu que je vouluffe invoquer Apollon,
J'en ferois, pour vous plaire, un ouvrage auffi long
    Que l'Iliade ou l'Odyffée.
Rongemaille feroit le principal héros ,
Quoiqu'à vrai dire ici chacun foit néceffaire.
Porte maifon l'infante y tient de tels propos,
    Que Monfieur du Corbeau va faire
Office d'efpion, & puis de meffager.
La Gazelle a d'ailleurs l'adreffe d'engager
Le Chaffeur à donner du temps à Rongemaille.
    Ainfi, chacun en fon endroit
    S'entremet, agit & travaille.
A qui donner le prix ? au cœur, fi l'on m'en croit.
Que n'ofe & que ne peut l'amitié violente !
Cet autre fentiment que l'on appelle Amour
Mérite moins d'honneur : cependant chaque jour
    Je le célebre & je le chante.
Hélas ! il n'en rend pas mon ame plus contente.
Vous protégez fa fœur, il fuffit ; & mes vers
Vont s'engager pour elle à des tons tous divers.
Mon maître étoit l'Amour, j'en vais fervir un autre :
    Et porter par tout l'Univers
    Sa gloire auffi bien que la vôtre.

FABLE XVI.

La Forêt & le Bucheron.

Un Bucheron venoit de rompre ou d'égarer
Le bois dont il avoit emmanché sa cognée.
Cette perte ne pût si-tôt se réparer
Que la Forêt n'en fût quelque temps épargnée.
　　L'homme enfin la prie humblement
　　Le lui laisser tout doucement
　　Emporter une unique branche
　　Afin de faire un autre manche.
Il iroit employer ailleurs son gagne-pain :
Il laisseroit debout maint Chêne & maint Sapin,
Dont chacun respectoit la vieillesse & les charmes.
L'innocente Forêt lui fournit d'autres armes.
Elle en eut du regret. Il emmanche son fer.
　　Le misérable ne s'en sert
　　Qu'à dépouiller sa bienfaitrice
　　De ses principaux ornements.
　　Elle gémit à tous moments :
　　Son propre don fait son supplice.

Voilà le train du monde, & de ses sectateurs :
On s'y sert du bienfait contre les bienfaiteurs.
Je suis las d'en parler : mais que de doux ombrages
　　Soient exposés à ces outrages,
　　Qui ne se plaindroit là-dessus !
Hélas ! j'ai beau crier, & me rendre incommode ;
　　L'ingratitude & les abus
　　N'en seront pas moins à la mode.

FABLE XVII.

Le Renard, le Loup & le Cheval.

UN Renard jeune encor, quoique des plus madrés (1),
Vit le premier Cheval qu'il eût vu de sa vie.
Il dit à certain Loup, franc novice : accourez,
    Un animal paît dans nos prés.
Beau, grand, j'en ai la vue encor toute ravie.
Est-il plus fort que nous ? dit le Loup en riant :
    Fais-moi son portrait, je te prie.
Si j'étois quelque Peintre, ou quelque Etudiant,
Repartit le Renard, j'avancerois la joie
    Que vous aurez en le voyant.
Mais venez : que sait-on ? peut-être est-ce une proie
    Que la fortune nous envoie.
Ils vont ; & le Cheval qu'à l'herbe on avoit mis,
Assez peu curieux de semblables amis,
Fut presque sur le point d'enfiler la venelle (2).
Seigneur, dit le Renard, vos humbles serviteurs
Apprendroient volontiers comment on vous appelle.
Le Cheval qui n'étoit dépourvu de cervelle,
Leur dit : lisez mon nom, vous le pouvez, Messieurs :
Mon Cordonnier l'a mis autour de ma semelle.
Le Renard s'excusa sur son peu de savoir.
Mes parents, reprit-il, ne m'ont point fait instruire.
Ils sont pauvres, & n'ont qu'un trou pour tout avoir.
Ceux du Loup, gros Messieurs, l'ont fait apprendre à
    lire.
    Le Loup, par ce discours flatté,

---

(1) *Madré* ; fin, subtil. Au propre, *tacheté* : mais
il n'est guere d'usage dans ce sens-là.

(2) *Venelle* : autrefois, *petite rue*. *Enfiler la venelle*,
prendre la fuite.

S'approcha ; mais sa vanité
Lui coûta quatre dents. Le Cheval lui desserre
Un coup ; & haut le pied. Voilà mon Loup par terre,
    Mal en point, sanglant & gâté.
Frere, dit le Renard, ceci nous justifie
    Ce que m'ont dit des gens d'esprit ;
Cet animal vous a sur la mâchoire écrit
Que de tout inconnu le Sage se méfie.

FABLE XVIII.

Le Renard & les Poulets d'Inde.

CONTRE les assauts d'un Renard
Un arbre à des Dindons servoit de citadelle,
Le perfide ayant fait tout le tour du rempart,
    Et vu chacun en sentinelle,
S'écria : quoi, ces gens se moqueront de moi !
Eux seuls seront exempts de la commune loi !
Non, par tous les Dieux, non. Il accomplit son dire.
La Lune alors luisant, sembloit contre le Sire
Vouloir favoriser la Dindonniere gent.
Lui, qui n'étoit novice au métier d'assiégeant,
Eut recours à son sac de ruses scélérates,
Feignit vouloir gravir, se guinda sur ses pattes,
Puis contrefit le mort, puis le ressuscité.
    Arlequin n'eût exécuté
    Tant de différents personnages.
Il élevoit sa queue, il la faisoit brillir,
    Et cent mille autre badinages ;
Pendant quoi nul Dindon n'eût osé sommeiller.
L'ennemi les laissoit en leur tenant la vue
    Sur même objet toujours tendue.
Les pauvres gens étant à la longue éblouis,
Toujours il en tomboit quelqu'un : autant de pris :
                                    Autant

Autant de mis à part : près de moitié succombe.
Le compagnon les porte en son garde-manger.

Le trop d'attention qu'on a pour le danger,
    Fait le plus souvent qu'on y tombe.

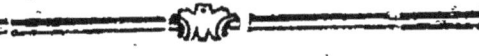

FABLE XIX.

Le Singe.

IL est un Singe dans Paris
   A qui l'on avoit donné femme :
   Singe en effet d'aucuns maris,
   Il la battoit. La pauvre Dame
En a tant soupiré, qu'enfin elle n'est plus.
   Leur fils se plaint d'étrange sorte,
   Il éclate en cris superflus :
   Le pere en rit, sa femme est morte ;
   Il a déja d'autres amours,
   Que l'on croit qu'il battra toujours.
Il hante la taverne, & souvent il s'enivre.

N'attendez rien de bon du peuple imitateur,
    Qu'il soit singe, ou qu'il fasse un livre.
   La pire espece c'est l'auteur.

FABLE XXI.

L'Éléphant & le Singe de Jupiter.

AUTREFOIS l'Eléphant & le Rhinocéres,
En difpute du pas & des droits de l'Empire,
Voulurent terminer la querelle en champ clos.
Le jour en étoit pris, quand quelqu'un vient leur dire
  Que le Singe de Jupiter,
Portant un caducée, avoit paru dans l'air.
Ce Siege avoit nom Gille, à ce que dit l'hiftoire.
  Auffi-tôt l'Eléphant de croire
  Qu'en qualité d'Ambaffadeur
  Il venoit trouver fa Grandeur.
  Tout fier de ce fujet de gloire,
Il attend maître Gille, & le trouve un peu lent
  A lui préfenter fa créance.
  Maître Gille enfin, en paffant,
  Va faluer fon Excellence.
L'autre étoit préparé fur la légation;
  Mais pas un mot: l'attention
Qu'il croyoit que les Dieux euffent à fa querelle,
N'agiffoit pas encore chez eux cette nouvelle.
  Qu'importe à ceux du firmament
  Qu'on foit mouche ou bien éléphant?
Il fe vit donc réduit à commencer lui-même.
Mon coufin Jupiter, dit-il, verra dans peu
Un affez beau combat de fon trône fuprême:
  Toute fa Cour verra beau jeu.
Quel combat? dit le Singe, avec un front févere.
L'Eléphant repartit: quoi, vous ne favez pas
Que le Rhinocéros me difpute le pas?
Qu'Eléphantide a guerre avecque Rhinocere!
Vous connoiffez ces lieux, ils ont quelque renom.
Vraiment je fuis ravi d'en apprendre le nom,

Repartit maître Gille ; on ne s'entretient guere
De semblables sujets dans nos vastes lambris.
    L'Eléphant honteux & surpris,
Lui dit : & parmi nous, que venez-vous donc faire,
Partager un brin d'herbe entre quelques fourmis.
Nous avons soin de tout : & quant à votre affaire,
On n'en dit rien encor dans le Conseil des Dieux.
Les petits & les grands sont égaux à leurs yeux.

FABLE XXII.

Un Fou & un Sage.

CERTAIN Fou poursuivoit à coups de pierre un
    Sage.
Ce Sage se retourne, & lui dit : mon ami,
C'est fort bien à toi, reçois cet écu-ci :
Tu fatigues assez pour gagner davantage :
Toute peine, dit-on, est digne de loyer.
Vois cet homme qui passe, il a de quoi payer :
Adresse lui tes dons, ils auront leur salaire.
Amorcé par le gain, notre Fou s'en va faire
    Même insulte à l'autre bourgeois.
On ne le paya pas en argent cette fois.
Maint estafier accourt ; on vous happe notre homme
    On vous l'échine, on vous l'assomme.

    Auprès des Rois il est de pareils Fous.
    A vos dépens ils font rire le Maître.
    Pour réprimer leur babil, irez-vous
    Les maltraiter ? vous n'êtes pas peut-être
    Assez puissant. Il faut les engager
    A s'adresser à qui peut se venger.

* *
*

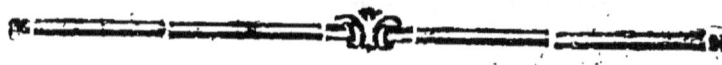

FABLE XXIII,

Le Renard Anglois.

A MADAME HARVEY.

LE bon cœur est chez vous compagnon du bon sens,
Avec cent qualités trop longues à déduire,
Une noblesse d'ame, un talent pour conduire
  Et les affaires & les gens,
Une humeur franche & libre, & le don d'être amie,
Malgré Jupiter même, & les temps orageux :
Tout cela méritoit un éloge pompeux :
Il en eût été moins, selon votre génie.
La pompe vous déplaît, l'éloge vous ennuie :
J'ai donc fait celui-ci court & simple. Je veux
  Y coudre encor un mot ou deux
  En faveur de votre patrie :
Vous l'aimez. Les Anglois pensent profondément :
Leur esprit en cela suit leur tempérament.
Creusant dans les sujets, & forts d'expériences,
Ils étendent par-tout l'empire des sciences.
Je ne dis point ceci pour vous faire ma cour.
Vos gens, à pénétrer, l'emporte sur les autres :
  Même les chiens de leur séjour
  Ont meilleur nez que non les nôtres.
Vos Renards sont plus fins, je m'en vais le prouver
  Par un d'eux, qui, pour se sauver,
  Mit en usage un stratagême,
Non encor pratiqué, des mieux imaginés.
Le scélérat réduit en un péril extrême,
Et presque mis à bout par ces chiens au bon nez,

Paſſa près d'un patibulaire (1).
Là, des animaux raviſſants,
Bléreaux, renards, hiboux, race encline à mal faire,
Pour l'exemple pendus, inſtruiſoient les paſſants.
Leur confrere aux abois, entre ces morts s'arrange.
Je crois voir Annibal qui, preſſé des Romains,
Met leurs Chefs en défaut, ou leur donne le change,
Et fait en vieux Renard s'échapper de leurs mains.
Les clefs de meute parvenues
A l'endroit où pour mort le traître ſe pendit,
Remplirent l'air de cris : leur maitre les rompit,
Bien que de leurs abois ils perçaſſent les nues.
Il ne put ſoupçonner ce tour aſſez plaiſant.
Quelque terrier, dit-il, a ſauvé mon galant.
Mes chiens n'appellent point au-delà des colonnes
Où ſont tant d'honnêtes perſonnes.
Il y viendra, le drôle. Il y vint, à ſon dam (2).
Voilà maint baſſet clabaudant ;
Voilà notre Renard au charnier ſe guindant.
Maitre pendu croyoit qu'il en iroit de même
Que le jour qu'il tendit de ſemblables panneaux :
Mais le pauvret, ce coup, y laiſſa ſes houſeaux (3) ;
Tant il eſt vrai qu'il faut changer de ſtratagême.
Le chaſſeur, pour trouver ſa propre ſûreté,
N'auroit pas cependant un tel tour inventé ;
Non point par peu d'eſprit : eſt-il quelqu'un qui nie
Que tout Anglois n'en ait bonne proviſion ?
Mais leur peu d'amour pour la vie
Leur nuit en mainte occaſion.

Je reviens à vous, non pour dire
D'autres traits ſur votre ſujet ;

(1) *Patibulaire* eſt employé ici ſubſtantivement,
ce qui n'eſt point uſité.
(2) *Dam* ; perte, dommage. Vieux.
(3) *Houſeaux* ; eſpeces de guêtres, &c. Prover-
bialement, *il y a laiſſé ſes houſeaux*, ſignifioit an-
ciennement la même choſe, qu'*il y a laiſſé ſes guêtres*,
pour dire qu'il eſt mort dans cette occaſion.

Tout long éloge est un projet
Peu favorable pour ma lyre :
Peu de nos chants, peu de nos vers
Par un encens flatteur amusent l'univers,
Et se font écouter des Nations étrangeres (1),
Votre Prince vous dit un jour,
Qu'il aimoit mieux un trait d'amour
Que quatre pages de louanges.
Agréez seulement le don que je vous fais
Des derniers efforts de ma muse :
C'est peu de chose : elle est confuse
De ces ouvrages imparfaits.
Cependant ne pourriez vous faire
Que le même hommage pût plaire
A celle qui remplit vos climats d'habitants
Tirés de l'Isle de Cythere ?
Vous voyez par-là que j'entends
Mazarin, des Amours Déesse tutélaire.

FABLE XXIV.

Le Soleil & les Grenouilles.

IMITATION D'UNE FABLE LATINE.

LES filles du limon tiroient du Roi des astres
Assistance & protection.
Guerre ni pauvreté, ni semblables désastres
Ne pouvoient approcher de cette nation.
Elle faisoit valoir en cent lieux son empire.
Les Reines des étangs, Grenouilles, veux-je dire,
(Car que coûte-t-il d'appeller
Les choses par noms honorables?)

---

(1) Etrange ; autrefois, éloigné, lointain, &c.

Contre leur bienfaiteur oferent cabaler,
    Et devinrent infupportables.
L'imprudence, l'orgueil, & l'oubli des bienfaits
    Enfants de la bonne fortune,
Firent bientôt crier cette troupe importune ;
    On ne pouvoit dormir en paix.
        Si l'on eût cru leur murmure,
        Elles auroient par leurs cris,
        Soulevé grands & petits
        Contre l'œil de la Nature.
Le Soleil, à leur dire, alloit tout confumer ;
    Il falloit promptement s'armer
    Et lever des troupes puiffantes.
    Auffi-tôt qu'il faifoit un pas,
        Ambaffades croaffantes
        Alloient dans tous les Etats.
        A les ouir, tout le monde,
        Toute la machine ronde,
        Rouloit fur les intérêts
        De quatre méchants marais.
        Cette plante téméraire
        Dure toujours, & pourtant
        Grenouilles doivent fe taire,
        Et ne murmurer pas tant ;
        Car fi le Soleil fe pique,
        Il le leur fera fentir :
        La République aquatique
        Pourroit bien s'en repentir.

FABLE XXV.

L'Hymenée & l'Amour.

A LEURS ALTESSES SÉRÉNISSIMES

Mᴸᴸᴱ. DE BOURBON, ET Mᴳᴿ. LE

PRINCE DE CONTY.

HYMENÉE & l'Amour vont conclure un Traité
Qui les doit rendre amis pendant longues années.
    BOURBON, jeune Divinité,
CONTY, jeune Héros, joignent leurs deſtinées.
CONDÉ l'avoit, dit-on, en mourant ſouhaité;
Ce guerrier qui tranſmet à ſon fils en partage
Son eſprit, ſon grand cœur, avec un héritage
Dont la grandeur, non plus, n'eſt pas à mépriſer,
Contemple avec plaiſir de la voûte éthérée,
Que ce nœud s'accomplit, que le Prince l'agrée,
Que LOUIS aux Condé ne peut rien refuſer.
Hymenée eſt vêtu de ſes plus beaux atours.
Tout rit autour de lui, tout éclate de joie.
Il deſcend de l'Olympe environné d'Amours,
    Dont CONTY doit être la proie;
    Vénus à BOURBON les envoie.
    Ils avoient l'air moins attrayant
    Le jour qu'elle ſortit de l'onde,
    Et rendit ſurpris notre monde,
    De voir un peuple ſi brillant.
    Le cœur des Muſes ſe prépare;
    On entend de leurs nourriſſons
    Ce qu'un talent exquis & rare
    Fait eſtimer dans nos chanſons.

Apollon y joindra ses sons,
Lui-même il apporte sa lyre.
Déja l'Amante de Zéphyre
Et la Déesse du matin,
Des dons que le printemps étale,
Commencent à parer la salle
Où se doit faire le festin.

O vous ! pour qui les Dieux ont des soins si pressants,
    BOURBON, aux charmes tout puissants,
    Ainsi qu'à l'ame toute belle ;
    CONTY, par qui font effacés
    Les héros des siecles passés ;
Conservez l'un pour l'autre une ardeur mutuelle.
Vous possédez tous deux ce qui plaît plus d'un jour,
Les graces & l'esprit, seuls soutiens de l'Amour.
    Dans la carriere aux époux assignée
Prince & Princesse, on trouve deux chemins ;
L'un de la tiédeur comme chez les humains ;
La passion à l'autre fut donnée.

    N'en sortez point, c'est un état bien doux,
    Mais peu durable en notre ame inquiete.
    L'Amour s'éteint par le bien qu'il souhaite,
    L'amant alors se comporte en époux.
    Ne sauroit-on établir le contraire,
    Et renverser cette maudite loi ?
    Prince & Princesse, entreprenez l'affaire,
    Nul n'osera prendre exemple sur moi.
    De ce conseil faites expérience,
    Soyez amants fideles & constants ;
    S'il faut changer, donnez-vous patience,
    Et ne soyez époux qu'à soixante ans.
Vous ne changerez point, écoutez Calliope ;
Elle a pour votre hymen dressé cette horoscope (1).

    Pratiquer tous les agréments
    Qui des époux font des amants,

---

(1) *Horoscope* est ici au féminin ; mais l'usage le plus général & l'Académie le font masculin.

Employer fa grace ordinaire,
C'eft ce que C O N T Y faura faire.
Rendre C O N T Y le plus heureux,
Qui foit dans l'Empire amoureux,
Trouver cent moyens de lui plaire,
C'eft ce que B O U R B O N faura faire.

Apollon m'apprit l'autre jour
Qu'il naîtroit d'eux un jeune Amour,
Plus beau que l'enfant de Cythere,
En un mot femblable à fon pere.
Former cet enfant fur les traits
Des modeles les plus parfaits,
C'eft ce que B O U R B O N faura faire;
Mais de nous priver d'un tel bien,
C'eft à quoi B O U R B O N n'entend rien.

FABLE XXVI.

La Ligue des Rats.

Une Souris craignoit un Chat,
Qui dès long-temps la guerroit au paffage.
Que faire en cet état? elle, prudente & fage,
Confulte fon voifin; c'étoit un maître Rat,
Dont la rateufe Seigneurie
S'étoit logée en bonne hôtellerie,
Et qui cent fois s'étoit vanté, dit-on,
De ne craindre ni chat ni chate,
Ni coup de dent, ni coup de pate.
Dame Souris, lui dit ce fanfaron,
Ma foi, quoi que je faffe,
Seul je ne puis chaffer le Chat qui vous menace :
Mais affemblons tous les Rats d'alentour,
Je lui pourrai jouer d'un mauvais tour.
La Souris fait une humble révérence,
Et le Rat court en diligence

A l'Office, qu'on nomme autrement la dépenſe,
 Où maints Rats aſſemblés
Faiſoient, aux frais de l'hôte, une entiere bombance,
 Il arrive les ſens troublés,
 Et tous les poumons eſſoufflés.
Qu'avez-vous donc? lui dit un de ces Rats ; parlez.
En deux mots, répondit-il, ce qui fait mon voyage,
C'eſt qu'il faut promptement ſecourir la Souris ;
 Car Riminagrobis
 Fait en tout lieux un étrange carnage.
 Ce Chat, le plus diable des Chats,
S'il manque de Souris, voudra manger des Rats.
Chacun dit : il eſt vrai. Sus, ſus, courons aux armes :
Quelques Rates, dit-on, répandirent des larmes :
N'importe, rien n'arrête un ſi noble projet ;
 Chacun ſe met en équipage ;
Chacun mit dans ſon ſac un morceau de fromage ;
Chacun promet enfin de riſquer le paquet.
 Ils alloient tous comme à la fête,
 L'eſprit content, le cœur joyeux.
 Cependant un Chat plus fin qu'eux,
 Tenoit déja la Souris par la tête.
 Ils s'avancerent à grands pas
 Pour ſecourir leur bonne amie :
 Mais le Chat, qui n'en démord pas,
Gronde & marche au-devant de la troupe ennemie.
 A ce bruit, nos très-prudents Rats,
 Craignant mauvaiſe deſtinée,
Font, ſans pouſſer plus loin leur prétendu fracas,
 Une retraite fortunée.
 Chaque Rat rentre dans ſon trou :
Et ſi quelqu'un en ſort, gare encor le matou.

FABLE XXVII.

Daphnis & Alcimadure.

IMITATION DE THÉOCRITE.

A MADAME DE LA MESANGÈRE.

AIMABLE fille d'une mere
A qui seule aujourd'hui mille cœurs font la cour,
Sans ceux que l'amitié rend soigneux de vous plaire
Et quelques-uns encor que vous garde l'amour,
 Je ne puis qu'en cette Préface
 Je ne partage entre elle & vous
Un peu de cét encens qu'on recueille au Parnasse,
Et que j'ai le secret de rendre exquis & doux.
 Je vous dirai donc.... mais tout dire,
 Ce seroit trop, il faut choisir,
 Ménageant ma voix & ma lyre,
Qui bientôt vont manquer de force & de loisir.
Je louerai seulement un cœur plein de tendresse,
Ces nobles sentiments, ces grâces, cét esprit:
Vous n'auriez en cela ni maître, ni maitresse,
Sans celle dont sur vous l'éloge réjaillit.
 Gardez d'environner ces roses
 De trop d'épines. Si jamais
 L'Amour vous dit les mêmes choses,
 Il les dit mieux que je ne fais:
Aussi sait-il punir ceux qui ferment l'oreille
 A ses conseils : vous l'allez voir.

 Jadis une jeune merveille
Méprisoit de ce Dieu le souverain pouvoir:
 On l'appelloit Alcimadure?

Fier

Fier & farouche objet, toujours courant aux bois,
Toujours fautant aux prés, danfant fur la verdure,
  Et ne connoiffant autres loix
Que fon caprice : au refte égalant les plus belles,
  Et furpaffant les plus cruelles :
N'ayant trait qui ne plût, pas mêmes en fes rigueurs.
Quelle l'eut-on trouvée au fort de fes faveurs ?
Le jeune & beau Daphnis, berger de noble race,
L'aima pour fon malheur : jamais la moindre grace,
Ni le moindre regard, le moindre mot enfin
Ne lui fut accordé par ce cœur inhumain.
Las de continuer une pourfuite vaine,
  Il ne fongea plus qu'à mourir,
  Le défefpoir le fit courir
  A la porte de l'inhumaine.
Hélas ! ce fut aux vents qu'il raconta fa peine ;
  On ne daigna lui faire ouvrir
Cette maifon fatale, où, parmi fes compagnes,
L'ingrate, pour le jour de fa nativité,
  Joignoit aux fleurs de fa beauté
Les tréfors des jardins & des vertes campagnes :
J'efperois, cria-t-il, expirer à vos yeux,
  Mais je vous fuis trop odieux,
Et ne m'étonne pas qu'ainfi que tout le refte,
Vous me réfufiez même un plaifir fi funefte,
Mon pere, après ma mort, & je l'en ai chargé,
  Doit mettre à vos pieds l'héritage
  Que votre cœur a négligé.
Je veux que l'on y joigne auffi le pâturage,
  Tous mes troupeaux avec mon chien ;
  Et que du refte de mon bien
  Mes compagnons fondent un temple,
  Où votre image fe contemple,
Renouvellant des fleurs l'autel à tout moment.
J'aurai, près de ce temple, un fimple monument ;
  On gravera fur la bordure ;
Daphnis mourut d'amour ; paffant, arrête-toi :
Pleure, & dis : celui-ci fuccomba fous la loi
  De la cruelle Alcimadure.

II. Partie.   I i

A ces mots, par la barque il se sentit atteint :
Il auroit poursuivi, la douleur le prévient ;
Son ingrate sortit triomphante & parée.
On voulut, mais en vain, l'arrêter un moment,
Pour donner quelques pleurs au sort de son amant.
Elle insulta toujours au fils de Cythérée.
Menant, dès ce soir même, au mépris de ses loix,
Ses compagnes danser autour de sa statue.
Le Dieu tomba sur elle, & l'accabla du pieds ;
    Une voix sortit de la nue ;
Echo redit ces mots dans les airs épandus :
Que tout aime à présent, l'insensible n'est plus.
Cependant de Daphnis l'ombre au Styx descendue,
Frémit, & s'étonna la voyant accourir.
Tout l'Erebe entendit cette belle homicide
S'excuser au berger qui ne daigna l'ouir,
Non plus qu'Ajax Ulysse, & Didon son perfide.

FABLE XXVIII.

Philémon & Baucis.

A Mgr. LE DUC DE VENDÔME.

Ni l'or, ni la grandeur ne nous rendent heureux :
Ces deux Divinités n'accordent à nos vœux
Que des biens peu certains, qu'un plaisir peu tranquille ;
Des soucis dévorants, c'est l'éternel asyle,
Véritable vautour, que le fils de Japet
Représente, enchaîné sur son triste sommet.
L'humble toit est exempt d'un tribut si funeste ;
Le Sage y vit en paix, & méprise le reste.
Content de ses douceurs, errant parmi les bois,
Il regarde à ses pieds les favoris des Rois ;
Il lit au front de ceux qu'un vain luxe environne,

Que la fortune vend ce qu'on croit qu'elle donne.
Approche-t-il du but, quitte-t-il ce séjour ;
Rien ne trouble sa fin ; c'est le soir d'un beau jour.
Philémon & Baucis nous en offrent l'exemple,
Tous deux virent changer leur cabane en un Temple.
Hyménée & l'Amour, par des desirs constants,
Avoient unis leurs cœurs dès leurs plus doux printems :
Ni le temps, ni l'hymen n'éteignirent leur flamme ;
Clothó prenoit plaisir à filer cette trame.
Ils surent cultiver, sans se voir assistés,
Leur oncles & leur champ par deux fois vingt étés.
Eux seuls ils composoient toute leur République ;
Heureux de ne devoir à pas un domestique
Le plaisir ou le gré des soins qu'ils se rendoient !
Tout vieillit : sur leur front les rides s'étendoient ;
L'amitié modéra leurs feux sans les détruire,
Et par des traits d'amour sut encor se produire.
Ils habitoient un bourg plein de gens, dont le cœur
Joignoit aux duretés un sentiment moqueur.
Jupiter résolut d'abolir cette engeance :
Il part avec son fils, le Dieu de l'éloquence ;
Tous deux en pélerins vont visiter ces lieux
Mille logis y sont, un seul ne s'ouvre aux Dieux.
Prêts enfin de quitter un séjour si profane,
Ils virent à l'écart une étroite cabane,
Demeure hospitaliere, humble & chaste maison.
Mercure frappe, on ouvre : aussi-tôt Philémon
Vient au-devant des Dieux, & leur tient ce langage,
Vous me semblez tous deux fatigués du voyage,
Reposez-vous : usez du peu que nous avons :
L'aide des Dieux a fait que nous le conservons :
Usez-en, saluez ces Pénates d'argile.
Jamais le Ciel ne fut aux humains si facile,
Que quand Jupiter même étoit de simple bois :
Depuis qu'on l'a fait d'or, il est sourd à nos voix.
Baucis, ne tardez point, faites tiédir cette onde ;
Encor que le pouvoir au desir ne réponde,
Nos hôtes agréront les soins qui leur sont dûs.
Quelques restes de feu sous la cendre épandus,

D'un souffle haletant par Baucis s'allumerent:
Des branches de bois sec aussi-tôt s'enflammerent,
L'onde tiede, on lava les pieds des Voyageurs.
Philémon les pria d'excuser ces longueurs;
Et pour tromper l'ennui d'une attente importune,
Il entretient les Dieux, non point sur la fortune,
Sur ses jeux, sur la pompe & la grandeur des Rois,
Mais sur ce que les champs, les vergers & les bois
Ont de plus innocent, de plus doux, de plus rare.
Cependant, par Baucis, le festin se prépare.
La table où l'on servit le champêtre repas,
Fut d'ais non-façonnés à l'aide du compas:
Encore assure-t-on, si l'Histoire en est crue,
Qu'en un de ses supports le temps l'avoit rompue.
Baucis en égala les appuis chancelants
Du débris d'un vieux vase, autre injure des ans.
Un tapis tout usé couvrit deux escabelles:
Il ne servoit pourtant qu'aux fêtes solemnelles.
Le linge orné de fleurs fut couvert, pour tout mets,
D'un peu de lait, de fruits, & des dons de Cérès.
Les divins Voyageurs altérés de leur course,
Mêloient au vin grossier le crystal d'une source.
Plus le vase versoit, moins il s'alloit vuidant.
Philémon reconnut ce miracle évident:
Baucis n'en fit pas moins: tous deux s'agenoillerent;
A ce signe d'abord leur yeux se dessillerent.
Jupiter leur parut avec ces noirs sourcils
Qui font trembler les Cieux sur leurs pôles assis.
Grand Dieu, dit Philémon, excusez notre faute:
Quels humains auroient crû recevoir un tel hôte!
Ces mets, nous l'avouons, sont peu délicieux;
Mais quand nous serions Rois, que donner à des Dieux?
C'est le cœur qui fait tout: que la terre & que l'onde
Apprêtent un repas pour les maîtres du monde,
Ils lui préféreront les seuls présents du cœur.
Baucis sort à ces mots pour réparer l'erreur;
Dans le verger couroit une perdrix privée,
Et par de tendres soins dès l'enfance élevée:
Elle en veut faire un mets, & la poursuit en vain;

La volatille échappe à sa tremblante main :
Entre les pieds des Dieux elle cherche un asyle :
Ce recours, à l'oiseau, ne fut pas inutile :
Jupiter intercède. Et déja les vallons
Voyoient l'ombre en croissant tomber du haut des
  monts.
Les Dieux sortent enfin, & font sortir leur hôtes.
De ce bourg, dit Jupin, je veux punir les fautes :
Suivez-nous : toi, Mercure appelle les vapeurs.
O gens durs ! vous n'ouvrez vos logis, ni vos cœurs.
Il dit : & les Autans troublent déja la plaine.
Nos deux époux suivoient, ne marchant qu'avec peine.
Un appui de roseau soulageoit leurs vieux ans.
Moitié secours des Dieux, moitié peur, se hâtants,
Sur un mont assez proche enfin ils arriverent.
A leurs pieds aussi-tôt cent nuages creverent.
Des Ministres du Dieu les escadrons flottants
Entraînerent sans choix animaux, habitants,
Arbres, maisons, vergers, toute cette demeure :
Sans vestige du bourg, tout disparut sur l'heure.
Les Vieillards déploroient ces féveres destins.
Les animaux périr ! car encor les humains,
Tous avoient dû tomber sous les célestes armes ;
Baucis en répandit en secret quelques larmes.
Cependant l'humble toit devient temple : & ses murs
Changent leur frêle enduit en marbres les plus durs.
De pilastres massifs les cloisons revêtues,
En moins de deux instans s'élevent jusqu'aux nues ;
Le chaume devient or, tout brille en ce pourpris (1) :
Tous ces événements sont peints sur les lambris.
Loin, bien loin les tableaux de Zeuxis & d'Appelle ;
Ceux-ci furent tracés d'une main immortelle.
Nos deux Epoux, surpris, étonnés, confondus,
Se crurent, par miracle, en l'Olympe rendus.
Vous comblez, dirent-ils, vos moindres créatures :
Aurions-nous bien le cœur & les mains assez pures,
Pour présider ici dans les honneurs divins,

---

(1) *Pourpris* : enceinte, enclos. Vieux.

Et Prêtres, vous offrir les vœux des pélerins?
Jupiter exauça leur priere innocente.
Hélas! dit Philémon, si votre main puissante
Vouloit favoriser jusqu'au bout des mortels,
Ensemble nous mourions en servant vos autels;
Cloto feroit d'un coup ce double sacrifice;
D'autres mains nous rendoient un vain & triste office:
Je ne pleurerois point celle-ci, ni ses yeux
Ne troubleroient non plus de leurs larmes ces lieux.
Jupiter, à ce vœu, fut encor favorable.
Mais oserai-je dire un fait presque incroyable?
Un jour qu'assis tous deux dans le sacré parvis,
Ils contoient cette histoire aux pélerins ravis,
La troupe à l'entour d'eux debout prêtoit l'oreille.
Philémon leur disoit: ce lieu plein de merveille
N'a pas toujours servi de temple aux Immortels.
Un bourg étoit autour, ennemis des autels,
Gens barbares, gens durs, habitacles (1) d'impies:
Du céleste courroux tous furent les hosties (2);
Il ne resta que nous d'un si triste débris:
Vous en verrez tantôt la suite en nos lambris:
Jupiter l'y peignit. En contant ces annales,
Philémon regardoit Baucis par intervalles:
Elle devenoit arbre, & lui tendoit les bras;
Il veut lui tendre aussi les siens, & ne peut pas.
Il veut parler, l'écorce a sa langue pressée:
L'un & l'autre se dit adieu de la pensée;
Le corps n'est tantôt plus que feuillage & que bois,
D'étonnement la troupe, ainsi qu'eux, perd la voix;
Même instant, même sort à leur fin les entraîne:
Baucis devient tilleul, Philémon devient chêne.
On les va voir encore, afin de mériter
Les douceurs qu'en hymen Amour leur fit goûter.
Ils courbent sous le poids des offrandes sans nombre,

(1) Habitacle: habitation, demeure, N'est guere
usité que dans le style soutenu.
(2) Hostie signifie ici victime.

Pour peu que des époux séjournent sous leur ombre,
Ils s'aiment jusqu'au bout, malgré l'effort des ans.
Ah ! si... mais autre part j'ai porté mes présents.
Célébrons seulement cette métamorphose.
De fideles témoins m'ayant conté la chose,
Clio me consola de l'entendre en ces vers,
Qui pourront quelque jour l'apprendre à l'univers.
Quelque jour on verra chez les races futures,
Sous l'appui d'un grand nom passer ces aventures.
Vendôme, consentez au los que j'en attens ;
Faites-moi triompher de l'envie & du temps :
Enchaînez ces démons, que sur nous ils n'attentent,
Ennemis des héros & de ceux qui les chantent.
Je voudrois pouvoir dire en un style assez haut,
Qu'ayant mille vertus, vous n'avez nul défaut.
Toutes les célébrer seroit œuvre infinie :
L'entreprise demande un plus vaste génie ;
Car quel mérite enfin ne vous fait estimer,
Sans parler de celui qui force à vous aimer ?
Vous joignez à ces dons l'amour des beaux ouvrages ;
Vous y joignez un goût plus sûr que nos suffrages :
Don du Ciel, qui peut seul tenir lieu des présents
Que nous font à regret le travail & les ans.
Peu de gens élevés, peu d'autres encor même,
Font voir par ces faveurs que Jupiter les aime.
Si quelque enfant des Dieux les possede, c'est vous ;
Je l'ose, dans ces vers, soutenir devant tous.
Clio, sur son giron, à l'exemple d'Homere,
Vient de les retoucher, attentive à vous plaire ;
On dit qu'elle & ses sœurs, par l'ordre d'Apollon,
Transportent dans Anet tout le sacré vallon :
Je le crois. Puissions-nous chanter sous les ombrages
Des arbres dont ce lieu va border ses rivages !
Puissent-ils, tout d'un coup, élever leurs sourcils,
Comme on vit autrefois Philémon & Baucis !

FABLE XXIX.

Les Filles de Minée.

Je chante dans mes vers les Filles de Minée,
Troupe aux arts de Pallas dès l'enfance adonnée,
Et de qui le travail fit entrer en courroux
Bacchus, à juste droit, de ses honneurs jaloux.
Tout Dieu veut aux humains se faire reconnoître.
On ne voit point les champs répondre aux soins du
        maître,
Si dans les jours sacrés, autour de ses guérets,
Il ne marche en triomphe en l'honneur de Cérès.
La Grece étoit en jeux pour le fils de Sémele.
Seules on vit trois sœurs condamner ce saint zéle.
Alcithoé l'aînée, ayant pris ses fuseaux,
Dit aux autres : quoi donc, toujours des Dieux nouveaux ?
l'Olympe ne peut plus contenir tant de têtes,
Ni l'an fournir de jours assez pour tant de fêtes.
Je ne dis rien des vœux dûs aux travaux divers
De ce Dieu qui purgea de monstres l'univers :
Mais à quoi sert Bacchus, qu'à causer des querelles,
Affoiblir les plus sains, enlaidir les plus belles,
Souvent mener au Styx par de tristes chemins ?
Et nous irons chommer la peste des humains ?
Pour moi, j'ai résolu de poursuivre ma tâche.
Se donne ce jour-ci qui voudra du relâche,
Ces mains n'en prendront point. Je suis encor d'avis
Que nous rendions le temps moins long par des récits.
Toutes trois, tour à tour, racontons quelque histoire.
Je pourrois retrouver sans peine en ma mémoire
Du Monarque des Dieux les divers changements ;
Mais comme chacun sait tous ces événements,
Disons ce que l'amour inspire à nos pareilles :
Non toutefois qu'il faille, en contant ses merveilles,
Accoutumer nos cœurs à goûter son poison,

Car, ainsi que Bacchus, il trouble la raison.
Récitons-nous les maux que ses biens nous attirent.
Alcithoé se tut, & ses sœurs applaudirent.

Après quelques moments, haussant un peu la voix,
Dans Thebes, reprit-elle, on conte qu'autrefois
Deux jeunes cœurs s'aimoient d'une égale tendresse ;
Pyrame, c'est l'Amant, eut Thisbé pour maîtresse.
Jamais couple ne fut si bien assorti qu'eux :
L'un bien fait, l'autre belle, agréables tous deux,
Tous deux dignes de plaire, ils s'aimerent sans peine ;
D'autant plutôt épris qu'une invincible haine
Divisant leurs parents, ces deux Amants unit,
Et concourut aux traits dont l'Amour se servit.
Le hasard, non le choix, avoit rendu voisines
Leurs maisons où régnoient ces guerres intestines ;
Ce fut un avantage à leurs désirs naissants.
Le cours en commença par des jeux innocents ;
La premiere étincelle eut embrasé leur ame,
Qu'ils ignoroient encor ce que c'étoit que flâme.
Chacun favorisoit leurs transports mutuels,
Mais c'étoit à l'insu de leurs parents cruels.
La défense est un charme : on dit qu'elle assaisonne
Les plaisirs, & sur-tout ceux que l'amour nous donne.
D'un des logis à l'autre, elle instruisit du moins
Nos amants à se dire avec signes leurs soins.
Ce léger reconfort (1) ne les put satisfaire ;
Il fallut recourir à quelque autre mystere.
Un vieux mur entr'ouvert séparoit leurs maisons,
Le temps avoit miné ses antiques cloisons :
Là, souvent de leurs maux ils déploroient la cause ;
Les paroles passoient, mais c'étoit peu de chose.
Se plaignant d'un tel sort, Pyrame dit un jour :
Chere Thisbé, le Ciel veut qu'on s'aide en amour.
Nous avons à nous voir une peine infinie ;
Fuyons de nos parents l'injuste tyrannie ;

---

(1) *Reconfort* ; consolation, secours dans l'affliction. Ce mot commence à vieillir.

o

J'en ai d'autres en Grece, ils se tiendront heureux
Que vous daigniez chercher un asyle chez eux :
Leur amitié, leur bien, leur pouvoir, tout m'invite
A prendre le parti dont je vous sollicite.
C'est votre seul repos qui me le fait choisir,
Car je n'ose parler, hélas de mon desir :
Faut-il à votre gloire en faire un sacrifice ?
De crainte de vains bruits, faut-il que je languisse ?
Ordonnez, j'y consens ; tout me semblera doux ;
Je vous aime, Thisbé, moins pour moi que pour vous.
J'en pourrois dire autant, lui repartit l'Amante ;
Votre amour étant pure encor que véhémente,
Je vous suivrai par-tout : notre commun repos
Me doit mettre au-dessus de tous les vains propos.
Tant que de ma vertu je serai satisfaite,
Je rirai des discours d'une langue indiscrette,
Et m'abandonnerai sans peur à votre ardeur,
Contente que je suis des soins de ma pudeur.
Jugez ce que sentit Pyrame à ces paroles !
Je n'en fais point ici de peintures frivoles.
Suppléez au peu d'art que le Ciel mit en moi :
Vous-même peignez-vous cet Amant hors de soi.
Demain, dit-il, il faut sortir avant l'aurore ;
N'attendez point les traits que son char fait éclore :
Trouvez-vous aux degrés du terme de Cérès :
Là, nous nous attendrons, le rivage est tout près :
Une barque est au bord, les rameurs, le vent même,
Tout, pour notre départ, montre une hâte extrême ;
L'augure en est heureux, notre sort va changer ;
Et les Dieux font pour nous, si je sais bien juger.
Thisbé consent à tout : elle en donne pour gage
Deux baisers, par le mur, arrêtés au passage.
Heureux mur ! tu devois servir mieux leur desir ;
Ils n'obtinrent de toi qu'une ombre de plaisir.
Le lendemain Thisbé sort & prévient Pyrame ;
L'impatience, hélas ! maitresse de son ame,
La fait arriver seule & sans guide aux degrés ;
L'ombre & le jour luttoient dans les champs azurés.
Une Lionne vint, monstre imprimant la crainte,

D'un carnage récent sa gueule est toute teinte.
Thisbé fuit : & son voile emporté par les airs :
Source d'un fort cruel , tombe dans ces déserts.
La Lionne le voit , le souille , le déchire :
Et l'ayant teint de sang , aux forêts se retire.
Thisbé s'étoit cachée en un buisson épais.
Pyrame arrive , & voit ces vestiges tout frais.
O Dieux ! que devient-il ? un froid court dans ses veines ;
Il apperçoit le voile étendu dans ces plaines :
Il le leve : & le sang joint aux traces des pas,
L'empêche de douter d'un funeste trépas.
Thisbé , s'écria-t-il , Thisbé , je t'ai perdue !
Te voilà , par ma faute , aux enfers, descendue ,
Je l'ai voulu : c'est moi , qui suis le monstre affreux
Par qui tu t'en va voir le séjour ténébreux :
Attends-moi , je te vais rejoindre aux rives sombres :
Mais m'oserai-je à toi présenter chez les ombres ?
Jouis au moins du sang que je te vais offrir,
Malheureux de n'avoir qu'une mort à souffrir.
Il dit , & d'un poignard coupe aussi-tôt sa traine.
Thisbé vient : Thisbé voit tomber son cher Pyrame.
Que devient-elle aussi ? tout lui manque à la fois,
Les sens & les esprits aussi-bien que la voix.
Elle revient enfin ; Clotho , pour l'amour d'elle,
Laisse à Pyrame ouvrir sa mourante prunelle.
Il ne regarde point la lumiere des Cieux :
Sur Thisbé seulement il tourne encor les yeux.
Il voudroit lui parler , sa langue est retenue :
Il témoigne mourir content de l'avoir vue.
Thisbé prend le poignard ; & découvrant son sein ;
Je n'accuserai point , dit-elle , ton dessein ,
Bien moins encor l'erreur de ton âme alarmée ;
Ce seroit t'accuser de m'avoir trop aimée.
Je ne t'aime pas moins , tu vas voir que mon cœur
N'a , non plus que le tien , mérité son malheur.
Cher amant , reçois donc ce triste sacrifice.
Sa main & le poignard font alors leur office :
Elle tombe , & tombant range ses vêtements ,
Dernier trait de pudeur , même aux derniers moments.

5

Les Nymphes d'alentour lui donnerent des larmes :
Et du sang des Amants teignirent par des charmes
Le fruit d'un Mûrier proche, & blanc jusqu'à ce jour,
Eternel monument d'un si parfait amour.
Cette histoire attendrit les filles de Minée :
L'une accusoit l'amant, l'autre la destinée,
Et toutes, d'une voix, conclurent que nos cœurs
De cette passion devroient être vainqueurs.
Elle meurt quelquefois avant qu'être contente :
L'est-elle ? elle devient aussi-tôt languissante.
Sans l'hymen on n'en doit recueillir aucun fruit,
Et cependant l'hymen est ce qui la détruit.
Il y joint, dit Climene, une âpre jalousie,
Poison le plus cruel dont l'âme soit saisie.
Je n'en veux pour témoin que l'erreur de Procris.
Alcithoé ma sœur, attachant vos esprits,
Des tragiques amours vous a conté l'élite ;
Celles que je vais dire ont aussi leur mérite.
J'accourcirai le temps, ainsi qu'elle, à mon tour.
Peu s'en faut que Phœbus ne partage le jour ;
A ses rayons perçants opposons quelques voiles :
Voyons combien nos mains ont avancé nos toiles.
Je veux que sur la mienne, avant que d'être au soir,
Un progrès tout nouveau se fasse appercevoir :
Cependant donnez-moi quelque heure de silence,
Ne vous rebutez point de mon peu d'éloquence ;
Souffrez-en les défauts ; & songez seulement
Au fruit qu'on peut tirer de cet événement.

Céphale aimoit Procris : il étoit aimé d'elle :
Chacun se proposoit leur hymen pour modele :
Ce qu'amour fait sentir de piquant & de doux,
Combloit abondamment les vœux de ces époux.
Ils ne s'amoient que trop : leurs soins & leur tendresse,
Approchoient des transports d'amant & de maitresse.
Ce Ciel même envia cette félicité ;
Céphale eut à combattre une Divinité.
Il étoit jeune & beau, l'Aurore en fut charmée,
N'étant pas à ces biens, chez elle, accoutumée.

Nos

Nos belles cacheroient un pareil sentiment :
Chez les Divinités on en use autrement.
Celle-ci déclara son amour à Céphale.
Il eut beau lui parler de la foi conjugale ;
Les jeunes Déités qui n'ont qu'un vieil époux,
Ne se soumettent point à ces loix, comme nous.
La Déesse enleva ce héros si fidele
De modérer ses feux il pria l'Immortelle.
Elle le fit : l'amour devint simple amitié ;
Retournez, dit l'Aurore, avec votre moitié ;
Je ne troublerai plus votre ardeur ni la sienne :
Recevez seulement ces marques de la mienne.
(C'étoit un javelot toujours sûr de ses coups).
Un jour cette Procris, qui ne vit que pour vous,
Fera le désespoir de votre âme charmée,
Et vous aurez regret de l'avoir tant aimée.
Tout oracle est douteux, & porte un double sens ;
Celui-ci mit d'abord notre époux en suspens :
J'aurai regret aux vœux que j'ai formés pour elle ?
Et Comment ? n'est-ce point qu'elle m'est infidelle ?
Ah ! finissent mes jours plutôt que de le voir !
Eprouvons toutefois ce que peut son devoir.
Des Mages aussi-tôt consultant la science,
D'un feint adolescent il prend la ressemblance,
S'en va trouver Procris, éleve jusqu'aux cieux
Ses beautés qu'il soutient être dignes des Dieux,
Joint les pleurs aux soupirs comme un amant fait faire,
Et né peut s'éclaircir par cet art ordinaire.
Il fallut recourir à ce qui porte coup,
Aux présents : il offrit, donna, promit beaucoup,
Promit tant que Procris lui parut incertaine.
Toute chose à son prix : voilà Céphale en peine ;
Il renonce aux cités, s'en va dans les forêts,
Conte aux vents, conte aux bois ses déplaisirs secrets;
S'imagine, en chassant, dissiper son martyre :
C'étoit pendant ces mois où le chaud qu'on respire,
Oblige d'implorer l'haleine des Zéphirs.
Doux vents, s'écrioit-il, prêtez-moi des soupirs,
Venez, légers démons, par qui nos champs fleurissent.

II. Partie.   M m

Aure, fais-les venir : je fais qu'ils t'obéissent :
Ton emploi dans ces lieux est de tout ranimer.
On l'entendit, on crut qu'il venoit de nommer
Quelque objet de ses vœux, autre que son épouse.
Elle en est avertie, & la voilà jalouse.
Maint voisin charitable entretient ses ennuis :
Je ne le puis plus voir, dit-elle, que les nuits ;
Il aime donc cette Aure, & me quitte pour elle ?
Nous vous plaignons ; il l'aime & sans cesse il l'appelle ;
Les échos de ces lieux n'ont plus d'autres emplois
Que celui d'enseigner le nom d'Aure à nos bois.
Dans tous les environs le nom d'Aure résonne.
Profitez d'un avis qu'en passant on vous donne :
L'intérêt qu'on n'y prend est de vous obliger.
Elle en profite, hélas ! & ne fait qu'y songer.
Les amants sont toujours de légere croyance ;
S'ils pouvoient conserver un rayon de prudence,
(Je demande un grand point, la prudence en amours)
Ils seroient aux rapports insensibles & sourds.
Notre épouse ne fut l'une ni l'autre chose :
Elle se leve un jour, & lorsque tout repose,
Que de l'aube au teint frais la charmante douceur
Force tout au sommeil, hormis quelque chasseur,
Elle cherche Céphale : un bois l'offre à sa vue.
Il invoque déja cette Aure prétendue.
Viens me voir, disoit-il, chere Déesse, accours :
Je n'en puis plus ; je meurs ; fais que par ton secours
La peine que je sens se trouve soulagée.
L'épouse se prétend par ces mots outragée :
Elle croit y trouver, non le sens qu'ils cachoient,
Mais celui seulement que ses soupçons cherchoient.
O triste jalousie, ô passion amere !
Fille d'un fol amour, que l'erreur a pour mere !
Ce qu'on voit par tes yeux cause assez d'embarras,
Sans voir encor par eux ce que l'on ne voit pas.
Procris s'étoit cachée en la même retraite
Qu'un fan de Biche avoit pour demeure secrette :
Il en sort, & le bruit trompe aussitôt l'époux.
Céphale prend le dard, toujours sûr de ses coups ;

Le lance en cet endroit, & perce sa jalouse :
Malheureux assassin d'une si chere épouse.
Un cri lui fait d'abord soupçonner quelque erreur ;
Il accourut, voit sa faute ; & tout plein de fureur,
Du même javelot il veut s'ôter la vie.
L'Aurore & les destins arrêtent cette envie.
Cet office lui fut plus cruel qu'indulgent.
L'infortuné mari, sans cesse s'affligeant,
Eût accru par ses pleurs le nombre des fontaines,
Si la Déesse enfin, pour terminer ses peines,
N'eût obtenu du Sort que l'on tranchât ses jours :
Triste fin d'un hymen bien divers en son cours !
Fuyons ce nœud, mes sœurs, je ne puis trop le dire,
Jugez par le meilleur quel peut être le pire.
S'il ne nous est permis d'aimer que sous ses loix,
N'aimons point. Ce dessein fut pris par toutes trois,
Toutes trois, pour chasser de si tristes pensées,
A revoir leur travail se montrent empressées.
Climene en un tissu riche, pénible & grand,
Avoit presque achevé le fameux differend
D'entre le Dieu des eaux & Pallas la savante.
On voyoit en lointain une ville naissante.
L'honneur de la nommer entr'eux deux contesté,
Dépendoit du présent de chaque Déité.
Neptune fit le sien d'un simbole de guerre.
Un coup de son trident fit sortir de la terre
Un animal fougeux, un coursier plein d'ardeur.
Chacun de ce présent admiroit la grandeur.
Minerve l'effaça, donnant à la contrée
L'olivier qui de paix est la marque assurée :
Elle emporta le prix, & nomma la cité.
Athene offrit ses vœux à cette Déité.
Pour les lui présenter on choisit cent pucelles,
Toutes sachant broder, aussi sages que belles.
Les premieres portoient force présents divers ;
Tout le reste entouroit la Déesse aux yeux pers (1).

---

(1) *Pers* couleur entre le verd & le bleu. Vieux.

M m 2

Avec un doux souris elle acceptoit l'hommage,
Climene ayant enfin reployé son ouvrage,
La jeune Iris commence en ces mots son récit.

Rarement pour les pleurs mon talent réuffit ;
Je suivrai toutefois la matiere imposée.
Télamon pour Cloris avoit l'ame embrasée :
Cloris pour Télamon brûloit de son côté.
La naissance, l'esprit, les grâces, la beauté,
Tout se trouvoit en eux, hormis ce que les hommes
Font marcher avant tout dans le siecle où nous sommes.
Ce sont les biens, c'est l'or, mérite universel.
Ces Amants, quoiqu'épris d'un desir mutuel,
N'osoient au blond Hymen sacrifier encore,
Faute de ce métal que tout le monde adore.
Amour s'en passeroit, l'autre état ne le peut :
Soit raison, soit abus, le sort ainsi le veut.
Cette loi qui corrompt les douceurs de la vie,
Fut par le jeune amant d'une autre erreur suivie.
Le démon des combats vint troubler l'univers.
Un pays contesté par des peuples divers,
Engagea Télamon dans un dur exercice.
Il quitta pour un temps l'amoureuse milice.
Cloris y consentit, mais non pas sans douleur.
Il voulut mériter son estime & son cœur.
Pendant que ses exploits terminent la querelle,
Un parent de Cloris meurt : & laisse à la belle
D'amples possessions & d'immenses trésors :
Il habitoit les lieux où Mars regnoit alors.
La belle s'y transporte, & par-tout révérée
Par-tout des deux partis Cloris considérée,
Voit de ses propres yeux les champs où Télamon
Venoit de consacrer un tróphée à son nom.
Lui, de sa part accourt ; & tout couvert de gloire
Il offre à ses amours les fruits de sa victoire.
Leur rencontre se fit non loin de l'élément
Qui doit être évité de tout heureux amant.
Dès ce jour l'âge d'or les eût joints sans myftere :
L'âge de fer en tout a coutume d'en faire.

Cloris ne voulut donc couronner tous ces biens,
Qu'au sein de sa patrie ; & de l'aveu des siens.
Tout chemin, hors la mer, alongeant leur souffrance,
Ils commettent aux flots cette douce espérance.
Zéphire les suivoit, quand presque en arrivant,
Un Pirate survient, prend le dessus du vent,
Les attaque, les bat. En vain, par sa vaillance,
Télamon jusqu'au bout porte sa résistance :
Après un long combat son parti fut défait,
Lui pris ; & ses efforts n'eurent pour tout effet
Qu'une esclavage indigne. O Dieux, qui l'eût pû croire !
Le fort, sans respecter ni son sang, ni sa gloire,
Ni son bonheur prochain, ni les vœux de Cloris,
Le fit être forçat aussi-tôt qu'il fut pris.
Le destin ne fut pas à Cloris si contraire ;
Un célébre marchand l'achete du corsaire :
Il l'emmene ; & bientôt la belle, malgré soi,
Au milieu de ses fers, range tout sous sa loi.
L'épouse du marchand la voit avec tendresse :
Ils en font leur compagne, & leurs fils sa maîtresse,
Chacun veut cet hymen : Cloris à leurs desirs
Répondoit seulement par de profonds soupirs.
Damon, c'étoit le fils, lui tient ce doux langage :
Vous soupirez toujours ; toujours votre visage
Baigné de pleurs, nous marque un déplaisir secret.
Qu'avez-vous ? vos beaux yeux verroient-ils à regret
Ce que peuvent leurs traits, & l'excès de ma flamme ?
Rien ne vous force ici, découvrez-nous votre âme ;
Cloris, c'est moi qui suis l'esclave, & non pas vous.
Ces lieux, à votre gré n'ont-ils rien d'assez doux ?
Parlez, nous sommes prêts à changer de demeure,
Mes parents m'ont promis de partir tout-à-l'heure,
Regrettez-vous les biens que vous avez perdus ?
Tout le nôtre est à vous, ne le dédaignez plus :
J'en sais qui l'agréroient ; j'ai sû plaire à plus d'une :
Pour vous, vous méritez toute une autre fortune ;
Quelle que soit la nôtre, usez-en ; vous voyez
Ce que nous possédons & nous-même a vos pieds.
Ainsi parle Damon, & Cloris toute en larmes,

Lui répond en ces mots accompagnés de charmes :
Vos moindres qualités, & cet heureux séjour,
Même aux filles des Dieux donneroient de l'amour :
Jugez donc si Cloris, esclave & malheureuse,
Voit l'offre de ces biens d'une âme dédaigneuse.
Je sais quel est leur prix : mais de les accepter,
Je ne puis ; & voudrois vous pouvoir écouter.
Ce qui me le défend, ce n'est point l'esclavage :
Si toujours la naissance éleva mon courage,
Je me vois, grâce aux Dieux, en des mains où je puis
Garder ces sentiments malgré tous mes ennuis.
Je puis même avouer (hélas ! faut-il le dire ?)
Qu'un autre a, sur mon cœur, conservé son empire.
Je chéris un amant, ou mort, ou dans les fers ;
Je prétends le chérir encor dans les enfers.
Pourriez-vous estimer le cœur d'une inconstante,
Je ne suis déja plus aimable, ni charmante,
Cloris n'a plus ces traits que l'on trouvoit si doux,
Et, doublement esclave, est indigne de vous.
Touché de ce discours, Damon prend congé d'elle :
Fuyons, dit-il en soi, j'oublirai cette belle :
Tout passe, & même un jour ses larmes passeront :
Voyons ce que l'absence & le temps produiront.
À ces mots il s'embarque, & quittant le rivage,
Il court de mer en mer, aborde en lieu sauvage ;
Trouve des malheureux de leurs fers échappés,
Et sur le bord d'un bois à chasser occupés.
Télamon de ce nombre avoit brisé sa chaîne :
Aux regards de Damon il se présente à peine
Que son air, sa fierté, son esprit, tout enfin
Fait qu'à l'abord Damon admire son destin :
Puis le plaint, puis l'emmene, & puis lui dit sa flâme.
D'une esclave, dit-il, je n'ai pu toucher l'âme :
Elle chérit un mort ! un mort, ce qui n'est plus,
L'emporte dans son cœur ! mes vœux sont superflus :
Là-dessus, de Cloris il lui fait la peinture.
Télamon dans son âme admire l'aventure,
Dissimule, & se laisse emmener au séjour
Où Cloris lui conserve un si parfait amour.

Comme il vouloit cacher avec soin sa fortune,
Nulle peine pour lui n'étoit vile & commune.
On apprend leur retour, & leur débarquement ;
Cloris se présentant à l'un & l'autre amant,
Reconnoît Télamon sous un faix qui l'accable ;
Ses chagrins le rendoient pourtant méconnoissable ;
Un œil indifférent à le voir eût erré,
Tant la peine & l'amour l'avoient défiguré.
Le fardeau qu'il portoit ne fut qu'un vain obstacle ;
Cloris le reconnoît, & tombe à ce spectacle :
Elle perd tous ses sens & de honte & d'amour.
Télamon, d'autre part, tombe presque à son tour.
On demande à Cloris la cause de sa peine,
Elle la dit : ce fut sans s'attirer de haine :
Son récit ingénu redoubla la pitié
Dans des cœurs prévenus d'une juste amitié.
Damon dit que son zele avoit changé de face :
On le crut cependant, quoi qu'on dise & qu'on fasse,
D'un triomphe si doux l'honneur & le plaisir
Ne se perd qu'en laissant des restes de desir.
On crut pourtant Damon. Il restreignit son zele
A sceller de l'hymen une union si belle ;
Et, par un sentiment à qui rien n'est égal,
Il pria ses parents de doter son rival.
Il l'obtint, renonçant dès-lors à l'hyménée.
Le soir étant venu de l'heureuse journée,
Les nôces se faisoient à l'ombre d'un ormeau :
L'enfant d'un voisin vit s'y percher un corbeau :
Il fait partir de l'arc une fleche maudite,
Perce les deux époux d'une atteinte subite.
Cloris mourut du coup, non sans que son amant
Attirât ses regards en ce dernier moment.
Il s'écrie en voyant finir ses destinées :
Quoi ! la Parque a tranché le cours de ses années !
Dieux, qui l'avez voulu, ne suffisoit-il pas
Que la haine du sort avançât mon trépas ?
En achevant ces mots il acheva de vivre :
Son amour, non le coup, l'obligea de la suivre :
Blessé légerement il passa chez les morts ;

Le Styx vit nos époux accourir sur ses bords ;
Même accident finit leurs précieuses trames :
Même tombe eut leurs corps, même séjour leurs âmes.
Quelques-uns ont écrit (mais ce fait est peu sûr)
Que chacun d'eux devint statue & marbre dur.
Le couple infortuné face à face repose.
Je ne garantis point cette métamorphose :
On en doute. On le croit plus que vous ne pensez,
Dit Climene ; & cherchant dans les siecles passés
Quelque exemple d'amour & de vertu parfaite,
Tout ceci me fut dit par le sage interprête.
J'admirai, je plaignis ces amants malheureux ;
On les alloit unir : tout concouroit pour eux ;
Ils touchoient au moment : l'attente en étoit sûre ;
Hélas ! il n'en est point de telle en la nature ;
Sur le point de jouir tout s'enfuit de nos mains ;
Les Dieux se font un jeu de l'espoir des humains.
Laissons, reprit Iris, cette triste pensée.
La fête est vers sa fin, grâce au Ciel, avancée ;
Et nous avons passé tout ce temps en récits,
Capables d'affliger les moins sombres esprits !
Effaçons, s'il se peut, leur image funeste :
Je prétends de ce jour mieux employer le reste ;
Et dire un changement, non de corps, mais de cœur :
Le miracle en est grand : Amour en fut l'auteur :
Il en fait tous les jours de diverse maniere.
Je changerai de style en changeant de matiere.

Zoon plaisoient aux yeux, mais ce n'est pas assez,
　　Son peu d'esprit, son humeur sombre,
　　Rendoient ces talents mal placés :
Il fuyoit les cités, il ne cherchoit que l'ombre,
Vivoit parmi les bois, concitoyen des ours,
Et passoit sans aimer les plus beaux de ses jours.
Nous avons condamné l'amour, m'allez-vous dire :
J'en blâme en nous l'excès : mais je n'approuve pas
　　Qu'insensible aux plus doux appas,
　　Jamais un homme ne soupire.
Hé quoi, ce long repos est-il d'un si grand prix ?

Les morts font donc heureux : ce n'est pas mon avis.
Je veux des passions ; & si l'état le pire
    Est le néant je ne sais point
De néant plus complet qu'un cœur froid à ce point.
Zoon n'aimant donc rien, ne s'aimant pas lui-même,
Vit Iole endormie, & le voilà frappé :
    Voilà son cœur développé.
    Amour, par son savoir suprême,
Ne l'eut pas fait amant, qu'il en fit un héros.
Zoon rend grâce au Dieu qui troubloit son repos :
Il regarde en tremblant cette jeune merveille.
    A la fin Iole s'éveille :
    Surprise & dans l'étonnement,
    Elle veut fuir ; mais son amant
    L'arrête, & lui tient ce langage :
Rare & charment objet, pourquoi me fuyez-vous ?
Je ne suis plus celui qu'on trouvoit si sauvage :
C'est l'effet de vos traits, aussi puissants que doux :
Ils m'ont l'ame & l'esprit & la raison donnée.
    Souffrez que, vivant sous vos loix,
J'emploie à vous servir des biens que je vous dois.
Iole, à ce discours encor plus étonnée,
Rougit, & sans répondre, elle court au hameau,
Et raconte à chacun ce miracle nouveau.
Ses compagnes d'abord s'assemblent autour d'elle :
Zoon suit en triomphe, & chacun applaudit.
Je ne vous dirai point, mes sœurs, tout ce qu'il fit,
    Ni ses soins pour plaire à la belle.
Leur hymen se conclut : un Satrape voisin,
    Le propre jour de cette fête,
    Enleve à Zoon sa conquête.
On ne soupçonnoit point qu'il eût un tel dessein.
Zoon accourut au bruit, recouvre ce cher gage,
Poursuit le ravisseur, & le joint, & l'engage
    En un combat de main en main.
Iole en est le prix, aussi bien que le juge.
Le Satrape vaincu trouve encore du refuge
    En la bonté de son rival.
Hélas ! cette bonté lui devint inutile :

Il mourut du regret de cet hymen fatal.
Aux plus infortunés la tombe fert d'afyle.
Il prit pour héritiere, en finiffant fes jours,
Iolé, qui mouilla de pleurs fon maufolée.
Que fert-il d'être plaint quand l'ame eft envolée ?
Ce Satrape eût mieux fait d'oublier fes amours.

La jeune Iris à peine achevoit cette hiftoire :
Et fes fœurs avouoient qu'un chemin à la gloire
C'eft l'amour : on fait tout pour fe voir eftimé :
Eft-il quelque chemin plus court pour être aimé ?
Quel charme de s'ouïr louer par une bouche
Qui même, fans s'ouvrir, nous enchante & nous touche !
Ainfi difoient ces fœurs. Un orage foudain
Jette un fecret remords dans leur profane fein.
Bacchus entre, & fa cour, confus & long cortege :
Où font, dit-il, ces fœurs à la main facrilege ?
Que Pallas les défende, & vienne en leur faveur
Oppofer fon Egide à ma jufte fureur :
Rien ne m'empêchera de punir leur offenfe :
Voyez ; & qu'on fe rie après de ma puiffance.
Il n'eut pas dit, qu'on vit trois monftres au plancher,
Ailés, noirs & velus, en un coin s'attacher.
On cherche les trois fœurs : on n'en voit nulle trace :
Leurs métiers font brifés : on éleve à leur place
Une chapelle au Dieu, pere du vrai nectar.
Pallas a beau fe plaindre, elle a beau prendre part
Au deftin de ces fœurs par elle protégées.
Quand quelque Dieu voyant fes bontés négligées,
Nous fait fentir fon ire (1), un autre n'y peut rien :
L'Olympe s'entretient en paix par ce moyen.

Profitons, s'il fe peut, d'un fi fameux exemple :
Chômons : c'eft faire affez qu'aller de temple en temple
Rendre à chaque Immortel les vœux qui lui font dûs :
Les jours donnés aux Dieux ne font jamais perdus.

_____

(1) Ire : colere, courroux.

FABLE XXX.

La Matrone d'Ephese.

S'IL est un conte usé, commun & rebattu,
C'est celui qu'en ces vers j'accommode à ma guise.
    Et pourquoi donc le choisis-tu ?
    Qui t'engage à cette entreprise ?
N'a-t-elle point déja produit assez d'écrits ?
    Quelle grâce aura ta Matrone,
    Au prix de celle de Pétrone !
Comment la rendras-tu nouvelle à nos esprits ?
Sans répondre aux censeurs, car c'est chose infinie,
Voyons si dans mes vers je l'aurai rajeunie.

    Dans Ephese il fut autrefois
Une Dame en sagesse & vertus sans égale ;
    Et, selon la commune voix,
Ayant sû raffiner sur l'amour conjugale.
Il n'étoit bruit que d'elle & de sa chasteté :
    On l'alloit voir par rareté :
C'étoit l'honneur du sexe : heureuse sa patrie !
Chaque mere à sa bru l'alléguoit pour patron (1) :
Chaque époux la prônoit à sa femme chérie :
D'elle descendent ceux de la Prudoterie,
    Antique & célèbre maison.
    Son mari l'aimoit d'amour folle.
    Il mourut. De dire comment,
    Ce seroit un détail frivole.
    Il mourut ; & son testament
N'étoit plein que de legs qui l'auroient consolée,
Si les biens réparoient la perte d'un mari
    Amoureux autant que chéri.

─────────────

(1) *Patron* est mis ici pour *modele.*

Mainte veuve pourtant fait la déchevelée,
Qui n'abandonne pas le soin du demeurant,
Et du bien qu'elle aura, fait le compté en pleurant.
Celle-ci, par ses cris, mettoit tout en alarme :
     Celle-ci faisoit un vacarme,
Un bruit & des regrets à percer tous les cœurs,
     Bien qu'on sache qu'en ces malheurs,
De quelque désespoir qu'une âme soit atteinte,
La douleur est toujours moins forte que la plainte :
Toujours un peu de faste entre parmi les pleurs.
Chacun fit son devoir de dire à l'affligée,
Que tout a sa mesure, & que tels regrets
     Pourroient pécher par leurs excès ;
Chacun rendit par-là sa douleur rengrégée (1).
Enfin ne voulant plus jouir de la clarté
     Que son époux avoit perdue,
Elle entre dans sa tombe, en ferme volonté
D'accompagner cette ombre aux enfers descendue.
Et voyez ce que peut l'excessive amitié,
(Ce mouvement aussi va jusqu'à la folie)
Une esclave en ce lieu la suivit par pitié,
     Prête à mourir de compagnie.
Prête, je m'entends bien, c'est-à-dire, en un mot,
N'ayant examiné qu'à demi ce complot,
Et, jusques à l'effet, courageuse & hardie.
L'esclave avec la Dame avoit été nourrie :
Toutes deux s'entr'aimoient : & cette passion
Etoit crue avec l'âge au cœur des deux femelles :
Le monde entier à peine eût fourni deux modeles
     D'une telle inclination.
Comme l'esclave avoit plus de sens que la Dame,
Elle laissa passer les premiers mouvements :
Puis tâcha, mais en vain, de remettre cette ame
Dans l'ordinaire train des communs sentiments.
Aux consolations la Veuve inaccessible,

---

(1) *Rengrégé* ; augmenté, accru, plus fort. Ce
mot ne s'emploie qu'en parlant de douleurs, de
maux, &c. Il est d'ailleurs suranné.

S'appliquoit

s'appliquoit feulement à tout moyen poffible
De fuivre le défunt aux noirs & triftes lieux.
Le fer auroit été le plus court & le mieux :
Mais la Dame vouloit paître encore fes yeux
  Du tréfor qu'enfermoit la biere ,
  Froide dépouille , & pourtant chere.
  C'étoit là le feul aliment
  Qu'elle prît en ce monument.
  La faim donc fut celle des portes
  Qu'entre d'autres de tant de fortes,
Notre Veuve choifit pour fortir d'ici-bas.
Un jour fe paffe, & deux fans autre nourriture
Que fes profonds foupirs, que fes fréquents hélas,
  Qu'un inutile & long murmure
  Contre les Dieux, le fort & la nature.
  Enfin fa douleur n'omit rien ,
  Si la douleur doit s'exprimer fi bien.

Encore une autre mort faifoit fa réfidence
Non loin de ce tombeau, mais bien différemment ,
  Car il n'avoit pour monument
  Que le deffous d'une potence.
Pour exemple aux voleurs on l'avoit là laiffé.
  Un foldat bien récompenfé
  Le gardoit avec vigilance.
  Il étoit dit par ordonnance
Que fi d'autres voleurs, un parent, un ami
L'enlevoient, le foldat nonchalant, endormi ,
  Rempliroit auffi-tôt la place.
  C'étoit trop de févérité ;
  Mais la publique utilité
Défendoit que l'on fit au garde aucune grâce.
Pendant la nuit il vit aux fentes du tombeau
Briller quelque clarté, fpectacle affez nouveau.
Curieux, il y court, entend de loin la Dame
  Rempliffant l'air de fes clameurs.
Il entre, eft étonné , demande à cette femme ,
  Pourquoi ces cris, pourquoi ces pleurs ,
  Pourquoi cette trifte mufique ,

II Partie.   N n

Pourquoi cette maison noire & mélancolique ?
Occupée à ses pleurs, à peine elle entendit
  Toutes ces demandes frivoles :
  Le mort pour elle y répondit.
  Cet objet, sans autres paroles,
  Disoit assez par quel malheur
La Dame s'enterroit ainsi toute vivante.
Nous avons fait serment, ajouta la servante,
De nous laisser mourir de faim & de douleur.
Encor que le soldat fût mauvais orateur,
Il leur fit concevoir ce que c'est que la vie.
La Dame cette fois eut de l'attention ;
  Et déja l'autre passion
  Se trouvoit un peu rallentie.
Le temps avoit agi. Si la foi du serment,
Poursuivit le soldat, vous défend l'aliment,
  Voyez-moi manger seulement,
Vous n'en mourrez pas moins. Un tel tempérament
  Ne déplut pas aux deux femelles :
  Conclusion qu'il obtint d'elles
Une permission d'apporter son soupé,
Ce qu'il fit ; & l'esclave eut le cœur fort tenté
De renoncer dès-lors à la cruelle envie
  De tenir au mort compagnie.
Madame, ce dit-elle, un penser m'est venu :
Qu'importe à votre époux que vous cessiez de vivre ?
Croyez-vous que lui-même il fût homme à vous suivre,
Si par votre trépas vous l'aviez prévenu !
Non, Madame, il voudroit achever sa carriere.
La nôtre sera longue encor, si nous voulons.
Se faut-il, à vingt ans, enfermer dans la biere ?
Nous aurons tout loisir d'habiter ces maisons.
On ne meurt que trop tôt : qui nous presse ? attendons :
Quant à moi je voudrois ne mourir que ridée.
Voulez-vous emporter vos appas chez les morts ?
Que vous servira-t-il d'en être regardée ?
  Tantôt, en voyant les trésors
Dont le ciel prit plaisir d'orner votre visage,
  Je disois : hélas ! c'est dommage,

Nous-mêmes nous allons enterrer tout cela.
A ce discours flatteur la Dame s'éveilla.
Le Dieu qui fait aimer prit son temps, il tira
Deux traits de son carquois : de l'un il entama
Le soldat jusqu'au vif ; l'autre effleura la Dame.
Jeune & belle, elle avoit sous ses pleurs de l'éclat ;
    Et des gens de goût délicat
Auroient bien pu l'aimer, & même étant leur femme.
Le garde en fut épris : les pleurs & la pitié,
    Sorte d'amour ayant ses charmes,
Tout y fit ; une belle alors qu'elle est en larmes,
    En est plus belle de moitié.
Voilà donc notre veuve écoutant la louange,
Poison, qui de l'amour est le premier degré :
    La voilà qui trouve à son gré
Celui qui le lui donne : il fait tant qu'elle mange :
Il fait tant que de plaire ; & se rend en effet
Plus digne d'être aimé que le mort le mieux fait :
    Il fait tant enfin qu'elle change ;
Et toujours par degrés, comme l'on peut penser.
De l'un à l'autre il fait cette femme passer.
    Je ne le trouve pas étrange :
Elle écoute un amant, elle en fait un mari ;
Le tout au nez du mort qu'elle avoit tant chéri.
Pendant cette hymenée, un voleur se hasarde
D'enlever le dépôt commis aux soins du garde :
Il en entend le bruit : il y court à grands pas,
    Mais en vain : la chose étoit faite.
Il revient au tombeau conter son embarras,
    Ne sachant où trouver retraite.
L'esclave alors lui dit, le voyant éperdu :
    L'on vous a pris votre pendu ?
Les loix ne vous feront, dites-vous, nulle grâce ?
Si Madame y consent, j'y remédierai bien.
    Mettons notre mort en la place,
    Les passants n'y connoîtront rien.
La Dame y consentit. O volages femelles !
La femme est toujours femme : il en est qui sont belles :
    Il en est qui ne le sont pas.

                N n 2

S'il en étoit d'assez fidelles ,
Elles auroient assez d'appas.

Prudes , vous vous devez défier de vos forces :
Ne vous vantez de rien. Si votre intention
  Est de résister aux amorces ,
La nôtre est bonne aussi ; mais l'exécution
Nous trompe également : témoin cette Matrone ;
  Et , n'en déplaise au bon Pétrone ,
Ce n'étoit pas un fait tellement merveilleux ,
Qu'il en dût proposer l'exemple à nos neveux
Cette veuve n'eut tort qu'au bruit qu'on lui fit faire ,
Qu'au dessein de mourir mal conçu , mal formé :
  Car de mettre au patibulaire ,
  Le corps d'un mari tant aimé ,
Ce n'étoit pas peut-être une si grande affaire.
Cela lui sauvoit l'autre ; & tout considéré ,
Mieux vaut goujat debout , qu'Empereur enterré.

FABLE XXXI.

Belphégor.

Nouvelle tirée de Machiavel.

Un jour Satan, Monarque des Enfers ,
Faisoit passer ses sujets en revue.
Là, confondus tous les états divers,
Princes & Rois, & la tourbe (1) menue,
Jettoient maint pleur (2), poussoient maint &
 maint cri,
Tant que Satan en étoit étourdi.

---

(1) *Tourbe* : multitude de peuple. Vieux.
(2) *Pleur*, au singulier, n'est point d'usage,

Il demandoit, en paffant, à chaque âme :
Qui t'a jettée en l'éternelle flâme ?
L'une difoit : hélas ! c'eft mon mari ;
L'autre auffi-tôt répondoit : c'eft ma femme.
Tant & tant fut ce difcours répété,
Qu'enfin Satan dit en plein confiftoire :
Si ces gens-ci difent la vérité,
Il eft aifé d'augmenter notre gloire.
Nous n'avons donc qu'à le vérifier.
Pour cet effet, il nous faut envoyer
Quelque démon plein d'art & de prudence,
Qui, non content d'obferver avec foin
Tous les hymens dont il fera témoin,
Y joigne auffi fa propre expérience.
Le Prince ayant propofé fa fentence,
Le noir Sénat fuivit tout d'une voix.
De Belphégor auffi-tôt on fit choix.
Ce diable étoit tout yeux & tout oreilles ;
Grand éplucheur, clairvoyant à merveilles ;
Capable enfin de pénétrer dans tout,
Et de pouffer l'examen jufqu'au bout.
Pour fubvenir aux frais de l'entreprife,
On lui donna mainte & mainte remife,
Toutes à vue, & qu'en lieux différents
Il pût toucher par des correfpondants.
Quant au furplus, les fortunes humaines,
Les biens, les maux, les plaifirs & les peines,
Bref, ce qui fuit notre condition,
Fut une annexe à fa légation,
Il fe pouvoit tirer d'affliction,
Par fes bons tours & par fon induftrie :
Mais non mourir, ni revoir fa patrie,
Qu'il n'eût ici confumé certain temps.
Sa miffion devoit durer dix ans.
Le voilà donc qui traverfe & qui paffe
Ce que le ciel voulut mettre d'efpace
Entre ce monde & l'éternelle nuit :
Il n'en mit guere, un moment y conduit.
Notre démon s'établit à Florence,

Ville, pour lors, de luxe & de dépense :
Même il la crut propre pour le trafic.
Là, sous le nom du Seigneur Roderic,
Il se logea, meubla comme un riche homme (1),
Grosse maison, grand train, nombre de gens,
Anticipant tous les jours sur la somme
Qu'il ne devoit consumer qu'en dix ans.
On s'étonnoit d'une telle bombance.
Il tenoit table, avoit de tous côtés
Gens à ses frais, soit pour ses voluptés,
Soit pour le faste & la magnificence.
L'un des plaisirs où plus il dépensa,
Fut la louange. Apollon l'encensa :
Car il est maître en l'art de flatterie.
Diable n'eut onc (2) tant d'honneur en sa vie.
Son cœur devint le but de tous les traits
Qu'Amour lançoit : il n'étoit point de belle,
Qui n'employât ce qu'elle avoit d'attraits
Pour le gagner, tant sauvage fût-elle :
Car de trouver une seule rebelle,
Ce n'est la mode à gens de qui la main
Par les présents s'applanit tout chemin.
C'est un ressort en tous desseins utile.
Je l'ai jà dit, & le redis encor,
Je ne connois d'autre premier mobile
Dans l'univers que l'argent & que l'or.
Notre Envoyé cependant tenoit compte
De chaque hymen, en journaux différents ;
L'un, des époux satisfaits & contents,
Si peu rempli, que le diable en eut honte.
L'autre Journal incontinent fut plein.
A Belphégor il ne restoit enfin
Que d'éprouver la chose par lui-même.
Certaine fille à Florence étoit lors,
Belle & bien faite, & peu d'autres trésors,
Noble d'ailleurs, mais d'un orgueil extrême ;

---

(1) *Riche homme*, pour *homme riche*, ne se dit point.
(2) *Onc* : jamais. Vieux.

Et d'autant plus, que de quelque vertu
Un tel orgueil paroissoit revêtu.
Pour Roderic on en fit la demande.
Le pere dit que Madame Honesta,
(C'étoit son nom), avoit eu jusques-là
Force partis : mais que parmi la bande
Il pourroit bien Roderic préférer,
Et demandoit temps pour délibérer.
On en convient. Le poursuivant s'applique
A gagner celle où ses vœux s'adressoient
Fêtes & bals, sérénades, musique,
Cadeaux, festins, bien fort appetissoient (1),
Altéroient fort le fonds de l'embassade.
Il n'y plaint rien, en use en grand Seigneur,
S'épuise en dons. L'autre se persuade
Qu'elle lui fait encor beaucoup d'honneur.
Conclusion, qu'après force prieres,
Et des façons de toutes les manieres,
Il eut un oui de Madame Honesta.
Auparavant le Notaire y passa,
Dont Belphégor se moquant en son âme,
Hé quoi, dit-il, on acquiert une femme
Comme un château ! ces gens ont tout gâté.
Il eut raison : ôtez d'entre les hommes
La simple foi, le meilleur est ôté.
Nous nous jettons, pauvres gens que nous sommes,
Dans les procès, en prenant le revers.
Les si, les car, les contrats font la porte
Par où la noise entre dans l'univers :
N'espérons pas que jamais elle en sorte.
Solemnités & loix n'empêchent pas
Qu'avec l'hymen amour n'ait des débats :
C'est le cœur seul qui peut rendre tranquille.
Le cœur fait tout, le reste est inutile.
Qu'ainsi ne soit, voyons d'autres états.
Chez les amis tout s'excuse, tout passe :
Chez les amants tout plaît, tout est parfait :

---

(1) *Appetisser.* On diroit aujourd'hui *rappetisser.*

Chez les époux tout ennuie & tout lasse.
Le devoir nuit, chacun est ainsi fait.
Mais, dira-t-on, n'est-il en nulles guises
D'heureux ménage ? Après mûr examen,
J'appelle un bon, voire, un parfait hymen,
Quand les conjoints se souffrent leurs sottises.

Sur ce point-là c'est assez raisonné.
Dès que chez lui le Diable eût amené.
Son épousé, il jugea par lui-même
Ce qu'est l'hymen avec un tel démon :
Toujours débats, toujours quelque sermon
Plein de sottise en un degré suprême.
Le bruit fut tel, que Madame Honesta
Plu d'une fois les voisins éveilla :
Plus d'une fois on courut à la noise.
Il lui falloit quelque simple bourgeoise,
Ce disoit-elle : un petit trafiquant
Traiter ainsi les filles de mon rang !
Mériteroit-il femme si vertueuse ?
Sur mon devoir je suis trop scrupuleuse :
J'en ai regret, & si je faisois bien...
Il n'est pas sûr qu'Honesta ne fit rien :
Ces Prudes-là nous en font bien accroire.
Nos deux époux, à ce que dit l'histoire,
Sans disputer n'étoient pas un moment.
Souvent leur guerre avoit pour fondement
Le jeu, la jupe, ou quelque ameublement
D'été, d'hiver, entre-temps, bref un monde
D'inventions propres à tout gâter.
Le pauvre Diable eut lieu de regretter
De l'autre enfer la demeure profonde.
Pour comble enfin, Roderic épousa
La parenté de Madame Honesta,
Ayant sans cesse & le pere & la mere,
Et la grand'sœur avec le petit frere,
De ses deniers mariant la grand'sœur,
Et du petit payant le précepteur.
Je n'ai pas dit la principale cause

De sa ruine, infaillible accident;
Et j'oubliois qu'il eut un Intendant.
Un Intendant ? qu'est-ce que cette chose?
Je définis cet être, un animal
Qui, comme on dit, fait pêcher en eau trouble;
Et, plus le bien de son maître va mal,
Plus le sien croît, plus son profit redouble,
Tant qu'aisément lui-même acheteroit
Ce qui de net au Seigneur resteroit :
Donc par raison bien & dûment déduite
On pourroit voir chaque chose réduite
En son état, s'il arrivoit qu'un jour
L'autre devînt l'Intendant à son tour :
Car regagnant ce qu'il eut étant maître,
Ils reprendroient tous deux leur premier être.
Le seul recours du pauvre Roderic,
Son seul espoir étoit certain trafic
Qu'il prétendoit devoir remplir sa bourse,
Espoir douteux, incertaine ressource.
Il étoit dit que tout seroit fatal
A notre époux, ainsi tout alla mal.
Ses agents, tels que la plupart des nôtres,
En abusoient. Il perdit un vaisseau,
Et vit aller le commerce à vau-l'eau :
Trompé des uns, mal servi par les autres,
Il emprunta. Quand ce vint à payer,
Et qu'à sa porte il vit le créancier,
Force lui fut d'esquiver par la fuite,
Gagnant les champs, où de l'âpre poursuite
Il se sauva chez un certain fermier,
En certain coin remparé de fumier.
A Matheo, c'étoit le nom du Sire,
Sans tant tourner, il dit ce qu'il étoit;
Qu'un double mal chez lui le tourmentoit;
Ses créanciers, & sa femme encore pire :
Qu'il n'y savoit remede que d'entrer
Au corps des gens, & de s'y remparer,
D'y tenir bon : iroit-on là le prendre ?
Dame Honesta viendroit-elle y prôner

Qu'elle a regret de se bien gouverner :
Chose ennuyeuse, & qu'il est las d'entendre :
Que de ces corps trois fois il sortiroit,
Sitôt que lui, Matheo, l'en prieroit :
Trois fois sans plus, & ce, pour récompense
De l'avoir mis à couvert des sergents.
Tout aussitôt l'Ambassadeur commence
Avec grand bruit d'entrer au corps des gens.
Ce que le sien, ouvrage fantastique,
Devient alors, l'histoire n'en dit rien.
Son coup d'essai fut une fille unique
Où le galant se trouvoit assez bien :
Mais Matheo, moyennant grosse somme,
L'en fit sortir au premier mot qu'il dit.
C'étoit à Naple, il se transporte à Rome ;
Saisit un corps : Matheo l'en bannit,
Le chasse encore : autre somme nouvelle.
Trois fois enfin, toujours d'un corps femelle,
Remarquez bien, notre Diable sortit.
Le Roi de Naple avoit lors une fille,
Honneur du sexe, espoir de sa famille :
Maint jeune Prince étoit son poursuivant :
Là, d'Honesta Belphégor se sauvant,
On ne le put tirer de cet asyle.
Il n'étoit bruit, aux champs comme à la ville,
Que d'un manant qui chassoit les esprits.
Cent mille écus d'abord lui sont promis.
Bien affligé de manquer cette somme,
(Car les trois fois l'empêchoint d'espérer
Que Belphégor se laissât conjurer)
Il la refuse : il se dit un pauvre homme,
Pauvre pêcheur, qui, sans savoir comment,
Sans dons du ciel, par hasard seulement,
De quelques corps a chassé quelque diable,
Apparemment chétif & misérable,
Et ne connoit celui-ci nullement.
Il a beau dire : on le force, on l'amène,
On le menace, on lui dit que sous peine
D'être pendu, d'être mis haut & court

En un gibet, il faut que sa puissance
Se manifeste avant la fin du jour.
Dès l'heure même on vous met en présence
Notre Démon & son conjurateur.
D'un tel combat le Prince est spectateur.
Chacun y court, n'est fils de bonne mere,
Qui, pour le voir, ne quitte toute affaire.
D'un côté sont le gibier & la hart,
Cent mille écus bien comptés d'autre part.
Matheo tremble, & lorgne la finance.
L'esprit malin voyant sa contenance,
Rioit sous cap, alléguoit les trois fois,
Dont Matheo suoit dans son harnois,
Pressoit, prioit, conjuroit avec larmes:
Le tout en vain. Plus il est en alarmes:
Plus l'autre rit. Enfin le manant dit,
Que sur ce Diable il n'avoit nul crédit.
On vous le hape & mene à la potence.
Comme il alloit haranguer l'assistance,
Nécessité lui suggéra ce tour.
Il dit tout bas qu'on battit le tambour,
Ce qui fut fait: de quoi l'Esprit immonde
Un peu surpris, au manant demanda:
Pourquoi ce bruit? coquin, qu'entends-je là?
L'autre répond: c'est Madame Honesta
Qui vous réclame, & va par tout le monde
Cherchant l'époux que le ciel lui donna.
Incontinent le Diable décampa,
S'enfuit au fond des enfers, & conta
Tout le succès qu'avoit eu son voyage.
Sire, dit-il, le nœud du mariage
Damne aussi dru qu'aucuns autres états.
Votre Grandeur voit tomber ici-bas,
Non par floccons, mais menu comme pluie
Ceux que l'hymen fait de sa confrérie;
J'ai par moi-même examiné le cas.
Non que de soi la chose ne soit bonne:
Elle eut jadis un plus heureux destin:
Mais comme tout se corrompt à la fin,

Plus beau fleuron n'eft en votre couronne.
Satan le crut : il fut récompenfé,
Encor qu'il eut fon retour avancé.
Car qu'eût-il fait ? ce n'étoit pas merveilles
Qu'ayant fans ceffe un Diable à fes oreilles,
Toujours le même, & toujours fur un ton,
Il fût contraint d'enfiler la venelle ;
Dans les enfers encore en change-t-on ;
L'autre peine eft, à mon fens plus cruelle.
Je voudrois voir quelques gens y durer.
Elle eût à Job fait tourner la cervelle.

De tout ceci que prétends-je inférer ?
Premierement, je ne fais pire chofe,
Que de changer fon logis en prifon.
En fecond lieu, fi par quelques raifons
Votre afcendent à l'hymen vous expofe,
N'époufez point d'Honefta, s'il fe peut :
N'a pas pourtant une Honefta qui veut.

FABLE XXXII.

Le Juge Arbitre, l'Hofpitalier & le Solitaire.

TROIS Saints, également jaloux de leur falut,
Portés d'un même efprit, tendoient au même but.
Il s'y prirent tous trois par des routes diverfes.
Tous chemins vont à Rome ; ainfi nos concurrens
Crurent pouvoir choifir dés fentiers différents.
L'un, touché des foucis, des longueurs, des traverfes
Qu'en apanage on voit aux procés attachés,
S'offrit de les juger fans récompenfe aucune,
Peu foigneux d'établir ici-bas fa fortune.
Depuis qu'il eft des loix, l'homme pour fes péchés,
Se condamne à plaider la moitié de fa vie.

L2

La moitié ! les trois quarts, & bien souvent le tout.
Le Conciliateur crut qu'il viendroit à bout
De guérir cette folle & détestable envie.
Le second de nos Saints choisit les hôpitaux.
Je le loüe ; & le soin de soulager les maux
Est une charité que je préfere aux autres.
Les malades d'alors étant tels que les nôtres,
Donnoient de l'exercice au pauvre Hospitalier ;
Chagrins, impatients, & se plaignant sans cesse :
Il a pour tels & tels un soin particulier,
  Ce sont ses amis : il nous laisse.
Les plaintes n'étoient rien au prix de l'embarras
Où se trouva réduit l'Appointeur de débats.
Aucun n'étoit content, la sentence arbitrale
  A nul des deux ne convenoit :
   Jamais le Juge ne tenoit
   A leur gré la balance égale.
De semblables discours rebutoient l'Appointeur.
Il court aux hôpitaux, va voir leur directeur.
Tous deux ne recueillant que plainte & que murmure,
Affligés, & contraint de quitter ces emplois,
Vont confier leur peine au silence des bois.
Là, sous d'âpres rochers, près d'une source pure,
Lieu respecté des vents, ignoré du soleil,
Ils trouvent l'autre Saint, lui demandent conseil.
Il faut, dit leur ami, le prendre de soi-même.
  Qui mieux que vous sait vos besoins ?
Apprendre à se connoître est le premier des soins
Qu'impose à tous mortels la Majesté suprême.
Vous êtes-vous connus dans le monde habité ?
L'on ne le peut qu'aux lieux pleins de tranquillité :
Chercher ailleurs ce bien, est une erreur extrême.
  Troublez l'eau ; vous-y voyez-vous ?
  Agitez celle-ci : Comment nous verrions-nous ?
   La vase est un épais nuage
Qu'aux effets du crystal nous venons d'opposer.
Mes freres, dit le Saint, laisse-la reposer,
  Vous verrez alors votre image.
Pour vous mieux contempler, demeurez au désert.

II. Partie   O o

Ainfi parla le Solitaire,
Il fut cru, l'on fuivit ce confeil falutaire.
Ce n'eft pas qu'un emploi ne doive être fouffert.
Puifqu'on plaide, & qu'on meurt, & qu'on devient
    malade,
Il faut des Médecins, il faut des Avocats.
Les fecours, grâce à Dieu, ne nous manqueront pas;
Les honneurs & le gain, tout me le perfuade.
Cependant on s'oublie en ces communs befoins.
O vous ! dont le Public emporté tous les foins,
    i Magiftrats, Princes & Miniftres,
Vous, que doivent troubler mille accidents finiftres,
Que le malheur abat, que le bonheur corrompt,
Vous ne vous voyez point, vous ne voyez perfonne.
Si quelque bon moment à ces penfers vous donne,
    Quelque flatteur vous interrompt.
Cette leçon fera la fin de ces Ouvrages :
Puiffe-t-elle être utile aux fiecles à venir !
Je la préfente aux Rois, je la propofe aux Sages ;
    Par où faurois-je mieux finir ?

Fin du douzième & dernier Livret

TABLE
DES FABLES
CONTENUES
DANS LA PREMIERE PARTIE.

LIVRE PREMIER.

O o 2

LIVRE DEUXIEME.

LIVRE TROISIEME.

LIVRE QUATRIEME.

LIVRE CINQUIEME.

LIVRE SIXIEME.

Fin de la Table de la premiere Partie.

TABLE
DES FABLES
CONTENUES
DANS LA SECONDE PARTIE.

LIVRE SEPTIEME.

LIVRE HUITIEME.

LIVRE NEUVIEME.

LIVRE DIXIEME.

LIVRE ONZIEME.

LIVRE DOUZIEME.

Fin de la Table de la feconde Partie.

APPROBATION.

J'AI examiné par ordre de Monfeigneur le Chancelier, cette nouvelle Edition des *Fables de la Fontaine*, &c. A Paris le 5 Août 1759.

GIBERT.

www.ingramcontent.com/pod-product-compliance
Lightning Source LLC
Chambersburg PA
CBHW050734030726
47505CB00002B/262